你们属于我的城市
若朴堂北京随笔选集

靳飞 著

北京出版集团
北京出版社

图书在版编目(CIP)数据

你们属于我的城市：若朴堂北京随笔选集 / 靳飞著. —北京：北京出版社，2024.1
ISBN 978-7-200-18404-4

Ⅰ. ①你… Ⅱ. ①靳… Ⅲ. ①随笔—作品集—中国—当代 Ⅳ. ①I267.1

中国国家版本馆CIP数据核字（2023）第230816号

项目统筹：王曷灵
责任编辑：宋佩谦　王亮鹏
责任印制：武绽蕾
装帧设计：思梵星尚

你们属于我的城市
若朴堂北京随笔选集
NIMEN SHUYU WO DE CHENGSHI
靳飞　著
*
北　京　出　版　集　团
北　京　出　版　社　出版
（北京北三环中路6号）
邮政编码：100120

网　　址：www.bph.com.cn
北 京 出 版 集 团 总 发 行
新　华　书　店　经　销
河北环京美印刷有限公司印刷
*
889毫米×1194毫米　32开本　14.5印张　265千字
2024年1月第1版　2024年1月第1次印刷
ISBN 978-7-200-18404-4
定价：128.00元
如有印装质量问题，由本社负责调换
监督电话：010-58572393
编辑部电话：010-58572414；发行部电话：010-58572371

妙人妙文妙趣（序一）

刘心武

在电脑键盘前，倏地不由得打出心头浮出的杜诗圣《赠卫八处士》中的句子："人生不相见，动如参与商。今夕复何夕，共此灯烛光。少壮能几时，鬓发各已苍。访旧半为鬼，惊呼热中肠。焉知二十载，重上君子堂……"这十句，除了最后一句"重上君子堂"可改为"重遇沪江堂"外，字字切合我和靳飞。

三十多年前，我们一度过从颇密，后来各忙各的，二十年前在朝阳公园附近见过一面，之后便各在江湖一隅，虽彼此并未相忘，于我而言，也并未刻意向往重逢。2023年3月，三联书店出版了我的散文集《也曾隔窗窥新月》，副总编辑也兼此书责编的何奎先生，在新书发布会后，于朝内大街的沪江香满楼餐馆赏饭，我进入包间，忽见靳飞已在座，惊喜之余，能不感慨！

7月，何奎召集我到苏州参与江苏书展活动，在吴江书城的读者见面会上，又有靳飞从南通赶去助兴。虽鬓发各已苍，我们依旧谈笑风生，并无杜甫当年的那种悲凉感怀。

5月，靳飞写就一文，6月7日刊载于《中华读书报》，题目是《我只是刘心武的一个读者》。在吴江书城，我问他："你只是我的一个读者，那么，我只是你的一个什么呢？"他只是笑。说真格的，他的文章，我读过若干，却还谈不到是他的"一个读者"。我是他的一个忘年交吗？不敢这么说，我虽比他虚长二十来岁，但我初认识他时，他的忘年交都有谁呀？张中行、启功、张伯驹、季羡林、刘曾复、严文井、叶盛长、吴祖光新凤霞伉俪……这些大名家，又都比我大二三十岁。我只能说，我只是他的一个能够懂他、欣赏他的相识者吧。

记得大约三十年前，他在东四北大街一处宾馆举行婚礼，作为新郎，他一袭中式长袍，身披中式红绸彩球，新娘波多野真矢乘中式花轿而来。记得那天的贺喜嘉宾中，有范用，是何奎的老前辈，竟也身穿中式长袍前往。但主婚的行翁（张中行），却是一身西服，头戴法兰西帽，且新拉了双眼皮。这中西合璧的婚礼，实在曼妙。

现在靳飞将其最新散文集《你们属于我的城市》的PDF文档传给了我，嘱我作序。通读后，我要说：真是妙人写妙文饶有妙趣。

一个人具有妙质，是很难的。先天因素外，后天的修炼尤为要紧。靳飞自学成才，有幸得诸多大师熏陶，能写文章，能书法能绘画，能唱昆曲京剧，亦有经济头脑，善交际，朋友多，谈笑间多有名人逸闻趣事，议论中不经意富于理趣禅悟。

《也曾隔窗窥新月》里，收入了一篇《李崇林的三身理论》，我提供给何奎的文章，有一二百篇，他从中精选，没想到选中了这篇。李崇林原是北京战友文工团京剧团的老生演员，属于杨（宝森）派，知名度不是很高。但何奎选编，并不一味从文章所写人士的社会知名度考虑，他是觉得，我那篇文章对李崇林提出的京剧艺术的创新理论，值得让更多人知晓，故而选入。我与靳飞二十年后重逢的那个饭局，何奎也邀请了李崇林，李崇林带去由中国戏剧出版社出版的他的专著，分赠诸人，当然也赠了靳飞一册。我与崇林、靳飞聊了一阵京剧，靳飞即兴演唱了《贵妃醉酒》中四平调"海岛冰轮初转腾"，我们高声叫好。那天是2023年3月5日，没想到6月25日忽传噩耗，刚七十出头且一贯身体康健的李崇林，竟遽然仙逝。7月在苏州吴江，我跟何奎、靳飞感叹，说崇林骤去，心头阴影总拂之不去，他们都知我真性情，怕我伤感损寿，就都真诚劝慰。靳飞说："李崇林事，属于无常，您可一定要把身心，都置于正常。"他寥寥数语，竟真的拂去了我心头荫翳。靳飞之妙，更妙在豁达通透。《你们属于我的城市》一书，所写到的诸君，大都已经谢世，我读PDF文档时，虽不免"惊呼热中肠"，却也能超越无常，置身并享受正常。确实,书中诸君"属于我的城市",我亦属于诸君曾留下魂魄的城市,我与靳飞共同以心灵拥抱这滋养我们的北京城。

2023年8月21日　绿叶居

在城与人之间（序二）

孙 郁

过去靳飞写过一本《北京记忆》，那时候他正侨居日本，年纪也轻，但游子的沧桑感已经隐在字里行间。又过了许多年，他开始往返于中日之间，将东瀛艺术花絮带来，成了交流使者。因为他，我才了解了歌舞伎、能乐、香道、花道，等等。在诸多情趣间，他用力最久的是京剧研究，也旁及各类旧遗产的梳理，对于北京的感受，生发出许多奇想，辞章也有了一些变化。

我结识靳飞，和张中行先生有关。张先生学识深，又是寒士，保留了民国的许多遗风，20世纪90年代初出现于文坛，在平庸单调的读书界，忽地刮起旋风。我们那时候都是他的读者，远远地看着先生，不太敢去接近。靳飞却欣然而往，随而拜之，所学者多矣。我后来与张先生熟了，在他的旁边常遇到靳飞，发现他很有老人缘，能够感到，张先生的活动范围，与靳飞的趣味是交叉的，那么说他属于新京派中一员，也是对的。新京派有个特点，学理方面有新康德主义气息，但趣味则处于雅俗之间，古老的艺术经由五四新风的沐浴，流出新姿。这些大抵都刺激了靳飞，原来生活还能如此理解，文章还可这样表达，那些被认为没有意义的存在，往往也藏着意义。

那时候靳飞不太往当代文学圈子里凑，大概觉得轻浮的东西过多。他喜欢沉于寂寞处的那些遗存，凡发过光的，闪着智慧又被冷落者，都有兴趣。探访戏剧名家，对话书斋老者，交往中好奇之心浓浓，又能体贴着与自己性情反差的人。在梅兰芳遗风里得梨园清风，于张伯驹辞章中知士人苦乐，从周汝昌笔墨间看燕园风气……他对于晚清以来的城与人，都能有所领悟，知道那些沉淀下来的东西于自己有益。于是便触之，视之，研之。笔下之事，简中见繁；所述之人，奇而多趣。读人也是读书，在各种行迹中，也有课本里没有的内容。机缘相凑中，得之则多，识之亦广。他的写作所依赖的资源，对于己身的进益有不少帮助。

因为这种积习日深，有人便觉得他像个民国遗少，精神是游移在时代之外的。不过，看他交往的老人，并非都是京派，比如严文井是来自延安鲁艺的长者，绿原、舒芜属于七月派，季羡林乃海归学人。这也看出他的包容性与多元性。从吴祖光到刘绍棠、刘心武，可摄取的营养不少，文字感觉是可以传递到内心的。于当下文人之中，体味出做人之道和为文之风，古而不新，总还是问题。远去的前辈中，他欣赏老舍、梅兰芳、张伯驹，细看他们的作品,都是厚重的,民国人最可取的精神,从此可以得到。同代的老人,他心仪的也多,自己坦言:"对我影响最大的,依齿德排序,是张中行、严文井、叶盛长、李天绶四位。张中行翁是理智远重于感情,叶老盛长是感情远重于理智。严李两位折中,严理智成分略多,李感情成分略多。我和他们朝夕相处,当我也过了不惑之年的时候,我才明白,学问上我得中行翁教导最多,做人上则更继承叶老的衣钵。我终于走上极端的道路,不能如文井天绶两公之平和。我努力在思考方法上贴近严,在做事方法上以李为范,然难矣哉。"

这便是由人及学,由学而文,由文向善的过程。这种学习方式,使他一直走在爱智的路上。具体来说,以前人为参照,寻觅北京的文脉,并把延续这文脉,作为己任。北京这座城,大矣深矣,最可贵的,不是那些帝王之迹,而是知识人与平民于身上的创造精神。他从同古堂后人那里嗅到琉璃厂的气味,在梅葆玖的风采里感到梨园的要义,而启功身上的"雅的律尺","是精中之精",为世间最难得的。读人多了,便感到,晚清后的文化人,弥足珍贵的是,传统士大夫精神与西洋绅士精神的结合。梅兰芳如此,张伯驹如此,老舍大抵也如此。迷于古,易限于酸腐;过于西化,则与民气远甚。最好的境界,是梅兰芳提倡的"移步不换形"的艺术理念。梅兰芳曾受过新文学家的批评,但误解他的人甚多,其实梅氏的表演,是渐渐变化的,受到了西洋歌剧的影响也多。靳飞对于梅兰芳改革京剧的论述，对于我们这些戏盲，都不无启发。

90年代的《北京日报》，曾有过一个《流杯亭》的栏目。靳飞是很活跃的作者，凡是来稿，都不跟风，写的是家常之语，道的是燕赵雅趣。那时候新老文人聚文于此，有一番曲水流觞味道。端木蕻良写古城遗址，是探究式的，并无城里人的视角；姜德明谈书事与文事，从外往里看，有时觉得是这都市里的客人；陈平原提倡"北京学"，重音落在"学"上，其间不乏外来人的好奇心。靳飞是年轻的老北京，文字不免带出街市的气息，他和诸人的风格都不太一样，不是就知识而知识，也非因市井而市井，而是在城与人之间，找被湮没的人迹，问所由来，道所何往。而且远赴东瀛之后，往往跳出北京写北京，就远离了京味儿的语态，融进不少新鲜的感受，将熟悉的故土对象化了。一个人长于斯又恋于斯，是自然道理，但能够以陌生化的眼光看风云聚散，那就别有意思了。这一本书涉猎广泛，趣味也杂，也可谓现代艺术史的散点透视，他的生命哲学，好似藏在其间。

我久矣不见靳飞，知道他忙，时而京都，时而通州，时而贵阳，时而南通，仿佛一直在路上。这些年都忙些什么，不太知道，但有时候在微信中读到他的诗与文，苦而含乐，且童心未泯。在风尘里旧习不改，每每见出灵思闪动，不断捕捉山水胜迹，那所得也是多的。将生命活成诗，要舍弃些什么，牺牲些什么。这样的时候，不免寂寞，甚或不合时宜。好在作者有心中的火，行走中是带着热风的。我读他的诗文，就感到一种古风的延续。这大概得之于前人之智，又多已身的习得。人的一生，能够在坚守中创造着什么，那是充实的。孔子看重"好学近乎知，力行近乎仁，知耻近乎勇"，这是很高的境界，此种境界，吾辈虽不能至，心向往之。

2023年10月16日　杭州

目　录

我和我的小四合院 …………………………………… 001

护城河与二环路 …………………………………… 043

安定门 ……………………………………………… 048

地安门 ……………………………………………… 058

宝钞胡同 …………………………………………… 068

梨园梦寻 …………………………………………… 077

北京茶事 …………………………………………… 083

长安花日记 ………………………………………… 098

老舍影 ……………………………………………… 109

五千年间最为独特的绝代学者
　　——读黄兴涛著《文化怪杰辜鸿铭》随感 ……… 116

中国文学20世纪最后的辉煌
　　——"老生代"散文随笔 …………………………… 132

寂寞书斋　笔底波澜
　　——贺张中行翁回想录完成 ……………………… 146

代张中行翁赋得黄英 ………………………… 154

贺季羡林先生米寿并序 …………………… 165

种花十载,看花一日
  ——中日版昆剧《牡丹亭》制作缘起 ……… 168

记严文井先生 ……………………………… 176

小溪流和他的歌
  ——献给严文井 ……………………… 184

雅的律尺
  ——闻启功先生归道山有作 ………………… 189

又一种美丽的逝去
  ——哭新凤霞阿姨 …………………………… 194

谁爱京剧,我就爱谁
  ——哭叶盛长先生 …………………………… 200

跳出舒芜的概念认识舒芜
  ——怀念舒芜先生 …………………………… 210

关于苦难与幸福
  ——送别绿原 ………………………………… 218

谁人有此闲性情
  ——怀念周汝昌先生 ………………………… 223

梨园旧艺妙通神
  ——怀念刘曾复先生 ………………………… 228

让我们重新回到信仰与热爱 234
梅氏的新京剧与新文化 239
送别徐城北先生 247
你们属于我的城市 256
长希一往升平世，物我同春共万旬
　　——北京文化传奇张伯驹 268
从张伯驹事迹略谈现代金融与文化 285
庚子疫中书张伯驹收藏陆机《平复帖》事 302
以一己之薄力为伯驹先生留一部信史 315
资助张伯驹收藏《游春图》的人：银行家王绍贤传略 325
篆刻名家张樾丞和同古堂 341
把上海搬到北京的梅兰芳 351
沉郁轩昂各有情
　　——京剧艺术家叶盛长先生一百周年诞辰纪念 369
靳飞词选并序 382
谈谈我所认识的张永和先生 389
我只是刘心武的一个读者 396
旧戏剧　新中国 405
为什么说京剧艺术的发展蕴含着民族交融的血脉？ 419
改革开放以来北京京昆活动撷忆 432

我和我的小四合院

曾祖母的关爱

我从小寄居在祖父祖母家里,那是北京安定门内的一个小四合院,离护城河较近,走路只要两三分钟。院中有北房五间,三正两耳,是我祖父系统的住房,如果把全部人口都算在内,有十一口,即祖父母、我父母和三个姑姑、三个叔叔及我。可是,这些人总也凑不全。我父母在别院另有房子,而且母亲工作在新疆,还没有调到北京。祖父自解放初就被下放到京郊的山里劳动,每月才能回来一次。一个叔叔到东北兵团,一个叔叔到农村插队,祖母带着余下的住在这几间北房里,反倒有些冷清。南房的格局和北房一样,住的是祖父的胞兄一家,祖父的兄长,我叫作"南屋爷爷",他的儿子儿媳,我叫"南屋大爷"和"南屋大妈"。他们家有我的两位堂兄,大堂兄小名大铮,二堂兄就叫了二铮。还好没有排到我身上,否则我就成了三铮。东西屋各三间，都姓于，他们之间是同胞兄弟，和我祖父是姨表兄弟。东屋两口年轻，男的在张家口工作，女的，我叫"东屋大奶奶"，他们有一儿一女，和我年纪相仿，儿子洪生小学和我是同班，但我却要叫他叔叔。西屋有一位祖父的姨父，我叫"西屋姨爷"，他和他的二女儿过，二女儿我叫"西屋二姑奶奶"，她的丈夫我从来都没见过，她有四个女儿和一个儿子。这个院子原本是我一家，南屋和东西屋都是我祖父接来住的，大家都是亲戚。我在小院住了二十年，大致算是弄清了人和人间的基本关系。汉初名相陈平年轻时在乡里分配祭肉，大家都能满意，认为能分好祭肉，就也能把国家治理好。若从中国的社会结构来看，这是有些道理的。我曾设想如果让我在小院里分祭肉，我必没有陈平的本事，也就不必去搞出很大的心胸了。知难而退，我知道有些难不是我能超越的。

　　我就来说说对于小四合院的记忆。先从最长的一辈说起。两位，第一位是我的曾祖母。她是祖父和南屋爷爷的母亲，南屋爷爷居长，祖父是次子，下面还有个妹妹，嫁在乡下。曾祖母住南屋最东头一间，形式上是跟着长子，但我家对南屋爷爷多有微词，其一就是他的不孝。听说曾祖母患了感冒，他顽固地要把屋门打开，理由是换换空气，曾祖母就在深秋的很新鲜的空气里断了气。有些巧的是，我赶在曾祖母故去的前几日出世。原本托造化的洪福，我生下来时是很平常的，偏在曾祖母逝后，家人意外地发现我的眼睛变成斜视。我家素来信服一位李姓的老中医，自祖母起三代都是请李医生看病，我在十几岁时还麻烦过他。这位李医生看了我的眼睛就说，这孩子是看了不该看的。我吃了他的几剂药，眼睛就又正过来。大家猜测李医生话的意思，若有所悟。据祖母描述，曾祖母大脸，稍胖，面相和善，祖父和南屋爷爷都有些像她。曾祖母去世时也有八十岁了，不算短寿。

排在曾祖母之后的第二位是西屋姨爷。他活到80年代中期，可能超过九十岁。有一天我放学回家，院子里站着许多人，几个年轻男人扛起一个白布卷往外走，伴随着并不热烈的哭声。祖母边落泪边急急地叫我进屋，怕吓着我。那白布卷里裹的，就是姨爷。关于姨爷，有两件大事可说，都是发生在1976年。一是晚春时我和祖母中了煤气，晕倒，小姑中午放学时才发现，大骇兼大哭。姨爷等人来看，他从家中拿来两大碗腌酸菜的汁，让人灌进我们口中，我们又奇妙地醒了。那酸菜汁的滋味实在不好，又酸又臭，我至今不爱吃酸菜。不过，救命之恩，是难以忘怀的。再一件是夏天地震，胡同里的人吓得都搬到街心去睡。姨爷坚决不离开他的屋子，居然还在院子里生了个小炉子，烧些开水，熬点粥，送给大家。我们却是将近秋天才回家的。现在想起来，他对于地震是不会有太多的常识，这只能说明他面对死亡仍能平静，他的这种力量从何而来呢？祖母对姨爷的评价是，"经历的事太多"。想想那个老人所经历的八九十年，地震也确是一桩小事，更何况北京只是受些唐山的余震。

两位爷爷

南屋爷爷和祖父是亲兄弟，但性格经历都很不一样。祖父在国民党的军队里任过闲职，可是没有军人作风，待人比文人还要谦恭，甚至是懦弱；他以往曾经有过很好的汽车，在我们的小四合院里过着惬意的生活，这是我父亲经常要回忆的。父亲喜欢说东屋是他养小动物的地方，有猴，有羊，还养过小牛。祖父新买了时髦的金丝边眼镜，平光的，作为装饰，不料被父亲偷拿出去玩，却又掉到井里。父亲要下井去捞，有位过路的老太太拦住他，对他说，这井不久就要干涸，老太太会负责把眼镜捡回来，还问了父亲的地址。这件事祖母给我讲过至少一百遍，她从心里感谢那位不知名的老太太，以为是救了父亲的命。父亲的少年荒唐还有很多，另一件有名的，偷去祖母的海龙领子贱卖掉，钱都买了玩具和点心。不过，从这些也能看出彼时家境还是不错的。留给父亲一个永远的纪念，是他花钱向来没有计划。这是他以后的弟弟妹妹都做不到的。祖父赡养一家也还有余裕，一度爱上推牌九。祖母眼看着一个小金元宝输掉，但也没心痛。她讨厌的是祖父的那些赌博朋友，他们没完没了地上门，来就是一天，要吃要喝，太麻烦。祖母不爱做家务。祖父的一位赌友，开始是常来，以后索性把家搬来寄食。北京解放，他要搬走，对祖母说了真话，那人是中共地下党员，先是在我家要收集些情报，继而看祖父对政治一窍不通，就以我家做了藏身之所。祖母把这话告诉祖父，祖父还不大信，他当时和萧振瀛等大人物都关系不错，想不到身边也有共产党。这种被动保护算不得功劳，在他以后的厄运中，没能起到什么作用。

解放之初，祖父带着父亲避到乡下，父亲受不了乡下的苦，只得又急着回到北京。回京的当夜，警察就来叩响院门，叫祖父去问话，祖母就在家坐了一夜。祖父次日归家，没详细说这一夜是怎样。祖父有许多谜，祖母尚不能了然，我连好奇的心都淡了。祖父退休后，单位把他的档案交给他，他藏在箱子底。有次被我翻到，极厚的一沓。他发现了，赶紧抢了去，随即就烧掉。在警察问过话不久，祖父就被安排到郊区山里工作，直到他六十岁才重新成为城里人。我幼年的记忆中，祖父基本上是乡下人的模样。到我十七八岁时，要穿西装，不会打领带，全家也没人懂得，祖母就叫祖父："老头儿，你还记得吗？"祖父眯起眼，说着："你看，现在又兴起这玩意儿了。"他让我到近前，取了领带先在他的脖子上虚绕了几绕，然后就很快把领带给我打上了。我惊讶得好像是在神农架见到野人，没想到祖父是会打领带的！他还批评我的西装不好。从他最后一次打领带，到我第一次打领带，我家的领带史空白了四十年。

南屋爷爷参加过共产党军队，做过小军官，全身都是军人习气。走路挺胸，坐下挺腰，性情暴躁，说话总像打雷似的。他是我们那片的街道革命委员会主任，是中国最小的行政长官，又是我们那一片最大的人物。他的家在天黑后门庭若市，来的人五花八门。有个盲人几乎每天来，拄着竹竿在院子里喊，喊的内容总是老一套，是什么人往他嘴里填粪。声音极其凄惨。南屋爷爷端坐在南屋正中间的房里，面向北，房门开着，像是京剧里的县官升堂问案。来找的人站在院中，轮流进屋子申诉。这个景象给我的印象尤深，我一直以为他是个很可怕的人，仿佛阎罗王似的。

他也确实可怕。他的长女和一位复员志愿军团长结婚，生有两个儿子，住在隔壁的院子。团长可能是南方人，讲话讲不清，也就不怎么讲话，老实人。南屋爷爷对女婿也还客气，对两个外孙就严厉，一次不知为了什么，飞起一脚，踢在小外孙裆部。小外孙只比我大两岁，当时刚上小学，立时就尿了血。我祖母心疼坏了，骂南屋爷爷没有人性。她出面主持为我的小表弟治伤，用一个小白搪瓷缸盛了浓紫色的灰锰氧水，把肿得圆滚滚的小鸡鸡泡在里面，每天泡几次。表哥的父母却不敢和南屋爷爷理论，连治伤也是躲着他。

南屋爷爷喜欢他的二孙子二锛，明显偏爱。对我，他看不上眼，可是碍于祖母而没对我也来几脚。祖母是唯一能跟他抗衡的人。推想是南屋爷爷毕竟住在我们的房子里，尽管这时已全部是国家财产，但他也不能十分硬气。另外，在北京的四合院里，北屋永远是上房，北屋有北屋的特殊尊严，我家幸亏没让出北屋，祖母就是依仗这点地利还能发言，否则我也会挨上几脚。我还有些幸运的是，南屋爷爷对我曾表现出一点温情。一次在公共厕所碰到他，这本是最不妙的，我一紧张，把手纸掉在便坑里。南屋爷爷当然不知道我是因为怕他，还黑着脸分给我一半纸。这是我对他的一点好的记忆，也只有这一点吧。

还是80年代中期，南屋爷爷退休，我们院子清静下来。南屋爷爷可能颇觉失意，很快就病了，住了一次院，出院时样子还好，只是面容颓唐些。但几周后，夜里便开始听到他像猛兽似的号叫，每晚都这样叫，叫了相当长一段时间。我们听说他的病是膀胱癌，已经扩散了。我的房间和他离得很近，我感觉死神不时在我身边走过，恐怖极了，睡觉时用被子把头蒙起来，外面很细小的动静都会令我心惊肉跳。终于，南屋爷爷死了，刚过七十岁吧。我以为这种精神折磨可以完结了，然而，这之后我有较长时间在晚上不敢单独去厕所，我总看到他穿着一件像是很重的黑棉袄，蹲在厕所里，满腮是白亮的胡子茬儿。这当然是幻觉，但怎样打消幻觉，我想不出办法。

南屋系统

南屋爷爷有一女一儿,女儿年长,我叫"南屋大姑",是中学或小学教师,但较早就退休,身体不好。儿子即南屋大爷,院中官称是"秃哥哥",和南屋大姑的丈夫一样,不怎么说话。他的太太却不是一般的能干,以后她把一个街道工厂搞得热火朝天,赚了不少钱,在区里数一数二,她也成为有名的企业家,还是政协委员,我中学时经常在报上看到对她的报道。

她成为继南屋爷爷之后的南屋系统的领袖,所做的第一件事,是把我们的院门改了。原来的院门在我家的北房旁边,她来找我的祖母商量,要在南房旁边再开个门。祖母对她这位侄媳抱定一个宗旨,就是不能得罪,她深知这是得罪不起的人物,马上就同意了。祖母颇能知人,她其实没念过书,也没出去工作过,可能是天资甚高,看人是能入骨的。她敢于骂一骂南屋爷爷,却不和南屋大妈红脸,甚至始终施恩于她。我很觉奇怪。若干年后我明白了,祖母知道自己的子女没有能和南屋大妈较量一下的,祖母是为子女着想。当然,祖母是按着大家还都住在那个院子里打算的,她没想到十几年就散尽了,连祖父祖母都搬了楼房,南屋则更早就去住楼了。从此再没了北屋南屋的问题,我们也断了来往。

我对南屋还有些不舍,二堂兄,就是小名二锛的,我们是朝夕相处的童年朋友。祖母不许我随便和胡同里的孩子玩，二锛这位朋友就更难得。我现在还记得，我们一起在南屋的有半间屋子大的炕上，举办"百鸡宴"。所谓"百鸡宴"，如今也成了故典，那是"样板戏"《智取威虎山》里的一个情节，英雄杨子荣打入土匪内部时，土匪正在开"百鸡宴"。我和二锛比"样板戏"还认真，从动物饼干里真要选出一百个小鸡模样的。为此，我们一起到胡同里的小铺，把那里的动物饼干几乎买光了。我们以凉水代酒，那一百只"鸡"要吃完也很不易，凉水喝得也很不少。潜意识里我们竟是在模仿土匪呢！

二锛现在怎么样了呢？他也会想念我这位朋友兼堂弟吗？或许等他也有了怀旧的心，我们又会重逢。他也结婚了吧，有孩子了吗？我不大爱杜甫的诗，可他的《赠卫八处士》是真好，亦使我多有感发，念到"昔别君未婚，儿女忽成行"一句，心上总是酸的。

再说一件南屋的奇事。南屋爷爷的太太，即南屋奶奶，我已忘记她的长相，大约是瘦小的，乡下人，小脚，据说年轻时在乡下被黄鼠狼或狐狸精附了体，过河不走桥，而是踩着水面，鞋也不湿。因为有这种传闻，我免不了要把她当作妖魔看待，从不进她的屋，连她的脸也不敢多看。70年代末的一个黄昏，她死在院里。死前很离奇，要南屋大姑用手用力揪住她的头发，似乎这样才舒服。这时，她忽然想要吃一口萝卜，催南屋大姑去买。等到南屋大姑买回两个心里美萝卜,她已经咽了气,前后不过十几分钟。偏她死后还有故事,身体马上僵硬,想给她换一套新衣,却穿不上。南屋爷爷忙于他的革命工作,对此事不大在意,又是我祖母出面,和东西屋商量了一下,决定去请"小罗锅"。"小罗锅",顾名思义,是驼背,他的脸离地面大概不超过一米,背上顶个大包,住在护城河边上的一个小独院里。他的正业是在街道工厂做工,不过没人注意他的正业,他和他母亲另有一项工作,就是给死人穿衣。我们可算是那一带的第一大户,"小罗锅"是随叫随到——当然,平时也不叫他。我被禁止到死人的屋去,没有亲见这一幕。听在场的六叔说,"小罗锅"失败了,又去请来他母亲。我隔着窗望见过那老太太,也不记得长相了,只对她的帽子印象深,她的帽子是黑绒扁帽,帽的正中嵌着一块很绿的方玉。这个老太太果然有本事,她口里不停地唠叨,和死人说话,一口一个"老嫂子",假如只听不看,仿佛老姐妹在聊天;但在场的人,都毛骨悚然,因为眼见着她聊着聊着,死人就开始听她的命令,她说让死人穿袖子,死人的胳膊就弯了,穿裤子时,连膝盖也能弯。这是怎样的绝技呢?我一直不懂其中的奥妙,她并没折断死人的骨骼,很多人可以证明的。我算是半亲眼看过《聊斋》的一场,比《聊斋》更奇的,也是我就可以证明的。

"小罗锅"母子也是传奇人物,可惜我无法更多地了解他们。

以后胡同里死人基本是拉到医院,他们的这一奇特工作便结束了。"小罗锅"没有结婚,刚好也不必有传人了。我就可说是最后看过他们工作的一代,这几个字权当纪念,他们的故事,哪里是这几个字能说明白的!

三位大夫

北京人似乎很愿意死在家里。就我周围的长辈来说,曾祖母、西屋姨爷、南屋爷爷、南屋奶奶,都是死在家里。我的祖父前年过世,他也是想在家平静地离去,可惜没能满足他的愿望。我有时想到,人的最后,在一个陌生的医院病房,在一些熟悉与不熟悉的人围观下魂归天界,然后在冰冷的太平间的铁柜里躺上几天,某日又进来一群人,把这遗体推到大火炉里焚化。人啊,我们可以知道生前的寂寞,可以知道初死的寂寞吗?古人有守灵的办法来慰藉逝者;我也非迷信鬼神,不过是记起亲近的人在他们的人的形式还未完全毁灭的时候,要经历短暂的物的待遇,心中着实不忍。日本人在死后,还从医院送回家,在家停灵,办丧事,丧事过后才火化。这种古风在北京已经没有了。讲到丧葬制度的变迁,或奢或俭,有神论或无神论皆无所谓,捐赠遗体亦可,总是要以表现对人的关怀、同情为首要。能在家中安然逝世,能避免那铁柜的侮辱,这在衣朱紫者也是奢望了,小巷小民连盼头都是没有的。这种科学化，我以为是一种机械的强迫性的物化罢了。

祖父不愿去医院，害怕死在医院。在医院给他的药多没有效果的时候，李天绶公荐来中医温大夫。温大夫开了药方，嘱咐说，老人如果可以把药吃完，还可以抢出半年时间；倘若药吃不下去了，大抵可以预备后事了。祖父吃了温大夫的第一剂药，竟然有了精神，病痛全失，开始说饿，而且要吃烤鸭，家人都兴奋地说温大夫是神医。但到第二剂药时，祖父吃了即吐，病势遂无可挽回了。对于温大夫，我是永怀谢意的。

北京人很欢迎温大夫这样的人，他们给了老百姓切实的帮助。老百姓回报给他们的，是终身的信服。这种大夫可能属于哪个医院，也可以是私人行医，甚至可能有庸医，但他们的存在对老百姓是重要的。以我家的情况而言，祖母中年以后多病，请过不少名医，如林巧稚等。但因为家道中落，以后便固定是请李大夫。我对李印象不深，隐约记得他不苟言笑，个子很矮。他在我刚生下来时为我治斜视，在我们那片，声名大起。我在中学时还见过他。

再有一位陈大夫，他是大姑的同学的丈夫，工作是在灯市口医院，然而街坊邻居谁也不到医院找他，都是直接到他家，也从没有听说他收过诊费。他的家离我家不远，往往是大姑骑自行车带我去。陈有着极好的修养，圆脸，说话温和，语调不疾不缓；

表情里对人总有一种发自内心的关切。他的家极小，一间，多半间是床，床边有张书桌，桌子就顶到墙上。床头还有两平方米的空间，放个可折叠的桌子，吃饭用，吃过就收起来。我们有时赶上他们吃饭，假如我们没吃，就添两副碗筷；如是吃过了，他就边吃边闲谈，吃完后还帮助太太收拾，之后从容坐到书桌和床的夹缝中，取出个小棉垫放在桌上，就该问我的病情了。这样小的天地里，陈大夫毫无局促之感，似乎还很悠游，使我在有了些文化后，自然地由他联想到颜回，但颜回有他的悠游吗？陈大夫说低了是君子，高说就是巷陌里的圣贤。他除了在邻里友好间义诊外，还从经济上帮助穷苦人，搭些药费。他的太太严阿姨是爽快人，好像还嫌陈大夫助人不够热心，她要在旁督促，又自兼护士，测体温、搀扶老人，送客要送出很远，譬如送我们，经常是把我们送到家。大姑就又送她回去。严阿姨在新华书店工作，常给我书，后来调到我家附近的分店。我常去那里，每次我买了书，她又掏自己腰包再送我几本。我至今还没有报答过他们夫妇。少年时，有一阵我野心勃勃想要从政，想着当了大官后的一件事就是任命陈大夫当一家大医院的院长，分配给他家一套大宅院，在他家墙上再挂上我亲笔题写的"杏林妙手""国之瑰宝"之类的横幅，最不济也要写上"发扬祖国的中医科学"。这种野心到了现在，我自己连选举权都没了，冥冥之中，是哪个在幽默着我。

杨华大哥

我也搞不清楚杨华大哥是谁的大哥，家中自祖母以下，都管他叫大哥。他住在乡下。原本也是住在北京的，而且开着几家店铺，可是杨华大哥精于算命，有一年他说要大祸临头，把店铺和财产全分给伙计和穷亲友，自己搬到乡下。在乡下又娶了很怪的老婆，一只眼，人高马大，一直嫁不出去，是远近有名的丑老姑娘。杨华大哥偏说她是福相，有这位大福之人护持，他可以逃脱这一劫。劫，在汉语里是相当神秘的一个字，总体说，像鲁迅讲华盖运，出家人是喜，在家人就是忧。劫是在非人者或准非人者，一面是完成一定数目可以获得升级，如，罗汉升菩萨，菩萨升成佛；又一面是会降职，由神谪为人，还有谪为妖的。《西游记》里唐僧、八戒、沙僧都被这字闹得很苦。《封神榜》里更是被闹得人仰马翻，神鬼不宁。

杨华大哥怕劫，说明他还是在人的范畴。

关于杨华大哥算命的办法，大家鲜有关心者。我父亲对一切不能当作正经营生的事都有浓厚兴趣，并且肯于研究，只他问过杨华大哥。据父亲讲，杨是《奇门遁甲》一派，兼通些周易，好像还送过我父亲有关的书。我父亲从此养成一种习惯，见人先相面，说人家是狮相或鼠相、牛相。可在我看，没有一次被他说准的。我父亲算不得杨华大哥的弟子。

不过不能凭我父亲来断杨华大哥的本领。家里人对杨华大哥可说没有不崇拜的。他曾告诉我祖父，五十岁时要留些胡子。祖父是不信这套的，而且讨厌留胡子，觉得不卫生。杨华大哥恳切地劝他，哪怕是在唇上留一小撮，日本式的，大有好处。祖父不听，终其一生也没留过胡子。祖父受到派出所问话，发遣山区，却就是他虚岁五十那一年。还有一件奇事，他说我父亲命中要远行。以后我父亲和在新疆的母亲结婚，根本无法将母亲调来，父亲真的要自己调新疆，幸亏他的同事中有位元帅之女主动援手，母亲是拿着某大机关调令进的北京。杨华大哥再见我父亲，又说出有贵人相助的话。更不可思议的，他第一次见我母亲，其实只是我母亲从房门外走过，他随口就说，我母亲没有父亲。母亲家的情况也是极复杂，那时恐怕我父亲也不知详情，杨华大哥却一瞥就清楚，这太神奇吧！总之，大家对他的信服，正所谓空穴来风，不是没有缘由的。他每年来一次，住几天，大家就整夜不睡，要他说各自的命运。他也来者不拒，一一道来。听者有祖父的不信派，亦有祖母的坚信派，他也无所谓。说者听者都当一乐。几十年过去，我家的人都不由自主地开始怀念起杨华大哥，他说的渐渐都不同程度应验了。祖母爱说的，杨华每年走时要说，明年再见；唯有他去世那年，走时只说，"我走了"，他大约知道大劫终于赶来了。

祖母说，杨华大哥对我是赞不绝口的，意思是这孩子贵不可言。这话给我巨大的激励，引起无止的狂想。我听了这话又十几年，岁月逼人将其蹉跎，世事迫人皈依平淡，生涯新鲜得像个调皮的顽童，令人恨不得能有些规矩约束之才好，我之贵与不贵，已是最无聊时扯淡的题目。无有天子诏来，我不说"不才明主弃"，不说"偶失龙头望"；万一真有天子诏来，我也不会说仰天大笑，不会说"致君尧舜上"。改北宋处士杨朴一字，"这回断送小头皮"，或是改太白诗，"自称臣是海国人"，二者都可了事。其实，这样想，也是扯淡。

对于杨华大哥的谬奖，我不胜惭愧。我不解的是，他是人有知人之明，还是术有通灵之道？如系前者，就是三国乔玄一流；如系后者，还用三国典故，就是管辂一流。无论如何，都是奇人吧。惜乎他未享上寿，五十几岁就殁了。今日想起他来，信笔为其传名，聊报他的嘉许。只是他的嘉许落空，刚巧我的笔亦乏力，隔世彼此就一笑了结这段因缘吧。

东　屋

东屋的事也很有的说，就是不好多说。

东屋的男人，我都已经忘记叫他什么了，也是祖父一辈的，可能是我祖父的表弟。他在张家口工作，是工人，大概还是重体力劳动者，和我祖父一样，每月才回来一次。但凡他回来，我们院子的"冬天"就来了,他拼命打老婆孩子,没有一天间断。全院的人每天就阴着脸静等着,等到那屋哭号声一起,赶紧去劝,不劝是不行的,照他的打法,会出人命。他却是越有人劝越是打得兴起,扫帚都要打折了。于是,大家硬劝,几个小伙子架住他。我家男丁最多,祖母又心疼东屋的一儿一女,所以急着指挥着儿子们去救人。有时东屋还把门反锁,只好砸开。硬劝的结果,是他不打了,改为命令子女跪洗衣板,这总不会致死,劝架的人才能散开。每天一场,像是拉警报似的,大家不等这边完了事,甭想干别的。若是晚间打,这一天就耗进去了。

东屋男人还打过我,或许要变变口味吧。一次,我还只有六岁的时候,也记不清来龙去脉了,他忽然奔我扑来,一把把我横夹在腋下,冲出院门,吼着说要把我扔进护城河。祖母忙喊儿子们去追,胡同里顿时乱了,出来一片人,但没人敢拦我。我是一直暗暗地恨着他的,这时不但不怕,反而仇恨倍增。我拼命挣扎,四肢动弹不得,我一口咬住他的手腕,他打我我也不松口。不承想他也是怕疼的,其中亦有对我家的忌惮,就抖开手腕,把我摔在地上。他的手腕,几乎被我咬下一块肉来。我不记得我当时哭过,那一口咬得我也很解气,现在写到时,犹有几分骄傲之情。这个人,幼时我以为是个大恶人,家里宽厚,只说他是浑人。我长大念了些西方的书,觉得他就是虐待狂。这样一想,他也是可以怜悯的吧。

东屋男人是我们院最短寿的，不到四十就死在张家口，肝硬化，依五行的说法，怒伤肝，他日日暴怒，可算斯人有斯疾，我却毫不痛惜。那时我想，他的儿女太太到底结束了这场噩梦，颇为他们欢喜。然而，他的家是要靠他来养，在他死后，单位表示在他的子女十八岁以前，每月给一点钱，数目自然也不会多。他的太太，我叫"东屋大奶奶"的女人，在家找些零活，挣些微薄收入，起初是绣花，绣得相当出色，全院的女人都比不来。但绣花的活儿慢，而且不会多，她又换一种活儿，是洗废塑料。废塑料的气味特别难闻，又脏，她的女儿不过八九岁，帮她洗，晒，儿子十岁左右，包了家中的力气活，他们辛勤寒苦地生活着。谁料东屋大奶奶却患了一种怪病。她先是找碴儿和各屋打架，顺序是西南北，最后轮到我家。某日没来由地对着窗户，指着我祖母的名字骂，气得我跑去质问她。祖母叫我回来，说不必和她斗气。那时她变得不可理喻。我们更没有想到，她事实上是精神分裂，很快便明显了，眼神变直，反应迟钝，表情怪异；尤其怪的是，她每天不停地高声用最粗鄙的语言大谈性交，说得让院子里的老少爷们都脸红，外院来的人常被吓一跳，好像进来就先被扒光了似的，人人尴尬。她的病就是"花痴"，也可以说是色情狂，这种女"花痴"还是少见的。病不妨碍做家务，而且除神经方面的问题，她格外健康，显得很有活力。她也不出门，从早到晚地围绕着这个话题尽情发挥，细致入微，声情并茂。我的青春期性教育就是始自于此。幸而我到目前为止，尚未发现自己有何异常，由此也可证精神污染也没有多么可怕的。

西　屋

西屋和东屋的血缘关系比我们近，但关系最不好。他们两家是公开破裂，对骂，还有冷战，长期的。西屋在门上挂一面小镜子，意思就是"照妖镜"；东屋就挂出一面大镜子反照。西屋便改换法宝，换个小木剑什么的，倒也颇有趣味。这是东屋大奶奶没疯之前的情况。

西屋在北京的四合院里地位特别，从名义上说，地位比北南东屋都低；从实惠上说，却是仅次于北屋，这是因为北京的自然条件所致，南屋得阳光少，东屋受西晒，西屋较为适中。房子的位置对人的性格有没有影响？我没在这个问题上过多考虑过，想起来也不失为有趣的话题。我们的院子，东屋总是开门开窗，屋子里的活动，在院中都看得清。西屋就大不同了，门有门帘，窗有窗帘，屋里还横拉一道帘儿，这些帘儿白天也拉着，搞得格外神秘。

西屋的事就是神秘，即便现在和西屋相处多半辈子的我的祖母，也还做不到一清二楚。西屋的中心人物是西屋二姑奶奶，她是我祖父的表妹。这个老太太可以做中央保密局的局长，譬如她的丈夫，到底是死是活，是离是跑，全院没人知道。我问过祖母，祖母说西屋的丈夫是国民党，新中国成立后就再没见过，他们家老少都绝口不谈，好像就从来没这么个人。去年我听说西屋老太太死了，她把这个秘密带走了。其实，老太太也失算，越是不说就越证明有秘密。当然，除了极微小的一点点好奇心，我对她的绝大秘密是没有过多兴趣的。西屋老太太还有一群相貌奇奇怪怪的姐妹，她们的父亲——西屋姨爷在世时，每月都来，老爷子过世后就不大见得到了。我记得她们里的大姐，长身长脸，鹰鼻狐眼，说是要带我去她家住几天，她家有好吃的，是炒石头子。这不显见就是妖怪吗？我一下子想起《西游记》里白骨精的妈，大觉恐怖。西屋老太太行二，还有个三妹，又黑又小，像是已经晒干的，人却还和气。

  我祖母是明确不喜欢西屋的。我祖父重亲情，一向不肯说他的亲戚们的坏话，但对西屋老太太也反感。我记得祖父有次坐在屋里愤愤地说："这个娘们儿！"这在祖父就是很重的话了。祖父祖母讨厌西屋，一是西屋巴结南屋近乎肉麻，我推想西屋也是这样巴结过我家的，祖母证实了我的推断。噫！三十年河东三十年河西。在巴掌大一个小院，血里尚有些共同成分，炎凉竟还是如此不堪。二是西屋老太太对内是"保密局长"，对院外却是"宣传局长"，我们院，主要是我们家的事，她积极描述，而且经她描述是必定走样。她每天像上班似的到胡同里找其他老太太聊天，我多次看到过她们聊得热闹时，看到我就住嘴的镜头。

我现在回想起来，也不是不能理解西屋，他们需要把公众的眼睛和嘴引开，避免去关注他家，这是保他家之秘密的一个办法。他们也是可怜的弱者，只是可怜的弱者中的不道德者罢了。

地　震

怎么也忘不了的1976年的地震，我就是在小四合院里经历的。谈小院是不能不谈这一幕的。我清楚地记得，7月28日的中午，南屋爷爷来通知我们，上级紧急传达，今天夜里要来洪水，我们要做好准备。准备之一，大家晚上睡觉不脱衣服，把钱和粮票放在枕边；之二，洪水来了，南屋爷爷负责敲锣，我们听到锣声就赶紧跑出院，在离我家约有二百米的地方是一所小学校，三层，我们到学校楼顶躲避水灾。院中人都恐慌起来，祖母安排的第一件事就是，把家里一个废弃的大木盆找出来，说明是我专用，并且安排叔叔们保护我。我却觉得坐了木盆在水中漂流，是很有趣的吧！那时对洪水是什么，还一点认识也没有。我们正在紧张准备之时，发生了一件很好玩的事，院外开来一辆手扶拖拉机，我不知道是我家什么亲戚或朋友，从郊区送来一车桃子，由此可见郊区的人还不知道洪水的消息。祖母悄悄地告诉了来人，要他们赶紧回去报信儿。送桃的人匆匆走了，我们对着小山一样的鲜灵灵的桃子发愁，一面给本院和邻院的街坊分分，仍然剩下很多。大家都有些可惜之意，吃过晚饭之后就围坐在院子里吃桃，天上有些红晕，没有一丝风，可与寻常无甚特别。耗到十一点左右，桃子还有不少，众人已没人还吃得下去，有人开始发言，或许洪水淹了天津就不再来了。此言一说，大家又兴奋地说到北京是福地，历史上多少次大水灾，北京都能平安无事；又说，只要党中央还在北京，北京就不会有危险，党中央斗得过天灾。这样的话说了些时候，院里人陆续回屋睡觉，刚听到通知时的紧张，被困意与对北京的依赖瓦解。午夜时分，原讲要熬一夜的人们，全都睡去。尚保存些戒备心的，如我的祖母，和衣而卧；大多数人就是像平时一样地脱衣解带了。我躺到床上的时候，透过窗户看到，天红得很好看。

到我从梦中醒来，发现自己是在六叔怀里，我们在奔跑。我以为是在梦中，马上听到祖母的声音："给小飞盖上毛巾被。"我四下环顾，家中人都站在胡同中，围成一圈，大家面带惊慌，胡同里挤满人，人人都是这样。我有些醒过来，知道洪水来了。六叔把我抱到后，大家检点人数，发现院中还有两人没有出来，一是西屋姨爷，一是那位负责敲锣的南屋爷爷。再派人去看，南屋爷爷竟还睡着，被叫醒后跑出来；西屋姨爷却是执意不肯出来，拖也不走，只好由着他。人都齐了，我们就开始要按计划逃往小学校三楼，刚向那个方向移动，就见着我家隔壁的院子，门楼轰然倒下，把去路堵住。人们慌忙避开，还好，没有伤到人。我们又掉头往相反的方向跑。街上的电线却直摔下来，砸在地上的泥水里，立时迸出硕大的蓝火球。一个跑在前面的小女孩被火碰到，一个趔趄趴下，又随即跳起，满脸挂着泥水傻了一样地哇哇大哭。我们不敢再动，在学校里当老师的大姑突然讲道："是地震！"众人豁然都明白了！果然街上没有水，而两侧的房屋明显在前后摇动。小学校不能再去，如果楼塌，哪个逃得出？弄不清是谁带头，我们蜂拥而入小学校旁边工厂的地下室。大家席坐在冰凉的水泥地上，略喘口气，工厂还给我们送来开水。可是，我们看到地下室的粗大的钢筋柱子也动起来，幅度相当大，好像动画片《大闹天宫》里孙悟空拔了定海神针后的东海龙宫，我们坐都坐不稳。祖母道："走吧！如果这里塌下来，都被活埋，没有活路。"她带领我们一家最先撤离地下室。众人见状也跟我们走，百十人又回到胡同。

当我们回到地上，大震停止，雷声又响起来。祖母指挥叔叔们回家，把家里的两个大木床抬到胡同中央，把木床连在一起，在四角插上竹竿搭上塑料布，成了一个简单的房子。我们坐在床上。这时又来了余震，可是我们已经想不出什么办法。其他各家学了我们的办法，也在胡同支起床，各家连成一片，仿佛旧小说中的连营。

惊魂甫定，一场比地震还可怕的大暴雨到了！也就半个小时左右，地上的水就要把我们的床浮起来。叔叔们冒雨去找砖头一类的重物帮助压床，在床脚也挤上砖，起些固定作用。

大雨像天裂，闪电似催命阎罗，雷声滚滚，人们却没有力气了，坐等生死裁决。我有幸还在既不懂生亦不懂死的阶段，就睡着了。

次日天亮，大雨如昨，大人们也撑不住，开始不断有人睡下。祖母定下值班制度，总要留下人观察震情水情。大家互相都没什么话。

第三日，雨还在下，饥饿找我们来了。有人冒雨去找些吃的，没有出院的西屋姨爷在屋里生起个小炉子，熬些粥给大家。没想到我们觉得最危险的人在给我们帮助，众人哭笑不得。南屋爷爷忙着和上级机关联系，但电话中断，他派几个小伙子跟了他去找组织。这天晚上，还发生一件令我一生感动的事。大雨中，我父亲的一个学生，姓田，穿着雨衣雨鞋，打着手电蹚着水而来，给我们送来一暖瓶白米粥。这样的人情，是何等宝贵！我常想，无论我们的社会怎样去新，怎样去改，这是万不可丢弃的，这也是绝不可用货币结算的，美元也不行。作为受过这种恩惠的人，我希望自己做人情的保守者。

南屋爷爷从上级机关得到消息，震中不是北京而是河北唐山，七点八级，唐山已经夷为平地。之后，我们就接连听到各处死人的传闻，但北京死人不多，大都是郊区，譬如有个老头儿，光着身子跑出来，不好意思，就躲在一堵矮墙下，结果墙倒人亡。家里也开始回忆地震当夜的情景，我知道在我醒来前，大家都跑出去了，六叔忽然想起我，又冲回屋里抱我。祖母为此在以后二十几年间一直自我批评："我总是最疼小飞的，可是地震一来，我只想着自己跑，就没顾上他！还是老六没忘小飞。"我丝毫不怀疑祖母对我无私的爱，但也隐约懂得了生的不可抗拒的魔力。我想我们每人都有两重的生，一重是自觉，一重是不自觉，后者经常是隐在前者背后，但后者的力量远非前者所能比拟。人生，是我和一个连我也不清楚的人合演的双簧吗？

雨停了。我们不敢回家，为预防再震，在南屋爷爷为首的街道革命委员会组织下，我们搬到护城河畔。那时护城河畔正在修建地铁，是由军队工程兵施工，沿着护城河都是兵营。我们在兵营外堆放砖石木料的空场扎起帐篷，几十家凑成民营。解放军和我们相处不错，我们一帮孩子可以到兵营里去玩，我在那里第一次看到活的猪，没想到猪的样子那样难看，除了一身肉外，别无可取。看解放军出操也有趣，他们的身体都很健壮，军官训练士兵，要他们站得溜直。我们也在旁学，可要做到后脑、屁股、脚后跟三点一线也太难。

地震的威吓过去了。在护城河畔的野营越来越可爱。我们孩子们在河边捉蚂蚱，捉蜻蜓，捞小鱼，捞蝌蚪，反都担心会搬回四合院。蜻蜓的种类较多，大的叫"老子儿"，有绿的和蓝的两种，都像飞着的宝石，蓝的又更好看些，蓝得透亮儿，像是有些清愁的戴安娜王妃的眼睛。小的有三种，"黄儿""灰儿""红儿"，都是据颜色命名的。我最爱"红儿"，又名"红辣椒"，鲜艳。这点儿好感，以后我就深爱日本那首《红蜻蜓》的歌，百听不厌。我还养蝌蚪，养到孵成癞蛤蟆，扫兴地丢掉。癞蛤蟆的"癞"，就是蟾酥，沾到嘴上，整个嘴唇要麻上半天。我们的野营直到9月天凉才结束，来自自然的安慰，令我忘掉来自自然的恐怖，这个账就算扯平了。

我们刚刚搬回小院，大家准备开始按部就班地生活时，中国发生了天崩样的大事，毛泽东逝世。从此中国巨变，我们的小院也巨变，一晃又是二十年了。

院中即景

我们的小四合院是南北向，坐北朝南，大门开在北房边上。进了大门，是一个狭长的门道，出门道向东一折，就是我家的北房。大门是两块厚重的门板，外面黑漆，内横门闩。1976年地震当夜，我们都往院外跑，跑在最前面的大姑，慌张之际，忘了拨开门闩，赤脚去踢大门，险些脚趾骨折，给这扇大门留下难以忘记的故事。门道里还有道小门，是厕所，男女兼用，去时要先敲门，里面如有人，并不答话，而是干咳一声，外面的人也就知道谁在内中了。

从门道进院，能一眼看完全院。四围是房子，中间有一个大花坛。照管花坛是我家的事，听说我出生之前，家中有一百多盆菊花，"文革"初时害怕被批成"资本主义生活方式"，都砸掉，扔了垃圾。到了我小时，政治不大管养花的事了，我们的花坛又茂盛起来，主要是养月季。月季在中国跻身名花最迟到清代。清代还有人著作《月季谱》，我没读过，推想亦是有趣的。月季在中国百花里是最有国际性的，世界上月季有一万多个品种，几乎无国不有。清代捧出这样一种花来，真仿佛是征兆着中国自此成为世界的一枝。花草有情，人世无常。这个大题目不说了吧。月季花期长，一年中能开上多半年，俗话"花无百日红"，月季红过百日，就觉特别吉祥，所以别称四季花，北京常用月季作为吉祥图案。我家的花坛夏初最是好看，十几种月季都开了，红黄一片。祖母在这时尤其高兴。有一年她叫来摄影师为我们拍照，祖母坐在花坛前，我斜倚在她身边，脚上穿了一双新买的小皮鞋，亮亮的。祖母极爱这张照片，视作家宝。我也爱此照，且随年纪而愈爱。祖母的不打折扣的慈爱，我的不加掩饰的天真，能像我们身后的四季花似的，每年里有大半绽开吗？

花坛之外，在北屋东侧，还有个种花的角落，有盆栽的高大的橡皮树、文竹，还有种在地上的癞瓜子。癞瓜子可能就是"赤包"，我不大弄得清。结瓜像是苦瓜的样子，但是小，盈手大；剖开就不同了，瓜肉鲜红，可以吃，很甜。我每年都等着吃癞瓜子，在只有四个角的小院天地，这种有些野味的果实，向我透露出另一种春去秋来。我还有一段养了几只小鸭子，其中一只被门掩伤，我给它敷了云南白药也没见好，很快死掉了。我就把它埋在癞瓜子架下，还用小木条写了"我的小鸭子之墓"，插在鸭子坟上。尽管这是仅有一二平方米的小角落，却有我忘不掉的欢喜和悲伤。

80年代以后，家中人口渐多，我们的院子大为改观，花坛拆了，建起一间小屋，就是由我住，家里叫作"小南屋"。那个种花的角落，扩充作自行车棚。南屋主张改了院门后，在南房边上开了个小门，红漆，铁皮，十分难看。我们都走南门，北边的门道废弃，也建成屋。各家都在门前建房，小院已无院可言，每日挤在人堆房堆之中，忒不耐烦。大家都考虑搬楼房了。我是最早随父母搬到东郊的小区，祖母反复叮嘱我："这院子里永远有你一间房。"然而不久，我自己又有了可说是全院最好的房子，从房子讲，我不用回那个小院挤了；精神呢？我再也回不到我的有癞瓜子的旧居了。最后，剩下祖母那句话，我带到东京，刻在我没有改变的中国国籍上。旧梦如烟，新梦如雾，自己的记忆，忽就明亮起来，原来走过的路却是这般实在，以前怎么敢信呢！

火炉与自来水

这三十年北京的气温逐渐增高是显见的。我小时的冬天还很冷,家里人想办法给我加衣服,中式小棉袄,还有棉猴儿。我不爱穿棉猴儿。重且不说,棉猴儿是个短棉大衣,上面缝一个三角的棉帽;穿上的样子太怪,从头顶到膝盖,全被包住,脖子不能扭动,要人的身体适应它。姑姑给我做了一件丝绵大衣,很轻,但里面还要套棉袄,否则仍然觉得冷。可是,又有的同学批评那墨绿色的尼龙绸的面太女气,所以初中以后我也不穿了。姑姑要回给了她的儿子。事实上我到现今还是喜欢绿色,各种绿都爱,只是由于小时的教训,再不穿绿色衣服。总之,那时不穿棉衣是不能过冬的。这几年我却基本是一件毛衣足矣,甚至有时参加宴会,只是西服衬衫,也没觉怎样。环境保护的常识告诉我,气温升高不是什么好现象,我也以为冬天不冷,失去很多趣味。

趣味之一是火。我们以前屋里生火炉,冰天雪地里,火炉上放一把水壶,看它"嗞嗞"地冒着白气儿,把屋子弄得有些水雾,就不由忘却天寒。火炉上还可以烤馒头或白薯,烤得香气扑鼻,馒头略有些煳味儿,白薯流出糖汁儿,我们沏上一壶花茶,看房檐下挂着的冰溜子,有什么烦恼消除不了呢!当然,生火炉是大难,比我最近学习使用电脑要难得多。有一段时间,我搬到一个小三合院的东屋住,需要自己生火,费了许多劈柴不说,几个小时就灭,屋子里总是冰凉。特别到了晚间,也懒得再折腾,亦是自知过不了多久还会灭,我就多穿衣服。好在我通常是彻夜不睡,要睡时必是困极了,冷不冷也无所谓。我在火炉上大书四字——"哑巴爷爷"。我爱火炉,也有些怕它。

再说趣味之二,是水。我家北屋正中一间,紧挨着屋门有一个大水缸,上面盖木板。院子里有自来水,但是冬天水管要结冰,不能不用水缸存些水。也因为结冰,每天傍晚要"回水"。在门道里有一口井,约有一人深,里面是水表、自来水开关和一个小水龙头。"回水"就是关掉自来水并把水管子里的水放掉。这个活儿必要两个人做。一个下井,一个在上面看着地上的自来水龙头。我和六叔是做这项活儿的一套,我先钻到井里,关掉自来水开关。六叔在上面对着自来水龙头一吹,就听得水管里"咕噜咕噜"响。我赶紧打开小水龙头,用小脸盆接存水,有时可以接到两盆。存水放净,上面的水龙头就"咕噜咕噜"叫。六叔喊一声,我再把小水龙头关掉,他就拉我上来。

现在我说起来好像很在行,当时则很笨,不是忘了关水龙头,就是自来水开关拧反。六叔是个有些孱弱的美男子,家外人很爱他,家里却不大有他说话的机会。他比我大不多,从不欺负我,"回水"时也总担待我。我们都是四合院里的"小动物"。"小动物"也有反抗,我们对于"回水"的工作永远由我们做,是颇为不平的,所以有时就故意忘掉。可是,不"回水",次日就上冻,整根水管都冻成冰棍儿一样,又是我祖母提着热水壶去浇。平日谁也不说院子主人是我家,但遇到这些全院的事,又必要我家负责。若是撇开这样的矛盾,下井"回水"也算是好玩,在那黑洞洞的井里,悄悄地做着什么,这种情形,大概没有孩子不爱。

还要说家中的水缸。冬天的早晨,水缸表面结了一层冰,轻轻敲下来,小块小块吃,感觉就是无比的爽。自来水里有许多漂白粉,有时味道浓烈。水缸里的水经过沉淀,较自来水更清亮,冰也好吃,我不记得为此闹过肚子。

公　厕

厕所是大问题。我劝说祖父祖母搬出他们住了一辈子的四合院,就是用这个理由打动他们。我们院的厕所在门道里,小而陋,只能容一人,且就是一个坑儿,还好不是很脏,那是因为勤于打扫。每隔两三天,淘粪工人来淘一次。他们多是青壮男人,全身一套蓝灰色劳动服,脚下是解放鞋,都是斑斑点点,可能是长期不清洗。背后背一个长长的木桶,约有半人高,手里拿着长把的木勺,就是北京话里叫作"马勺"的。院里人称他们是"淘大粪的",言下是不大看得起,平时骂那些学习不好的孩子,也总说,"将来长大是淘大粪的料"!意思是只能靠力气吃饭。这和我在学校所受的教育是截然不同的。学校老师在刘少奇平反以后，不断讲他接见淘粪工人的事。我一直以为时传祥是刚淘完粪就去和主席握手，于是也很激动，总想找机会和来我们院的"淘大粪的"握一次手。一到他们来，我立即凑上去，他们却看也不看。我的联想从小时就有些丰富吧——我在作文里编造出故事，大意是，我本来是看不起淘粪工人，因为听老师讲时传祥的光荣经历，改变了我对他们的认识：有一次一个淘粪工人身体不好，可能是发烧，几乎背不动粪桶，我克服了心理障碍，帮他把粪桶抬到粪车上。那个工人很感动，握着我的手说："小朋友，你辛苦了！"老师在班上念了这篇作文，还夸我写心理活动写得细腻。事实是，我连淘大粪的脸也不曾清楚看过一次。而且，是他们看不起我这个孩子，哪里有我看不起他们的问题呢！

80年代从天津调来的新任北京市长林乎加，积极在北京建设公共厕所，每条胡同都有一二个，大小不同，但给人很大方便。譬如我们院的厕所，近三十人共用，如果有人拉肚子，真就没了办法。公厕虽然是半条胡同共用，但是坑儿多，街上行人也可以用，现在我还认为这是林乎加的德政。

公共厕所之初，大家很爱去。因为大家发现那是一个重要的社交场所，在厕所蹲着聊，还抽着烟，有的人简直就是泡在厕所里。这里要补充说厕所的建造，厕所往往是因地制宜，有地方就盖大些，没地方就想办法尽量多设些坑儿。大的厕所，便坑儿是排成一排；更大的，是两排坑儿对着。小厕所则肩膀挨肩膀，还几乎要碰到对面人的脑袋。我甚至怀疑厕所的设计者考虑到厕所聊天的情况，好像现在日本有些电车特意把座位搞成会议形式似的。不过，厕所近距离相对，有些不大雅观，北京人却很少在意。女厕那边的情况虽不能详细知道，可是声音听得请，聊天比男厕还起劲，忽而朗声大笑，忽而窃窃私语，就是内容不如男厕丰富，总是不离家长里短。

公共厕所建成，淘粪的就不见了。公厕每天冲刷一次，清洁工人，我们叫作"刷厕所的"，女人居多，戴了口罩，用胶皮管子引来自来水冲，之后还洒上来苏水。男厕和女厕间的墙上有个孔儿，就是方便清洁工用胶皮管子而设的。

有了公厕，我们院的厕所拆了，用于堆些杂物，我们有时在那里捉迷藏。阴天时，还隐隐有些臊臭气。

邻　院

我们的院子在胡同里的编号是二号。对门一号是大杂院，住着有三十几户人家。其中一家和旁边的工厂相邻，双方矛盾极大。我不清楚到底为了什么，经常吵架，其中一次工厂派了民兵来，把那家的父亲抓走，在工厂里批斗，我们都跑去看热闹。那家的父亲被两个民兵押在台上，自己沉痛地检讨，说是往工厂里倾倒了粪便。批斗之后还游街，一路上喊的也是粪便的话。这种暴力兼有猥亵，老百姓都喜闻乐见，胡同里堆满了人。祖母禁止我去看，我还是偷跑了去，还跟着大家喊，"打倒某某"。我这才知道那家父亲的名字，不过现在也忘了。

工厂还多次抓疯子。疯子是工厂的女工，高个，丰满，其实是不大看得出疯来，但大家都说是疯。我所见到的，总是突然疯子就在胡同里奔跑起来，工厂的一群民兵在后面追，追到了便把疯子掀翻在地，用粗绳子捆起来，押到工厂铁门上拴住，供大家围观。每到这种时候，胡同里人都像看戏似的，争相出动，生怕赶不上。有的老太太还去给疯子喂些水，疯子也大口喝下去，她不打人也不骂人，比周围的人还冷静。她那时三十几岁，如今也近六十了吧。

我们隔壁的四号是小三合院，四五户人家，有一户的男人据说因强奸幼女而被判刑。胡同里对坐过牢的人是不宽容的，我们孩子都受到教育，知道那就是坏人。他放出来时已是中年，有时在公厕碰到他，我们也不理他。然而他的太太孩子收留他，我们都觉得是胡同的耻辱，他家却没能力搬走。想来那种受尽白眼的日子，必是很难熬过。

和我们院的东墙相对的也是杂院，人家比一号院更多。其中一家办喜事，我去了，他们让我喝汽水，其实是一种劣质的香槟酒，喝得我大醉，被抬回家。祖母和家里人都急了，两家人争吵起来，喜事不欢而散，两家约有十年不来往。我醉的那年，只有六岁。

我的祖母对我限制颇多，不许我和胡同的朋友玩耍，总说"近朱者赤，近墨者黑"，我要交的朋友，都要由祖母认可。结果，我在胡同里没有朋友，胡同里对我这个不出院门的孩子有许多称呼，老太太叫我"小白人"或"富强粉"；孩子们叫我"洋白菜"，这是从"白"演化来的，没什么道理。祖母的教育，所得是，我可能是我们胡同里最有文化的人了；又有所失，我从小就没有群体生活的经验，用北京话说，是不合群，这给我也带来相当的苦恼。

我也出过格。一号院新搬来一户，大家很快知道那家的老三是进过少管所的，各家都告诫自己家的孩子，不要跟老三在一起。我祖母一直引以为豪的就是，在她的管理下，她的子女没有一个造反派和流氓——她很早就是把这两种人并列的。她当然也不许我这长孙走歪路，明确要我不可跟老三接触。可是说来奇怪，我却很想和老三交朋友，他用烟头在胳膊上烫出像是梅花的样子，我觉得很刺激，假如没有祖母管着，我也想烫一个。我在晚上悄悄溜出院门，在胡同里听老三说他的世界，不外乎打群架，小偷小摸，逃学之类。我把这些故事都加以改编，结合了小说演义的描写，就把老三想象成一位侠盗，而且能飞檐走壁。这样的故事把我自己迷住，我甚至在家练习飞刀，我们那时削铅笔用一种竖刀，我把院门插好，把院门当靶子，将竖刀掷过去，竖刀就扎在门板上，内心很愉快。我想这种技艺可以在侠盗老三遇到危难时救他一救，大概谁也不会料到白面小书生竟能出手不凡，可惜我终没机会展示。老三后来的生活也平淡，听说开了个体小杂货店，对顾客热情，拉了不少主顾呢。

过 年

在东京过春节是可笑的。几个中国人凑到一起下回馆子，互相说些拜年的话，喝到酒酣耳热，说了"明年见"后出馆子门，把异样的兴奋带到街上，在如潮的日本人群里，我们的笑脸颇为古怪，自己就忍不住收敛起来，匆匆夹着尾巴各回各家了。这时想到四合院里过的大年三十，就觉格外怀念。

当然，怀念的，也是四合院没被糟蹋的时代。我们那时过年，是以大家庭为单位，全家几十人在一起。通常北京过年是从农历腊月二十三祭灶开始，祖母的生日是腊月二十二，所以我家提早一天就有了过年的气氛。我没赶上过祭灶，可对灶王并不陌生。祖母把灶王爷灶王奶奶的事，当童话故事说给我听。而且，还用每年腊月才有的关东糖来提醒。关东糖是为了灶王而设，有两种讲法，一是为灶王上天多说好话，有些贿赂的意味；再有一种，是关东糖黏，把灶王的嘴粘住，到天上说不出坏话。这也太好玩了，想象中，无数的灶王爷到达天庭，跪在丹墀之下，张不开嘴，"唔唔"地叫，何等的恶作剧！关东糖也有两种，一种是长条的，一种是鸭蛋圆的，又叫糖瓜儿。两种都是麦芽糖做的，外面裹些面，刚吃时极硬，咬不动；入口又变得极黏，粘在牙上，糊在舌上，甜得喉咙不舒服。是谁发明的这种怪东西？小孩子却还要吃，因其创造了合理调皮的机会。我们买了关东糖，不敢放在屋里，怕化了，就放在屋外窗台上，有时能冻上，带着冰，更觉好吃好玩。

北京人有一套过年的歌儿，我们按着歌儿来准备过年。这歌儿是：

二十三，糖瓜粘。

二十四，扫房日。

二十五，买爆竹。

二十六，蒸馒头。

二十七，买新衣。

二十八，把面发。

二十九，去打酒。

大年三十晚上熬一宿！

糖瓜儿不用说了。扫房，我不参加。买爆竹，是我很高兴做的事。爆竹固定是由四叔负责，他经常比我还积极，这些年他花在这方面的钱也不知有多少了，总不是小数。四叔买爆竹喜欢买大挂的，印象中他买过五千一挂的，平时也是一千的，而且经常是大个的，放起来真是震天响。买烟花也是尽量选大的。实际上四叔是个小矮个，却有豪情，特别是放的时候，他毫无惧色，始终用烟头儿去点大挂鞭，我看着都害怕。我只算是小打小闹，早早地到杂货铺排队，买的却是一百一包的小鞭儿，而且舍不得一下子放掉，要拆开，一个一个放。我点上一支香，把小鞭儿找个墙缝儿塞进去，用香点着，赶紧就跑。和我年龄差不多的小伙伴，胆大的会一手拿香、一手拿小鞭儿，点着后，把小鞭儿甩出去，在半空儿炸开，样子很帅气。我可不敢这样做。烟花呢，我喜欢一些低档的，简单的，如"蹿天猴儿""炮打双灯"之类。这也不仅是因为没有钱。我至今不能忘情于"炮打双灯"，黑夜里，"嗞——啪"一声，一道白光直破夜幕，在暗暗中忽地闪出两团火光，一团是红，一团是绿，红的告诉远方的你，此处有我；绿的告诉我，远方有一个你。我就想着你是谁，在和我分享这偶尔的灯火？这样静谧的神往，热烈的陌生，诡异的巧合，我不要对方有很多，但我要你和我有同样的心情。这是我在心中为自己编造的童话，是少年人一点可怜的诗情，颇可纪念。

现在北京禁放烟花爆竹。北京人艺的韩善续告诉我，春节时他们约齐朋友到郊区去放，那里没有禁。禁放，理由是危险，火灾与人身伤害。然而，以我家及我家周围的二十年间，还没看到过这种事。在东京，每年看到隅田川、东京湾花火大会，即使小巷的夏夜也常看到孩子们放烟花，这样的日子在北京却结束了。我还是再继续往下说吧！

蒸馒头。过年时的馒头可不一般。一是多，总要蒸几百个。多的原因，年前大家都忙，女的没工夫正经做饭，男的没工夫正经吃饭，这是其一。其二是，北京的习惯，正月初五以前不做饭，因为忌讳用刀。所以，大家集中在过年前蒸出一批馒头，谁饿谁吃，很方便。二是，这种馒头是过年吃的，就要比平时讲究，有时各家还互相送送，也是显显自家手艺。

我家的馒头不送人，因为自己还不够吃。我母亲蒸的馒头是出名的，她和面用碱都相当在行，馒头蒸出十几天，还可以保持不干不硬，比外面的点心还好。只是她只有春节才做一次，大抵也是很累人的吧。母亲把馒头做出许多花样，有面里混糖的，有白糖馅儿的、黑糖馅儿的，还有果料的。母亲有几个木头的模子，不同的馅儿用不同的模子，蒸出的馒头都带着图案，像是月饼似的。大人孩子都爱吃爱看，馒头蒸出来，整天就听家里不断有人喊："大嫂子蒸的馒头呢？""来两个馒头！"如果放开吃，两三天就会吃掉。祖母和母亲就把几百个馒头藏起来，有时藏在空水缸里，有时是藏在院子的自行车棚里，而且地点要不断转移。我很爱母亲蒸的馒头，每到这时，就想办法不吃饭而吃馒头，我也总能找到祖母与母亲藏馒头的地点。叔叔们还常叫我帮他们偷出几个。到三十晚上，大家就要求放开"馒头禁"，有多少都能吃光。我还爱把馒头冻上，结一层冰碴儿，吃时爽快极了。说起来，总有十年以上没吃过母亲做的这种馒头了。

馒头以外，更重要的是包饺子。从初一到初五都要吃饺子，预先擀好皮和好馅儿，随吃随包。没有电视台的春节晚会时，年三十的夜里，男人们聊天、打牌；女人们从后半夜起就开始包饺子。家里二十几口人，也要几百个饺子才够吃。妯娌、姑嫂一边包着饺子，一边交流感情，不过也可能说话说岔，反而闹起别扭。这也是大家庭不可免的苦恼。唐代张公艺九世同居，取堂号为"百忍"，究其根本就是约束个性吧。我家那时还只有三代，也有了三十几个"忍"字。谈过年，不好多谈这些。

年前的日子总是慢的，慢慢就到了腊月三十。北京的单位明知道三十的重要，却往往要拖到三十那天中午才放假，甚至就是不放假。祖父祖母就坐在家中点名："老四是不是又买东西去了？""小飞他妈该回来了，是不是直接回他们家了？""小五呢？"老两口不断发问。我就替他们去查点，还要不时到胡同里望望，直到全来齐为止。祖母尚好，祖父则是差一个人都不高兴。有时有人加班，老爷子也不说什么，自己隔不了一会儿就到院外去一次。我们知道拦不住，只装作没看见就行了。年夜饭是从早上就开始准备的，好不容易把人等齐，所以人齐就开饭。鸡鸭鱼肉少不了，尤其是鱼，或者带鱼或者平鱼，万不可缺。"鱼"与"余"同音。祖父是个实用迷信主义者，他对于相面算卦之类不大信，觉得玄；对于生活里的所谓"讨个吉利"却是很在意。如果没有鱼，他会一下子沉下脸的。他还重视年糕，年糕谐音"年高"，是年年高的意思。我父亲专会讨祖父喜欢，每年只负责年糕的采购，结果花钱不多，在祖父眼里却以为是了却一件大事，对我父亲特别赞赏。这引起大家不满，有的说，以后大家年年都只买年糕吧！众人都笑，祖父亦笑，这样的节目也是每年一次。

祖父又重视花生瓜子。那时还是凭粮本到粮店买，这是我的工作。粮店里排大队，要等较长时间。而且，粮店的不好吃，我们买回后再加工，重新炒。以后自由市场开放，我们多是直接买农民的，就比粮店的好吃多了。三十晚上吃花生瓜子，祖父要大家把皮儿都扔到地上，不许扫，大家在花生瓜子皮儿上踩来踩去，这叫"踩岁"，祖父最高兴看。祖母偏是最看不惯，一定主张要扫，他们也每年为此而争论一次，争论的结果也永远是，祖母扫过一回后睡觉；祖父不睡，地也不再扫。祖父是主张三十夜里守岁的，到他八十岁时，还是如此。他没有什么事做，就那么呆呆地坐着，很认真地看他的儿孙们聊天玩牌，斗嘴逗趣，好像总看不够似的。自祖父去世，我还没有在家过过春节，想到不再有他的关注，更是珍惜自己的一分记忆。他去世时，我没有在他的身边，我能想到他在世上最后的一眼，一定是用了他残存的气力，望到万里以外的我这位长孙和我的妻女，而且我相信他的目光仍然慈爱。

电视里有了春节晚会，对大家庭的过年其实是种打击。大家庭里的小家庭纷纷觉得几十人一起看电视，谁都看不踏实。有人就以看春节晚会为借口而回自己的小家。小家也因为有了春节晚会而不觉冷清无聊。这时北京又恢复了打麻将牌的娱乐，好像是和春节晚会抗争，为大家庭再聚些人来。不过，这时的过年，男人们草草吃了年饭就急坐上牌桌，女人们忙着跑去看电视，连花生瓜子都少有人吃了。有几年的春节，我都看到祖父一人笨拙地嗑着瓜子，脚下积了很少一些皮子，到天亮时，像完成任务般地去睡了。原来一切过年的习俗，大抵随祖父那一代而终结，固然以后还有怀旧如我者，诚如张颐武兄在《漫说胡同》文中说的："这点气氛恰恰是一种形式，一种抽空了内容的形式。这形式多么有人情味，又多么让人怀恋啊。"大家庭散了，四合院拆了，春节晚会越搞越没意思了，新的形式却在哪呢？

想到年三十的傍晚，我和小伙伴们点燃各种纸灯笼，在胡同里窜来窜去，可是风一吹来，灯笼很快就会烧掉。那时的惋惜之情，正仿佛我现在的感喟。

护城河与二环路

在安定门的护城河边儿住了二十年。

闭上眼就看得见。

闭上眼就能到跟前。

我的童年和少年时的乐园。

70年代的护城河在现在的二环路的位置，河南岸是一道大土坡，岸边坡上长满杂草。过了土坡是条大土路，就是城墙的遗址，因为已经开始修建地铁，土路上经常过很大的汽车，运输沙石砖木。土路再往南进胡同走五百米，就是我住的四合院。我们那一带的大人们，没有不怕自己家孩子到护城河边玩的，因为河边儿没有任何保护措施，河水总有一房高，而河底淤泥极深，胡同里始终流传着，某个会游泳的人陷在淤泥里，连尸首都找不回来的事。河边儿又荒凉，没有灯，少有行人，可能有野狗，据说还有"拍花子"——拐骗小孩的人贩子——不过北京老人时代的观念不强，从大清到民国到共和国，所有的事都是混在一处说，"拍花子"与淹死游泳的，这都不知具体是哪年间的，至少我住时是没有发生过。有次倒是漂来一具女尸，但或是自杀或是他杀，连奸杀也不是，衣服还是整齐的。总之，一代又一代的大人们要拦住一代又一代的孩子，一代又一代的孩子却是越拦越要去的，那些传闻中的危险，却增加了冒险的兴趣。我父亲到我成人以后才对我说起他小时到护城河边儿玩的经历。我小时则是每天傍晚时都可以听到各家父母在河边儿喊自家孩子的声音。

我是笨拙的，家里尤其不放心，不肯随意放我出院门，我就不能和小伙伴们同去，只能自己偷去，其实反是更危险的。譬如捉蜻蜓。他们是用网或用竹竿粘。粘，是事先在柏油路边挖下块沥青，放到空罐头桶里烧化，然后在竹竿顶端蘸上些，只要竹竿碰到蜻蜓的背，蜻蜓就逃不脱了。用网要配上招子。招子是把白纸团成球，用线拴上，一手把招子有节奏地抡起来，一手持网，蜻蜓一接近招子，网就扣过去。这两种工具我都没有，可是看到别的孩子捉到很多，眼馋，于是我用手捉。有几次都没留神脚下，滑到水里，鞋和裤脚都湿了。湿了就不敢回家，自己在河里把鞋袜上的泥刷净，放到草地上晒，干后再穿上。绝不可以告诉家里，否则他们就由我的一失足，马上联想到千古恨，又会严加看管，我连偶尔逃出的机会都找不到了。

就说说我一个人偷跑到护城河边玩耍的情况吧。有时，我用树枝在地上深挖，这是模仿考古，希望能挖出些旧物，可惜没有任何收获；有时除草，用手拔去荒草，清理出一片空地，把我从家中带去的花籽种下去，不过，我不管节令，而且拼命浇水，所以花从没长出过；最有成绩的是捉飞虫，七星瓢虫或其他几星瓢虫、萤火虫、臭大姐、菜粉蝶、花老道、扑棱蛾子，甚至还有绿头蝇、大花蚊子。我把它们放进玻璃瓶里，细细地看它们，喂它们各种吃食，看它们喜欢吃什么。我发现，各种虫子都有美丽的一面，菜粉蝶的嘴是一根像卷花头发似的吸管，要吃东西时缓缓舒展开，颤巍巍伸向花蕊，吃相优雅之至。臭大姐尽管气味难闻，但它的翅膀有两层，外面的朴素，灰黑色，内里却鲜艳无比；外面的可说是一种伪装，落在草丛里不易被敌手发现，那内里的那一层呢？它却是要向谁来显示，抑或是只在顾影自怜之时。大花蚊子也尤其漂亮，说是花，也就是黑白二色，但这两种颜色凑到一处就会呈现较大反差，有分明之感；偏在大花蚊子身上，黑白互为衬托，半点都不刺眼。这点意见，我一直想贡献给服装设计师，我看他们运用黑白色调时，并不比大花蚊子高明。还有比绿头蝇的绿色更迷人的吗？绿蜻蜓的绿，在阳光下是发白光，绿头蝇则是闪动一种金光，金与绿互动，似幻似神，只是绿头蝇的小动作太多，让人产生凌乱感，好像戏台上青衣出面插科打诨，反倒招人烦了。

我还有特别的成绩，一是我曾捉住白刺猬，引起家里巨大恐慌。那真是偶然，除草时见个地洞，口大，不会是蛇，里边有些"籁籁"的声音，刚挖几下，就见到缩成一团的刺猬。我只

护城河与二环路 | 045

是觉得颜色浅些，但这种猎物算是难得，就带着回家。不料祖父祖母都急了，在民间刺猬和黄鼠狼、蛇、青蛙等被叫成"大仙儿"，作起怪来都是极可怕的，更何况这是罕见的白刺猬！道行不可估量！祖父祖母给我讲了足有十个刺猬作怪的故事。说也奇怪，民间不那么怕观音菩萨等大神灵，对黄鼠狼之类的宵小却怕得要命。在他们的严命下，我将白刺猬放回护城河边儿，而且愤愤告诉它，有何牢骚找我来，不要找我祖母。幸而它谁也没找，连它的洞穴，后来我都找不到了。再有一件，有年大旱，兼之修地铁的缘故，护城河水干了，也没注水，河道的淤泥露出，晒干，可以在上面玩。我发现在这里有许多蚂蚱，就是蝗虫，就对它们有了兴趣，捉了不少，在家养着。父亲笑我，说北京人有养蛐蛐的，养油葫芦的，还有养蚂蚱的吗？但父亲也是有玩心的，虽不参加我的活动，却给些帮助。他给我做了一个较大的箱子，箱子下是木槽，放上土，蚂蚱可以钻进去做它们的家；上面是玻璃罩子，方便观察。我养蚂蚱养了一个夏天，对它们的生活也是很了解了，并且蚂蚱一死，我就解剖，有时制成标本。夏天结束，我写了一篇有几千字的小论文，讲蚂蚱的习性和身体构造，交给初中的生物老师。老师把论文推荐到区里，没想到区里又报到市里，市里给了我一个大奖，在"五四"表彰会时，授予我"五四奖章"。我成为所谓"特长生"，在考高中时还占了些便宜。这是我在学校以外第一次获奖，如果在这方面发展下去，说不定我还会成个"蚂蚱博士"。初中的生物实验室，可以随时为我开放，也许现在那里还保存着我制的标本吧。

护城河水干了一二年，河道被填上，和原来的土路并在一处，成了二环路。在原河道的北边又开了一条河道，是用水泥砌的，没有了以前自然形成的岸坡，显得郑重其事，还修起铁栏杆。我和初中的同学在夏夜到新河边聊天，附近的居民也来此乘凉，河边儿热闹得多了。我的生物试验场却从此消失。

二环路上开通四十四路公共汽车，我每星期日坐车到和平门琉璃厂的中国书店。安定门可能是始发站，汽车里不挤，去时总有座位。回来时车过西直门，也会有座位。宽大的新马路，宽松的新汽车，心情莫名地有一种新样的愉快。我对原来的护城河有些淡忘，几乎没有可惜之情。尤小刚拍《神州第一街》时，座谈会上我还发言特意讲到二环路的建成，说是仿佛家里初买了彩色电视般的兴奋。时下二环路成了大家都怕的地方，堵车堵得人闻风丧胆。说实话，我心里是难过的，好像是好朋友翻了脸成为陌路。有时行走其间，我很想再闻一闻旧河边上腐草烂泥的气息，小时也并不觉得有多么难闻，现在觉得难闻也无从闻到，自嘲说，这也是逐臭，其实身边的汽车废气，车里的空调，车上的油漆，哪一样不臭呢？成年与童年的嗅觉都是不同的，一人之变如此，护城河的变迁，就不在意料之外了。

护城河与二环路 | 047

安定门

说起安定门，在北京的城门中是较为突出的一个。明清两代，军队出征是出德胜门，凯旋则进安定门。我看到有些记载说，还在安定门城楼举行过献俘仪式，不知那香妃是否到过此处。香妃到过也没什么可喜，安定门还有一项任务，是出入粪车，仿佛西直门是水车专用。遗香遗臭，可以两抵。

在清代，汉人不能住北京内城。内城八个城门，分驻满洲八旗，如，德胜门内是正黄旗，祖坟在德胜门外；安定门内是镶黄旗，祖坟在安定门外。不过这规矩早就破了，到我的时代，不要说八旗，连八旗的坟都见不到了。我们住的安定门内，没听说有人以自家是镶黄旗标榜的。我一度对北京史极有兴趣，读之外，还想做些实地考察，就在附近寻访镶黄旗的老住户，结果找了多日，意外发现我要找的人在我家，是我的祖母。连我祖父都是后来搬过来的。祖母这才讲些旧事，譬如侦缉队破瑞应寺盗经案，满人尊重姑奶奶，丧事请喇嘛，等等。祖母还兀自不认是满族，可她的妹妹承认是满族，妹妹住国家气象局的大院，风气和胡同里是不一样的。不管怎么说,镶黄旗的安定门往矣。

在我幼时,北京流传一个笑话,说有个乡下人坐公共汽车,被车门夹住,喊:"爽俺的腔喽!"售票员不忙放他,先对他进行北京话教育:"那不叫腔,叫屁股。"乡下人上得车来,买票,售票员问他到哪,乡下人改口也真快,答道:"安屁股门。"笑话虽是嘲笑乡下人,却也损害了安定门的名誉,我们对人说到家住安定门时,人家就用这个笑话开玩笑,令我们很难堪。北京人的嘴啊!有位在民国时代住过北京的老日本人,将近九十岁,每次见到我必然要质问:"北京的女孩子的声音多么好听!像银铃儿一样!她们现在为什么要学那些老赶子的话?"这位老先生可算是准北京人,自豪时总不忘踩一下别人——有时也踩自己。我逗老先生:"那就找个讲纯正北京话的女孩子骂你一顿,她们骂人的声音像要敲碎银铃儿。"老先生也不恼,幽幽地说:"今生没有这样的福分了!"我想到我的妹妹,嫁到台湾,回来时说话全变了,开口就是"有"什么,不仅不是北京话,作为汉语也是不通的,她已经不说"有"就不能讲话了。这还是小时那个疯了似的骂我的妹妹吗?北京人的嘴啊!我不由得跟着幽幽起来。我的安定门也往矣。

我的安定门是一条大街,北起现在的二环路安定门桥,南至交道口十字路口。安定门立交桥之前,这里也有座桥,架在护城河上,只是小,我们也叫安定门桥。桥北接着条很窄的小马路,两辆公共汽车对开，路就满了。两旁便道也窄，还是土路。西边的便道，有些极小的商店，而且都是有半截在地下。80年代初又添个简易的自由市场，商店门前一溜儿都是摆摊儿的农民，更是挤得水泄不通。坐公共汽车经此，不妨从车窗递出钱去买块烤白薯先吃着，一时半会儿是过不去的。烤白薯烤得也不好，白薯尽是干瓤的，还不是栗子味的干瓤，没的可吃。摊上除了蔬菜和粗粮，连瓜果都少。这也说明这一片的消费水平不行。我们虽只隔着条护城河，到此却明显感觉到是出城了。

我到桥北，那时说"出安定门"，是在80年代初读初中时。两件事，去地坛和找同学。地坛大而空，树很多，我经常带本书去坐上半天。有个同学，平素不招人喜欢，外号叫"大葱"，有天神神秘秘对我说，地坛里他看到有个老头带个年轻女人逛，女人穿着军大衣，里面却是光着，连胸部都被"大葱"看到了。他说的是真是假不知道，但以后我就总在地坛碰到"大葱"。他很有可能是被自己编出的话迷住了。地坛西门有一家传染病医院，所以家里不大愿意我去地坛。我去时也在路过西门时狠憋住一口气，直跑到里面。后来学会骑自行车，可以直骑进去。

找同学，一是女的，我的同桌，同学里被叫成是我的"婆子"。其实我并不喜欢她，但是我初中三年的课堂笔记多半是由她帮着抄的，有时上课抄不过来，就带回家抄，我找她往往是取笔记。她的父亲是个很厉害的工人，我不敢在她家多停留。另一个是男的,叫董嘉生,我们常一起做生物试验,之后听说他考上了医科大学。我如今女儿都上小学了,他也早就当大夫了吧,我倒很有些想念他。

从地坛再往北是和平里,小关,但对我而言,已觉很遥远。三环路外,则是荒凉一片,算是农村了。

再从安定门桥向南说,就进了安定门内大街。大街的规模和现在差不多,西边展宽了些。这里比城外大不同,商店大、多。也是西边热闹。自北向南,路西第一家就是两层楼的副食店,一楼卖肉卖鱼,二楼卖糖果糕点,门口搭塑料棚,卖菜卖水果,还卖汽水冰激凌。过年过节,我们凭副食本买冻带鱼就是在这儿。卖鱼的柜台有两个白瓷砖砌的池子,一个是卖冻的鱼,一个可以注上水卖活鱼,可是后者永远是空的。我和祖母出门,祖母总在这儿给我买小圆球的巧克力,有带金银纸的和散装的两种,祖母称之为"小王八盖儿"。那是我们的秘密,叔叔姑姑都吃不着。胡同里的小孩,也少有人吃。汽水冰激凌亦好,胡同里只有卖冰棍儿的。我爱一种粉红色的北冰洋汽水,我们就叫"红汽水",我居然不知那是草莓味的。在我读初中时,祖母连走到副食店的力气也没了,那不过是几分钟的路,她却走不下来,于是变成我给她买"小王八盖儿"。昨日国庆节,我打电话回北京,母亲告诉我,她去看了祖母,不敢提我,可祖母见到她,还是止不住地流泪。我有二十年没有陪她上过街,内子在我祖父去世后,几次和我商量要把祖母接来日本与我们共同生活，我的岳母也这样说。然而，祖母怎能禁得住这万里跋涉？我小时多次说，我要一直和祖母在一起，祖母就说："那要看你媳妇的，容得下我这奶奶婆吗？"内子是贤惠的，我也算孝顺的，连同祖母的慈爱，在命运面前，又都是无力的。

继续说那条安定门内大街吧。副食店南不多远是理发店，起初只有一间屋，以后扩充为两间，分了男部女部。我本是不爱理发的，北京话叫"护头"，可我爱到这里理发。那里有一个梳大辫子的年轻女人，她对我体贴温暖，仿佛我家里的女人们一样对我，所以不是她我就不理。推门先看，她不在我就走；她若是忙，我就等着。理发店的顾客排队，等着理发员叫号，轮到谁是谁。我的办法，轮到我我不去，让给别人，非等她空下来叫我，我才去。这样的孩子也太特别了吧，她就和我熟识了，看到我来，总是不要我排队，忙着把手里的活结束，就给我理，也从不给我用给别人用过的毛巾。这也是走后门，但是来理发的大都是脸熟，知道情况，也没人提意见。理发店改装后，她不见了，我极担心她会调走，幸而她只是生小孩，几个月后又来了。我却明显觉出她对我的变化，这变化很难用语言描述。有了自己的孩子，女人的心就多半在孩子身上，有时她急着下班，对等在一旁的我就表示歉意了。终于她为了家的缘故，调离理发店，从此我也不进那门儿了。我曾一度把这种关系理解为她的职业道德，读书却令我多想，或许在我的一方，是扩大的恋母情结？当然这可能又是按图索骥。

理发店旁是文具店，祖母总说是"宝兰轩"，我没问过是哪三个字，也不知是什么年代的叫法，因为我看到的招牌是"红星文具店"。这也是我爱去的地方。文具店是一间，南面柜台卖纸，北面是卖笔本什么的。我在那里买过一种塑料铅笔，连铅都是塑料的。因为我们淘气，喜欢把这种铅笔戳到火炉上，看它一点点熔化。学校教室里总有一股烧塑料的味儿。那种铅笔很好用，铅很软，有些像绘画用的，不过以后再也见不到了。小学生用铅笔是有些视作私有财产似的，我们同学间在铅笔上"炫富"，最高级的是带橡皮头的"中华牌"，有黑色和墨绿两种，凝重大方。最低级的是"丰收牌"，木质粗糙，用铅笔刀都转不动，必须用竖刀去削。不过"丰收牌"的图案丰富，也有可取。还有一种香水铅笔，是三角的，香水味呛人。我们把它放在书包里，书本都有种香气。同学之间要比谁的"中华牌"多，谁的"丰收牌"花样多，结果我们上学校，都是带两个铅笔盒，一个是铁的，装可以用的；一个是塑料的，带吸铁石的，装的全是新铅笔，为的是争奇斗富。原来在财产上的攀比，并不一定是只在富人如王恺石崇之流间的。

像是拉洋片：看了一片又一片，哎，再往南，过了宝兰轩，来到了义利食品店，咚咚锵，咚咚锵。把着谢家胡同东口是街道的三产——义利食品店,这里比安定门的副食店洋气,卖的糖果糕点种类多,糕点基本是西点和南式糕点,香软可口。我经常在这里买面包,切片的主食面包,夹上熟肉或果酱就成了一餐饭。义利的出现,是安定门内大街的一桩新闻,生意远超过国营商店,顾客天天排成长龙。紧挨着义利就有一家副食店,几乎没人进去,里面卖油盐酱醋,也卖糕点,但就是硬得咬不动的绿豆糕,黑得像是煳了的鸡蛋糕。国营不如"三产"的印象就由义利树立起来。回想昔日情形,义利可说是改革开放的春风吹来,在安定门内大街上出现的第一片绿叶。以"食"入手宣传改革,我看是比喊口号有效得多。"三产"其后又由叫作"小温子"的经理承包,好像还把生意扩展,在旁边盘下间铺面房,卖服装,生意也不错。最近几年我没有去看过,不知这安定门的"改革尖兵"如今怎样了。

过了义利食品店,又到了我的精神餐馆——安定门的新华书店,现在的名字是妇女书店,弄得我都不敢进去了。想当年,我每年至少五十次以上出入于此,可以夸口,这里前后六七年间经销的小人书与少年读物,没有我没看过的,且大半我都买过。因此,书店的店员没有不认识我的,他们叫我"小眼镜",给我享受开架待遇。其间我的大姑的同学严阿姨调来,她还总送我书,或是降价给我。说起来我都忍不住兴奋了,那时的小人书真棒!"文革"期间,许多大画家和作家受到迫害,没办法创作像样的作品，却被安排来编画小人书，结果使得我们这些"文革"后期的孩子大饱眼福。王叔晖、刘继卣、任率英、贺友直、程十发、张乐平、陈逸飞、董辰生，他们都画过小人书，还有些我一时想不起来了。90年代初，我在出版家范用先生家碰到徐淦老先生，我就对他说，我是他的读者。徐淦年轻时有文名，还得到周作人欣赏，1949年的冬天，徐淦是在八道湾的周宅度过的。他觉得我年纪小，不会看到他那时的作品。我才说，是看他编写的小人书。记忆里，《东郭先生》，聊斋故事里的《青凤》，都是出自他手。我也是口无遮拦，编画小人书的经历，对于他们而言，或是不堪回首的吧。徐淦先生没怪我，我来日本后还收到他寄来的贺年片。不过在画家那里，画小人书，是一个忌讳的话题，我可不敢对他们讲类似对徐淦说的话。

到现在印象还深的，人民美术出版社和天津人民美术出版社各出过一套《聊斋》，都绝佳。人民美术出版社的，是叶航中、李世南等画的水墨画。就说徐淦编文，李世南画的《青凤》，书生耿去病戴戏台上的小生巾子，狐狸精青凤梳梅兰芳式的古装头，宛然戏曲人物画似的。以后我看到京剧恢复传统戏，没有感到陌生。《三国演义》《水浒传》《西游记》《红楼梦》，都有小人书，不是一下出齐。可把我害苦了。我每月要想办法凑钱买书，以便保证这一套的完整性。并且，另外还有《中国成语故事》《东周列国志》《封神演义》《杨家将》《李自成》，每套都不少。

我所有的零用钱都花在这儿，然后无论和家里谁上街，总是想办法引诱他们路过书店，赞助我几本小人书。以上的各套，我都全的！这种成绩，在安定门一带，我是独一份！这些书，后来给了表或堂的弟弟妹妹们，他们却不知爱惜，而且也不大看，吸引他们的已经是电视了。我生气且难过，把我的书又渐渐要回来，家里人还笑我挺大的人还看小人书，他们岂能知道我对小人书的感情——这些书在我手里连一个角都没折过。

新华书店南边是安定门百货商场，简称"安百"，是安定门内大街最大的商场，但我的兴趣不大。大人们逛"安百"，我在书店等着他们。"安百"向南，是大名鼎鼎的"康乐饭庄"，江苏馆子，也是曾经宾客如云的。"安百"门口停的车差不多都是来"康乐"的。去年我偶然路过，忽然想去那里，司机吕东惊讶地回头瞪着我："您带着黄连素了吗？"我以为他夸张，执意进去，结果什么都没吃下去的是我。我在萃华楼也有一次这样的经历，吕东又拉我到附近的泰国菜馆补吃一顿。如果说我对老字号没感情，那是亏心。可是我们的老字号就如此不争气吗？只看看服务大姐们的手指甲，拆老字号，我就不觉有什么惋惜。

"康乐"往南是一个黑白铁加工的铺子，铺子旁有个不显眼的照相馆，照相馆挨着一个清真食品店，这就到了交道口路口。

安定门内大街东边一溜儿也不知怎么，始终没热闹起来。在交道口路口有家日用杂货店，因为卖鞭炮，我也有时去。东边陆续开过几家饭馆，也是随开随倒，没有长久的。我不是要宣传风水，依我的观察，北京人的生活习惯是保守的，譬如他们习惯在西方的便道上走来走去，如想把他们招到东边活动，那是要费相当力气的。类似开馆子这类的生意，不能只想着有没有地方停汽车，还要注意当地人的习惯。改造北京城亦是这般，有时路修得敞亮，老百姓却不来，这种情况我也见到几处了。只说我的安定门吧，西边一路，步步有故事，倘若我还住在那附近，我就还是要在西路走下去。再多说一句，像义利食品店这种西路上的改革，我就容易跟上，假如它开在东路，我就未必去，或是要拖到很晚才去。我们伟大的改革开放事业已经几十年了，不知这种"西路改革法"是否能成立。野人献曝，我也想贡献这一点意见。

地安门

高兴点儿——走，跟我逛地安门去！

地安门早没了门，从鼓楼可以直通景山北门，成为宽敞的地安门大街。如果要找些旧日的痕迹，帽儿胡同西口对着一个小石桥，这桥可小看它不得，它和天安门前的金水桥一样，都是北京中轴线上的景观。

地安门俗称后门，此桥即名后门桥，正名可能是万宁桥——我也记不太准了，大家平时没人理会它的这个名字。另外，据说刘伯温建北京城，北京的龙王爷龙王奶奶不合作，把北京的水装进两个水桶要带走。刘伯温派了大将高亮前去追赶，追到西直门外真把龙王两口子赶上了。这高亮也莽撞，一枪扎破一桶水。谁知这桶是苦水，从此北京的井里就没了甜水。高亮赶水的地方，后来修桥纪念，桥叫"高亮桥"，又传走了样，成了"高梁桥"。龙王两口也没得好，刘伯温施法术把他们就压在后门桥下，留下话儿说，这桥不能动，一动北京城就难逃水患。看来水是北京城的对头，这是有些缘故的。后门桥西边有火神庙，始建于明代,不知是不是以火克水的意思;桥东帽儿胡同里有步军统领衙门,相当于前清的北京市公安局,可能兼有看管龙王爷的任务,不过现在已改作中央实验话剧院的宿舍,话剧艺术家们大概不负责这事了。我在小学时有个同学叫文芳,住在这个院里,所以我在80年代初去过,看到还有些旧房,不过那时满院子都在施工,目的自然是拆除旧房。想来龙王爷或者还在,步军统领衙门却作灰飞烟灭了。文芳是文兴宇先生的女儿,我一次回国,在电视里看到文老先生在某个晚会上表演,说到他的小外孙女如何如何,假如他不是念台词,我的那位小学同学已是母亲了,我还记得她很瘦,长脸儿。

我小学三年级时考入黑芝麻小学。黑芝麻小学在黑芝麻胡同,是北京有名的重点小学。小学原是清末民初有名的大宅门,是南方一个姓王的司令的家。我入学时校园中心有土石堆成的小山,山上三间样子特别别致的房子,很久以后我才知道那叫歇山式,当时是我们的图书馆。我至今忘不了在那里读书,采光实在是好,从来没觉得黑暗过,而且太阳只会暖人不会晒人。谁设计的呢?在我们学校东墙外有一所宅院,我怀疑是和王宅相连的,那院里有很好看的藤萝,仿佛北小街九爷府——孚郡王府里的藤萝一样美。

从黑芝麻胡同东口穿过豆角胡同就是帽儿胡同,出帽儿胡同即到地安门;当然也可以从方砖厂胡同直接到地安门。我们中午在学校食堂吃过很不好吃的午饭，或者在图书馆念书——课外书，或者就搭伴儿到地安门逛街。

我们逛街的路线是从后门桥往北。帽儿胡同西口路南，把口有家乳品店，就是刘心武在《钟鼓楼》里提过的，有个小偷偷了东西后跑到这里喝了瓶酸奶。乳品店旁有家很小的书店——燕京书店，只有一间屋，屋里黑且不整齐。可是我很爱这里，原因是，旧书多。说是旧书，实际上全是新的，不过库存年头多或是不够畅销，为清库存而降价处理。我那时粗通文言，正是兴趣来时，所以在这里买过不少清人笔记。还有郭绍虞主编的"古典文学批评丛书"，《明诗别裁》《清诗别裁》《老舍剧作全集》《宸垣识略》《郭沫若全集》《鲁迅杂文集》以及翻译的果戈理、契诃夫、显克微支、雨果、莫泊桑等人的小说，总之，买的书很杂，标准却有一个，就是便宜。只要便宜，什么都可以，拾到篮里就是菜。便宜，概念是一块钱以上就算贵，五块钱以上是任多么好的书也不买。记得《清诗别裁》只有八毛钱，显克微支的小说集才一毛几，这些书对我没大用，看着玩罢了。作文时倒是模仿过莫泊桑，但又忍不住掺了点老舍，那就真没法看了，而且留下后遗症，一写小说手下就滑。

燕京书店对面是老北京有名的"合义斋"，三间门脸儿，卖炒肝和灌肠。我不大爱，所以几乎不去。金云臻先生说，在桥东还有家比合义斋更老的卖灌肠的店叫复兴居，朱家溍先生说是福兴居，不知哪位字写得不准，反正我是没见过。合义斋旁边有条短而阔的胡同，通着什刹海，站在胡同东口可以望见水。口儿里有个半露天的破棚子，卖的都是面条馅饼之类大众食品，像个大而劣的早点铺，只是在里面可以观湖面风景，还是有些人愿意进去。由此开始，沿湖向北，都是自由市场。改革开放之初，城市里好像精气神都集中在遍布各处的自由市场。自由，是相对不自由说的，以往农民不能随便卖自家种的农副产品，抓住了就是投机倒把。这时开禁，允许他们进城做生意，在居民稠密的地方为他们划出空地，摆设摊位。如今这种市场统称农贸市场，我则还喜欢自由市场的叫法，正史和野史经常就是区别在这个把词上。城里的老百姓也是爱自由的，国营店里的老黄瓜烂西红柿没人去买了，自由市场的菜新鲜而种类多，还有水果，活鸡活鸭，粗粮细粮，吸引人的还有砍价儿，价钱上可以商量。各家主妇及老人们都把逛自由市场作为生活里的重要内容，吆喝声，聊天声，吵架声，砍价声，拖拉机声，自行车铃声，鸡鸭叫声，驴马叫声，管理人员举着喇叭喊话声，秤砣失手砸了秤盘声，孩子被父母打了一巴掌哇哇大哭声……北京在被政治声音笼罩多年后，霍地被这种种噪声震醒过来，呈现出空前浓厚的生活气氛。清代震钧震在廷说的，"地安门外大街最为骈阗"，这时才又得重见。

　　这种骈阗也曾给我无限兴奋，我每逛地安门必来自由市场。从合义斋旁边胡同进去往北走，都是卖蔬菜瓜果的，同学们多爱买瓜子——不用钱，我们用粮票换，自由市场里什么都可以用粮票换，印象里好像十一二斤北京市粮票换一斤瓜子。全国通用粮票比北京市粮票值钱，但对于北京市民也是难得的。我很晚才知道，农民要粮票的目的在于从城里买粮食——他们自己种出的粮食要交公粮，余下的口粮常不够吃。现今粮票已经废止，粮食可以随便吃，我想这是一个很大的成绩，当然，这种成绩和城里人关联不大。

我不买瓜子而买时鲜瓜果。瓜是北京郊区或河北产的香瓜、甜瓜、羊角瓜。香瓜熟透了是金黄色的，软，喷香，可是未必甜，不会买的就买个大面瓜，沙而没味儿；甜瓜是青绿色的，看着像是不熟，其实是甜的，脆生，有些像是哈密瓜似的；羊角瓜是弯的，一头粗，不太好吃，和黄瓜接近，但鲜劲儿不如黄瓜。果子丰富，槟子、沙果、海棠、苹果、鸭儿梨、杏、李子、糖梨、桃、石榴、柿子、枣、京白梨、烟台梨、水梨、葡萄、莲蓬。我是什么下来吃什么，遇到爱吃的，如枣、桃、梨、柿子，天天吃，直吃到市面上看不到了；遇上不好吃的呢，也要吃一口，应应时令。譬如海棠和沙果，多是涩的，海棠还加上酸，实在是没法多吃。可是它们的样儿又是何等的可爱：海棠娇小玲珑，色是粉里透白，皮儿极光滑润泽；沙果是白里透红，有一种清香经久不散。所以，不吃而闻香和赏玩也足矣。顺便说一句，海棠这东西也够怪的，在花，有万般婀娜而偏不能香，在果，有万种风情而不可吃——我就不由想起《红楼梦》里的那位宝二爷,聪颖博学有文采却难应科举试,俊美偎倪喜与脂粉为伍而止于意淫,恰好他的怡红院内就是植的海棠,曹雪芹此处怕不是闲笔。照周汝昌老师的说法,宝玉住的大观园即是什刹海前海的恭王府花园,那么,我的这一笔也还算不得跑题。

自由市场由一溜儿胡同西口向北,是卖鸡鸭的,气味难闻。我买了瓜果就从一溜儿胡同穿回地安门大街。这一溜儿胡同在北京颇有些名气,窄得两个胖子不能并肩走,大家只可排成一溜儿鱼贯通过。我原以为胡同名称即由此而来,后来在燕京书店买到本小册子,是《北京史研究通讯》的增刊,收有《北京晚报》的老编辑曹尔泗先生在癌症晚期写作的《北京胡同丛谈》的长文。据曹先生讲,从一溜儿胡同钻出来是"一溜儿河沿",明代的什刹海的堤岸在这里,后来海子退缩了。我觉得曹先生的话更有理。地安门的商店、人家,多是有高台阶,这当不是偶然,可以为曹先生的话提供旁证。曹先生的这篇大作,近年常有人引用,却不予注明出处,我感到不公。记得曹文有篇后记,很短,只讲一件事,"文革"前北京市公安局有位叫易振的科长,他在"文革"中受迫害不到四十岁就去世了。易振曾对曹尔泗说,北京街道胡同的名称不要随便改,要尊重当地老百姓的意见,也不要给人扣保守的帽子,对胡同要研究。曹尔泗写作此文,有安慰故友于九泉之下的意思。易曹二前辈,都是可以写进北京地方志的，惜余生也晚，不得识荆；幸余生也晚，尚得为之传名。

从一溜儿胡同溜到大街上，胡同东口是地安门邮局，高台阶，一间狭长的小屋，80年代中期翻建，现在已是颇有规模了。我来邮局一是买杂志，二是买邮票。杂志三种，《儿童文学》《少年文艺》《故事会》。前两种是班上同学都看的，而且看后要评论，所以不能不读。但我觉得有些没有满足感。在所谓少年儿童读物里，最吸引我的是严文井的作品，严文井的故事里老有一个声音，"等你大了就明白了"，使我不断去想，我还会从中明白什么。同学里喜欢严文井的不是多数，更多是喜欢《宝葫芦的秘密》一类的作品。万想不到我以后和严文井老先生做了邻居，而且成为很要好的朋友，这简直是他给我的又一个童话。人生的路，越走越不能明白，这也是生的一种趣味。有时我索性就想，干脆把生就作为童话吧——最低程度我们也不要丢失童话的心情。

《故事会》是有些不入流的杂志，但我觉得其中那种五花八门的内容好玩，很少见正襟危坐的说教，文笔也活泼，因此每期都看。那时我就是不看报，对时事不关心。

再说邮票。我也是从在黑芝麻小学时期开始集邮的。地安门邮局门口总有倒卖邮票的，后来叫邮市了。我为什么集邮都忘了，可是当时确实很热心。邮友还不多，且多是中年人，他们集的主要是旧票，又以"文革"票为最热，有趣的是，"林彪题词"（印有林彪题词的邮票）比较贵，有林彪头像的也都抢手。我抢不过他们，所以只集新票，如《成语故事》系列，《西厢记》《咕咚来了》《西游记》以及生肖票。还要感谢黄永玉，他设计的猴年生肖票出来，改变了邮市的风气，新票的声势顿时压倒旧票。我在此时就发了笔小财，高价卖出一批新票，赚的钱也还是花在地安门——燕京书店和自由市场，这也算楚弓楚得吗？我被经济效益刺激了一下，于是倒卖起邮票，可是再也赚不了，原因是我只看自己喜欢不喜欢，不管别的。譬如鸡年生肖票，挺漂亮的，原价八分，刚出来时就卖到一毛五，然而猴票都卖过五块了，鸡票还是一毛五，最多到两毛，总卖不上价。这可能是那些倒旧票的有意压新票吧。到了狗票，几乎就是没人要。我的小本生意就只好关张，老老实实集自己的。谁料如今已经完全是新票的天下，社会上甚至出现了邮票贩子这一职业，集旧票的才是真正集邮爱好者。事隔二十年，我当初的那些新票，都已成了旧票，有些卖得很贵了。我在邮市上逛的时候，不免有了沧桑感，难道说我就这般老去了吗？三毛二买的《咕咚来了》都已卖过百元，若是如此下去，再过上几年，这套票还不成文物了？那我都成什么了？幸而股票上市，邮票下跌，我懂得大家先前是把邮票当股票炒，我就觉得我还是年轻的了。

在邮局北面是地安门百货商场，人称"地百"，比较大，我也是没兴趣，不怎么进去。"地百"再向北，过一个五金商店，是一个清真食品店，那里卖风糕，香软松细，我太爱了！风糕有白的和黄的两种，都是大米面做的，有小饭盆儿大；混糖，加香油，顶上一层油皮儿，嵌上红丝绿丝和瓜子仁。黄的里面掺小米面，黏软些，白的较为干松儿，我偏爱白的。那家店以外，我再没吃过那么好的风糕。这里还有萨其马和芙蓉糕，也不错。清真食品店接着烟袋斜街东口，进口走不远向南一拐，就是烤肉季；过烟袋斜街东口，经红旗文化用品商店和一个弹棉花铺，又是著名的湖南馆马凯餐厅。烤肉季与马凯餐厅都是名馆子，我那时进不起。以后工作了，单位也在附近，我就拼命去，恨不得把这两处当食堂，中午常约同事去吃。我有稿费调剂，稿费能相当于一个半月工资，比同事就显得阔多了。从我进不去马凯到成为常客之间，这周围变化最大的一是清真店里没了风糕，二是弹棉花铺转产，改卖了扒鸡。这转得也太大些了，因而印象很深。

逛到马凯餐厅，地安门大街的西边就算走完了，往北就顶到鼓楼。鼓楼前横着一条大马路，鼓楼东西大街，和地安门大街构成一个丁字路口。在丁字路口东边路南，街上铺面房有间小屋是住家，门口挂着一块五寸长的木牌儿，毛笔书魏碑体，"王一新寓"，我总想知道这个王一新是谁。隔了几年在地坛庙会上竟碰到了，岁数近八十，山西人，书法家，学郑板桥可乱真。如今不知这老先生还在不在世。

从马凯餐厅过马路到东边，还有不少可逛的。对着马凯餐厅是一家小吃店，种类多而不精，属于可果腹而不可品味，只是红小豆粥煮得好，黏稠可口，撒一勺白砂糖，够得是平民的一乐。距小吃店较近的地方有老字号的茶庄，茶叶颇佳。北京的茶叶店讲究花茶，又叫香片，越香越酽越好。北京不产茶，茶店多用福建的茶，有的是在福建加工，有的是运到北京加工，但老字号多有自己的加工厂。改了国营以后，统一进货，大家区别都不大了，只是有些老店的店员会保存茶叶，不让茶叶跑味儿、串味儿，所以还能觉出好来。从茶庄向南，是委托商行，大概就是金云臻先生说的复兴居或朱家溍先生说的福兴居的位置。委托商行挨着方砖厂胡同的西口，到此我就该进胡同回学校了，每次都赶在下午上课铃响起时进教室，险一险就迟到，地安门大街却还只是逛了一半，后门桥南面还没去呢。

宝钞胡同

　　写过安定门和地安门两条大街，意犹未尽，再写一条胡同。从交道口十字路口到鼓楼之间，有两条平行的南北向的大胡同，东边的是南北锣鼓巷，西边的是宝钞胡同。南北锣鼓巷的事不敢写，因为怕提起笔就收不住，只说宝钞胡同。宝钞胡同南起中绦胡同中段，中绦胡同紧贴城根儿——就是如今的二环路。北到鼓楼东大街。全长约有一公里。胡同也宽，公共汽车单行没问题。其实这是准大街的规模，叫胡同有些委屈。我初中三年是在南头儿的北京一中念的。我的父亲和叔叔们也是一中的毕业生。原来一中的大门是开在我们所住的千佛寺胡同西端，大门对面是一中的北校。白天南校北校的门都打开，学生来回走。就在我入学那年，一中南北校并在一处，把我们的胡同截断，校门却挪到宝钞胡同，所以我上学要从千佛寺绕道郎家胡同，比我的父辈多走三四分钟。这点路对于十几岁的少年来说，也不算什么。那时学校的改建工程还没有完，校园像个工地，我们也被组织劳动，体育课不上，放我们到工地上去用手清理碎石。也因为施工，记得在1984年还挖出两块石碑，一块是断为两截的，看茬口我怀疑是挖时铲断的。这两块碑被平置于校园东南角，我是高兴看这种旧物的，课后便去读碑文，还请同学帮助，把石碑翻个儿，我们还用铅笔拓碑，也是一小块一小块地拓，这就近于破坏了。

我的记忆里，断碑是《创建经正书院碑记》，立碑在清光绪二十四年，即1898年。另一块是《各省大员捐款题名碑》，时间在前碑之后。我想弄清碑的来龙去脉，也查了不少资料，却不见有经正书院的记载。可是，在震钧的《天咫偶闻》里看到有八旗官学，"在郎家胡同路北"。官学始建于雍正中，但是后来荒废。到光绪十年（1884）恢复，政府拨巨款办学，管学大臣是晚清大人物礼部尚书延煦、吏部尚书徐桐。官学以培养满族科举人才为目的，学生的一切费用全包，还给些生活费，待遇优厚。其后又提倡实学，"适延尚书殁，遂售其宅之半，入官开书院焉。分经义、治事为二。经义，月作四书讲义一篇；治事，月课通鉴论札记一册"。从这段文字描测，北京一中的前身就是八旗官学了，经正书院就是由官学扩充而来。但是问题是延煦是庚子事变时"举室自焚"，据碑文看增设书院却是延煦死前的事，一是立碑时间早一年，二是捐款碑上有延煦的名字，孰是孰非？为此我伤透脑筋。其实，我彼时是被震钧震住，宁肯信他而不信碑，此处应当是震钧所记不确，延煦死前书院已经成立了——这话我却是隔了二十年才敢说。

根据震钧的说法，兼用了出土石碑的记述，我写了一篇关于一中历史的小文，投寄《北京晚报》，但未得采用。不采用亦无妨，我对晚清史产生浓厚兴趣，初中的几年，课余时间全花费在这方面。当时的做法也有意思，我把《天咫偶闻》逐条单抄成卡片，然后补充进其他书上相关记载，又自己实地考察，写上现为何处，搞了多半部《增补〈天咫偶闻〉》。

南城及郊外太远，有些不敢去。在做这件工作时，对晚清人物、制度、风俗都能有所学习，譬如我们一中的"老校长"延煦，我了解到他以"晚清的王阳明"著称于世，是汉军正黄旗，由礼部尚书迁吉林将军，罢官回京，住在郎家胡同，每天写写诗，看看戏，也还风雅。戏班里多称他"延四爷"，他和京剧的前三鼎甲之首的程长庚关系不错——程长庚来过郎家胡同，程似乎比他还古板。延煦和另一位"老校长"徐桐都是保守派的领袖人物，又都死于庚子事变，从官学到书院，似乎是有些小改良，实际却还是保守派的人才培训基地。延煦做吉林将军时，就带去一批官学学生去任职，其中较为著名的有文福，也是保守派里的一员干将。《各省大员捐款题名碑》中，延煦之前的吉林将军铭安，之后的长顺，以及文福等一批在吉林任过职的满人都捐了款。我以为，这可能是延煦张罗的结果。延煦的家，按震钧之说是一半入书院，我勘察的情况，延宅大门偏东，可能是把花园部分给了书院，因为另一半还在，虽已是大杂院了，仍能见到昔日的规模，如今标作郎家胡同十八号——小时候真能记事，这点印象竟然还有！

到我的时代，一中可不再是保守的基地。"文革"时期，北京一中可能是中学里最凶的。延煦、徐桐如果活到这时，也许就能被当场打死——我们附近住户都传说，一中有位资深的老校长，很早参加革命，和徐特立是朋友，这位老校长就被打死在校园，而且给开了膛。北京一中地下室在北京相当有名，仿佛是渣滓洞般的魔窟，对黑帮刑讯，附近的住户总能听到哭号声。"文革"后还曾组织各单位来此参观，控诉造反派的恶行。可是，详细记述一中地下室的文章好像还没看到过。学校扩建时，曾把地下防空洞挖断，露出一个洞口，我叫了几个同学，点燃扫帚作火把，进去探险，里面极大，房间甚多，都是水泥墙，墙上常有斑斑血迹，有些吓人。我们不敢走得太远，走到一个蓄水池就返回了。那里的秘密，我盼望能揭开。

一中往南三百米的财经学校原是鼓楼中学，再早是人大附中分校，到60年代末还有不少中共高级干部子女在这里读过书。那时的教务长一直住在学校旁边的杂院，教务长夫人都是30年代的老党员。我为写校史访问过他们。他们住的院子，据说是北京四大凶宅之一。不过关于四大凶宅，有多种版本。这也不说了。我在财经学校中专四年工作三年，前后有七年。这里在清代是颇为显赫的，是晚清唯一一个住在北京的外蒙古亲王那彦图的府第。那彦图是外蒙吉三音诺颜部的首领，人称那王，在宣统帝大婚时还担任过迎亲的工作——在乾清门迎候皇后乘坐的九凤金辇百子喜轿。他的府第相当大，横占了宝钞胡同半条街。那彦图的祖上是康乾盛世时的名臣策棱。策棱本是元太祖后裔，幼年由祖母带着投奔大清，被康熙帝收养在内廷，长大又招为驸马，封为贝子。策棱效忠清廷，自康熙末年至乾隆早期始终转战边疆，立下汗马功劳，以军功得封亲王，与后来的僧格林沁前后辉映。那彦图的祖父车登巴咱尔，即车王，他的府中收藏了大量戏曲曲艺剧本，约一千六百种，成为研究中国戏剧曲艺史的重要资料，顾颉刚教授曾编订《蒙古车王府曲本分类目录》。那彦图的父亲名达尔玛称达王。那彦图一度当过北洋政府的国会议员，还爱斗蛐蛐，那王府一度是斗蛐蛐的胜地。但那王也像其他清朝贵族一样，很快败落，府第卖给西什库教堂。

那王府的大门没开在宝钞胡同，而是开在东西向的国兴胡同，原来叫高公庵儿胡同。大门和银安殿还未全损，现在是一个派出所。鼓楼中学占府的中段，又一分为二，中间辟出一条国旺胡同。到我进去时，学校北校里还有三正两耳的北房，用作图书馆，不久也拆了。如今从这部分已经看不出王府的痕迹。鼓楼中学北面连着一个大杂院，院的北门是原来花园的垂花门，相当精致。垂花门内的花园有东西两进院子，是人民银行北京分行的幼儿园。大抵小朋友的破坏力不强，花园保存相当完整。我在鼓楼中学的同学有位姓米的，母亲就是幼儿园的园长，我因了这个缘故几次进去参观，对此处印象尤深。从垂花门进去是东院，北房五正两耳，东西厢房各三间，院中改建成小朋友的游戏场，有滑梯转椅等，但对原建筑没有伤害，三面游廊完好无损。院里尚存两块太湖石，汉白玉石座雕刻精美圆润，像是乾隆时期的风格。从西厢房和北房间的月亮门进西院，比东院大出一倍。北房五间，中间三间接勾连搭的抱厦，是一个突出的方形开放式戏台。正房两侧又各接三间耳房，使得院子豁然开阔，极具气派——记得曾在府里当过侍卫的老人说过，那王在世时，就住在这个院子。那王府有戏台而没听说有多少演剧活动，可能即是因为这种情况。西院四面游廊，东厢房是借东院的西房。这一借也巧妙，这厢房是穿堂，令两院浑然一体。南房是花厅，和戏台相对。西院东墙还有月亮门，过一个窄过道，那边有一座小洋楼，已改建作银行宿舍，我的同学就住在里面。那王府花园后墙在国祥胡同，这就到了北京一中的对面。从高公庵儿胡同到国祥胡同，中间约有八百米，这就是那王府的长度。

我对这花园深觉爱惜，经过大劫，这样的建筑实是不可多得。我想不好是该劝小朋友们保护这残存的旧迹，还是呼吁成人们不再对花园进行破坏？其实，假如将此处辟作小博物馆不是很好吗，北京的可看处并不是那几条大街，那几个旅游景点。北京文化散落在每一条胡同且都异常深厚——《红楼梦》不也是在胡同里的故事，我看所谓宁荣街只可想成宝钞胡同这样的准大街，而不会是地安门外大街那样的规模，否则如占了地安门外大街的半条街，这"违制"的罪名贾府就逃不掉了。

那彦图败落后卖出王府，又买下宝钞胡同南头豆腐池胡同的七十几间房，这处宅子如今是鼓楼中医院。我在财经学校任教后是我们的合同医院。80年代后期医院创建不孕门诊和男科，来此就诊的人每日都有数百。我们去看病时，总见一大排从全国各地赶来的患者等着接受检查。患者往往由太太陪着，大家脸上的表情都极古怪，弄得我们也尴尬，不便抬眼望他们。我有个大龄青年的同事，人老实而腼腆，却有一日要我陪他到医院去割包皮。那次我也狼狈之至，他割完后龇牙咧嘴岔着腿由我扶着回学校。这回轮到那些不孕患者瞪大眼睛看我们了，直看得他们有些心惊肉跳。有人按捺不住来问我，大概他们以为我的同事被阉割了吧。我看女人们看妇科都是理直气壮，不料我们这些男人看个病竟窘成这般，也真是好笑。

在鼓楼中医院西边一百多米有一个大杂院，照过去的说法就是龙兴之地，毛泽东年轻时住过。这是杨开慧的父亲杨昌济教授的家，梁漱溟先生他们都来此串过门——叫门之后，出来打开那扇小黑漆门的是一个留长发的南方青年，就是客居于此的毛泽东，他住在南房东头一间，挨着街门。附近的居民在新中国成立后几十年基本是不知道这件事的，到80年代中后期才忽然在门外嵌上块汉白玉片，标出"毛主席故居"。我曾写信给文物部门，以为应该称"杨昌济故居"，就仿佛那王住过鼓楼中医院，但不能把中医院叫成那王府。这个意见没得到回音。

再回到宝钞胡同，财经学校、豆腐池胡同都在路西；一中、郎家胡同在路东。郎家胡同往南是沙络胡同，50年代，沈从文先生为住房而求告作协党组副书记严文井。严是很肯念旧的人，为沈奔走一番而得平房两间，"文革"中又失掉一间，这间房就在沙络胡同。沈夫人张兆和住到再往南的净土寺胡同。严说："他俩谁也没有厨房，有时候张兆和同志就在她那边设法做好饭菜送来；有时候，兆和同志就在从文先生这边一间房的门外过道上生一个蜂窝煤炉子做饭；有时候，从文先生就暂时挤在兆和同志那边，以便就食。"我希望沙络胡同应该标出"沈从文故居"，沈在此居住二十年以上，《中国古代服饰研究》即于此处写成。这个意见我连提都没提，因为我知道不会有人理睬。可是，胡同不能全剩下光彩的。我们的生活从来不像历史教科书说的那般诗意。

如今，北京的胡同动辄就被讲成民俗讲成文化讲得充满诗情充满艺术，极力渲染的是"天棚鱼缸石榴树，厨子肥狗胖丫头"这一套，以我这个在胡同里生活过二十几年的人来说，总觉得少了些什么，这感觉，就是"此地空余黄鹤楼"吧。

我还记得在财经学校东墙外——就是现在的大门对面，有一间坐北朝南的小房间，土墙，两扇木门永远闭锁，门上有生锈的铁环。我小时候觉得这房子很神秘，一次和大姑一起路过这里，我就去扒门缝，大姑喝住我，脸色大变——她给我讲了这间屋的故事：一个女科学家，大概是参与研制原子弹的，不幸受到核辐射污染，回家养病，头发大把脱落，几乎全秃了；家里人把她送到这间小屋，她就死在这里。周围居民将此事传得神乎其神，都认为这里还有辐射污染，不敢靠近。她的妹妹或弟弟是大姑的同学，她的父母家在郎家胡同东口，进门有个琉璃瓦影壁，那时院子里住有一户志愿军家属，当兵的父亲牺牲了，政府建了这个影壁安慰孤儿寡母。我的胡同是和无数这样的故事相连的，抽掉这些故事，就不是我的胡同。

梨园梦寻

我开玩笑说要烦同古堂之硕果仅存的张幼丞老先生治一闲章,"年来几经沧海",盖自我举三口之家迁居东京,年年如候鸟飞去飞来,有时就不免生出流离的苦痛。昔任驻华公使今已归老林下的林祐一先生是自告奋勇充当我这桩跨国婚姻的护法的,曾面斥我不能以东京为"家"是大谬,理由是以小家庭为本位,北京的"家"现今不过一幢空房耳。我无言驳他,况心底亦是视贤妻娇女为生命的部分。然而,理智的每每不是自然的,讲到"家",我仍首先想到那被认作是自己的栖息地的所在。乘飞机穿云海越阡陌,临到北京,尽管草木莫非熟稔,仍忍不住要透过舷窗望,要恨飞机滑行时间长,要急于解开安全带收拾行装;而飞抵东京,最多是伴着机身"咯噔"一响,放松筋骨说句"到了"而已。这般心境,好像是理智扫荡不着的死角。

以上虽云闲话,我却并不愿编辑家一笔勾除,只当是引子,或是戏台上的定场诗。接下去该开唱了。当我荒唐地以一个海外中国京剧访问团成员的身份,连同几位日本戏剧研究家、汉学家坐在宣武门外湖广会馆戏楼里的时候，那种生命栖息地的情感又被悄然唤起。我相信，此际访问团中，即便是以汉学著名的刘间文俊大兄，也无法获得和我完全一致的共鸣。

会馆乡贤祠前有子午井，见诸纪晓岚笔记，"子午二时汲则甘，余时则否，其理莫明"。十数年前我曾因这段文字辗转寻觅而来，惜庭芜脊颓，莫辨井址而返。此次再至，画栋一新，廊院洁净，有辰光倒转之感；又承官居会馆"值年"引导，入戏楼前先有一睹子午胜迹之幸。斯井早竭，井栏新面，显见是复生却无大碍。我本不怀亲尝子午甘液的奢望，不外乎觅个寄托而已，陈子昂之幽州台，苏东坡之赤壁，皆同此理。其实胜迹贤哲，八斗倾城，或人或物，其撩人心处在思读而不在观瞻。

见子午井思纪晓岚，其是非功罪不论，总是我先民中智识在亿万人上者，换言之，是，较亿万国人更接近于文明，这就值得纪念。今世指距会馆一箭之地的晋阳饭庄为纪氏旧居，文物管理部门勒石为记，似作定案。而湖广会馆志则记会馆本晓岚故宅，是纪才子曾移宅来就子午奇观吗？堪称北京的"市宝"的大学问家刘曾复公亦以会馆为纪宅，这次我们会面时还特别提到。我无考据癖，并且每每对什么什么旧居很不以为然，所谓人去楼空，硬要做出人还在的样子，意思不大。可是此际有弦管声歌入耳，在这有近二百年历史的戏楼，我极肯相信曾复公的主张，凭空又多了许多兴味。想到自己方才流连的子午井围，定是有难磨灭去的纪氏履痕，昔痕今痕杂沓，望空告亵渎之罪，却也窃喜有以骄后来。

戏楼当是纪宅所未有。我不懂建筑，但仍能觉出戏楼的别致。引起注意的，一是通往二楼的楼梯至少有三座，楼上的包厢后留有宽敞的通道。这昭示着当年坐在包厢里看戏的人的排场，那通道足够成群的仆妇活动。其二是后台，定是出自熟谙戏班事务的人的手笔，什么地方是属于角儿的空间，什么地方放置衣箱，都已安排好，绝无浪费而整个后台又不觉出拥挤，设计巧妙。据我旁观，演员们似比在新式剧场后台更觉舒服便利。我来到角儿的那间小屋，立即想到谭贝勒、梅大王的形容音调，或许，门环上还存有他们的手泽。梅兰芳是称道过湖广会馆戏楼的，说，"在省的会馆中规模大的有戏台，规模最大的如虎坊桥湖广会馆，三面有楼，和大栅栏的广德楼差不多"。谭鑫培和田桂凤在此合演过时有"双绝"之誉的累工戏《坐楼杀惜》（1871年）。田桂凤有"古今第一花旦"之号，梨园掌故记有，某场演出谭因故未到，田桂凤独演末剧，虽至天晚，坐客无一去者。他饰演的阎婆惜，一旦生嗔，面飞六月之霜；扮相清丽燕瘦，尤在双目流波顾盼间极尽情致。谭田献艺，可算是湖广会馆永久的殊荣。这次我们一行至湖广会馆，我特烦知交石宏图先生代邀秦雪玲、安云武两名角儿出演《杀惜》。观剧之际，默诵陈寅恪先生之诗：

红豆生春翠欲流，闻歌心事转悠悠。

贞元朝士曾陪座，一梦华胥四十秋。

说不出是怎的一番滋味，人生际遇遭逢，转瞬云散烟消。吾师负翁说偈：

闻道浮生戏一场，雕龙逐鹿为谁忙。

何当坐忘升沉事，点检歌喉入票房！

忽然想起一桩与《杀惜》、与负翁都有关联的题外谈资。一生尝尽人世冷暖的知堂先生，晚年文字中极少见露锋芒，但对于他不爱的京剧，却肯公开抱不平，说，"我们万不可以一知半解去动手，损坏了本来的好处。我们第一要放下手里捏着的鞭子，信赖人民和艺员，不可以改造者自居"。知堂老人为阎婆惜讲了好话："就事论事，阎婆惜对不起宋江，到了被他杀了，也算完了，还与以后的事有什么相关呢？而且'不道德'的这种批评，根本就用不上，戏曲上的'私情'有几件禁得起这样批评的。"今观雪玲女士之阎婆惜，钩沉百年，联翩数代，一曲相应，脉脉相承，徜徉于绵延的流光，我想，这就是我所谓生命栖息地的素地。我们访问团的团长，日本著名的导演、戏剧理论家之一的渡边守章教授讲，湖广会馆戏楼有着独特的灵魂的存在，是有个性的，不从属于角儿的剧场。然而我要补充的是，湖广会馆所具的灵魂不仅仅是一个有特色的剧场的灵魂。

眼前戏台两侧高悬既顾曲又知书的马铁汉先生书旧联：

魏阙共朝宗，气象万千，宛在洞庭云梦；
康衢偕舞蹈，宫商一片，依然白雪阳春。

此联在当日是切题的，而在如今看却未免囿于一省。重修湖广会馆，恢复原貌是重要的，然述旧际顶好兼之编新，何妨再加一联以应今朝气象？湖广会馆戏楼已成为世界范围内仅存的木结构剧场之一，意义远超一省。这一点建议，不知掌会馆事者以为如何？那旧联也非全无好处，我喜欢其中的"宛在""依然"两词，这就是周作人所云的"趣味的遗传"了。这一点点若上溯便会觅不到源头但却实实在在能体味到它从古至今自外而内地传留的趣味，因了引发这种趣味的情境的宛在与人物心境的依然，就难免令置身于其间如我者，感喟其又是"遗传的趣味"，有先天性，又最能"直沁进在我们的脑神经里"。我有时竟会因此而念起堕入十二因缘的好处。

话当收尾，临到"乱"一下的时候了，乍发现方才一番絮烦不过是自己又入梦境罢了，或说是以一己之境加诸众人的社会，虽不乏情不自禁的可爱，终是落进堂吉诃德的陷阱。轮到破梦，我想到此番在湖广会馆以外的某剧场的所见。我们的访问团迟到，戏开演才入场，听剧场内很有些气氛，时常有满座掌声，我讶于京剧振兴飞快。待到场内光线稍明，算是调侃吧，满场只有我们访问团是黄皮肤，大抵中国人的观众只我一人。渡边守章先生也伤感了，这之后他在湖广会馆演说，他热切地希望湖广会馆成为国际性戏剧交流的中心，也希望有朝一日，湖广会馆可以立出一块牌子，"本日恕不接待中外国人"。

我想，渡边当然不会是迂腐到以为京剧当秘而不宣。我们都要强调的是，京剧，总该首先是中国人的京剧；湖广会馆，定该是首先属于能感受其灵魂的中国人。京剧、湖广会馆，这里留存有中国人的素地。时下，这种素地，我极愿将它提到"节"的高度，借以标示将来的危险。失掉民族的素地，周作人虽大节有亏，设若不因人废言，他的话仍可振聋发聩："成了人家的奴隶，只有主人的命令，更无自己的意志。"

来年还"家"，我是不愿再在湖广会馆念陈子昂的《登幽州台歌》，然而，扛着"遗少"的招牌有年，我近来越发觉出寂寞了。

1996年10月30日于东京溪炎堂

北京茶事

大凡有好茶处必有好水，有好水处多有好茶。

好水第一要轻，就是杂质少。第二要无味。品水比品茶难得多。我有时甚至想，应该仿照日本的茶道花道香道的样子，创设出一种"水道"，但肯于参加者一定是寥寥无几的。这种想法可能永远是存在于想象中。

北京人爱喝茶却没有多少谈茶的资本。这是因为北京不产茶，更重要的是缺乏好水。

北京也有好水。清乾隆皇帝评定的"天下第一泉"就在北京西郊玉泉山。但那是专供皇家饮用的。每天午夜时分用几十辆插着龙旗的水车运送到紫禁城，北京的几道城门都要为这水车的队伍特别开启一次。皇家以外的北京市民，包括那些富贵人家，用水便不能如此方便了。北京城市的建造者只肯关心如何用这座城市来表现皇权的威严神圣，并没有过多考虑在伟大的皇帝周围，还有一群市民要生存。水的问题，我以为是昔日建城者的最大失误。北京城里并不缺乏水井，但基本都是苦水井。苦水，是水中盐碱成分过高，咸涩不堪下咽，而且浑浊。除了生活极穷苦者不得不以损害健康为代价去喝这种苦水，大多数市民日常要买甜水饮用。甜水，未必怎样甜，就是不咸涩罢了。甜水并不是我们说的好水。职业的卖水人从城里很少的甜水井里把水打出，更多是从城外运到城中，然后送到胡同里叫卖。从元杂剧到京剧中，都有卖水人的形象出现。可见北京人买水喝的历史至少有数百年了。老舍的名作《龙须沟》，大家通常都注意的是对那条名为"龙须沟"的臭沟进行改造的过程。我却觉得改造臭沟其实还只是小事，剧中最重要的一笔在于通了自来水。那真是非北京的作家老舍所不能写出的。让北京市民喝上自来水，这是任何一个朝代都没有做到的。然而，近年来我不断听朋友说到北京成为严重缺水城市，我不禁感慨，难道北京人的宿命就是没有水喝吗？中国政府正在计划花费巨资进行南水北调工程，引长江水供应北京及北京周边地区。我盼望这项工程能获得成功，彻底解决北京人饮用水的困难。

　　缺水的话也不细说了吧，仍说甜水。甜水买来还必须经过一番处理才能饮用。原因是甜水经卖水人运输，混入杂质，也难以保证新鲜。处理的办法倒不很复杂，先把甜水注入专用的水缸，盖好缸盖，令其自行沉淀；然后用水瓢舀到铁壶或钢壶里，放在火炉上烧开。北京人由此形成喝开水不喝生水的习惯。我们在年纪小时都会受到家中长辈的教育，喝生水会闹肚子。学校里还常贴着"不喝生水"的宣传画。不久前我在一部电影里却看到有这样的镜头：一群北京人到美国后，急着四处找开水。编剧和导演的讥刺之意是明显的。作为北京人，我也不客气地认为这种讥刺是浅薄的，区区开水小事里，却有北京十几代人的苦恼啊。

从买来甜水到甜水烧开，北京人这才获得饮用水。即，开水才是饮用水。开水过热时不能喝，要等它散热后成为冷开水方可喝。北京话把冷开水叫作"凉白开"。热开水的热度白白散发掉是颇有些可惜的。我推测，北京人很有可能是由珍惜这种热度，而运用他们的生活智慧，想到要用热开水沏茶来喝。一个正宗的北京人家庭，在水烧开后做的第一件事，一定是把茶沏好或是在茶杯里续入新开水。这不正是最高程度地利用开水热度的表现吗？当然，开水沏茶还有改善水质的意义。我说过，甜水不等于是好水。中国北方的水普遍碱性强，烧水的壶里永远会有一层厚厚的水碱。开水也常带有种异味。这样，把开水再进一步改良成茶水，茶味掩盖了水的异味。

水是天天要喝的，开水就每天要烧。于是，每日喝茶也成为习惯。因此，给外地人的感觉，似乎北京人很喜欢喝茶似的。其实北京的喝茶，实在只是变相的喝水罢了。请注意在北京话中，喝茶与喝水都一样地使用"喝"字，而不用"饮""品"之类的字。如果仔细揣摩其中的差别，"饮"和"品"都有对茶味欣赏的意思。"饮茶""品茶"，强调的是茶。而"喝茶"呢，着重指的是"喝"。

北京人的"喝茶主义"决定了北京人喝茶的讲究也是独特的。归结起来是，要烫，要酽，要香。

先说烫。从茶的角度看，这是极无道理的。中国古人很早就发现水温过高会破坏茶味，用现代人的说法是破坏茶中的维生素和咖啡碱成分。所以懂得品茶的人，无疑要尽量避免使用沸腾的开水。宋代以后的做法，通常是在水开后洒入些冷水降温，这才能放入茶叶。日本的茶道就还保持着这种形式。北京人喝茶，却是从根本上违反茶的这一原理，要求开水的温度越高越好。所以，在水完全沸腾时就急急地用来沏茶，开始喝时必须要有烫嘴的感觉。假如用不很开的水或是开过一会儿的水沏茶，很容易引起北京人的不快。若用这样的茶待客，那便是失礼，是怠慢客人。烫，显然是要突出开水，茶仿佛只是开水的陪衬。

次说酽。酽包含两种意思，是味道与汤色都要浓。因为喝茶像喝水一样，要贯穿一整日；如果很快没了味道，就真等同于喝开水了。而频繁更换茶叶，又增加几倍的开支。北京人希望茶酽一些，可以禁得起不断续水。相应地，能禁得起不断续水的茶才是好茶。汤色呢，属于视觉效果，可以直接看出茶的浓淡。另外，北京人还特别相信茶的提神功效，他们认为茶的提神作用与其浓度成正比，即越浓越能提神。很多北京人在早晨起床后便要喝酽茶，而且多是在早餐前，这足以说明北京人的肠胃相当强健。

中国在宋代以后形成的崇尚淡茶的饮茶传统在北京荡然无存。北京人沏出的茶，第一杯往往极酽，有些苦味，江南人几乎没办法喝下去。

在烫与酽的要求下，江南地区流行的绿茶根本无法满足北京人的口味。红茶与乌龙茶则因在交通供应方面的困难，始终没能大面积推广。北京人便对绿茶进行强迫性改造，创造出大名鼎鼎的茉莉花茶。

茶其实是切忌混杂进其他气味的，北京人反而利用茶的这种特性，反其道而行，用大量香气浓烈持久的茉莉花来熏制绿茶。较好的花茶，差不多是要用和茶叶同等重量的花来熏。上好的花茶，所用之花的重量超过茶叶。北京人家庭还喜欢养几盆茉莉花，在花开时，摘鲜花放入茶桶或直接放进茶中。这样，茉莉花的香气几乎取代茶叶之叶，形成北京人喝茶的第三个讲究，就是，要香。此处的香甚至与茶无关，指的是茉莉花的气味。

茉莉花茶是半发酵的，便于保存和运输。花香又能比茶味更持久存在。北京人深爱花茶，达到不能离开的程度。而不产茶的北京，茉莉花茶反成为特产，这也是很好笑的。

从甜水到热开水，再到茉莉花茶，这个过程实际上是北京人对饮用水的改善。茉莉花茶虽然名义是茶，茶却是次于热开水与茉莉花的第三号角色。所以，茉莉花茶长期受到那些爱茶家的强烈批评。

江南的文士们批评北京人完全不懂得品茶之道。北京的爱茶家也这样说。清代有位名叫震钧的满族人，他著作的《天咫偶闻》是研究北京史的重要资料。震钧在书中不客气地说：

> 北京的富贵人家就没有真正懂得茶的人。所以茶店也很少有人肯去关注茶的特性。北京的茶都要掺杂进茉莉花，茶的味道就被彻底破坏了。所以，南方的好茶，如龙井之类，根本不愿运送到北京销售，北京人也没有人去喜欢龙井一类的南方好茶。

这些批评者站在茶的立场发言，应该承认他们说得的确有道理。不过，他们忽略了一个重要问题，是，如他们所倡导的那种品茶情趣，在宋代以后，就再没能在中国流行。哪怕是在江南，亦未能蔚然成风，又岂独是北京呢！

举江南人士的鲁迅做出证明。他的弟弟周作人曾记道：

> 在（浙江绍兴）老家里有一种习惯，草囤里加棉花套，中间一把大锡壶，装满开水，另外一只茶缸，泡上浓茶汁，随时可以倒取，掺和了喝，从早到晚没有缺乏。日本也喝清茶，但与西洋相仿，大抵在吃饭时用，

或者有客到来，临时泡茶，没有整天预备着的。鲁迅用的是旧方法，随时要喝茶，要用开水，所以在他的房间里与别人不同，就是在三伏天，也还要火炉，这是一个炭钵，外有方形木匣，炭中放着铁的三脚架，以便安放开水壶。茶壶照例只是所谓："急须"，与潮汕人吃"功夫茶"所用的相仿，泡一壶只可供给两三个人各一杯罢了，因此屡次加水，不久淡了，便须换新茶叶。这里用得着别一只陶缸，那原来是倒茶脚用的，旧茶叶也就放在这里边，普通顿底饭碗大的容器内每天总是满满的一缸，有客人来的时候，还要临时去倒掉一次才行。

这里所记的绍兴人的喝茶，除喝的是绿茶外，不是和北京人的喝茶非常接近吗？类似的情况，我们还能举出许多。事实上，这种喝茶法才是在中国最普遍存在着的；文士们所说的品茶，那却是实际所并不存在的。所以，我在长时间里一直考虑一个问题，就是有必要把茶文化分作两大部分：

一是茶的生活文化，包括日常喝茶习惯。有关茶的礼俗，茶馆茶店等内容。不同地域有不同的茶的生活文化，茶的生活文化也以表现地方文化精神为主。

一是茶的鉴赏文化，以表现茶的自身特性及精神为主，即爱茶家们所说所做的那一套。

这两大类不同的茶文化，都能自成体系，用俗话说，是两条道上跑的车。既不能以鉴赏文化的标准来衡量生活文化，亦不能以生活文化的强势来排挤鉴赏文化。更没有必要勉强把二者做出比较。

现在我们回到北京茶事的话题。北京只有茶的生活文化而无茶的鉴赏文化。这也无可非议，在北京发展茶的鉴赏文化本就缺乏条件。不过，观察北京的茶的生活文化，同样是很有趣味的。

北京因其几百年的国都地位，使这个城市的一切文化都带有一种优越感，或者说是骄傲感。就说北京的茶的生活文化的情况，茉莉花茶其实是在江南或福建熏制的，却被冠以北京的名义。北京人又以他们的茉莉花茶作为一种自豪。客观地看，茉莉花茶诚然要算是茶叶里的另类，但北京人的热烈支持，使茉莉花茶不仅跻身中国名茶，而且获得和绿茶红茶相并列的资格。北京的茶店招牌上大多写有"红绿花茶"四字，其意义即是茶只有红绿花茶三类。花茶，除茉莉花茶外还有珠兰花茶、桂花茶等。可是，在北京说到"花茶"，专指茉莉花茶。还有更过分的，是，走进茶店，茉莉花茶品种齐全，红茶绿茶仅是花茶的陪衬，甚至店内本就没预备。如果问店员为什么没有红茶绿茶，店员很可能会用有些轻蔑的口气答复一句："北京人谁喝那玩意儿！"北京人凭着自己的爱好，在他们心底，简直就是把茉莉花茶作为茶的正宗。

然而清末以来，北京文化的优越感多次受到挑战。仍在茶的范围内观察，我再缩小范围到我们只看百年来北京茶馆的变迁。茶馆是北京人重要的社交场所，也是老北京人展现他们复杂而文雅的礼仪的舞台。清末的北京茶馆，摆放着八仙桌大板凳，有些像是开会的会场。这里可以说书唱曲听戏，但主要是方便茶客们聊天。茶馆里准备些未必好吃的点心，可绝对不供应饭食。这样的茶馆，非常直接地表现出老北京人特有的、古板的闲散生活情趣。老北京人喜欢在工作之余坐在茶馆里聊天，消磨光阴。他们之中也有人可能是不去工作，维持生活却也不成问题。这些人聚在茶馆中，海阔天空，无所不谈。这是何等闲散！但是，八仙桌与大板凳要求他们，在闲散中也必须正襟危坐，哪怕是极要好的朋友间，仍然不能忽略礼节，需要一直保持对对方的尊重。不供应饭食呢，那是因为茶馆只为喝茶聊天而设，吃饭另有饭馆。这岂不是古板？老北京人偏不觉得他们的做法有何奇怪之处，他们能够很自然地把闲散与古板统一起来。

辛亥革命结束了清王朝的统治。革命是以南方开始，革命党人又多系南方人，无形中南方风气便成为"革命风气"。北京受"革命风气"影响，陆续开设许多南式茶馆，又称作新式茶馆。新式的，主要是针对老式茶馆的古板进行改良，如添设藤躺椅、茶几；大卖各种点心小吃，馄饨、水饺、小笼包子、炸春卷，样样俱全。还有一种设在公园里的茶馆，仿效西洋的咖啡厅似的，尤其随意。在新式茶馆冲击下，老式茶馆抵挡不住，到20世纪40年代前后，便在北京几近绝迹。这时候，老北京人的那些古板的礼仪，大抵也只有少数老年人顽固恪守，中年以下的人都不以为然了。

老舍的著名剧作《茶馆》，写的即是一个北京老式茶馆的没落过程。作家本人是要用此剧来表现新中国成立以前的五十几年间，中国社会的黑暗。可是，因为作家是北京人，他在无意间凭着北京人的本能，通过这部剧作记录了北京文化在近代以来遭受的严重挫折。我甚至认为，老舍的主要作品多是以描述这种挫折为主题的。那么，《龙须沟》又可说是寄予了老舍对于重建北京文化的希望。

由于话题是茶，我们在此只好跨越北京没有茶馆的几十年时间。这里应该明确的是，从北京老式茶馆到新式茶馆，直至新式茶馆也从北京消失，北京人喝茉莉花茶的习惯却始终不曾改变。在没有茶馆的时期，我们看到的是北京人清早到单位上班，第一件事情还是沏上一杯很酽的花茶，然后带着这杯茶开会、做工，处理公文。我开始工作时，领导吩咐的第一项工作是，年轻人应该早点到办公室，把暖瓶里的热开水准备好，以便大家上班后可以马上沏茶。单位里通常每年还要几次发给大家茶叶，作为一种福利待遇。也许这种做法现在还在一些单位保留着。

在我的印象中，直到20世纪80年代中期，在北京要买到茉莉花茶以外的茶，也还不是件容易的事。但也就在此时，邓小平推行的改革开放政策带动中国走入一个崭新的时代。表现在社会文化方面的情况，一是国外文化的影响通过传媒进入老百姓的生活，并且引起他们的兴趣；二是以往受到批判压制的文化艺术逐渐活跃，譬如京剧传统剧目恢复演出，京剧爱好者的俱乐部——票房再次遍布北京；三是改革开放时代的文化正在迅速形成。这几种交织混合所呈现出的纷纭综错的情态，甚至可以视为这一时期的独特魅力。

这时，有些文化界人士用百废俱兴的名义呼吁重建北京的茶馆。我们现在可以随手就翻出相关的文字记录。然而，这当然不是北京恢复茶馆的主要原因。比文人更有力量的是农民。土地承包制使农民获得利益，他们用那双兴奋得有些闲不住的手，掏出了刚刚装进口袋里的钱，成群结队拥入北京。这和后来进入大城市打工的民工潮是截然不同的两回事。农民们对制定出使他们受益的政策的首都，具有一种感激与崇敬凝结的纯朴心情。另外，他们以旅游者的身份，或许就是平生一次的作为北京这个城市的消费者，他们想在北京表现出他们的骄傲。在我所掌握的并不能说是丰富的历史知识里，农民在北京获得炫耀的机会是极少的。明末李自成的农民部队和清末义和团都有流民的色彩，这就越发显出这次农民旅游的特殊，真正是前代所未有。

可是，北京的旅游服务业有些措手不及，农民旅游者在北京遭遇到各种困难。喝水难便是其中之一。北京的公园里冷饮供应不足，而且很多旅游者并不习惯喝冷饮。公园的救急之法是设置茶座，不是供游客休闲，目的不外乎让大家喝上水。在北京繁华的商业区前门，有一个名叫尹盛喜的人，他的身份是中国最低级的行政官员，但他在20世纪80年代北京旅游热时期，成为北京的著名人物。

尹盛喜组织一批得不到工作的北京青年，在前门人流量极大的地带设置了临时性的茶馆，不过是搭一个简单的棚子，安放几条长凳，用茉莉花茶沏成茶水，盛在最普通的白瓷饭碗里卖给那些旅游者。茶水的价格极便宜，只要人民币二分钱，却起了个响亮通俗的名称，叫作"大碗茶"。这受到那些农民旅游者热烈欢迎，尹盛喜的生意在很短时间就发展到相当程度，大碗茶闻名全国。尹感念茶给他带来的成功，也想扩大生意，在前门建起一家茶馆，因老舍的《茶馆》知名度高，北京又正在流行"老舍作品热"，尹盛喜的茶馆就取名"老舍茶馆"。

老舍茶馆起初给北京的文化人一种错觉，以为老北京的茶馆文化会从此恢复，他们纷纷用各种形式支持尹盛喜。在尹盛喜与文化人之间一度有着相当密切的合作。终于，文化界人士发现，新兴的老舍茶馆从属于商业文化，和他们的愿望差距甚大。北京虽然又有了茶馆，但这茶馆现在只是外国游客的一个旅游点而已，与北京人反而是无关的。文人们便又按捺不住地批评指斥。

我并不认为尹盛喜的做法有什么错误，他也根本没有延续北京文化的义务。我只是觉得茶馆在恢复之后的变异，在我们审视北京文化发展轨迹时，给我们一种重要的警示，就是"恢复"这条路本身是走不通的。类似的情况，还有更为明显的，也是20世纪80年代中期重建的琉璃厂。放弃地方性的北京文化，或是更新北京文化，还是重建新的北京文化，目前便是在这三岔路口的抉择。

在和老舍茶馆差不多同时发展起来的，还有饭店宾馆的咖啡厅。假如我们把老舍茶馆看作为外国旅游者所设的旅游场所，不予关心也就可以了。而这些咖啡厅却从根本上对北京的茶的生活文化构成冲击。高度西方化的咖啡厅，把红茶提升为首席，并且推崇的是进口红茶。排在次席的，是以港台为号召的乌龙茶，可惜真正港台乌龙茶进入大陆的数量不多，所以"铁观音"等大陆产乌龙茶得到重视。绿茶又次于"铁观音"，作为红茶、乌龙茶的陪衬。最可怜的是北京骄子的茉莉花茶，索性被排斥在外。如果在咖啡厅点名说要花茶，那将受到服务小姐的嘲笑，被认为是土气。这就出现了极好玩的现象，饭店房间里往往为客人准备一种纸袋装的花茶，因为客人们多不是北京人，要让他们品尝北京特产。而饭店咖啡厅则喝不到花茶，那是为让来咖啡厅的北京人"洋气"一下。

真是令人不可思议，百年来不曾动摇的北京人的花茶传统，

北京茶事 | 095

就在这小小几间咖啡厅里土崩瓦解。这瓦解的速度也实在惊人，花茶地位不仅一落千丈，近年北京居然出现一种名叫冰花茶的饮料，而且在北京成为流行。这其实是在宣告以往花茶要烫要酽要香的讲究都不复存在了！人的口味彻底改变了。简直像捉弄人一样，现在北京的饭店咖啡厅，反而都增加了花茶，价格并不低于红茶乌龙茶。我坐到其间去品味那杯花茶的时候，就是所谓百感交集吧，说不清想要哭还是想要笑。

当然，我亦有明确的高兴。北京的绿茶品种空前增加，而且用飞机运来新鲜绿茶，令我这深爱绿茶的人大饱口福。

距老舍茶馆开设约有十年，北京居然出现"茶馆热"。"茶馆热"由一家名叫"五福茶艺馆"的茶馆引发。这家茶馆以"中国茶道"作为广告，事实上是港台工夫茶的翻版，只是茶叶品种不限于乌龙茶。茶馆的装修尽量追求那种市民眼中的"文化品位"，斟茶的小姐们也摆出一副茶道专家的模样，茶的价格奇贵。我完全不认为这是对于我所云的中国茶的鉴赏文化的继承，充其量只是用南方的茶的生活文化，来取代北京的花茶文化罢了。令我大出意料的是，这种茶馆在北京颇为风行。表面上看，中国作为茶文化古国，又有了中国式茶道可以与日本茶道相媲美；我则不能不在此时叫喝一声，这种"中国式茶道"足以把存在于茶的鉴赏文化里的那点中国茶精神彻底埋葬。

我必须承认，五福茶艺馆仍然要算北京茶的生活文化中的一个部分。而且,我的文章也只能作到此处。北京茶事在以后当如何,我实在不能预测。好在北京本就没有形成茶的鉴赏文化,茉莉花茶,大碗茶,五福茶艺馆,究竟孰优孰劣?回顾百几十年北京茶事,想到一杯茶里亦有这许多沧桑,忍不住便拿来当闲话说说,只当是为同样喜欢这杯茶者提供些谈资就是了。

长安花日记

小蜂房主人（邵燕祥）言，子既作日记当求其详尽，作时莫要念及发表，否则落笔忒多犹疑。飞谨受教。然我之闲人一日，可记者亦记不胜记，倘日日作千言万言，不堪，不堪。飞所以作日记者，少年记苦闷，及壮，苦闷结趼，乃知人生别有洞天。以不羁之身作江湖游耍，仿佛人有不知梦境实境而噬指自验，清夜聊对文字三五行，信浮生果有一刹去也。至于发表，一则一乐也，再则凡人皆有之隐秘，不记如记；不可告人者亦不予示己；文责自负，删改听由编辑。发表与否与记与不记无碍。

仍谢小蜂房主人爱我厚意。戊寅（1998）正月抄于北京金台旧址若朴堂。

2月4日（三）

午后3时55分与胡文阁同乘CA930航班自东京经上海飞北京。午前10时出发，雪卿携女相送，有不舍意，虽小别离亦有感伤，至巷口即雪卿止步。飞行五小时（上海转国内航班，停约一时半），晚伴父母谈至午夜。

2月5日（四）

倦。午时起。电话诸师友。李韵秋告，其公爹沪上名票孙钧卿老先生旧历初二以九三高龄殁，遗言着戏衣、王帽、黄蟒，挂髯口火化，真爱戏人也。孙岳赴沪奔丧未回。张中行翁告，李韵秋月前造访，言及想登台演出苦无机会，行翁已商之湖广会馆，嘱我操办。李天绶公告，叶祖孚年前殁。祖孚先生年方古稀，未享上寿，闻之大悲。

忆昔相约，在《北京日报》为其介绍，继而东迁，不能如约。有崔君访叶，叶辞以"靳飞同志已经答应写我"。我年而立，"访旧半为鬼"之情早生，祖孚先生泉下许我作挂剑人否？

逛团结湖学者书店，购《我是刘绍棠》。

2月6日（五）

午后访湖广会馆，商及李韵秋演出事，提议为纪念孙钧卿、叶祖孚作一堂会。

访梅绍武、屠珍夫妇，商议4月坂东玉三郎来京访问事。

夜访李天绶、陈尧光，共怀祖孚先生。

2月7日（六）

午约胡文阁、钱启明至东大桥聚满楼涮羊肉。

午后6时半港澳中心邀梅绍武、屠珍、梅葆玖、梅葆玥、李玉芙、石维坚、王志怡吃自助餐，将胡文阁正式介绍给梅家。梅家对胡印象尚佳，我亦谈到文阁访日情况，葆玖先生十分关注。晚餐后同至咖啡厅听老树皮爵士乐队演奏至11时。萨克斯管范圣琦，鼓、钢琴俱佳，歌手韩大卫嗓音风度尤佳。葆玖中途回家取录音机来录，顾有兴致。屠珍命文阁唱歌两首，亦获好评。不过，文阁总不脱小家气，气质较韩大卫真天上地下。影星张光北从梅家来，言刚拍完电视剧《青春之歌》，其妻陈某饰林道静，陈宝国饰余永泽，并云为余永泽翻案。我笑今日真有所谓"翻案风"，定案一谬，翻案一谬，以谬匡谬，何苦来哉。

2月8日（日）

上午看望祖父母。

午后5时55分至机场迎接东京大学刈间文俊、田中义国。航班CA926。

晚邀刈间、田中涮羊肉。

2月9日（一）

上午电话屠珍、贾凯林、姜威。

午后1时去朝阳文化馆会徐伟、谭宗远。原拟与宗远兄畅谈，朝阳文化馆插入公事，希望邀诸老来捧场，定12日聚会。

晚6时邀刈间、田中及《朝日新闻》北京局长加藤、中央大学教授佐藤至湖广会馆晚餐。未及观剧，见年轻演员崔欣馨，我初见其时，崔尚十一岁，今亦成小伙子。

午时胡文阁归深圳。自元月21日始，东京、大阪、北京，今日有如释重负感。

2月10日（二）

收雪卿寄EMS，信有"听到您平安到达，心里很踏实了。北京很冷吧？您走的那天晚上又下了雪，但很快停了。那天最冷，这两天暖和起来。真理偶尔说出'爸爸好……'。家里都很好，请您放心"。读信颇慰。

西坝河看望祖父母。

午后4时看望吴祖光、新凤霞先生。祖光伯面色又红润起来，不似去岁苍白。凤阿姨约再到她家，"吃炸酱面，就大蒜瓣"。得吴伯新印诗集、《新凤霞传奇》及凤阿姨著《人缘》。

6时接田中、佐藤至湖广会馆观剧。

2月11日（三）

10时陪刈间、田中拜访梅绍武、屠珍夫妇。午同至湖广会馆，饭后参观北京戏曲博物馆。屠珍谈，可以送一些梅兰芳先生用具给博物馆。午后3时至中青社，看《郁达夫谈人生》校样。6时至中行翁处晚饭，家中大煮元宵，始悟今为上元，急遣司机建龙回家过节。9时至亮马河大厦送刈间、田中，两君明晨归东京。夜归，得雪卿电话，寂情顿扫，东京已凌晨时分矣。电话严文井公，约明日聚会。

2月12日（四） 多云

10时朝阳文化馆老家咖啡屋举行作家赠书活动。

名目是我定的，张中行、吴祖光、方成、许觉民、范用、牛汉、舒芜、姜德明诸公携签名著作而来，多有不知题目者，亦不及解释。朝阳文化局局长任若平、文化馆馆长徐伟亦到，另有电视台、《文艺报》等处记者参加。所谓活动，不过一阵闲聊而已，好久不见牛汉、舒芜、姜德明三公，甚觉亲切，德明先生居然六十有九矣！午文化馆招待至东大桥涮羊肉，烦谭宗远兄往接严文井公。文井公见到舒芜，道："最近读到一些文章，但读了就忘掉了，没有记住。"严文井还是严文井！我也坚决拥护舒芜先生发言的权利。人人都有发言的权利。用政策压制，用文章谩骂，都不妥当。仍是以谬匡谬的问题。

昨日忘记：张光北以电视剧《青春之歌》图片介绍见示，我转送中行翁。行翁笑云："比所谓真人是越来越漂亮，距历史真实越来越远。"

今与刘公曾复通电话，刘公建议先搞一纪念叶祖孚座谈会，纪念演出放至明年。

2月13日（五）

午天野一哉来电，约天野同涮羊肉。在东京数番入梦，回京后日日羊肉，人生快意事也。午后2时半至中山公园见贾凯林。贾谈祖孚先生病逝情况，并告我提议之纪念座谈会，已报政协宋维良副主席兼秘书长批准。贾以《京剧谈往录四编》见赠，前三编皆叶祖孚所编，悲耶，慰矣？6时邀严文井、加藤夫妇、杨华同涮羊肉，祖光伯亦来看望严老。饭后又邀众人同至港澳中心听老树皮乐队爵士乐。文井公前次听爵士乐还是50年代访波兰时事，老先生颇欢喜，他若能年轻二十岁多好！

2月14日（六）

11时至方庄姚敏苏家聚会，蒋力、杨华、段宝文先生同来。敏苏周一至常州。午后2时半同蒋、杨、段至湖广会馆观看日本京剧研究会演出，见刘德有、王金璐、李金鸿、谭孝曾、阎桂祥、前田尚香、俵一、盐泽伴子诸氏。约孙岳、李韵秋至湖广会馆谈演出事。5时同孙、李至港澳中心晚饭，商定月末在湖广会馆举办李韵秋专场演出。7时半同蒋力、杨华在保利大厦剧场听百老汇音乐会。9时半同蒋力、杨华、余隆、方静至港澳中心再听老树皮，商定在北京剧院举办老树皮音乐会。惜我当于音乐会前返东京。余隆将于3月8日在世纪剧院举办音乐会，亦赶不及了。

为中青社书事电话邵燕祥先生。

2月15日（日）

12时邀青年京剧演员崔欣馨、温海江、王喜泉、王雪华同涮羊肉，听听他们的想法。欣馨腰腿功夫俱佳，惜不得再继续深造。青年演员的再培训是个问题，难题。

2月16日（一）

文阁回京。午后5时半约中专同学王凯会面，十年不见，极觉亲切。5时半邀王凯及北京京剧院演出处处长刘弼汉同吃晚饭，和刘商量李韵秋专场事。

2月17日（二）

收雪寄EMS，信道："东京又下雪了。今年也不知怎么回事，下这么多次雪，真够满足我们这些爱雪的人的心。说到雪，我们日本的舞蹈、戏剧里描写雪的颇多，比如前几天去世的地呗舞第一人武原汉的代表作也叫《雪》。你所欣赏的《鹭娘》也在雪地里表演。从这种淡的味道里（也包括鹭这种动物）去发现深而浓的情感且不胜哀惜，我们日本人是特别在行的。"这段文字我颇爱。

电话刘德有先生，谈坂东玉三郎4月访问事。

午后访屠珍先生，亦谈接待玉三郎事，谈近六个小时。

2月18日（三） 小雪

午至湖广会馆。午后1时半访邵燕祥，午后3时至北京医院看望萧乾、文洁若先生，5时半在天伦王朝饭店接受天野一哉采访。

2月19日（四） 小雪

午后至屠珍家。晚妹婿廖宗文自台湾来京。

2月20日（五） 多云转雨

9时至李天绶公处，请天绶公在我送政协报告上签署意见。11时至中青社看《郁达夫谈人生》校样。中青社邀至新疆餐厅午饭，应邀编张中行先生一集；列入"学者人生笔记"丛书。午后2时至朝阳文化馆接谭宗远，2时半接吴祖光先生，同至东岳庙一游，盖前日祖光伯命安排者也。送吴伯回家，又与凤霞阿姨谈一小时。6时至湖广会馆。

2月21日（六） 多云

刘德有先生上午来电约下周见面。午后3时访周述曾。8时至港澳中心与蒋力、杨华晤、范圣琦、韩大卫商定音乐会曲目。蒋力新著《音乐厅备忘录》已读一遍，觉得有些还是忘掉好。

2月23日（一）

10时至市文化局，送信给局长于长江、副局长吴江。11时至复兴门见文洁若先生。午后1时半往市政协访孙聿副秘书长兼办公厅主任送致卢松华、宋维良副主席信，商议由政协邀请玉三郎事。访陈尧光公。午后3时访屠珍。晚9时至吴祖光公家，吃炸酱面就大蒜瓣儿，吃两碗，凤阿姨尤喜。

2月24日（二）

至湖广会馆商4月玉三郎来访及李韵秋专场详细安排事。

2月25日（三）

10时半，刘德有先生并文化部外联局张文民副局长、对外文化交流协会李学惠主任在文化部子民堂会见我，对玉三郎来访事表示支持。

11时半见南京来男旦吴春海。12时至湖广会馆。午后2时至李韵秋处。5时至市政协，政协多位领导已批准我的报告。办公厅戴彤副主任邀共晚餐。

2月26日（四）

上午邀杨立新谈，请其主持李韵秋专场。中午同涮羊肉。午后3时至北京医院看望萧乾夫妇。9时至吴祖光先生家。

2月27日（五）

9时半至湖广会馆，响排李韵秋专场剧目，李韵秋《悦来店》、胡文阁《贵妃醉酒》。响排中乐队吵架，原拟往机场接坂东玉三郎经纪人伊藤寿，只好改作劝架。午饭邀李韵秋、杨立新、马小曼、燕守平、刘弼汉等。伊藤1时半至京，宿王府饭店。5时同伊藤、周述曾会谈。5时半欢迎伊藤，湖广会馆设晚宴，周述曾、孙岳、李韵秋、刘弼汉、胡文阁等出席。晚与伊藤谈至11时半。

2月28日（六）

10时至王府饭店接伊藤，同至市政协拜会政协领导。今日北京举办马拉松赛，堵车，寸步难行。11时半约加藤、伊藤在天伦王朝饭店午饭。12时至湖广会馆准备专场。午后2时李韵秋专场演出，李演《悦来店》及反串老生演《空城计》，中间文阁加演《醉酒》，杨立新主持，燕守平、萧润德两名家助演。张中行、季羡林、刘曾复、吴祖光、许觉民、李砚秀、欧阳中石、吴素秋、李慧芳、李玉芙、屠珍、周述曾、杜审微、李天绶、李筠、陈尧光、郝斌、王志怡等诸公诸婆皆来捧场。我无看戏之福，台前台后忙乱，听来剧场气氛极好。季羡林先生极高兴，要请大家吃晚饭。晚共张中行翁、季老、刘曾老、欧阳中石、孙岳、李韵秋、郝斌于湖广会馆聚餐。我提议明年初为中行翁九十寿，季老米寿作一纪念堂会，即请北大郝斌副校长任筹委会主任。堂会中仍有《空城计》，祖光先生饰司马懿，刘曾老饰司马师，我与欧阳老饰琴童，两老军即请两寿星便装登台。众人皆赞同此议。晚与伊藤谈至12时。

3月1日（日）

10时同伊藤拜访屠珍，11时半至湖广会馆看票房活动，12时邀伊藤涮羊肉，即送伊藤至机场。晚黄毅来家。

3月2日（一）

回东京准备。午后访亮马河大厦沈凤鸾董事长、孙岳、李韵秋夫妇。夜向父母辞行，父恼我回京后不能侍奉左右，怒而不见。

老舍影

老舍是所有北京人的至亲好友。

老舍和北京人的关系，是作家与读者的关系中极为特殊的一例。作品的交流退居其次，亲情是占第一位的。北京人，可以没有读过老舍的文字，但不能不把老舍当自家人。他是北京人的骄傲、北京人的象征。老舍和北京人，不妨作为一个课题，假如有研究家动手来搞，一定会有许多人对此感兴趣的。

我不否认，我对老舍先生始终怀有一种特殊的感情。这感情，包括读者对作家的崇拜，生者对在劫难中舍身的逝者的缅怀，文坛后生对先贤的敬仰，等等。而其中最主要的，还是我作为北京人而对老舍自然而然地产生的亲情。说是自然而然，实际上是耳濡目染的结果。在我并不很大的时候，住在胡同深处的小四合院里。一日晚间，家中的昙花忽然开了。成语有昙花一现，大家都知道难得看昙花开放。不几时，我家的小院里就挤满了来看昙花的街坊邻居。有个在小学校看传达室的工友相当得意地讲，老舍家的昙花开的时候，他也曾去看过。旁边的人忙问他，老舍家的昙花可有我家的大——我家的昙花在远近几条胡同里也是很有些名气的。这时，有位老司机不客气地指出，工友吹牛，他根本没到过老舍家。老司机早年在一家出租汽车行，据他说，老舍用过他的车，而且，老舍还告诉过他，老舍名叫舒舍予。凭着这一经历，老司机质问工友："您不是去过嘛！您说说老舍的家在哪？门儿朝哪边开？"

工友还要保着自己的面子："老舍家在迺兹府呀！"

"可着北京人，谁不知道老舍住迺兹府！您说说那院子里边的事。"老司机寸步不让。在大伙儿哄笑中，工友下不了台，尴在那了。

这是我第一次听到"老舍"这个名字。后来在语文课本里读到老舍的散文名篇《养花》，"赶到昙花开放的时候，约几位朋友来看看，更有秉烛夜游的神气——昙花总在夜里放蕊"。我便忍不住想到老司机和工友斗嘴的样子。

我从小爱读历史小说，老是带出点儿遗少的味道来，这就不能不让那些喟叹世风不古的老人看了欢喜。大约是我十一二岁时，那位老工友特地约我到他家，他住在我家隔壁的杂院里，两间小东屋，收拾得还挺齐整。他相当庄重地从大衣柜的抽屉里，拿出一张从报纸上剪下的照片，说："这个给你，你好这个。这就是老舍！"那是一张老舍和某位领导人的合影。这是我第一次见到老舍的"影儿"。老舍，曾让老工友丢了面子，但老工友还是忘不了老舍。

我也就在这之后不久，开始读老舍的著作。读的第一部是《骆驼祥子》——祖母常说，我老实巴交，以后千万不要找个像虎妞似的媳妇。

我初中的学校，北京一中，老舍曾任教。我经常走过的方家胡同，老舍曾是方家小学的校长。还有护国寺、积水潭、大钟寺……专就北京城范围而言，老舍的足迹几乎无处不在。假如你留个心眼儿，嘴甜儿腿儿勤，你到处都可以听到关于老舍的故事。曾有个蹬平板三轮的老师傅，在和我闲聊的时候，一口咬定，老舍笔下的骆驼祥子确有其人，虎妞、刘四爷也有案可稽。老师傅还告诉我，祥子最后死在前门外八大胡同里，刘四爷在解放初期被镇压了。照他的说法，《骆驼祥子》简直就不是小说，而是以前所谓报告文学，时下流行的社会大特写。这让我想到李翔在《老舍与祥子们》文中的一段话："每当先生提到祥子时，给我一种错觉，好像先生不是谈小说中人物，而是谈一位至亲好友，并确有其人似的。"

倘若我是生活在北京以外的城市，也许我不会形成对老舍的这种特殊感情。但是，生活在北京，我就没法不爱老舍。在北京的文化积淀中，对老舍的亲情是其中一份。我甚至认为，要真正懂得老舍，必要在北京住上几年。

记得老舍忌辰十九周年，第一家设有老舍作品专柜的书店——幽州书屋开业。清早,天降瓢泼大雨,直到上午9时余才转成毛毛雨。书店定在9时开门,我是提前一小时到的。只见半条街的屋檐下都站着人,更有许多撑了伞穿着雨衣雨鞋,立在雨中。大伙儿异口同声地在说,天哭老舍。书屋的门终于开了,几百人顿时排成长队。书店太小,读者要一批一批进店。老舍夫人来了!老舍的儿女来了!

队伍中不断地有人在传递信息。街上的交通竟因此而堵塞,时任副市长的陈昊苏同志身披雨衣,头发被雨淋湿,站到街头,指挥起过往车辆。几百套《四世同堂》一抢而空。

就在这天上午,在国子监里举行了老舍创作讨论会。参加幽州书屋开业的读者,有不少人又跟着到了国子监,国子监的院子里又站满了人。屋里的讨论,院子里的人听不到,但热情的读者仍恋着不肯散去。这就是北京人对老舍的感情。

十九周年忌辰刚过,新学期开学。新任语文老师段宝文先生在给我们上的第一堂语文课上,讲的是课本上没有的内容——老舍之死。宝文先生讲得慷慨悲愤,我们这些学生听得动情动容。幽州书屋开业之日,宝文先生也是读者队伍中的一个。他还在《北京晚报》写了篇小文,题目就是《北京人爱老舍》。我们师生现在成为文友,我们还曾一同去看望过胡絜青老人。我们的缘分,是因老舍先生结下的。时隔多年,我没想到又和雪卿(波多野真矢)相遇,结婚。她的祖父,波多野乾一先生,是最早翻译出版老舍著作的人。

1993年，雪卿把这本她祖父译于1940年的《小坡的生日》日文本，捐赠给了老舍故居。我编的一本小书《老舍谈人生》，也恰在这时由中国青年出版社出版。余生也晚，无缘当面聆听老舍先生教诲，但我总能感到，老舍的身影，就在我旁边。冥冥之中，我和老舍先生的缘分，也越结越深。古人云，"死而不亡曰寿"，老舍是和北京同不朽的。

说到死，难免想到1966年8月24日那一幕。

当然，我也不会忘记，在报纸连篇累牍地发表批判老舍的文章的时候，在老舍舍身之地的太平湖畔，立起了的一块小小的石碑。

老舍忌辰一周年的早晨，剧作家吴幻荪、画家许林邨和退休工人赵济川，三位半百老人推着一辆儿童用的小竹车来到太平湖畔。三人从车上抬下石碑，埋好，洒泪行礼，深躬到地。碑高二尺半，宽七寸，厚五寸。碑成山形，取意老舍之死重于泰山，碑一侧呈不规则状，寓老舍"宁为玉碎，不为瓦全"。碑阳上款刻"人民艺术家"；中间七个大字，"老舍先生辞世处"；下款落，"六七年周年纪念，许林邨敬立"。

这是在"黑云压城城欲摧"的险恶环境下，北京人对老舍表现出的深情。我和林邨先生相交忘年，曾问过他，是否同老舍有过什么往来。林邨先生道："敬老舍先生道德文章耳。"

玛拉沁夫还记得，他陪同老舍先生走在北京街头，"街上认识他的人太多，迎面走过来的许多人都停下来，按照北京人的习惯，向他弯腰鞠躬，用纯粹北京土腔儿这个那个地寒暄个没完没了。这个刚离去，那个又过来了。有的是街坊邻居，有的是故交老友，有的是弹琴唱戏的，有的是磨刀卖肉的，有的是蹬三轮的，有的是大学教授。本来从他家到东来顺，路很近，但没有个把钟头，你休想走到。我发现北京人是那样喜爱和尊敬老舍先生，而老舍先生又对他们每个人都是那样以诚相待"。

黄秋耘也还记得："我发现常有些不寻常的客人来探望老舍先生。他们大都是年逾花甲的老人，有的还领着个小孩。一见到老舍先生，他们就照旗人的规矩，打千作揖行礼，一边还大声吆喝道：'给大哥请安！'老舍先生忙把他们扶起：'别，别这样！现如今不兴那一套了。快坐下，咱哥俩好好聊聊。'接着就倒茶递烟，拿糖果给孩子吃。客人临走时，老舍先生总是从口袋里掏出一些钱来塞给对方，说是给孩子们买点心吃。老舍先生向我解释说：'唉，这些人都是几十年的老朋友了，当年有给行商当保镖的，有在天桥卖艺的，也有当过臭脚巡（旧社会的巡警）的。你读过我的《我这一辈子》《断魂枪》《方珍珠》吗？他们就是作品中的模特儿啊！现在他们穷愁潦倒，我还有俩钱，朋友有通财之义嘛！别见笑，我这个人是有点封建旧思想。'"

当年吃过老舍给的糖果的孩子们，现在都成了老头儿老太太。他们仍会记得老舍的情谊，并把这份情谊转告给他们的子孙。我还怀疑我家的那位工友邻居，或许他也曾在街上遇见过老舍，或许还真说过句话，否则，他何以至死都认定，他是和老舍有过什么交情的呢？

老舍先生在《老舍选集·自序》中也说："我的职业虽使我老在知识分子的圈子里转，可是我的朋友并不都是教授与学者，打拳的，卖唱的，洋车夫，也是我的朋友。与苦人们来往，我并不只和他们坐坐茶馆，偷偷地把他们的动作与谈论用小本儿记下来，我没有做过那样的事。……而只是要交朋友。他们帮我的忙，我也帮他们的忙。他们来给我祝寿，我也去给他们贺喜，当他们生娃娃或娶媳妇的时节。这样，我理会了他们的心态，而不是仅仅知道了他们的生活状况。"

老舍当年诚心和大家伙儿交朋友，如今，他的情谊传了几代，成为我所谓的"老舍影"中的重要部分。我以为，在北京，是有一种"老舍影"的，换言之，是一种氛围。这种氛围，是由他的著作的影响以及他为人处世的影响构成的。时下已是公元一千九百九十四年，如若上溯几百年，我想，北京人有可能为老舍立个庙，设若再有文人加入，老舍极有可能成为北京的"土地爷"，也没准儿是城隍爷，这也很难说。总之，老舍一定是离百姓最近的神。作为作家，老舍是和读者的关系最为独特的一个。我常因此想到《论语》里的一句老话，"行有余力，则以学文"。也许有朝一日，社会不再需要文学，但我相信，社会永远需要道德。

五千年间最为独特的绝代学者

——读黄兴涛著《文化怪杰辜鸿铭》随感

清末民初的中国，屈指可数的几位能在国际具有影响力的人物之一（极有可能是唯一的非政治性人物）的绝代学者辜鸿铭先生，有着相当独特且富于传奇色彩的经历。他曾以"东西南北之人"自命：生于南洋，学于西洋，仕于北洋，婚于东洋——如夫从蓉子为日本大阪人，他还是近代唯一被正式邀请到日本长期讲学的中国学者。

辜鸿铭是中国受过欧洲教育的人中资格最老的一个，因此曾被清廷赏予文科进士。他是"中学西渐"的代表，五四以前唯一有分量的向西方介绍中国文化的中国学者；学贯中西，博学广识，精通多种外文，林语堂曾称颂其"英文文字超越出众，二百年来，未见其右"（林语堂《辜鸿铭集译〈论语译英文〉序》）。辜氏平生著作多用外文写成——这也使得别人认识他、研究他，有颇大困难。辜在近代中国名声极大，但他的思想却影响甚微，与此不无关系。

辜氏的极大名声主要是源于其"怪",他几乎是以怪名世,更况这怪又先后曾经托尔斯泰、罗曼·罗兰、泰戈尔、毛姆、芥川龙之介、勒兰得斯以及本国的张之洞、严复、蔡元培、胡适、周作人、陈独秀、林语堂、章士钊、李大钊、温源宁、凌叔华、冯友兰等著名人士从多种角度不同程度地加以渲染,使得怪而愈怪,怪之名声远大于其学者之名。辜无疑是位怪杰,除经历奇特外,他个性极强。他的怪,不无佯狂的成分,也包括林语堂所尖锐指出的,"旷达自喜""目空一切"等来自辜氏性情方面的因素,又不排除胡适所谓"久假而不归"的可能。但辜氏绝不是天生的怪人,温源宁在其所著的《一知半解》书中称辜"只是一个天生的叛逆人物罢了",以为其只求与众不同,这种评断未免过于简单化。辜的怪,有着鲜明的反社会色彩(人的最终极是人的个人自由及自主免除任何社会所给予的压力),而其著作又无不表现出"亲社会"的热忱。前者或有可能是辜早年受欧美18世纪末和19世纪初风行的浪漫主义思想影响的结果,后者则当是他接受中国儒家哲学的体现。儒家注重道德教育,强调个人"克己",进而与自身实行于外的行为相应,力使自己达到德的标准,而这一系列道德修养的终极乃是个人由"个己"超越到一个更大的"自己",即整个社会。所谓"修身、齐家、治国、平天下"是也。辜一生不遗余力地歌颂着儒家的道德观。反社会与"亲社会",是存在于辜身上的重要矛盾吧。他表现于外的"怪",终归只是他喜欢穿的一件衣裳而已,如同他那套著名的四开气的旧马褂与脏且破的长袍;当然更如同他脑后那条久不梳理,虽曾遭无数嘲骂最终被他坚持带入棺木的发辫。也许,辜以为这件"衣裳"最能表现他内在的矛盾,总之,辜自己选择了"衣裳"。他要以从外观到精神所能最大限度表现出的、最鲜明的个性引起整个世界的注目,以便使整个世界注意到他几乎是独树一帜的学说。我曾因此而想到"余幼好此奇服兮,年至老而不衰"的屈原。时至今日,人们对屈原当日着异装行吟的形象已然淡漠,辜氏却没有这样的幸运,百余年来,津津乐道其种种奇闻怪谈者众矣,鲜有人(国人)把辜作为一位绝代学者而以理智、客观的态度去研究其思想——辜氏作为中华五千年间最为独特的大学者之一,其思想不能是毫无价值的,对其功绩亦应有较为允的评价。对辜,不能只见其狂狷、保守、游戏人间的一面,也应看到他沉着、耿介、坐而论道的另一面。黄兴涛君著《文化怪杰辜鸿铭》(中华书局1995年5月版)中,有一段沉痛又不无偏激的发言:

关于他(指辜)的种种奇闻逸事时有人述,至今仍有不少流传于世,使谈者听者兴趣盎然。……然而长期以来,人们更多的只是关注他顽固的表面,满足于叙述他的逸闻趣事，流于诟病和嘲弄，不曾对他的文化活动和思想进行深入的研究，以致留给人们一个纯粹概念化、表面化而缺乏思想内涵的顽固小丑形象。这当然是有欠客观和公平的。

黄兴涛君明确指出对辜氏研究之不足。我所以说是不无偏激，辜的形象实非仅"顽固小丑"所能蔽之，他的博学便是举世公认的。黄君著作中对此也曾加以举证。辜氏其人忒复杂，旁人如不花些力气，很难认清他的真面目，对辜的认识遂多流于表面。作为长时间以来始终对辜有着浓厚兴趣的我（也曾写过万言以上谈辜的文字），在东京客中高兴地读到挚友阿遥女史自北京寄来的黄著《文化怪杰辜鸿铭》，这是我一直期待读到的，也是千呼万唤始出来的，"国内第一本系统研究辜氏的学术专著"。这却已是辜归道山后近七十年的事。

与辜有世谊且曾师辜习英文的凌叔华在《记我所知道的槟城》文中曾引西方学者的评论，谓辜："这个怪人，谁能跟他比呢！他大概是没出娘胎，就读了书的。他开口老庄孔孟，闭口歌德、福尔泰、阿诺德、罗斯金，没有一件事，他不能引上他们一打的句子来驳你。别瞧那小脑袋，装的书比大英博物院的图书馆还多几册吧？"辜的渊博学识是研辜之大难，要弄清他的思想，必领先掌握足够的知识，真要有翻遍大英博物院的图书馆的准备，只怕还不够用。此外，辜氏著作多系外文，关于他的资料也有相当部分是外文的，且长期以来缺乏整理。辜的声望，"在中国人方面，远不如在西方人方面的隆重"（凌叔华语）。这是研辜的小难。此外的难且不一一。研辜非易事。令人钦敬的是，黄兴涛君八载研辜，收集除中文资料外，辜氏外文著译十种及若干散见于英文报刊的文字并大量外文文献，复请友人译出日、德、法、拉丁文内容，自己动手译辜氏《春秋大义》等书的部分内容，并标点辜氏《张文襄幕府纪闻》与《读易草堂文集》。发微抉幽，力求言之有据，这才有了这部二十八万字的巨著。如此浩大工程，可称伟哉！

黄著在占有大量资料的基础上，破解了诸多关于辜氏的疑团，剥开历来对辜之怪的种种渲染，渐呈辜氏趋于真实的面目（其中也包括戳破辜氏自吹的牛皮）。譬如辜氏早年游学情况，传说神乎其神，较为平实的称辜获得过博士、硕士等学位十几个，夸张的最多有说到二十几个的。黄兴涛君曾致函辜留学过的爱丁堡大学，查寻到辜就学档案，较为准确地叙述出辜"学于西洋"的过程：

> 辜鸿铭在西方共待了十一载。先到英国留学。1873年至1874年之交，考入英国爱丁堡大学文学院专攻西方文学专业。1877年春，顺利通过了拉丁语、希

腊文、数学、形而上学、道德哲学、自然哲学和修辞学等诸多科目的考试，以优异成绩荣获文学硕士学位，时年方二十一岁。此后他又曾到德国某工学院进修，获工科文凭。接着在法国巴黎大学、意大利等地游学，1880年二十四岁时返回槟榔（马来西亚），被派往新加坡海峡殖民地政府任职。

黄君本着学术态度加注，认为说辜曾在德国莱比锡大学获土木工程博士学位乃是误传，辜本人从未公开表示过曾获得博士学位，他的所有著作都署名"辜鸿铭硕士"。有可能他以后曾接受西方某些大学授予的荣誉博士称号，"不过他回国时没拿到博士学位，似可肯定"。

黄著对辜早年经历的认定，同样表现出辜非凡的才华与青年时取得的令人瞩目的成绩。

再譬如关于辜氏翻译儒经，亦是曾有种种说法，经黄君考订，辜氏"完整翻译过的儒经有三部，它们是《论语》、《中庸》和《大学》"，其中《大学》没有正式出版和公开发行过。此外，"曾零星翻译过《诗经》《尚书》《易经》《孟子》《孝经》《礼记》等经典中的一些段落和句子"。

关于极少有人叙及的辜氏晚年讲学日本的情况，黄君用一章的篇幅予以详细介绍，这几乎是填补了辜氏研究中的空白。同时还收集到辜氏在这一时期的照片、手迹多幅，其中有辜赠日本友人萨摩雄次的手书，尤其难得。辜书："又要忠，又要孝，又要风流，乃为真豪杰；不爱财，不爱酒，不爱夫人，是个老头驼。"其人之狂怪尽现淋漓。

对辜氏贡献的评定也是黄著中应予重视的内容。综合黄君论述，辜氏贡献主要在两大方面，一是维护民族尊严，反抗民族歧视；二是沟通东西方文化，特别是在向西方传播中国文化与中西文明观比较方面取得了令人瞩目的成就。

首先，辜氏在晚清至民初激愤于中国人民深受西方列强歧视，拍案而起，以"敏锐的思辨，锐利的笔锋，强烈的爱国感和无畏的勇气"，在维护民族尊严，反抗民族歧视上，"起到了不容忽视的、为其他途径所难以替代的历史作用"。辜氏用英文写作批评西方汉学及汉学家自以为是，妄自尊大的不良习气，讥嘲其总体水平出奇低下，指责其根本原因在于没有掌握"文学和哲学的原理"，即没有把一个民族文化作为一个有机的整体来研究，其本质在于西方人的民族优越感，和对中华民族及其文明的极端藐视。他批评西方汉学研究者对中国的研究动机不纯，缺乏真正发自内心的热望，严肃地告诫，"赚钱同中国语言、中国文学的研究无法兼顾，这同赚钱与莎士比亚和华兹瓦斯研究不可兼得一样。所以，从事这样的研究，必须有一个高贵的灵魂。"（辜著《告欧美人》）

辜氏就晚清教案和传教问题，直接对西方公众发表自己作为"一个中国人"的意见，"辜氏是战斗在反洋教斗争的另一战场，这一战场几乎是他一人独自开辟的，在以后的岁月里他也是最为主要的战士。他经由西方教育武装，了解洋教的弱点和传教的伪善……对传教士所标榜的'提高人民的道德''开启民智'和'慈善人民'的传教性质和作用的驳斥，尤其是对后两者的驳斥颇具思辨力，成为近代反洋教斗争史上不可多得的思想财富（黄著第二章《谴责西方：为神圣祖国的早期争辩》）"。辜文"在此以前的近代对外檄文或外交文书中是难得一见的。从这个意义上说，辜氏此文具有某种'民族宣言'的意义"。辜鸿铭精彩地议论说："对于任何一个完全了解欧洲这种为了智识启蒙而斗争历史的人来说，这些在欧洲焚烧和残害科学家的教中人，却在中国这儿把自己装扮成为科学和知识启蒙事业的斗士，这看起来该是多么奇怪和荒唐可笑。""在中国的整个传教事业，只不过是一个为了那些从欧美来的失业的专职人员利益的一种巨大的慈善计划罢了。"（辜著《尊王篇》）

在庚子事变前后，辜鸿铭不仅参与了当时中外有关交涉，还以英文发表了一批为世瞩目的文章，公开为国伸张正义，谴责西方列强，在西方舆论界产生影响。他抨击列强对华态度、政策，揭露西人在华的丑恶行径，批评列强虚假的"议和"，勇敢地"为了中国的良治和真正的文明所做的辩护"（辜语），成为"议和"的局外中方代表,傲骨铮铮,其所制造的舆论效应,虽必有"释疑解惑"之功,亦足以"在道义上稍挫了列强的蛮横之气"。

辜鸿铭毕生都在为维护民族尊严而呐喊,我以为,这甚至使他个人在学术研究方面受到不小的损失,他为此做出牺牲,他为此所做出的贡献也极应予肯定。凌叔华文中记:"难怪那时北京有人说:'庚子赔款以后,若没有一个辜鸿铭支撑国家门面,西方人会把中国人看成连鼻子也不会有的!'"威廉·S.毛姆也曾在《辜鸿铭访问记》中记录辜对某外国人士说:"你们凭什么理由说你们比我们好呢?你们的艺术或文字比我们的优美吗?我们的思想家不比你们的深奥吗?我们的文化不比你们的精巧、不及你们的繁复、不及你们的细微吗?哎,当你们穴居深处茹毛饮血的时候,我们已经是进化的人类了。"辜以维护民族尊严,甚至到了偏执的程度,有时不惜以他杰出的辩才把红肿处说成艳如桃花,落入"替吾国争面子"的俗套。但辜的这些言行,不能脱离其时代背景来对待。辜氏自尊自爱,强烈的民族感和爱国感,充满正气和道德力量地抨击西方,使他赢得了世界上正直人的敬仰。(如黄君所言,这仅是辜驰名和享誉西方的原因之一。)然而我以为,首先应对辜的气节表示敬重的应当是中国人。我们因辜持君主主义,顽固保守而忽略其正直、严肃,与他高举的中国文化民族主义旗帜,是极不应该的。我忍不住想说一句亦有可能是过激的言论，辜氏是可以为文天祥《正气歌》添一句的人物："为辜鸿铭笔"或"为辜鸿铭舌"。我们所推崇褒扬的西方学者文人中，也不乏有严重缺点的，如堪称卑鄙小人的哲学家培根，如厚颜媚骨向沙皇摇尾的伏尔泰，等等。那么，我们又何必揪住辜氏之拥清不放呢？辜鸿铭长着蝙蝠似的面孔，飞沫四溅地立在国门口，以中国人的名义，不懈地痛斥、嘲讽敢于歧视他祖国的西方人及西方社会，而把一个带着发辫的脊背亮出，任同胞唾骂、挖苦，他几乎极少回顾反驳、辩争。这是一位多么独特的人物！一个堂堂正正的中国学者！

辜鸿铭作为学者，他致力于向西方传播中国文化和进行中西文明观的比较，也取得无愧于学者之名的成就。黄兴涛君做出详细论述，客观、公允。他指出，辜氏是向西方翻译介绍儒家经典的中国人中"最早也是最有影响的一个。他的译经活动不仅在近代，而且在整个中西文化交流史上都占有独特地位"。辜氏"面向广大西方世界，不仅面向传教士、汉学家、学者及所有来华外国人，而且面向那些不懂中国语、对中国人和文化感到陌生的一般西方人，因此他的翻译曾获得众多的西方读者，对西方人了解中国人及其古代智慧，认识中国文明的价值，起到了不容忽视的作用，做出了十分难得的贡献"（黄著第三章《英译儒经：向西方传播中国文化的尝试》）。他所译的儒经，不仅"当年销路之佳，罕有其匹"，还"成为近代西方汉学家和学者有关中国儒家文化与东方文明著述的重要参考书和征引对象"。

辜鸿铭还是"一个独特的中西方文明融合论者。他一直主张将中西文明中最优秀的东西结合在一起"。黄著举出辜氏关于中西文明差异比较与评判的三个特征：一是内容丰富，自成体系；二是他所揭示的中西文明的差异本身，有不少是较为准确的，甚至不乏敏锐的透见；三是在中西文明性质的终极判别上，辜对文明及其评判标准的理解过于狭隘。

辜"邃于西学西政"，精通英、德、法、意、拉丁、希腊和马来语（有说包括梵语），略通日语和俄语。我们不能把他等同于清末顽固守旧的徐桐等官僚，辜对西方文明的先进处是肯于承认的，把他当作顽固的靶子加以批判，并不合适。早在20年代初，德国著名教授奈尔逊就曾满怀崇敬地赞扬辜氏：

> 在这里，我们面对的是一个极不平常的现象，一个远远没有引起人们足够重视的现象，即，这个人他广泛地集西方文化于一身并加以了消化吸收；这个人他熟悉歌德就像一名德国人，熟悉卡莱尔、爱默生和别的盎格鲁－撒克逊作家就像一名盎格鲁－撒克逊人；这个人他通晓圣经就像一位最好的基督徒，然而他独立的、明确的精神却拥有一种强大的力量。他不仅自己保持其固有的特征，而且他还认识到这一点对东方人民的自我保

存也是非常必要的，即踏实地立足于自身古老的文化土地，而绝不削足适履地生搬完全是另外一种情况的西方文化。（1920年版德文本辜著《呐喊》译序）

辜鸿铭与"西化派"、保守派都明显不同，他明确指出中西文明必将走向融合："但是我深信，东西方的差别必定会消失并走向融合，且这个时刻即将来临。虽然，双方在细小的方面会存在着许多不同，但在更大的方面，更大的目标上，双方必定要走到一起的。"（辜著《东西异同论》）

他还说："我是希望东西方的长处结合在一起，从而清除东西界限，并以此作为今后最大的奋斗目标的人。"辜甚至承认："中国现在面临的问题是怎样从儒学的束缚中走出。我认为可以依靠同西方文明的交流来解决这个问题。这倒是东西文明互相接触所带来的一大好处。"（《辜鸿铭论集》）

辜鸿铭是哲学家、文学家，他自有他理智的分析，他的"思想宗旨前后基本一贯"。批辜亦不可盲目，如黄著指出的，"新文化运动者根本不屑去仔细看他的著作，只是一味对其顽固保守的根本态度，对其偏颇的言行加以讥嘲"，这是不公正的。我个人以为，东西文明交流，具有互补性，妄自尊大与妄自菲薄都不可取。如陈独秀等人一味强调西洋文明的根本优越，其失误与辜氏却在伯仲之间。在今天，我们可以对新文化运动以来的种种思潮进行反思的时候，听一听辜鸿铭的意见，于往者、来者皆不无益处。

最后，想换一个轻松一点的话题，仍回到辜氏的"怪"。龚书铎教授在《文化怪杰辜鸿铭》一书序言中言，黄著"较为合乎逻辑地揭示出这位文化'怪'人的思想成因"。或许出于矫枉过正，黄君过于注重讨论辜的内在，未能就其表象再多做些评点，如果那样，本书将会更加有声有色。辜的怪，其无聊者亦要算是极好的谈资，在流传中每有令人喷饭之效，如他为纳妾辩护而解"妾"字为"立女"，是供男人疲倦时靠一靠的。有两位美国女子驳他，说也可以反过来，女人倦时以男人作靠手（elbow-rest）。辜即作答："否否。汝曾见一个茶壶配四只茶杯，但世上岂有一个茶杯配四个茶壶者乎？"这虽是诡辩，但辜之机敏亦由此可见。辜的怪所以流传久远，还因其个中有一种特殊的魅力。浅层的，如黄君所引，辜在德国游学时，在从维也纳到柏林的火车上，随手拿起一张德文报纸，不经意间将报纸拿倒了。有两个德国青年在旁嘲笑他装模作样，说这是中国人的怪毛病。辜遂用"最高雅的德文"教训了这两个青年一顿，并说："你们德国的文字有什么了不起，我就是将报纸掉转，也毫不困难地将它读得清清楚楚。"他果然倒读德文报纸如流，折服了那两个青年。再如日本首相伊藤博文解职后漫游中国，辜将其所译《论语》送给伊藤，伊藤笑云："听说你精通西洋学术，难道还不知孔之教，能行于数千年前，而不能行于20世纪的今天吗？"辜答："孔子教人的方法，好比是数学家的加减乘除，在数千年前，其法是三三得九，如今20世纪，其法仍是三三得九，并不会三三得八的。"这些幽默机智的故事，不仅好玩，而且隐含着维护尊严的意义。

还有深层的，是他愤世嫉俗的痛骂，有对外的，如至今仍被英文的名言类编收入的："银行家是这样的人，天气晴朗时，硬把伞借给你；阴天下雨时，他又凶狠地要把伞收回了！"也有对内的，如辜在其所著《张文襄幕府纪闻》中所写：

> 余谓财固不可不理，然今日中国之所谓理财，非理财也，乃争财也，驯至言理财数十年，其得财者惟洋场之买办与劝业会之阔绅。昔孔子曰："君君，臣臣，父父，子子。"余谓今日中国欲得理财之道，则须添一句曰："官官，商商。"盖今日中国，大半官而劣则商，商而劣则官，此天下之民所以几成饿殍也。

有针对某当道者的。他痛骂袁世凯为贱种，不畏袁的权势，勇敢地用汉语和英语公开地激烈抨击。在袁死后，又不顾北洋政府举哀三日之令，大宴宾客，以示庆贺。他曾写道：

丁未年（光绪三十三年，公元1907年），张文襄（张之洞）与袁项城（袁世凯）由封疆外任同入军机。项城见驻京德国公使曰："张中堂是讲学问的；我是不讲学问，我是讲办事的。"其幕僚某将此语转述于余，以为项城得意之谈。予答曰："诚然。然要看所办是何等事，如老妈子倒马桶，固用不着学问；除倒马桶外，我不知天下有何事是无学问的人可以办得好。"

这些精彩的嬉笑怒骂，使得他的怪谈也具备了某种意义，正如张中行先生所讲："用处世的通例来衡量，确是过于怪，甚至过于狂；如果换为用事理人情来衡量，那就会成为，其言其人都不无可取，即使仍被称之为怪物也好。"张中行先生对于辜的怪谈还有精辟论述："……这虽然都是骂人，却骂得痛快。痛快，值得听听，却不容易听到，尤其在时兴背诵'圣代即今多雨露'的时代。痛快的骂来于怪，所以，纵使怪有可笑的一面，我们总当承认，它还有可爱的一面。这可爱还可以找到更为有力的理由，是怪经常是自然流露，也就是鲜明的个性或真挚的性情的显现。而这鲜明，这真挚，世间的任何时代，总嫌太少；有时少而至于无，那就真成为广陵散了。"（张中行《负暄续话·辜鸿铭》）这段话深刻揭示出辜的"怪"的魅力所在，是研辜者应予注意的。

与此同时，探讨辜的狂怪，对了解辜的性情、人格，也是必要的补充。辜"能言顾其行，潦倒以终世"（林语堂语），宁可抱怀才不遇之憾，也不肯讨好当权。在随处可闻"歌德派"颂圣之声的时候，尤觉辜的可贵。辜是有骨气的学者，这是任何人所不能否认的，仅此一点，实足以愧煞诸翰林公。研辜不能只局限于其怪，亦不能置其怪而不顾。我想，将来如有一本辜鸿铭的传记出现，那一定是生动、精彩、启智的。我甚至还盼望辜氏的文集、全集早日出版，使更多的人能较为全面地了解这位独特的绝代学者，并赋予他以公正的地位，重新评价。黄著的出现，可以作为国内研辜的正式开端。

我因读黄著之欣喜，病中力疾不知不觉间竟写了这许多字。用戏班语，未免有抢戏之嫌。幸吾师门有例可援，启功先生作《说八股》弘文，吾师张中行翁以两万言之"补微"评之。余承师风，亦仅得八千言而已。兼以此文向黄兴涛君致敬。

1996年元月于东京野泽

中国文学20世纪最后的辉煌

——"老生代"散文随笔

能有机会和诸位中国文学、语言的研究家交流对中国当代文学的看法,我深觉荣幸。惭愧的是,我既不是研究家,又不能全算是文坛人物,兼之在日本住了两年,连新闻也说不出。我只就我个人的肤浅所知,谈些纯粹的一家之言吧。

今年是"文化大革命"开始三十周年,结束二十周年。这是特别值得纪念的大事——我们如果以为在二十年内可以彻底消除"文革"的影响,那我们就未免太小看它了。经济领域的恢复相对快些,这是显见的,因而有目共睹。文化领域却是伤了元气,可能在表面上看也逐渐繁荣起来,但根部的重创使得这外在的繁荣有"虚胖"之感,缺乏底蕴,这是我们既看到文坛满天星辰同时又是满天流星的重要原因。

元气何时能恢复,这个时间谁也说不好,但是,应当承认,中国的文化界一直在为此努力。从"文革"结束至今的二十年间，我以为出现过三次规模较大，影响深远的文学高潮，即：

一是70年代末至80年代的以反思和回顾为主要特征的文学热潮。"伤痕文学"是其第一阶段，"反思文学"是第二阶段。所取得的重要成绩是，集中批判了长期以来政治对于文学的禁锢和玩弄，在文学园地几近沙漠之际掀起广泛的文学启蒙运动，并把文学问题推向社会，引发全民性的思考；涌现出一批作家，成为以后文坛的主力。

二是80年代初的朦胧诗。积极吸收西方文学理论及写作经验，为艺术而艺术要求解放个性的一批年轻诗人登场，促进文学多元化，开启一代文艺新风。带动理论界活跃起来，同时对影视、书画界形成强有力的冲击。

三是80年代末至90年代中的文学创作热潮。这一次和前两次有很大区别。前两次可以说是把政治化作为敌手，反对政治化，倡导文学化。这一次却是把商业化作为敌手，提倡文化化。这次热潮先以中青年作家推出的"长篇小说热"为序曲，几百部作品，从内容到思想到写作手法都不雷同，几乎每一个作家都以其鲜明的个性，独特的风格出现，表现出在市场经济的逼迫下，奋力赢得生存空间的搏击。遗憾的是，中青年作家基本是成长于文化极度贫瘠的时代，先天不足，缺乏底蕴，"长篇小说热"集中暴露了中青年作家的不尽如人意的一面，浮躁粗糙，功利性强，文化积累与哲学的思考、文学的思考还远远不够。几百部作品仿佛放了一阵烟花,随即一闪即逝。

正当人们对"长篇小说热"表现出明显不满的时候,散文、随笔异军突起,为长篇小说收拾残局并且把这次文学热潮推向高潮。

散文、随笔热的兴起是个很有趣的现象,有一批以往并非以文学著名的老学者、老艺术家,以及不以散文随笔名世的老作家,在看到中青年人重建残破的精神圆明园而力量不够时,悄然出手相助。受年龄、精力限制,他们躲开小说剧本大特写,集中力量创作受到中青年作家冷落的散文、随笔。这种风气在老人中蔓延,居然形成了一个副文坛,而且反客为主地取得了超过中青年作家组成的主文坛的文学成就。这种情况好像是武侠小说的描述,少年英雄败阵之时,有位辈分极高却又常年隐居的前辈奇人现身解难。我的朋友,文学评论家马嘶先生在其所撰《夕阳篱下语如丝——当代文坛——大景观》中写道:"一批已届或将届耄耋之年的学界者宿闯入落寞的雅文学领地,驻足于其时已呈衰势的那种孱弱文体之间,以篱下闲谈式的清淡朴雅之作,为衰微的散文、随笔注入了一股丹田之气,浑厚之力,为这种风流了两千多年的古老文体的再度辉煌推波助澜,终于推出了90年代的散文、随笔热。"

中青年作家们反而来追老先生们兴起的流行,聚集到散文、随笔的旗帜下,以老先生们为师,亦步亦趋。近几年来,各种散文、随笔集出版逾万种，蔚为大观，与21世纪初的小品文热遥遥呼应。

不过，成就最高还是那些被诗人牛汉命名作"老生代"的老人们。评论家谢冕在"20世纪中国文学丛书"总序《世纪末：中国知识分子的思索》里谈道：

> 作为20世纪的送行人，我们感到有必要把这一代的醒悟予以表达。这种表达当然只能通过文学的方式。我们期待着放置于百年忧患背景之下而又将文学剥离文学其他羁绊的属于文学自身的思考。这种思考不意味着绝对的纯粹性，它期待着文学与它生发和发展的背景材料的紧密联系。我们希望这种思考是全景式的，通过对于文学追求的描写折射出这个世纪的全部丰富性。

令中青年人颇觉惭愧的是，这个千钧重担由一批八九十岁的老人挑在肩上。

"老生代"以人员构成角度，有着这样的特点：一是多是不以文学为本业；二是经历过近百年中国的乃至世界的变乱，在五六十年代遭到排挤和迫害而长期处在蛰居状态；三是深受"五四"学人影响，尊奉"科学与民主"的宗旨，具有人文精神，并且在对新文化运动的反思中不再把中国传统文化作为批判对象。

可以说，这些老人是"五四"迟到的成果，他们在晚年成功地从各种成见里摆脱出来，平淡而富于理性地把他们来自学识的内省及以平生沧桑遭际获得的生命体悟娓娓道来。他们的作品，以"透辟超脱的议论，没有不易表达思想的语言，对人生对社会达观的态度"，在知识界引起巨震，被认为是代表了当代文学的最高水平，备受推崇。我以为，他们创造了中国文学在20世纪的最后的辉煌。

"老生代"的代表人物首推居住在北京大学朗润园内的"朗润三老"张中行、季羡林、金克木。季与金都是北大东语系教授，季曾一度出任北大副校长。张中行则是1935年北大中文系毕业生，在健在的北大毕业生中有可能是最长的一位，1909年生于河北香河。

金克木先生以研究西方哲学著称，他早年因生活窘迫辍学，但极肯用功，跑到北大去偷听邵可侣教授的法文课，考试成绩超过正式生。邵教授非常赏识，邀他住到自宅，并为他介绍到北大图书馆里打工。做图书管理员，他负责在出纳柜台借书和还书。他基本等于是自学成才。金好写书评书话，多用随笔形式，文章知识性强，言语诙谐，才气漫溢，没有讲章气。洋气和华丽当是金文最显著的特色，仿佛是雪茄烟。

季羡林先生照理应是比金克木先生要洋气得多，他的青年时期是在西洋度过的，仅在德国就一住十年。他精通英、法、德语，以及古老的梵语和吐火罗语。可是，季羡林先生却终生保持着农民的朴厚，外表丝毫看不出这是位多年吃面包的人物。他常年穿一身灰制服，从不穿西装。有个在北大流传甚广的故事，某年开学，新生来校。一个新生带着行李到校门口，忽然想起什么，便招呼恰在附近的季先生，把季当作老工友，请他帮忙照看一下行李。季先生也就答应了。开学典礼，季先生讲话，这个新生才知道自己有多么莽撞。也是文如其人，季先生的文章像是手卷的叶子烟，朴实无华而又蕴含深情。他每天凌晨4时起床写作，他的书房里亮起北大校园里每天的第一盏灯光。他写《赋得永久的悔》，他写《一个影子似的孩子》，他写《悼许国璋先生》，以及学术气息浓郁的《关于中国弥勒信仰的几点感想》《法门寺》，等等，都是不可多得的散文佳作。《世说新语》中讲："桓子野每闻清歌，辄唤：'奈何！'谢公闻之曰：'子野可谓一往有深情。'"季羡林先生即是当世的桓子野吧。

季羡林先生奉行的是"中学为体，西学为用"的原则。他教学中（包括自身治学），受德国教育影响很大，他曾在课堂上引某德国语言学家的话："拿学游泳来打个比方，我教外语就是把学生带到游泳池旁，一下子把他们推下水去。如果他们淹不死，游泳就学会了。""文革"中他的这些言论被批成宣传德国法西斯思想，成为他的首要罪状。而季羡林先生又始终以作为中国知识分子自豪，尤其是恪守道德，其操守又是纯国产的。他早年遵父母之命成婚，夫人长他四岁，只念过小学，"她对我一辈子搞的这一套玩意儿根本不知道是什么东西，有什么意义。她似乎从来也没有想知道过。在这方面，我们俩毫无共同的语言"。但是，季羡林和这位夫人不仅白头偕老，并且他给予了夫人这样的评价："如果中国将来要修'二十几史'，而其中又有什么'妇女列传'或'闺秀列传'的话，她应该榜上有名。"

他在暮年回忆母亲时写道："古人说：'树欲静而风不止，子欲养而亲不待。'这话正应到我身上。我不忍想象母亲临终时思念爱子的情况。一想到，我就会心肝俱裂，眼泪盈眶。当我从北平赶回济南，又从济南赶回清平奔丧的时候，看到了母亲的棺材，看到那简陋的屋子，我真想一头撞死在棺材上，随母亲于地下。我后悔，我真后悔，我千不该万不该离开了母亲。世界上无论什么名誉，什么地位，什么幸福，什么尊荣，都比不上待在母亲身边，即使她一个字也不识，即使整天吃'红的'（红高粱饼子）。"

他的这种所作所为，不禁使我们想到前辈的胡适博士。而就对母对妻的深情而言，胡博士又不及当世桓子野的季羡林。

以下我们该说到张中行先生了。张中行一人即已足以在中国文学史上填写一段佳话。"散文、随笔热"的兴起，也有相当功劳要归属于他。评论界所公认的，"他的苍劲、古朴的文风，和饱经沧桑的情思，使他的作品散出一种浓郁的沧桑感。自周作人以来，我们许久没有读过这样清淡、素雅、博杂的文字了。张中行的出现，使我们荒疏了几十年的文坛上，出现了旧式的，然而又具有'五四'个性主义类型的人。这是一个不可小视的存在，他让我们看到了流行了四十余年的文风的孱弱性。与他这样沉浸在东西文化之海的文人比，当代轻薄的文人应感到惭愧。至少，这位文化老人，他的深厚的历史感和独立的人文品格，对我们当下浮躁的文坛来说，是一个深刻的提示。"（孙郁《张中行论》）

我个人认为，张中行在某种意义上"文起三代之衰"，与倡导古文运动的韩愈有着类近的功绩。张中行倡导的，是"五四"以来新文学作品的精神，排除自1949年以后对文学的种种扭曲和禁限。同时，又修正了"五四"对旧文学过于偏激的认识。张中行承前启后，将在当代文学史中占重要位置。

张中行1909年出生于河北省香河县一个穷苦的小村庄（今已划归武清区）。家中世代务农，他祖父的遗言是，"买牛要后腿弯的，有劲"。小村庄里连个秀才也没有。但是，张中行却有幸能获得读书的机会，1931年毕业于通县师范学校后考入北京大学中国语言文学系，1935年毕业。曾先后在保定、天津、北京的中学和大学教书，还编有佛学刊物《世间解》。自1949年后至今，一直在人民教育出版社任编辑。他"年至不惑，躬逢说话会犯罪的特殊时代，于是由故纸堆中找出'既明且哲，以保其身'的破烂儿，藏之心中；说藏，表明就不再说，更不写"。（《桑榆自语》

就这样开始蛰居的生活。)"长年网坐斗室的时候,正事不能做,无事又实在寂寞,于是想用旧笔剩墨,写写昔年的见闻。……在那个年月,杯弓蛇影,终归是多写不如少写,少写不如不写,于是就只是想了想便作罢了。"(《负暄琐话·尾声》)这样直到80年代中期,他才开始在"风狂雨暴变为风调雨顺"的社会背景下,"用理应闲散的时间,对着南窗以及窗外的长杨和鹊巢,把尚飘荡于心头的一些人和事记下来"。于是有了他的被称为当代《世说新语》的著作《负暄琐话》。此后,他以八旬高龄,以难以想见的旺盛精力,几年之间,著作几百万言,成为"老生代"的第一代表作家。他的著作风行于中国读书界,一时有不读张中行的书便不能算作文化人之谈,我送给他的绰号,"文坛老旋风",也被许多评介文章引用。我另外引一些权威人士对张中行的评论。

季羡林先生说,"中行先生是高人、逸人、至人、超人,淡泊宁静,不慕荣利,淳朴无华,待人以诚。……中行先生的文章是极富有特色的。他行文节奏短促,思想跳跃迅速;气韵生动,天趣盎然;文从字顺,但绝不板滞,有时宛如大珠小珠落玉盘,仿佛能听到节奏的声音。中行先生学富五车,腹笥丰盈。他负暄闲坐,冷眼静观大千世界的众生相,谈禅论佛,评儒论道,信手拈来,皆成文章。这个境界对别人来说是颇难达到的。我常常想,在现代作家中,人们读他们的文章,只需读上几段而能认出作者是谁的人，极为稀见。在我眼中，也不过几个人。鲁迅是一个，沈从文是一个，中行先生也是其中之一"。

启功先生称张中行"既是哲人，又是痴人"。"哲人最明显，从我肤浅的理解中，作武断的分析：他博学，兼通古今中外的学识；他达观，议论透辟而超脱，处世'为而弗有'；他文笔轻松，没有不易表达思想的语言；还有最大的一个特点，他的杂文中，常见有不屑一谈的地方或不傻装糊涂的地方，可算以上诸端升华的集中表现，也就是哲人的极高境界。""至于说他也是痴人，理由是他是一位躬行实践的教育家。……张老的散文杂文，不衫不履，如独树出林，俯视风雨，而这本书的文风却极似我们共同尊敬的老前辈叶圣陶、吕叔湘诸先生的著作，那么严肃，那么认真。""为冷隽而冷隽，或纯冷无热的，当然可算纯哲人，而张先生却忍不住全冷、冰冷，每在无意之中自然透出热度。其实他的冷，也是被逼成的。所以纯俏皮的文章，是为俏皮而俏皮；冷中见热或热中见冷的文章，可以说是忍俊不禁。"(《读〈负暄续话〉》)

我的朋友，现代文学评论家孙郁曾作两万言的《张中行论》，可以说是对张中行作品评论的第一篇有分量的文章。他说："张中行身上，具有着成熟的艺术之美"，"他把洋人的形而上的东西，与东方人体味的东西，较好地杂糅在一起，于是形成了他自己的风格，像禅又不像禅。看似平平淡淡，但却有真的内容隐在其中。读张中行的作品,你必须认认真真地揣摩,兼哲学与美文于一体,正如先秦散文一样,杂而有序,洋洋洒洒,散淡冲荡。世间尚有此类作家在,无论如何,是读者的幸事。""中国当代某些议论散文,多单线条地就事论事,此风已久,文章'道弊'四十余年了。张中行式的作家出现后,人们猛然感到,学识与智慧是不可分的。只有智慧而缺学识,文章就显得瘪,失去了味儿……古典文化修养,科学与理性,对东方文化人来说,是不可或缺的精神源头。"

我们不妨把张中行喻为一坛陈年老酒,他长时间在枯寂里酝酿,终于开坛启封,以醇厚香洌的味道倾倒当世。

这里,我要对在座的诸位研究家提出一个意见。我感觉,日本的研究界,也包括翻译界,都存在"重远轻近""贵新贱老"的问题。特别是"贵新",一看到有些手法、新颖别致的作品,便兴奋地介绍,好像是总喜欢在浪花上做文章。我个人,还是喜欢"水落石出"的,希望能深入进去,探求些本质的东西。前些天,我和东京大学的藤井省三教授交换意见,他也承认,"在中国散文非常流行,而且水平也相当高"。然而,到目前为止,我还没遇到过中国散文、随笔的研究家,没看到过以中国的散文、随笔为题的论文,更没看到过翻译的散文、随笔集。我十分愿意借今天的机会,提请大家对于在中国文坛出现的,中国文学史乃至世界文学史上的一大奇观——"老生代"作家群及其作品,予以足够的重视。

这个"老生代"作家群,除了前边谈到的"朗润三老",张中行、季羡林、金克木——张中行先生已经从朗润园搬出来了。我们还可以举出以下的人物,有:早年是小说家后转作翻译家的施蛰存,他的"老年人出于美感,青年人出于性"的"好色论"成一时名句。有姓名为妇孺皆知,作品却很少有人能真正读明白的学界泰斗钱锺书。他的夫人杨绛是翻译家,又写小说,但影响最大的还是《干校六记》《将饮茶》这些散文集。有"二战"时活跃在欧洲战场的记者萧乾,他多才多艺,又是小说家又是编辑家、翻译家,八十岁与他的夫人文洁若合译《尤利西斯》,同时还作了大量的散文、杂文、随笔,在巴金"说真话"的基础上,他提出"尽量说真话,坚决不说假话"。文洁若是日本文学研究家、翻译家,但她的《梦之谷奇遇》和《我与萧乾》两本散文集亦大受读者欢迎,其中《悼凌叔华》《苦雨斋主人的晚年》《我所知道的钱稻孙》都为人传诵。剧作家吴祖光的文字泼辣坦直,掷地有声,他的散文、随笔与他的剧作形成两种不同的写作风格,散文、随笔不事雕琢,貌似垢面蓬头而出,实则蓄惊雷于笔底,挟风带雨。吴的夫人新凤霞是著名戏剧表演艺术家,有"评剧皇后"的美誉,她从文盲开始,至今出书三十本,成为重要的散文作家。

我们还能举出:翻译家杨宪益、冯亦代,作家严文井、绿原、汪曾祺、马识途、林斤澜、邵燕祥、柯灵、流沙河,学者费孝通、于光远、王元化、周汝昌、舒芜,评论家洁泯,出版家范用、钟叔河,剧作家黄宗江,现代文学研究家姜德明,书画家启功、吴冠中、方成、丁聪、黄永玉、黄苗子、郁风,诗人牛汉。还有黄裳、忆明珠、老烈……真是举不胜举。

我在此把牛汉讲的"老生代"范围扩大了,他原指八九十岁的,我是把年龄放宽到七十岁左右。这是文坛一道奇异的风景。他们的文章在报刊上大量发表,令中青年作家黯然失色。

我引严文井的一篇短文,我个人以为在"老生代"作品中又是上乘之作。文章题目是《我仍在路上》。

> 现在我仍然活着,也就是说,仍在路上,仍在摸索。至于还能这样再走多少天,我心中实在没有数。
>
> 我仅存一个愿望,我要在到达我的终点前多懂得一点真相,多听见一些真诚的声音。我不怕给自己难堪。
>
> 我本来就很贫乏,干过许多错事。
>
> 但我的心是柔和的,不久前我还看见了归来的燕子。
>
> 真正的人正在多起来,他们具有仁慈而宽恕的心,他们有眼泪,但不为自己哭。
>
> 我仍在路上,不会感到孤单。
>
> 我也不会失落,因为再也没有地方可以容我失落。

一生作为"风格家"的严文井在从主文坛谢幕以后，远离喧嚣进入隐居的晚年，他这一阶段的作品极少，而且每篇又极短，然而却像虬枝老干，深邃遒劲。黄伟经把他的短章比作屠格涅夫的《麻雀》《帕拉莎》等散文诗，我则从这"平易、朴实、真挚而深刻"的佳构中，想到井上靖的那些诗。难以置信，短短两百字能负担起这样沉重的意义——几乎是每一位老人都在用简短精练的文字对自己一生的文风人格做着总结，生命的多姿就在其中尽情呈现。

当这些老人掀动起散文随笔的热潮的时候，在他们的指引下，在中青年知识分子里开始了"重建精神家园"的思想运动，这个运动，将对21世纪的中国文坛产生不可估量的影响。

时间已经差不多了。我的报告不是研究论文，也不必一定要面面都照顾到。我不能讲日语，要请夫人来译，夫人也累了，就此结束吧。谢谢诸位肯来捧场，特别是村松暎先生、冈晴夫先生，都是我尊为师长的。请恕我放肆，在谈过"老生代"之后，七十多岁的村松先生，未到六十岁的冈先生，是不是感到自己年纪尚轻呢？

1996年7月12日在日本庆应义塾大学的演讲

寂寞书斋　笔底波澜

——贺张中行翁回想录完成

所谓事情，通常就是某种巧合，或扩大巧的范围讲，是某种机缘。我算是个多事者，又是好事者，却也由衷地这样认为。举例便是正在写的文章。我从东京给我那位"铁爷们儿"张中行翁打电话，照例是没有非要通国际电话不可的事，照例没有寒暄，我报了名字，他就用连我也所遇不多的异常兴奋的语调，说："告诉你个好消息！昨天上午10点半（飞按：11月3日），回想录完成了！一共五十点五万字，比计划的超出十万字！"接下去是结果："已经决定了，交给社科印！"最后是"乱"，讲心情："回想录一天写不完，总觉得是个负担，现在解放了！连些难写的，像《情往》，也写了。这回不怕写零碎文章了，今天上午就给人写了篇序文。哎，庞旸你熟啊！就是给庞旸，她又要出一本散文集子，书名叫《寻觅人生》。"

听到这个好消息，我忍不住也为行翁高诵几声"阿弥陀佛"。

差不多三年，每次我们见面或通话、通信，回想录是必谈的。这大抵是他耗费心力最多的著作，我听他讲过曾给他赢来盛誉的《负暄》系列说，"就是些闲话儿"。我也听他讲过，为正宗和尚所钦服的《禅外说禅》，是"佛教基本常识的普及读物"。他也讲过《留梦集》，说，是最为偏疼的孩子。但对于回想录，他没有讲贬或褒的话，我知道，有如老子一气化三清，那回想录就是他的一个化身。书是用文字组成，字确是血肉铸造，因而那书，即是他的又一肉身。他自是不好再讲什么。我为之欣喜同时又不能不生出许多感慨，感慨就缘于机缘，行翁的这一重大新闻，居然又被我这曾任他身边首席记者的，较早地得知，而且只是为打电话而打电话，距了万里之遥。我不由得提笔，冯妇重为，向朋友们报告。

我们的通话并不频繁，我移居东京后，两三月间有一次。我当然想念他，东京的朋友们知道，大凡我开口，三句话以内必要提张中行。这委实是不自主的。为什么不能多通几次话呢？理由是两方面，一面是他，担心我花费太多，会不断催我："还说哪？这都十七八分钟了，行了。"一面是我，确无雄厚的经济基础，远离他之后，于我，听听他的声音，是一种可以放纵自己的高消费。借着有报告回想录完成的名目，在那了然不见痕影的"想"以外，又多了实的机缘，所以才有这篇文字。

题目是祝贺，却不肯写些空洞的套话。我也回想近十年来所置身于内的"张中行热",这一发生在20世纪末的,洞见世态,鼓舞世俗的文化奇观,本是值得纪念的。

以时间为序,约在七年前,经常在一起谈文论书的朋友,藏书家谭宗远先生,最早开始在我们的小圈圈里大捧张中行。宗远外刚内柔,见生人专会腼腆,对熟人则又最能不拘礼。他给我这好事的提要求,"想法联系联系"!这时,我也从《读书》上见到行翁的文章,极惊讶于他那宛似"五四"诸贤显灵的文风,而他的文字的讲究,学识的渊博,彻透的理性,平淡的心情,又不是"五四"诸贤全能比拟。他给我这一贯厚古薄今的人一震,尤其是在漫长而且空前的文化扫荡之后,贫瘠病态的精神领域竟还有这样的人存在!当真是野火烧不尽。我们本当坚信这世界里从来就保留着一种火烧不化雷劈不死以至抗拒枪炮的东西,任何人包括任何神任何鬼都无法将它根除。

我们迫切地要知道张中行是何许人也,迫切地想读到他的大部头著作。然而,有传闻说,张是位深藏不露的老编辑,并不常写文章。在我所识的师友里,对张的所知,大抵如此。宗远给我出了题,我也极乐于好此事,掌握的线索,是,张与人民教育出版社有关,《读书》更是联系密切。我尚未及从这两方面入手,一日,逛到安定门的书摊,差不多就是奇迹了,不能算"淘",要说是书找我来,眼角的余光瞥见尘灰蒙面的《负暄续话》。我就立在摊前一气读下去。我无惊人记忆,但他在《辜鸿铭》文里的一段话，我即是彼时就印在脑海，至今不忘。他说："痛快的骂来于怪，所以，纵使怪有可笑的一面，我们总当承认，他还有可爱的一面。这可爱还可以找到更有力的理由，是怪经常是自然流露，也就是鲜明的个性或真挚的性情的显现。"而这鲜明，这真挚，世间的任何时代，总嫌太少；有时少而至于无，那就真成为广陵散了。其文字是何等的流利，朴素到小学生也无须查字典就能读出，但就在如此的流利朴素中，却蕴含着一时不得参悟透的机锋。此时我正对辜有浓厚兴趣，收集关于辜的资料十数万言，我却推张文为第一。生动程度不逊温源宁（或有我不能直接读Imperfect Understanding的缘故？）见地则无疑在温氏之上。温仅讲有趣与辜的"是非颠倒"，张中行却是对于辜及中国史上的文化怪人群体做出上引那段精彩又不无沉痛的发言。

我忘情如李太白"一杯一杯又一杯"地一篇篇读下去。这引起文雅俊美的摊主李三爷的注意，开口问我这书的好处。我敬他大约是全京城唯一卖张氏著作的书摊主，我们交了朋友。我买下摊上所有的"续话"，心中为自己在朋友中第一个拥有张中行著作所升腾起的愉悦，令我在回家途中数次迷路。终于，我待不得到家，就拐进胡絜青老人的书斋，先送出一册。之后，李三爷又引我到他进货的批发书店，那地处北新桥的名为"墨缘斋"的昏暗窄小的铺面房里，我又找到《负暄琐话》《作文杂谈》《文言与白话》。有趣的是，与行翁相识后，他又把李之昕兄介绍给我。

之昕算是北京最早卖张氏著作的，他讲到地安门有书摊不断向他要张书，说是有人找，有多少要多少。我说，原来墨缘斋是你开的。之昕也明白了，"找书的就是你"！我们相视而笑。我前后从李三爷的摊上拿走的书在百本之上。一来是我有赠书之癖，二来是送书给甲，乙硬索去，甲随即再找我要。有时甚至扯进丙，扯进丁。李三爷忠厚，他先把书取来存到书摊，免得押我的钱，我要时按进价给我。他还多次把书送到我家。三爷也读张书，且有体会，"这老爷子学问大，话是这么一说，那么一说，说得还挺让人信服，就是有些地方看不明白"。他就把这种体会，和我在《北京晚报》写的介绍性文字，作了生意经，大凡看相貌似是有文化的顾客，三爷就积极推荐，我也帮过几次腔儿。因此，在三爷的摊上就发生了被张中行先生写入《欲赠书不得》一文的事，一位寒素狷介的老妇人用成语词典换走张书。

我不老，却在此絮叨这些，意不在为自己摆功。我所要证明的，张中行没受过"皇封"，没经过"电打"，更不拉帮结党互吹互捧，也不故做出或雅或俗的姿态来取悦所谓雅人和俗夫。他的书，就是由读书人及热心文化的人，相互传说，辗转购借，情不自已地奔走相告，评价议论，因而成为流行。我是一例，类似我的，至少我知道在深圳有姜威，在广州有许石林，在武汉有徐鲁，在北京还有谭宗远、赵丽雅、姚敏苏，举不胜举。通过读书，我们能见到这样的画面，当动荡渐渐远离我们的时候，浮躁仍以其惯性制造着程度不一的骚动，有位身着蓝衫，神情淡漠的老人，以平生枯寂所蓄积的生命与智慧的光芒，冲破属于时代的苦痛与现实的纠缠，挺身于世纪之交，引导后来者复归平静，倡导社会的文明复苏。张中行由此成为读书人心目中的圣哲，一种象征，一种作用于下一个世纪的激奋。更为令人感动的，我们实际上拥有一批如行翁这样的师尊，俨然似佛门在"三武一宗"之后涌现的诸祖师，他们就是牛汉所云的"老生代"。张中行仅是"老生代"的代表人物之一。我在日本的《东方》杂志撰文讴歌，说"老生代"取得的成就就是中国文学20世纪末最后的辉煌。老生群星以饱经沧桑之躯用秉烛的精神构筑成21世纪接火传薪者所不可缺少的灯塔。属于我的不世之遇，我有幸立在这灯塔脚下，我无大志亦无大才，只能叨承些光亮找找一己人生迷途。

最近有朋友寄来一篇刊在《博览群书》的文章，文中提到："（张）先生由那位写文章有'凌霄汉阁主'味道的靳姓青年陪着，没打着车，一老一少悠然地坐上三轮，摇摇摆摆地走了。"我读后不禁失笑。那是我们唯一一次合乘三轮，就被人撞到，描绘成"悠然"。其实赫赫如张中行，区区如我，都逃脱不了地心引力，所谓悠然，终归如孙悟空跳不出如来佛的巴掌，偶尔放肆一回罢了。想到行翁耄耋之期依然免不了忍受屈辱，心就发酸，如何悠然得起来？他正式踏入（有意或无意）文坛当是古稀之后，开始写《负暄琐话》。这个文学新人并未因他深厚的功底与思想的深刻而避免众多新人所经历的磨难。尊重他的报刊出版社固然是有，如《读书》，如黑龙江人民出版社，但大多数报刊仍是要摆出冷面孔。轻的，如发表文章，在文末括号内署名；版面随意安置；为他改"错"字；删去段落；改动题目；等等。重的是退稿且附训诫，某著名的刊物退回他的文章时，加编辑的意见，是，写点儿有意思的！行翁不是不怒，但他在人生的一些"重要方面"是消极惯了，即心是佛，安苦乐道。

说来几是黑色幽默。初识行翁际，我也不无共悠然的梦，说："我仿佛看到一位有高风的隐者在行吟，我便把自己想象成隐者身旁的书童，一囊书，一壶酒，迎风而立。"不过，很快我就认清，若是追随他，便要做堂吉诃德的侍从桑丘或是那头驴，带着我们不灭的浪漫面向世道的奚落。彼时我从中学调至一家报纸编副刊，行翁不待我约就写稿来，而且显见是针对我所在的报纸，不是随意拣出一篇应付。我领老人的情，是我世故吗？我想到总编辑定然不知行翁之名，所以写了长篇的编辑意见后才送审。总编辑较我更世故，从这编辑意见里察觉出我的过于热心，亲切地教育我，做编辑不要总发熟人的稿，这也是必要的职业道德。我忍耐着，只要稿子发出，行翁不知内情，事情就会过去。然而，清样排出，千五百字的文竟只剩八百字。我忙问总编辑，总编笑眯眯地答复："给你们发了就不错。"我按捺不住，立时摔了铁饭碗,揣着稿子离开那家报社。既然不能代行翁避免这样的羞辱,我就如是以谢行翁。时下行翁盛名如日中天,有诸多报刊转托我求稿,我并不作扬眉吐气想。在行翁之"热"形成中,有着众多的读书人在不同的范围内以不同的形式、不同的程度,为着心目中这位圣贤而与世俗的力量抗争。我们当感谢时代的进步,不仕的读书人也能取得这样的成果,无任何官职头衔,甚至连作家协会会员也不是的张中行先生,参加些什么活动,姓名也会登在报上。他算是名人,他作为名人的社会基础,是读书人。这却是为读书人者所当引为骄傲的。而张中行对于广大读书人的回报,只从精神方面讲,是,当经商下海留洋入仕等种种迷惑杂陈于读书人面前际,他为他们实践了一条同样光明的"张中行道路"。寂寞书斋,笔底波澜,"欲究天人之际,通古今之变,成一家之言"。值行翁有一部藏之名山的大著完成,作为他的追随者之一,感慨不禁,写了如上的许多话。回想录印出,当逢行翁米寿,这篇拙劣文字唯堪表寸心,以此为翁上寿。

1996年11月于东京野泽

代张中行翁赋得黄英

句曰：百年未了聊斋债，犹问松龄借黄英。

一

二十上下的绝色美人黄英姑娘袅袅婷婷从什刹海的水面上直划进这四合院来，像月光似的穿过马樱花树与海棠树、葡萄架，飘进了炉火正旺的小北屋。阴丹士林旗袍，雪白的羊毛围巾，柔若无骨的腰，润如含水的眼，眼里溢出溢不完的许多春恨与秋愁。

"是你吗？！英！"

英姑娘却话也不答就匆匆闪入放在床头上的一册老旧的书中。

九十五岁的老人围着棉被坐在床脚，体力似乎已不足支撑住沉重的头，头显得突出的大，突出的长。头上顶着一层白花花的头发茬，头发茬还能像倒刺一样地挺出。老人的脸庞有些肿胀，眼皮眼角、两腮嘴角的皮都尽力地垂着,眼珠只露得出筷子头大小。看不到眼珠的转动,五官变得一片苍白、模糊。

一个他非常熟悉的声音问:"想吃点什么?"

老人用了几十秒的时间,终于连串起一个句子:"不吃什么。现在外面什么都买得着。"

那个声音又问:"还能看点书吗?"

再停了几十秒:"就是看看《聊斋》。"老人忽然意识到他的意思还没有表达完整,缓了些时候接了一句,"因为那里边,有些个狐狸和女鬼。"他要把目光移到黄英刚刚闪进的旧书上。但在目光的移动中,他忽然瞥见窗外矗起的几幢高楼,不由想起自己也已身在高楼里,他在心里带些歉意地对着黄英姑娘笑了一笑。

二

他最早读《聊斋》至少也是在八十年前:

> 小学时期读中国旧小说,最喜欢看的是《聊斋志异》,而且喜欢的程度深,不只觉得其中不少故事有意思,而且想念并希望有那样一个充满神异的世界,自己有时也会遇见异。当然,这异要是可意的,那就不是

代张中行翁赋得黄英 | 155

"画皮"之类，而且，比如鬼是连锁，狐是长亭，精灵是黄英，等等。试想，如果自己也有机缘独宿废寺，乙夜灯火摇曳之时，墙外有"玄夜凄风却倒吹，流萤惹草复沾帏"的诗声传来，该是多有意思。黄英就更好，因为是大白天，路上也可以遇见。事实自然是没有遇见，而是带着这样的遐想，离开乡土，到点电灯的城市去念达尔文直到爱因斯坦去了。

黄英是谁？黄英是位菊花精。

有个爱菊成癖而为人极不通达的北京男人叫马子才。马生子才认识一个男菊花精，文雅精干的少年陶生；女菊花精，就是陶生的姐姐黄英。子才除了爱菊花爱饮酒以及他的"三十年清德"外，再做不成什么生计；但他却会动心思想要娶黄英。黄英陶生姐弟以菊花经商致富，英姑娘美貌贤惠精明通达，只为着子才爱菊的一片痴情就肯自带着家财嫁过来，与子才厮守终生。

那读故事的小学生，很快就迈出一双大脚走出北方的农村，到有电灯的地方去找他的黄英了。

那黄英，样子是像故乡里聪明能干、一举一动都有潇洒之气的董氏大姐，还是像长得很美的、沉静而眉目含情的严氏大姐呢？

三

有电灯的地方的黄英却是剪发、大脚，清清亮亮的大眼，白衫黑裙，白鞋白袜。

十二三平方米的小屋，一床一桌，读不完的书，一角钱的猪肉分两顿吃，花几角钱扯上几尺花布，洗脸盆的水结成冰坨坨。

黄英说，成天戴礼帽，穿长袍，酸溜溜的书虫子，有什么可爱？马生说，认定为负心，是人各有见；认定为落后，是人各有道。

一个有电灯的地方的黄英走了，一个从没有电灯的地方来的黄英出现了。

也是剪发、大脚。但体貌清秀而性格温婉，粉面含羞，是地道的旧时的大家闺秀。虽没有火样的热情，宁静的六十七年也终挨过去了。

马生道：

午梦悠悠入旧家，重门掩映碧窗纱。夕阳红到马缨花。帘内似闻人语细，枕边何事雀声哗？消魂一霎又天涯。

书中的黄英答道：

你写过的，一只小狸猫轻轻在窗台上一跳，你就惊喜地以为我回来了。

四

六十年前，旧家东邻是佛寺，寺前池塘常常有人淹死。一日中夜回家，他远远看见一个妇女坐在寺前的道旁，背对着池塘。他说："如果在昔年，我会相信这是《聊斋志异》的异，大概是很怕吧？可是还是科学知识占了上风，我确信她不是鬼，于是平静地从她身旁走过去。这平静表示神异世界的消亡。"

五十五年前，他患胸膜炎住院休息月余。他让家人把青柯亭本《聊斋》送到医院，说是以期能够发思狐鬼之幽情。

近三十年前，独自住在湖边的地震棚中。

夜里，明月窥窗，蟋蟀哀吟，境界正是《聊斋志异》式的，可是棚外总是寂然。很无聊，曾诌一首打油诗云："西风送叶积棚阶，促织清吟亦可哀。仍有嫦娥移影去，更无狐鬼入门来。"狐鬼不来，心情枯寂，我不禁想起儿时所见的狐仙灯。只是现在，即使看见，我也不信它是真狐仙所变了。

又，他对蒲松龄说：

丹墀紫绶无由见，且觅黄英伴老夫。

理智得科学之裨助，现实为失落所警醒，这都像是在努力证明着，人间本不存在有黄英。恼恨蒲松龄，独自有黄英；半纸空文，几个虚字，竟劳无数马生牵挂，枉费一世相思情，误却多少营生。

五

凌波不过横塘路，但目送芳尘去。锦瑟年华谁与度？月台花榭，琐窗朱户，惟有春知处。碧云冉冉蘅皋暮，彩笔新题断肠句，试问闲愁都几许，一川烟草，满城风絮，梅子黄时雨。

这首贺铸的《青玉案》是他最爱之词，他曾经以每句为题作有文章。

黄英之不可得，但得能目送芳尘去，总也堪酬了这一生痴情。可是：

"过"有不同的解释,"到"和"越过",如果意为"到",下句的"目送芳尘去"就只能是想象的,或另一人的事。

就是这几个虚字,亦还不肯爽快。到底是到也未到,过也未过?

只说心影最清晰的两位。一位是明末清初的柳如是,箭射向她,不是因为她是风尘女子,而是因为她才过于高,我所欣赏主要是表现于书札的,为地道的晋人风味。读这样的书札,很爱,就不能不联想到写的人,就算作爱屋及乌吧,也就很爱。另一位是清朝乾隆年间苏州人,沈复《浮生六记》所写的女主人陈芸,她聪慧、温婉,经历坎坷,早亡。没有著作传世,可是如沈复所记,是常人中的非常,就很可爱。我不隐瞒思慕的感情,1976年春季在苏州住半个月,常到沧浪亭里转一转,就是因为沈复家在沧浪亭旁,里面有不少陈芸的足迹。

又:

记得严氏大姐长于我七八岁。我出生后常到外祖家去住，到能觉知，有情怀，就对这位大姐印象很深。来由之一是她生得很美，长身玉立，面白净，就是含愁也不减眉目传情的气度。来由之二是她性格好，深沉而不瑟缩，温顺而不失郑重，少说话，说就委婉得体。现在回想，常见到她的时候，她年方二八或二九，我尚未成年，还不知道所谓爱情是怎么回事，可是她住东房，我从窗外过，常常想到室内，她活动的场所，觉得有些神秘。这种心情，可否说是一种朦胧的想望？如果也竟是这样，在我生活经历中，她的地位就太重要了，《诗经》所谓"靡不有初"是也。

又又：

她和我先后进入一座红色的楼，朝朝夕夕，也就熟了。交往不少，直到共同坐在麦垄头听布谷叫，想到天地之大，人生的艰苦。她深藏若虚，笑不多，泪也不多，比较常见的是惆怅以至于愁苦。与开口笑相比，愁苦是深沉的，我愿意看，并希望长久看到。可是另一种不可知的机遇来了，她已经决定远行。是一个月夜，在离红色楼不很远的古桥旁，我们话别，她落了泪，这泪使我想到庄子那句话：君自此远矣。

又外：

昔人说墨磨人，其实桥也磨人。关于桥，也想翻检一下昔日。算作梦也好，像是有那么两个桥，一个是园中的小石板桥，一个是街头的古石块桥。是在那个小石板桥旁，我第一次看见她的泪；是在那个古石块桥旁，我们告别，也"执手相看泪眼，竟无语凝噎"。但终于别了，其后就只能"隔千里兮共明月"。我没有忘记桥，所以为了桥，更为了人，曾填词，开头是"石桥曾别玉楼"。这也可以算作桥的用吗？估计桥如果有知，是不会承认的，因为它的本性是通，不是断，是渡，不是阻。那就暂且忘却"执手相看泪眼"，改为吟诵晏小山词，"梦魂惯得无拘检，又踏杨花过谢桥"吧。

外外：

荏苒又是近二十年，昔日的朱颜都老了，隔音尘也有好处，是梦中的影子还是那样。梦之外呢，她还健在吗？意想不到，竟传来消息，她早已回来，就住在红色楼附近。我间或经过那一带,看,若干次,终于没有看见。最后才灵机一动,托个广交各界的朋友,到管户籍的人那里去查询。过些日子得到答复,是一直问到同院的老住户,才知道已经作古,其时是80年代初。人终于不免一死,也就只好旷达;遗憾的是这一次更应该送别,默诵"君自此远矣",却没有办到。

六

马子才问陶生,黄英何时出嫁?陶生说是"四十三月"。

你在人世已经等待了将近一百年,一千一百多个月,你等到了"四十三月"吗?蒲松龄也不是黄英的马子才,充其量只是目送过芳尘去。所以他先想出个办法,是:

> 青山白云人遂以醉死,世尽惜之,而未必不自以为快也。植此种(指陶生所化的醉陶菊种)于庭中,如见良友,如对丽人,不可不物色之也。

你没有物色醉陶植于庭中,因为你物色到了《聊斋》。它在你左右伴了你一生,如对良友,如对丽人。再没有一位良友比它更忠实于你,再没有一位丽人能像它这样朱颜永驻。"四十三月"

的预言犹在，可是，先要说出分别的，不是它，是你。

七

　　黄英天天都守着你。刚才你不是还看到她了吗？她知道你还有一个愿望，就是，偿这人世百年之债时，她来偿你这相思百年之债。这债也是易偿，不过是守在你身旁"执手相看泪眼"罢了；这债也不易偿，百年来方只觅得这黄英姑娘独能偿得此债。微斯人，吾谁与归！

　　老人又听到那个他熟悉的声音对他说："你还不老！应该再打起精神来。"

　　"是因为还能想着狐狸和女鬼吗？"老人灿烂地笑着。

　　"嘘！小心黄英姑娘吃飞醋！"

贺季羡林先生米寿并序

民国初年北京盛行堂会，大户人家遇到喜庆之事便请戏班作专场演出，当然花费也不会少。我离开北京，虽然每年总要回去一二次，但受时间限制，却不能再像以前那样和朋友们时常聚会，甚至有的朋友许久见不到面。我心里是很想念我的那些老少朋友的，就想到用湖广会馆戏楼，每次回京时办场堂会，又招待了朋友，又提倡了京剧，也是为北京的文化界添些热闹。每次要有个名目，或为老先生祝寿，或是什么什么纪念，四年来也办了近二十场。今夏又值季羡林先生米寿，这是去年就说好的事。

去年2月28日，我们在湖广会馆为李韵秋先生举办专场演出前，季羡林先生的秘书李玉洁女士打来电话说，季先生近觉工作劳累，想换换脑筋看场戏。难得他老人家有兴致，我们自然是欢迎的。季先生那日高兴，戏还没散，李秘书就找我，说季先生散戏后要请客，在座的老先生们一位也不要走。我和老先生们商量，吴祖光、洁泯两公已有约而先行，有些同季老不熟，不好意思扰季老，决定参加的约可凑起两桌。张中行先生提议大家走到不远的晋阳饭庄吃小炒肉，我以为人车移动麻烦，不如就在湖广会馆后楼摆下酒宴。是日同席者，张中行、季羡林、刘曾复、欧阳中石先生夫妇上座，京剧艺术家孙岳李韵秋夫妇、旅加语言文字学家徐德江夫妇（随同季老而来）、北京大学副校长郝斌先生、李玉洁女士、年轻男旦胡文阁及老许和我环坐相陪。席间李秘书告诉我，明年是季先生米寿，我遂提议举办堂会庆贺，合席皆应。今年8月14日，我还愿搞了一场"季羡林先生米寿纪念京剧昆曲堂会"。戏演三出，昆曲《打店》《单刀会》，京剧《空城计》。贺客百五十人，日本大使馆还派员送来一个一人高的大花篮。我拟了贺词，题目就是《愿季老再写二十年》。

尊敬的朋友们，亲爱的朋友们：

今天我们汇聚一堂，为我们共同敬仰的文坛长者季羡林先生祝寿，心情无比激动。季羡林先生是中外知名的学者，学问精深，在半个多世纪的治学生涯中，为我们创造了不可估量的文化财富。他以卓越的学术成就，向社会表明知识分子的存在价值，是知识分子的优秀代表，特别是中国的知识分子的优秀代表。先生今年八十八岁高龄，仍在孜孜不倦地研究、创作。每当我们想起每天凌晨出现在北大朗润园的第一盏灯光，是来自这位老人的书房，我们都会为自己作为知识分子的一员而感到无此自豪。这是我们知识分子精神的一种象征。我们祝愿先生长寿,用这盏灯光再去照亮21世纪的中国文化道路,去鼓舞一代又一代青年学子,堂堂正正地用知识为社会服务。

季羡林先生为人朴厚,正直善良,在人品上也是知识分子中的楷模。他的逸事佳话,在文化界广为流传,当我们在传诵他的这些佳话的时候,也就不免为他的高贵人格所感染。今天,我们发起为他祝寿的活动,也是我们表达晚辈后生对他的文品人品的由衷敬仰。

最后,请允许我们代表所有的来宾,恭祝季羡林先生,再为我们写上二十年!

种花十载，看花一日

——中日版昆剧《牡丹亭》制作缘起

今天的演讲会是由北京日本人会来安排的，但是今天对于我来说，却是一个特别的日子。2010年5月16日至20日，歌舞伎艺术家中村勘三郎来北京访问，由我来全程接待。整整五年过去，勘三郎的英年早逝，令我感到无比伤感，我深深地怀念他。

勘三郎喜欢旅行，但那却是他一生中唯一的一次访问北京。此前，他曾去过一次昆明，印象很差，不愿意再来中国。他准备来北京之前，心里很是不安，去找坂东玉三郎了解情况。玉三郎被歌舞伎界视作是中国的专家。玉三郎对勘三郎说："去吧，你会比我更喜欢北京的。"然后，玉三郎打电话给我，希望我照顾好勘三郎。我当时正在筹备上海世博会的大型公演，忙得连睡觉的时间都没有，实在是不愿意再多事。玉三郎劝我说："勘三郎是一个典型的江户子，很像你们北京人。你们一定会成为好朋友。"为此，我特意从上海飞回北京，接待勘三郎的来访。

感谢玉三郎的建议，正是这次访问，尽管只有三天时间，却让我与勘三郎结下这份生死之交。勘三郎离开北京的前夜，我们喝了许多酒。他说："我知道你最好的朋友是玉三郎，但是，你到日本后，第一个电话打给玉三郎，第二个电话，请一定要打给我勘三郎！"他还对我说："羽田机场改建完成后，用的是我的照片作为广告。这样，你到东京，一下飞机就会看到我在欢迎你。"新羽田机场落成，我却永远见不到勘三郎了。我愿意把今天的演讲，献给我的挚友——中村勘三郎。

我是在阪神大地震之后不久移居东京的。我到达东京之日，发生了地铁沙林毒气事件。虽然有了这样的灾难，樱花仍然是照常地开了，而且是一如既往的灿烂。这是我第一次看樱花，第一个陪同我去看樱花的人，是年近九旬的汉学家、横滨市立大学名誉教授波多野太郎先生。他是中国戏剧的研究家，与中国的传统戏剧界有着很深的渊源。东京满城盛开的樱花，亦难比老人待我的盛意。

两年之后，我结识了歌舞伎艺术家坂东玉三郎。我们的第一次会见并不愉快。他批评中国人没有信用，他希望中国恢复"男旦"的传统，可是他的中国朋友都是当面敷衍，过后不了了之。我被他的话刺痛了，对他说："我来做吧。"

几个月后，1997年2月19日，我在中国深圳发现了一个演唱流行歌曲的歌手，叫作胡文阁。我说服胡文阁，把他带到北京学习京剧，并且获得了京剧世家梅（兰芳）家的认可。十八年后，胡文阁已经成为梅葆玖先生的弟子，北京京剧院的主演。

玉三郎为胡文阁的出现感到兴奋。他第一次来中国是在1986年。相隔十一年后，1997年夏秋之际，他第二次来到北京，目的之一是要看胡文阁的京剧演出，他亲眼看到，在中国京剧的舞台上，重新出现了"男旦"。这次访问，还有一个收获，是他参观了两个剧场。一个是他的祖父十三世守田勘弥1926年8月演出过的剧场——开明戏院，后来改为珠市口电影院。我们去参观时，正在放映美国电影《泰坦尼克号》。现在这个剧场已经被完全拆除了，像泰坦尼克号一样沉没了。

另一个剧场是梅兰芳曾经演出过的湖广会馆大戏楼。玉三郎喜欢上这个剧场。他说，传统戏剧并不适合上千人的大剧场，还是在这样的戏楼里，演员和观众都更为惬意。

我们议定，就在湖广会馆大戏楼举办玉三郎的首次中国公演，让他使用梅兰芳用过的化妆间。

第二年，我们又一起来了一次北京。事先，我们还在湖广会馆大戏楼里为玉三郎修建了一个他专用的卫生间，配有带冲洗的马桶——我不知道，我算不算是第一个从日本背回马桶盖的中国人，我那时还多带有一个很重的变压器。

这一年，我的生日，玉三郎给我东京家里送来了一百枝玫瑰花。我们都认为很快会实现他的北京公演，不想，真正开始实行，却是在近十年以后的事了。

2006年秋，玉三郎在电话里对我说："我们演《牡丹亭》吧。"歌舞伎里有一出戏叫作《牡丹灯笼》，即是取材于中国的《牡丹亭》。玉三郎想以此为基础，把《牡丹亭》改编为歌舞伎的新作。

年底，玉三郎时隔八年再次到北京，我们选定以苏州昆剧院作为合作剧团。次年5月，我们第一次赴苏州排练。排练场里，玉三郎引起在场所有人的赞叹："这才是杜丽娘啊！"大家力劝我们不要排演歌舞伎，请玉三郎直接来演出昆剧。

对于玉三郎这位不会汉语的人而言，演出昆剧无疑是巨大的挑战。然而玉三郎动心了。

这时，我认为玉三郎与苏州昆剧院的合作已经开始，我的工作可以结束了。玉三郎恳切地与我长谈，说他想要演出昆剧。他说："虽然我们两人可能什么时候会分手，但是，现在你不能离开我，我需要你的帮助。"

确实，几乎没有人帮助我们。更坦诚地说，我们在中国还能获得一些帮助，却很少有日本人能够理解我们的做法。我们也只能是自己帮助自己。

玉三郎和我决定，选择几位中国的年轻"男旦"同台演出，玉三郎只演舞蹈部分多的场次，即《惊梦》一折。

不过，这时昆剧没有"男旦"。我在全国范围内寻找可以合作的"男旦",但这项工作进展得非常不顺利。

2007年秋,我在苏州排戏,接到北京的一个电话,有个第二外国语大学的学生找我咨询赴东京大学留学的事情。他对我说,因为在学校图书馆看到玉三郎的剧照,想到日本留学,希望能有机会见到玉三郎。我问他是否学过戏剧?对方说学过一点儿京剧。我让他在电话里念几句京剧念白,他的声音清脆甜美。我请他马上从北京飞上海,然后来苏州与我见面。当天夜里,这位大学生出现了,就是今天来参加演讲会的董飞先生。

次日下午,在苏州昆剧院举行彩排。大家都惊讶,我怎么会在一夜之间像变魔术似的,变出一个年轻的、天才的"男旦"!舞台上,董飞与玉三郎神似!我当即决定,就请董飞马上学习昆剧,参加我们的演出。中国昆剧的"男旦",就这样也恢复起来。

这时,我在中国主持演出的准备工作。玉三郎在东京也很忙碌,他不满足于只参与舞蹈部分的演出,通过研究剧本,他喜欢《离魂》一出,就是杜丽娘临终的一折,有着几大段的演唱。玉三郎要凭借着记忆,把唱词完全背出来。

昆剧的演唱,不仅是文言,并且发音是用吴音,接近现在的苏州话。不要说是玉三郎,连我这个北京人也做不到。我只好请苏昆的演员帮我一个字一个字地读剧本,我再用汉语拼音注出发音。我把这个注音文本发给玉三郎。

那段时间里，几乎是每天深夜，我与玉三郎都要通国际电话。他在电话那边读剧本，我在电话这边对照着拼音本来检查。每次电话都要在两小时以上。这里给大家披露一个内情：那时玉三郎在东京歌舞伎座演出，每天结束演出，刚走下舞台，在回化妆间的路上，他就开始背诵起昆剧的唱词。每天都是如此。

我们还通过电话讨论剧本，讨论表演。奇怪的是，我们都不由自主地爱上了这项难度极大的工作，全身心投入，以致不能自拔。

由于工作量过大，我与玉三郎分工，他负责台上，我负责台下。也正是因为这样的原因，我才一身而兼三职，担任制作人、导演和编剧。

经过一年多的准备，2008年3月6日，中日版昆剧《牡丹亭》在日本京都南座首演。在南座共演出了二十场。

这之前又发生了两件意外的事情。一件事是，京都演出剧目包括《牡丹亭》与歌舞伎《杨贵妃》，2月初玉三郎告诉我，《杨贵妃》的音乐伴奏和伴唱费用太高，加上中国剧团的费用，演出可能会亏损。所以，能不能由苏昆来担任伴奏和伴唱，改编成为中文版歌舞伎？现在都不可想象，这项任务，我们居然在半个月内就完成了！最难的是将唱词翻译成中文，我们连续工作了一周，严格地说，是我把唱词重新写了一遍。新的唱词要与音乐、舞蹈，完全配合上。这个过程，以后我想另写文章留下记录。另一件事比这件事还糟糕，2007年底发生了震动日本的"毒饺子"

事件，日本媒体天天都是对中国的批评。我们的演出不得不在这样的气氛里进行。

令我们激动的是，京都首演的次日，《朝日新闻》第一版用彩色照片报道了我们的演出，题目是《昆剧的玉三郎》。这是通常用来报道国际上的重大事件的位置。我们的演出成功了！京都的观众，是我们最早遇到的知音！至今当我漫步在鸭川河畔时，耳边还经常回响起南座的热烈的掌声，我的眼眶还会因此而湿润。

接下去就是2008年5月6日至16日在中国的首演，剧场就是北京的湖广会馆大戏楼。首演之日，正值时任国家主席胡锦涛访问日本的"暖春之旅"，我们的演出被称赞为"暖春中盛开的牡丹花"。

可是，就在我们演出期间，5月12日，发生了汶川地震。

不知道为什么，中日传统戏剧的交流，总是伴随着大的地震。

1924年梅兰芳第二次访问日本之前是关东大地震，梅先生闻讯后为日本义演，捐款银圆万元。

2008年坂东玉三郎首次中国公演，又赶上汶川地震。

汶川地震当日，玉三郎听到消息马上来找我，说："难道是命运吗？梅兰芳先生遇到日本地震，曾为日本捐款赈灾；现在我也遇到了这样的事情，我们捐款吧！"我们把演出售票收入，连同出售说明书的收入,都捐赠给了中国红十字会。中央电视台在《新闻联播》里予以报道,玉三郎成为第一个为汶川地震捐款的外国人。

后来,在东日本大地震的时候,我也通过TBS电视台,以中日版昆剧《牡丹亭》的中国剧组名义,捐款十万元人民币。

关于中日版昆剧《牡丹亭》,还有很多很多故事可说,限于时间却不能再介绍下去。我希望以后专门写一本书,把这些故事记述下来。

在制作中日版昆剧《牡丹亭》的过程中,我们经历过太多的坎坷与磨难,正所谓"种花十载,看花一日",为此,我也曾经感到痛苦。但是,有一次我到宁波访问,参观了道元等许多日本著名僧人曾经留学过的寺庙——天童寺。我感到震惊的是,原来,昔年的僧侣们不仅要冒着生命危险漂洋过海,登岸之后,还有重重高山在等待着他们,其艰难亦不亚于渡海。他们越过海,越过山,才能到达隐藏在深山中的寺庙,学习到佛法。中日两千年文化交流的历史,就是在海里走过来的,就是在山里走过来的。比较起那些前贤,我们今天的这些困难,实在是算不得什么。站在天童寺的山门前,我也得到了内心的平静。我们还要继续努力下去。

谢谢各位!

2015年5月16日在日本驻华大使馆的演讲

记严文井先生

我和严文井先生是邂逅街头而成忘年之交的。严老称之为一种缘分，我则以为是一种奇遇，仿佛一个终日烧香的比丘忽然有一天撞见了观音。作为严文井的读者，我生也晚，却也有十几年的历史了。我是在小学升中学的考试前夕读到他的中篇童话《唐小西在"下次开船"港》的。那时，我中午常到什刹海岸边去读闲书，同学几人把什刹海就戏称为"下次开船"港，无须灰老鼠来剪掉影子带我们去，我们自己认得。这却多多少少有些厌学心理。我们还把严文井叫作"唐老西"，他和他的唐小西，是我童年时的朋友。厌学少不了受惩罚，也算是现世报吧，升学考试我考得一塌糊涂，恼怒之下，我烧了包括《唐小西在"下次开船"港》在内的，我的第一批藏书。又过了若干年，我又先后经历了几次一塌糊涂，对当年烧书的举动渐觉羞惭，仿佛是和知心的朋友因误会而闹翻了以后的懊悔，我想重新把那些书放到我的书架上。虽然这时我已经过了读童话的年龄，可不知为什么，心里很想大林和小林，很想三毛，很想唐小西……而且，最初读这些童话时脑子里所产生的种种问题,后来想来并不完全是幼稚,有些甚至到现在还没有答案,譬如"下次开船"港里停泊的船,究竟什么时候会开?"下次"究竟是哪一次?等等。这样的心境下,我又读到严老的散文、随笔,我把它们剪贴下来,在孤独的时候,在心里有许多话却没有倾诉对象的时候,读上几篇,往往能使躁动矛盾的心平稳许多。

小银,你不会叫人害怕,也不懂得为索取赞扬而强迫人拍马溜须。这样才显出你品性里真正的辉煌之处。

你伴诗人散步,跟孩子们赛跑,这就是你的丰功伟绩。

你得到了那么多好诗。这真光荣,你的知己竟是希梅内斯。

你在他诗里活了下来,自自在在;这比在历史教科书某一章里占一小节(哪怕撰写者答应在你那双长耳朵上加上一个小小的光环),远为快乐舒服。

你那双乌黑乌黑的大眼睛,永远在注视着你的朋友——诗人。你是那么忠诚。

你好奇地打量着你的读者。我觉得你也看见了我,一个中国人。

你的善良的目光引起了我的自我谴责。

那些过去不会完全成为过去。

——严文井《一个低音变奏——和希梅内斯的〈小银和我〉》

  这是童话还是诗歌？是散文还是音乐？这头名叫小银的可爱的驴，立在严文井的文字间，也看见了我。我没有想到，严文井的童话伴随着我度过了童年、少年；他的散文、随笔又伴随我度过青年。我们之间的读者与作者的交流，不是建立在传道授业解惑的基础上的，假如我没有同他相识，我会始终把他当成一个"发小"，保持有一种同龄人间的友谊。可是，在我们相识且成为忘年之交以后，我没办法做到真正的"忘年"。面对这位八十老翁，我时时能感觉到时间与历史的沉重。

  我们的住处相距不远，同在一家邮局取稿费，我们邂逅相逢即是在这家邮局。我乍见到他，并不知是何许人也。那是一个相貌极具个性的老者，髡首短髭，高鼻凹眼。他的那双很大的眼睛尤其漂亮，双眼皮长睫毛，黑白分明，没有一般老年人所有浑浊，仍然有流动的感觉。但是，老者面部肌肉松弛，皱纹深刻清晰，纹理中显出许多倔强。这使我不由得想到白发潘安，"往事莫伤悲，光景如飞。十分潘鬓已成丝"。一刹那，我竟也有了许多感慨。乃至请教他的姓名，我才意识到我的判断失误，老者就是我久望识荆的前辈严文井。我所说的判断失误，是对直觉的否定。事实上，直觉每每又是正确的。后来读到严老的《自我题照》，共两则，其二是：

> 这是什么
>
> 一个影子
>
> 一些元素
>
> 无意的排列组合
>
> 一些尘埃
>
> 有意在一起游戏
>
> 这是永远
>
> 永远流失了的暂时

这种心境，是否也可以归入"逝者如斯夫"的范畴呢？古希腊哲学家赫拉克利特说："人不能两次走入同一河流。"那么，两个人是否能走入同一河流呢？我不敢以驽马之才去存什么奢望，我只希望能对严老这条大河有更多一些的了解，应该说，我是由爱他的文字进而为他的人的魅力所吸引，换言之，即读书读人。

严文井，原名文锦，1915年10月15日出生于湖北武昌一中学教师之家。当他还是个高中二年级的学生的时候，便开始以"青蔓"为笔名向《武汉日报》的副刊投稿，居然两三天后文章就发表出来，编者还专门登了启事，欢迎"青蔓先生""源源赐稿"。这是他向文学道路跨出的第一步，可以说是"开门红"吧。1935年，他只身北上，在北平图书馆当小职员，经济上蛮过得去，过着单身贵族的生活。这个年轻英俊且有一定经济实力的青年，不耽于"杨柳岸，晓风残月"，而是借工作之便，边读边写。读是苦读，他翻阅了大量文学、哲学著作，其中既有相当数量的新文学名家作品，也有陀思妥耶夫斯基、托尔斯泰、契诃夫、莫泊桑、安徒生、海明威、梅里美等外国名家的作品。在这种广泛阅读的基础上，他希冀着写出自己的内容，自己的味道。这在那时还仅仅是想想，时隔半个多世纪以后再回首当年，严文井的散文确是自成一家，在平和中寓激荡，在朦胧中出真挚，在诡异中见空灵，在音乐的节奏中敲叩着人生的黑白键，在低音变奏中倾诉着心底的大波。评论界有"严文井手笔"之说，谓之诗歌语言、音乐语言和哲学语言的三位一体，把握事物的底蕴和实质，挖掘其中内在的、有生命力的东西，以新鲜的、充满着希望的美去温暖读者。

  青年的严文井，有了自己的文学主张以后，苦读伴着多写，创作欲望突变为创作激情，以至于沈从文曾批评他写得太多太快。但沈最终还是把严的文章推荐给萧乾，发表在《大公报》上。我曾把同严老相识的事告诉了远在武汉的老诗人毕奂午，毕公在电话里脱口而出："严文井在《大公报》上发表的第一篇文章是《我吃了一串葡萄》。"这是1935年冬天的事了，记忆力并不甚佳的毕公仍能一下子讲出，可见严的文章给他留下的印象之深。1937年6月，严文井的第一本书《山寺暮》被列入章靳以主编的"中国现代散文新集"丛书，由上海良友图书有限公司出版。他已是当时的北平、天津等地崭露头角的青年名作家了。沈从文这时对他说："你是个风格家。"这一评论是可以沿用至今的。

严文井1938年5月到延安，年底调入鲁迅艺术院文学系任教。他在延安开始创作儿童文学，在新中国成立后取得令人瞩目的成就。他在儿童文学方面的成就太大，以至于把他其他方面的成就掩住。如我辈后学，最初只知他是儿童文学的一代宗师，他的《唐小西在"下次开船"港》和张天翼的《宝葫芦的秘密》被誉为童话园地里绽开的两朵鲜花。他的童话选集《小溪流的歌》荣获第二次全国少年儿童文艺创作荣誉奖。他的童话被认为是，思想深邃，意境隽永，风格清新，具有诗情、诗味和诗美，是一种诗体童话，一种献给儿童的特殊的诗体童话。我是从读他的童话而知道他，继而读他的散文的。在我们相识后，他又把他在延安时期创作的长篇小说《一个人的烦恼》送给我。我深感震惊的是，这部并没有受到足够重视的抗战时期的小说，其成就不输于钱锺书先生的《围城》，其"细腻深刻的分析，俊逸隽永的笔触，毕竟是很可爱的"。茅盾曾称之为抗战后以青年知识分子为研究描写对象的诸作品中最为优秀的一部。"俊逸隽永"四字评论得妥帖至极，就其中对于人性的刻画，即便在今天发表，也并不过时。我没想到，严老还是道地的小说家。

他在新中国成立后长期担任文艺和出版部门的领导工作，这是否也可以说是"无意的排列组合"呢？我没见过为官的严文井，在他的文章里也读不出官气。我们在邮局里相遇的时候，他是个名副其实的"布衣"，着一袭灰制服裤褂，自己踽踽着走一站多地的路来取稿费。再以后，我成了他家的常客，他便连"布衣"都舍了，熟不拘礼，常是打了赤膊和我分饮一瓶冷啤酒，互让香烟，正所谓"胸藏丘壑，城市不异山林；兴寄烟霞，阆浮有如蓬岛"。他绝少外出，以耄耋之期闭门苦读，他读书常至凌晨三四点钟，生活极不规律。

记得我最初要去看他，他在电话里说，他不在家招待我吃饭。我进门时，又正巧他刚端起饭碗，我一眼瞥去，碗中是刚煮好的方便面。他见我来了，索性推开碗，取出一瓶啤酒，说是于他可以饱腹，于我可以解渴。他解释说，他吃饭就是凑合，常是以方便面为主，这也是不招待我吃饭的原因。我们熟了以后，我经常劝他，书是读不完的，还是保重身体，尽量多写一些。他自己也说，要补的课太多，补不过来。他说他自七十岁后不愿再过生日，年至八旬后愈发觉得来日不多了。他也在为老而感叹。

话回到我前面说到的，我初见他时的直觉。他是有大成就的人物，不该有"事事无成两鬓斑"的不甘，为什么我会从他的眉宇间读出"光景如飞"的话呢？严老有散文诗，名《阳光》。他写道：

> 阳光是匆匆的过客，总是去了又来，来了又去。
> 他不愿意停留。不，他也曾暂时在一些梦里徘徊。
> ……
> 阳光是个不倦的旅客，他总是来了又去，去了又来。他不能只在梦里徘徊。
> 他在梦的外面驰骋。
> 他制造一个个梦，更制造一个个觉醒。他驰骋，在梦的外面驰骋。

我隐隐从诗中感觉到了什么。有一日，又说到这个话题，严老忽然说道，他还是要动笔的，但要厘清思路，把一些问题想明白。我蓦地懂得了老人的心，古语，行百里者半九十，我深深地为老人这种勇气打动了，这是烈士暮年的豪情，我也更感觉到笔在一个真正的文人手中的分量。我悄悄地向老人献上我的祝福。

1994年7月31日于京郊若朴堂

小溪流和他的歌

——献给严文井

在将近二十年前，还是个孩童的我听到一个没有故事的故事：一条快活的小溪流，哼唱着"永远不休息"的歌，奔流着，奔流着，壮大为小河、大江，直到汇入无边无际的蓝色的海洋，还是"一秒钟也不停止自己的运动"。我不能懂得为什么要奔流下去，也没有见过大江和海洋，但是，奔流的，永远不休息地奔流的故事，迎合了我心底潜蕴的勃勃生机，唤起成长的欲望。做小溪流吧，哪怕是为奔流而奔流！我竟真的做了近二十年的小溪流，虽然并不快活，我终究对于自己始终努力着表示了满意。及至而立之期，我甚至以为步入了小河的时代，我不是曾大声吼叫着冲过阻碍的石滩吗？不是曾去推动过发电机吗？我奔流出狭长的山谷，带着奔向大江的激奋。我已经看过大江大海，这时的奔流有了明确而且具体的目标。我憧憬着成为大江大海时所获得的快活。

自认是小河的我，在奔流的路上，遇到许多掀起波涛巨浪的强大的伙伴，我根据自己有限的经验判定他们是大河、大江。有时，我甚至以为是遇到了大海，你看他们积聚了无穷的能量，滔滔滚滚，浑厚磅礴。我用尽力气招呼："喂，大海！听到我的声音了吗？"他们中的一个向我挥动着粗壮的臂膀，亲切而又严肃地回答我："孩子，别说傻话了，我们不是和你一样的小溪流吗？"

我顿时迷惑了："你怎么还能算是小溪流呢！你怎么还能算是小溪流呢？"

一只温暖有力的大手拉住我："奔流吧，不必去理会名义上的区别。我只是比你多奔流了几十年的小溪流，我仍在奔流向海洋的路上。我们就这样地奔流到我们生命的终点吧！"

这声音多么熟识！我记起来，这就是最初给我讲起小溪流的故事的那个声音。

是在一个暮春的傍晚吧，我和一个大我半个世纪的生命，开始了我们之间的第一次长谈。我们分别坐在两个仿佛是 Made by impression 的沙发上，一瓶啤酒，他面前放一杯，余下的连同瓶子一起属我。我们共同地往一个像是应该出土于几百年后的青铜制，形状是一顶西部牛仔们所戴的礼帽的烟缸里弹掉香烟灰。他使用的都是短句子，多是只含一两个逗号。我则每每只说出半个长句。弥漫着猫所散发出的体味的空气里，飘忽着许多无形而有声的低音乐符，时而倏地编织出一种旋律融入心脾，引来短暂的寂寞。我没办法逃脱这低音的包容，便试图去理解其意境：

"一个个光斑，颤动着飞向一个透明的世界。低音提琴加强了那缓慢的吟唱，一阵鼓声，小号突然停止吹奏。那些不协调音，那些矛盾，那些由诙谐和忧郁组成的实体，都在逐渐减弱的颤音中慢慢消失。"

他当然知道，这是他创作的一段乐章。不加诠释，他的外露器官中唯一没有划上岁月留痕的、俊美的、不大像纯粹汉族人的眼睛里，闪动着狡黠的光亮。他递给我另一曲低音变奏："这是什么／一个影子／一些元素／无意的排列组合／一些尘埃／有意在一起游戏／这是永远／永远流失了的暂时。"

你曾教我奔流。现在，你又来教我怎样歌唱吗？

我所爱的京剧分成二黄与西皮两种腔调。二黄表现悲，西皮表现喜。京剧老角儿相当高明地创造以二黄反唱表现喜，西皮反唱表现悲。喜者喜得那么苦涩，悲者悲得这般凄婉。大喜大悲，悲喜交集，格外惊心动魄。你的低音变奏，是否就是反二黄之歌呢？譬如你是这样地赞美了那个名叫堂吉诃德的著名的洋疯子，你说："我感到他的傻和疯里，有着一种他的追求，或者甚至可称为'人生追求'。明知其不可为而为之，堂吉诃德以自己的奋不顾身给后人留下了笑柄，也留下了'榜样'。……这个傻气就是认真、不断认识事物的各种特点的同义语。"

你也用了这样的旋律去吟唱千年前的智者。你说："我不是佛门弟子，近年却读了些佛经，例如那部《金刚经》是不太长的，我读了好几遍。……书中有一段话，云：'是故如来说一切法智是佛法'；又云：'所谓佛法者即非佛法'；又云：'如来所说法皆不可取，不可说，非法非非法'。如此武断，如此肯定，又如此否定，否定了又否定。玄乎哉！如来到底在说些什么？"

他教我奔流，他自己也在不息地奔流。今日我亲见了他的奔流，才体味到我的认识的肤浅。小河、大江，不过是奔流的一点点痕迹，一种表象。有什么可以值得悲之喜之的必要。他悠悠而又幽幽地，张开那双观看上下千年的蓝晶晶的眼睛，抖动着数十年磨损而有些迟拙的唇，对我讲起人的祖先是怎样从海里爬出来，长了毛，长了脚，站起来了，直到成为名作"人"的动物。与这一漫长到数以亿万年计的历程相比较，我们做"人"的这区区几千年历史，未免太短太短，目前也只不过还在"人"的初级阶段耳。我和他是在人类这同一条小溪流中奔流。想到自海里微生物始"人"克服了无数可能导致彻底毁灭的危难，取得了高于鲸，高于猿，高于禽兽鱼虫的进化成绩，作为"人"难道还不快活吗？"人"继续地努力进化下去，那真是我们的终极大喜。

我亲爱的生命的前辈，这就是你的小溪流的歌唱吗？我仍然像二十年前那样，因生命的感应而追随你。你那低音变奏的歌唱，会长时间地在我的耳际回想不绝。

客中思念文井先生乃作是文寄托。这不是评论的文字，仅是我作为他的读者，对这位人生导师和最为尊敬的朋友的一点情谊而已。

1996年5月9日于东京野泽

雅的律尺

——闻启功先生归道山有作

三年前某日我正在北京的凯莱酒店与书法家朋友徐玉良君一起吃自助餐，意外地撞上了执书坛牛耳的启功先生九十寿筵。我们忙趋前问候，老先生很有兴趣地拉着我，问问这位，打听打听那位，也想听听我移居日本后的情况。我看到从海内外赶来为他祝寿的一大家子人都在等着他共享天伦之乐，遂仅略谈数语即退到一旁。启功先生就势坐到我的邻桌。席间，我见他三次起身去取菜，且每次都是满载而归，可知其胃口颇佳，心底暗自为老先生的康健感到高兴。我因事要先行，向老先生告辞之际，他一手亲切地拉住我，一手指着盘子，笑呵呵地说："您不再吃点了？"这却是我与他的最后一面。

除去这最后一面，再除去各种活动中的碰面，我与启功先生会面的次数委实并不多。原因是要见他的人太多，他要做的事也太多。张中行师约束我们：没有大事，准确地说，是没有天大的事，不要去登启功先生的浮光掠影楼。我遵从师命，就只好是常在楼下看看。

在楼下看未尝没有些好处，是，有些距离更便于观察。在我看，登浮光掠影楼的人多，对老先生当是件苦事，对文化则亦是一喜，用现在流行的日本词说，是人气旺，表明肯捧文化场的大有人在。启功先生晚年的二三十年间，事实上是作为公众认可的中国传统文化的象征而存在，正仿佛今天健在的季羡林先生似的。这种象征的意义，其实远大于为启功先生赢来盛誉的书法与文物鉴定——当然，也大于季先生的语言学研究。

我们也不必讳言，近代以降，所谓传统文化，是下了一坡又一坡。请以唱戏为喻。唱大戏是需要有正生的，反之，有正生才有唱大戏之可能。迄至20世纪末期，中国文化大舞台，因为有启功先生，当然还有张中行、季羡林、金克木、吴祖光、王元化先生等数位已经很老很老的正生，戴着满白的髯口，扶杖屹立台上，仍能维持唱几台大戏。我们还能听到锣鼓声声，还能听到喝彩声，还能见到新来的看客，还能接纳若干子弟后生，还能招引一批虽不买票而肯凑热闹的围观者。传统文化，或说文化传统，其贵在于能传，可传。传，何其难哉！一口气接不上也就完了。启功诸老即是在传统文化遭遇"传"的难关时，以老迈之躯接上了这关键的一口气。此一贡献，可能百十年后的人，看得会比我们现在更真切。

话且不说那么大，不说那么远。专以启功先生而论，他本来应工不是正生。这位少年因家境贫寒而辍学的没落前清贵族后裔，未曾受到过多少今所谓现代教育。而他，既能受知于洋式大学堂的大校长陈援庵，同时又得请益于被划归遗老列的溥儒、黄君坦、张伯驹诸氏。所以，客观地说，启功先生是近代中国知识界中西两大门派共同培育的研究生。启功先生年轻时曾将其寄居过的杨氏趣园绘制成图，丛碧张伯驹先生有《天香》词题之。词云：

疏雨桐花，番风楝子，误他旧日吟馆。茜茜生烟，涓涓垂露，缥缈雾香吹散。湘帘卷处，轻点入芸窗几案。浓荫时妨早起，都因午晴遮黯。

京华俊游未倦，记钿车碾尘寻艳。正是牡丹时节，夕阳梵院。几度棋枰过眼，看第宅王侯又新换。最感飘零，乌衣谢燕。

于伯驹公词中，依稀可见启功先生青年时洒脱又有些潦倒的文雅小生的影像。而这也只是启功先生的一面。他的性情又是诙谐的，并无文小生的酸气。这就是张中行先生所写的，一扯就扯到"我腿何如驴腿"的启功先生。这种诙谐，发展到后来就是他的俳谐体诗词，愈发地连说话亦是开口即有哏了。听他说话，哪怕是他正正经经讲的话，我也常要想想，是不是老先生又在说"胡话"——他的著名段子：说他自己是满人，满人在胡人范围，所以他的话都是"胡说"。由其诙谐看，他又似应工丑角，算是方巾丑吧。然而这位丑角高明不在演技而在于台词出口必惊人。譬如他的《贺新郎·咏史》：

古史从头看。几千年，兴亡成败，眼花缭乱。多少王侯多少贼，早已全都完蛋。尽成了，灰尘一片。大本糊涂流水帐，电子机，难得从头算。竟自有，若干卷。

这样的台词，假使由袁二皇子寒云登台来念，台下人岂不都得灰溜溜鼠窜。张中行师与启功先生交往深，以为这是"空"。我与我师感觉不同，我以为是"悲"，是由嬉笑而引起的深悲。中行师总习惯于把启功先生往"高"看，称呼亦是"元白上人"；我则更接受启功先生的平易，仿佛是看动画片的一休和尚。顺便说一句，袁寒云票戏，恰是先小生后丑角，启功先生虽未粉墨登场，与袁实不无几分神似。以启功先生之才华，以启功先生之性情，尽管我没有当面与他讨论过，但推想他来扮演正生，必是格外辛苦。至少正生是容不得"浓荫时妨早起"的。这不能不说是启功先生的一种伟大牺牲。这种伟大牺牲，亦可视作为文化之"传"的危机所迫。当启功先生面对传统文化败落的危局，他无法再袖手旁观，明知是牺牲也得出手了。启功先生的聪明之处，在于他用巧劲儿，他能提纲挈领，把力量几乎都用在维护传统文化的精髓——文艺的精雅。中国文化，固以博大精深著称，又以精深为高明。深是学术的任务，精则为艺术之使命。精中之精，谓之雅；由精雅而至高妙境界。启功先生的学问及书画，就严守这个"雅"字。他是中国文化在20与21世纪交替之际的一把"雅的律尺"，管领着节拍音调。有这把律尺在，你可以超越他，但你终要为达不到他的标准而惭愧。没有这把律尺，或说他人一时达不到这个高度，标准就要动。一动，就是又下一坡。试看近代中国文化所走过的历程，便知吾言不虚了。

今日清晨，闻听启功先生逝世，忽然有了以上这些话。

2005年7月1日

又一种美丽的逝去

——哭新凤霞阿姨

为了日本歌舞伎名家坂东玉三郎来京访问,我4月11日从东京飞到北京做先期准备。12日上午,在湖广会馆开会,会后午餐,北京市政府文化顾问周述曾同志问我:"凤霞同志在常州去世的消息,你听到了吗?"

又是这般突来凶信。

前年,有人讲过黄苗子去世。我问范用,范曾问沈峻,沈峻问到黄苗子,最后引出范用、苗子各作得绝妙好文。

阿姨是不会幽默的,听到这种传闻也许会不高兴。今年2月我回京一个月,和阿姨会了七八面,通电话几十次,凤阿姨是健康的。

不用再绕圈子,我借同桌的手机拨通吴宅电话。吴宅的电话永远有人接,或者是小白,或者是小王,或者是两个话筒同时传来祖光伯和凤阿姨两人的声音。更多的还是阿姨。她在那长达二十多年里遭受残酷折磨而身残,平日里总是坐在靠窗的小桌后写她那独特风格的文章,身后就是大画案,转过身便能去画她那色彩鲜亮的写意画。电话在她手边,她拿话筒最方便,是家里的电话值班员。

为了证明那个凶信是误传,我当场拨通号码,回答我的是陌生的铃声。我拨错了吗?再拨,仍没有人接。再拨,再拨,直拨到我不敢再拨。

述曾同志抱歉说,也许他的消息不准。我已无法继续坐在席间,匆匆赶去吴宅,在楼下停了好一阵,看窗,看阳台,终是没有登楼,返到舍下,想还是通电话为好。

约午后4时,电话终于被吴霜接起:"你回来啦!老妈一直在等你。"

"阿姨呢?"

霜姐压低的声音把我的心揪紧:"老妈在常州病危,现在还在抢救。"

"抢救",这是多么美好的词汇!寄予着无限希望与无尽力量,我被这美丽所迷惑。病危与死亡间隔着"抢救",隔着可以出现克隆的科技时代的"抢救",仿佛是乘下山的缆车,有惊无险。我转而担心祖光伯,怕他因着急而影响健康。

"老爸写文章呢。"霜姐告诉我,"你要来先打电话,老妈一不在家,老爸出门,你就扑空了。"

阿姨在家多好！她在家，那里永远是家，是不会撞锁的，是随时伸出臂膀温暖来投奔她的孩子的家园。

范用打电话给我，说他听到消息后，不敢往吴宅打电话，我安慰了他，他嘱咐我："有消息赶快通知我。"

不会，不会。13日我开了一整日会。

14日晨，谭宗远兄很早来电话，说消息见报了。

写到这里，泪水直淌而下。在述曾同志告诉我那个不确消息之刻，那却是一个确切的时间，我像对自己的妈妈一样深爱着的凤阿姨，用了这样的办法，和我这甫自东京赶来的孩子做了最后的告别。阿姨，妈妈，我来送你了。您一路走好。

新凤霞无疑是一位杰出的民族艺术家，在1949年以后的传统戏曲艺术领域，她是一座至今无人能超越的高峰，五十年来所产生的艺术流派，"新派"从艺术质量到艺术影响力都居魁首。"评剧皇后"的美誉是观众献给她的，远胜于这个奖那个奖的桂冠，而且是不换届，不离退，没有"二线"的终身称号。

当她过早在舞台谢幕，这位有着不肯屈于任何苦难的高贵品格的女性，又做出了前无古人的壮举，从一个不识自己名姓的民间戏曲艺人，成为受到叶圣陶、严文井、张中行等文坛耆宿推重的女作家，出版了数百万字的著作。自《文心雕龙》的"欲文且朴"到叶圣陶的"写话"，这个为千年来文人墨客所追求的理想，被她拖着伤残之身，翻看着《新华字典》实现。这个纪录无论是在戏曲界还是在文学界，都具有非同寻常的意义。我相信这亦是后无来者的只属于她的荣耀。

还有她的画。她的画虽不能与她的戏、她的文所取得的成就相比，但是，这三者间有着一种共通的"新凤霞精神"。她的画，是她的特殊语言，送老人，她画很大很大、很多很多寿桃，那寿桃仿佛是不老的灵药；送年轻人，她画最艳丽最绚烂的花朵，年轻人，开花吧，享受人生最高程度的幸福，记取这最可珍重的年华。亲爱的阿姨，她一生饱经忧患受尽磨砺，却用一生精力，通过戏、通过文、通过画，为所有她爱的人，大写的"人"，播送着生的愉悦。这位伟大的女性，首先将是以她崇高的品格，光照千秋！

作为她爱护的孩子，我此刻实在不能忍住悲痛来写这篇文字，阿姨尽量把他人的苦难担到自己的肩上，这世界不是人的世界吗？怎么会有这么多人的苦难，重荷使阿姨过早地离开我们。我作了这样的挽诗：

古稀风雨半蹉跎，人间无奈鬼魅多。
剧画文采皆绝响，恨无钢刀斩阎罗。

两天来，想到她，就不肯相信这冷酷的事实。只要我在北京,她有时一天会打四五次电话给我。"你吃饭了吗?我刚吃过,想问你吃没吃。""我没事,看你在不在家。""我就是想给你打个电话,你不讨厌阿姨吧,别觉得我啰唆。"

亲爱的阿姨,我想念你,你是给我打电话次数最多的人,没有了你的电话,我也就相信这世界上再不会有人这样待我,世界因你的存在而温暖、美丽。因你的逝去而冰冷乏情,你那留在我心中的声音成为我耐这冰冷的勇气。

我最后一次见到她,是在我2月离京前两日,她几次打电话,说我在北京做临时单身汉,家里没有人做饭,要我到她家去吃,"阿姨给你做炸酱面,黄瓜丝儿就大蒜瓣儿"。

我恨我的忙,这顿炸酱面直到最后才吃上,那晚,我本来说是6点钟去,因有事,拖到9点。阿姨一直等我。她走到前厅,坐在我对面,看着我吃,一会儿要小白来给我加些醋,一会儿要小白来添黄瓜丝,我吃了一大盘。她认真地帮我考虑接待玉三郎的事情,帮我考虑行前还有什么没来得及做的事,还送给我她的《花为媒》《刘巧儿》两剧的VCD,要我带到日本去看。

4月我回京前,曾先有一信寄她,说明回京时间。这次,在我知道消息后赶到家中,小白第一句话就是,"奶奶一直在等你回来"。她告诉我,阿姨逝前最后一次往北京家里打电话,说,我要的画她画好了,用日本纸板画的,那种纸板很容易落土弄脏,要家里人用纸包好,放到柜子里。阿姨,我受你这样的大恩，我怎么报答你！你为什么不肯给我机会，你说过要等我！

对不起读者，我写不下去了。这断断续续写下的文字，我知道不成样子，但请原谅我，我真的无法再写了。许多话，只好留待以后再说，我一定会再说，说到我也不能说话的时候。

1998年4月14日凌晨至15日午后　北京

谁爱京剧，我就爱谁

——哭叶盛长先生

近年我作过不少悼亡的文字，有出版社和我商量编作一集，这却是我无论如何都不忍心做的，因为我自己就无法面对这样一本书。我那还算年轻的生命，有逾半以上的部分是和我所怀缅的逝者一起度过的。我在作这些悼亡文字的时候，常会想到我的生命也是在同步地一段一段地完结。现在，我所要追念的，是我交往十七载的，其中至少十年以上是互为日记的交情的，当今京剧界最老资格艺术家叶盛长先生。6日（2001年6月6日），他在北京病逝，他的儿媳刘琪颖用了多半日时间想办法通知到在东京的我，他的哲嗣叶金援则在电话里转告了老人逝前说起想念我的话。我立即联系旅行社要订机票赶赴12日告别式，可惜偏偏这时机票异常紧张，连公务舱都满了。我不能灵前哭一哭老人，清酒一杯，紫阳花一束，率妻女焚香下拜，作祭文是要说一说这位长驻在我的记忆中的老先生。

关于他的情况，首先要说他的家世。他的父亲，是京剧有史以来，也是中国戏剧有史以来，最为伟大的教育家叶春善先生。叶春善于清末创建喜（富）连成科班，这个科班成为京剧在民国得以发展至鼎盛的"航空母舰"。潘光旦曾研究过剧人之血缘关系，其实堪与血缘并论的还有班社师承，且班社师承对于民国京剧的生产方式的影响甚于血缘。所以，说若无喜（富）连成科班，就没有可以与唐诗宋词元曲明清小说并肩的民国京剧，窃以为此言并不为过。十三年前（1988年），喜（富）连成科班的第二任班主，叶春善长子、盛长的长兄叶龙章去世，所以健在的梨园名角都赶到八宝山送行。《红灯记》里演李奶奶的高玉倩对我说，天下唱戏的，没有人能说自己跟富连成毫无渊源。这话虽然绝对，但要举出反证也难。我再说一句不客气的话，要是以出"角儿"的比例为标准来衡量，喜（富）连成科班办学，比老北大清华还要成功！盛长先生与他的患难之交陈绍武（后来惨遭横死）合作撰有《梨园一叶》，对富社阐述颇为详尽。"一叶"，自然有谦虚的意思在内；今日我也想说句绝对的话，是，无此一叶，不成梨园。培养出数以百计的艺术家，仅此就当在中国戏剧功劳簿上高居首位！研究叶氏百年家史，应是京剧学的重要课题。我至为期待所谓学者做一些类似这样的真正有意义的学问。

叶盛长先生是叶春善的第五子。叶氏在他们这代又出现了京剧界的叶家"五虎上将"，即盛长和他的四位兄长，龙章、荫章、盛章、盛兰。其中从事表演艺术的是盛章、盛兰、盛长，他们三人又有"叶氏三杰"之誉。叶家将是民国京剧舞台引人注目的一支生力军。然而，五虎也好，三杰也罢，都在艺术盛年遭逢运动横祸。伴随着京剧传统戏的覆亡，以守护京剧为己任的叶氏兄弟，盛章惨死，盛兰盛长致残。叶氏在京剧辉煌时代，他们享有同样的辉煌；而当京剧进入空前苦痛的时代，他们极具象征意义地举族殉难。1989年6月4日，盛长先生口述其半生厄运，要我为他整理成文发表在《北京日报》，题目是《历经坎坷，奋斗不止》。他想说明一个问题，国家再乱不起了，个人也再难承担那样的苦难。安定，是中国复兴的根本，即如京剧这样有时莫名其妙关乎国家痛痒、事实上本无足轻重的枝节，其继承与发展，亦要首先决定于其所处的社会环境。

讲叶氏兄弟晚年对于安定生活的热爱，我是有发言权的。他们的热爱，是他们把京剧复兴的希望寄托在这个时代。这也是叶氏家族艺术史上不可或缺的篇章。犹记昔日相声大师侯宝林先生给北京人艺韩善续题字，写了"苦斗"二字。韩苦笑对我说，这可怎样往家里挂啊。我将此事当闲话说给盛长先生听，不料他说："我倒想要这两字挂在家里。"我笑问："您都半身不遂了，还要在家和谁天天苦斗啊？"他一本正经回答："京剧！"他给我讲起四兄盛兰获得平反后立即全身心扑到京剧复兴工作中，但因身体损害太大，很快一病不起。他的儿子少兰把录音机放在床头，说："爸爸，咱们聊聊天吧。"盛兰说："好。我还记得点老先生演猴戏的要诀，李小春要到美国演《闹龙宫》，你把这要诀录下来，放给小春听听。"当盛长来与兄长诀别时，盛兰含着泪拉着他的手再三嘱咐："老五，你要给晚辈们说戏啊！"盛长先生对我忆及此情，我的泪也落下来了。盛长先生却相当平静，说："我就不信京戏会完！四哥先走了，我只要有一天在，就拼一天命。京戏的接力棒要传下去。"古人云，秉烛而游。我亲眼看到的是盛长先生怀抱着生命残烛在晚年近二十年中为京剧复兴苦斗。

他是刚被平反就偏瘫的，行动不便，左边手脚都不利索。他为人说戏、观摩青年演员演出、出席各种跟京剧有关的活动、扶植京剧票房，像是穆桂英似的，纵使面对一百单八阵，他阵阵都要闯到。我就是在这一时期一直陪伴着他。没有战马，我们乘公共汽车，叫出租车，搭别人的汽车，请司机朋友帮忙，直到索性步行。我们有兵器，他的拐杖不离身，我又另为他拿上一把鸡毛掸子。这掸子是个法宝，在票房教戏，它是万能道具，可以当马鞭，当铜锤，当岳武穆的沥泉枪，当关帝爷的青龙偃月刀。那时的京剧大小活动场所，没有我们没去过的。有胡琴的地方，必会有叶五爷的踪迹。每次出门，他就连比画带说，一出一出给我说戏。我完全不是能上台的材料，他的这些力气实际是白费，但他哪怕是白费力气也要做。我的京剧学习，是在叶氏的马路大学上完成的。大概就读于马路富连成的，百年来唯我一例。他给我说戏，说不同流派演法，不同行当演法，说到兴奋处，拉我找个墙角唱上两口。我们又在90年代初，与李天绶、张中行两丈一起创办了自己的票房，名叫汇通同人票社，游击战遂改为阵地战。由此引来张中行翁对他的一句妙评："叶五爷浑身都是感情，一点儿理智都没有。"他听了呵呵直笑。我为这里的感情，加上个小批，是，"叶五爷的感情，全部倾注于京剧，他只相信京剧会重现辉煌，全不用理智去考虑京剧遇到的实际困难"。在盛长先生的心里，是有京剧就没有理智，有理智就没京剧，为了京剧，他容不了理智。因此，他对京剧的发言，就常常让人觉得不着边际，离现实太远。从这层意思说，我倒是个不折不扣的"叶派"弟子，总算我是有一点能肖他吧，亦不辜负他的一番培养。

我领会我们这个"叶派"，也不规划，也不呐喊，也不哭秦庭，也不下西洋。基本精神就是身体力行地能做一点算一点，能争取到一个是一个，用武训办学的路数复兴京剧，我们不信在十三亿人口里化缘都化不出几十万观众！

叶盛长先生是北京市政协第六、第七届委员。为此我对政协怀有很深的谢意。在政协发言，是盛长先生晚年的精神支柱。很多委员都应记得他在会上那长篇大套的关于京剧的抒情讲话与关于京剧的种种无理智提案。其中最著名的要数1990年的政协全会，他在与张百发副市长对话时说得太激动了，竟然昏厥过去。

舒乙，好像还有陈建功，几位彼时的年轻委员帮着用担架把他抬出会场，政协领导赶紧组织抢救。哪想到在急救车上他苏醒了，坚决要求返回会场把话说完。众人拗不过他，送他回到会场。他喊出一句令四座动容的他的名言："谁爱京剧，我就爱谁！！"这情景使我马上想到北宋亡国时期的名将宗泽，易箦之际三呼"渡河"。可叹京剧这样无关生计之事，居然也有如此的壮士。这或许应是中国文化的一种风范，不是以生存作为生命的圆心。

就在那天夜里，我替下刘琪颖，在中日友好医院病房里值班。已经昏睡了十几个小时的盛长先生终于醒了，假牙已被摘掉，他的腮部深陷，愈显憔悴不堪。宽大的病号服把他原本就矮小的身躯都快盖没了。看着这样的壮士，实在叫人心酸。他把我唤至榻前，说是缓过来了，问题不大，不必担心。我喂他喝了几口水，要他继续休息。他眼睛直勾勾望着我，吐出六个字：

"文死谏，武死战。"

我走到走廊里，哭了。

我横下心来要追随他，报老人教诲之恩于京剧。我知道，他千不求，万不求，只求身后有几个后来者。

叶金援告诉我，老人弥留时自己不停地一段一段唱戏，唱的是《满江红》"怒发冲冠凭栏处"，他在自己的歌声中魂归仙界。我又落泪了。汉语里有"殉戏"这个说法吗？我要大胆用一用。据说天津厉慧良逝前大呼"京剧万岁"，上海孙钧卿遗嘱火化时穿上行头，说要"上天唱戏去"，梅葆玥临终前则不断地问周围的人，她是倒在排练场里，排练场算不算舞台？言下之意，如果算是舞台，死了也认了。这些人都是"殉戏"者，而今又添了盛长先生。

北京有个关于钟楼的传说，巨钟久铸不成，匠人闷闷不乐。女儿问如何才能将钟铸成？匠人说，必要有人作为牺牲，肯活着跳进熔炉。后来皇帝下严命限期要钟，否则就杀铸钟人。匠人拼命再铸，女儿趁其不备，纵身跃入炉中。巨钟铸成。匠人拦阻不及，只抓下女儿的一只鞋子。北京人尊此女为铸钟娘娘，说巨钟发出的声音是"鞋——"，是女儿在向父亲要那只绣鞋。传说固然不当真事看，可是，中国文化之成立，无一不是有先人的牺牲，本系多少代人血肉之躯所化，恰仿佛这铸钟故事。时下文化界好谈陈寅恪、顾准诸公，说者莫不感奋。陈、顾诚然算是文化之牺牲者，但如上所说的几位"殉戏"者，难道他们就不是为中国文化而牺牲吗？京剧艰难时候，他们义无反顾地跳进京剧熔炉，文化界对他们的死，却表现出近乎残酷的冷漠。

我还觉不解的是，现在的大众，何以就不能在关注时尚的同时，也多元化地兼顾一下传统，稍多些珍惜、尊重也好，即便不是出于艺术，而是发自人性。这话似乎过分，然而大众加在传统上的诋毁，较之我的话有更多的偏激。

盛长先生在拖着半残肉身苦斗二十年后，最终将此肉身彻底投入京剧熔炉。我能听到他最后传出的声音,"京剧不兴,我就一辈子又一辈子地唱下去"!我深为盛长先生悲。尽管无法在灵前致祭,遥寄这一纸祭文,请金援夫妇替我在灵前焚化,聊作对逝者的慰藉。祭文云:

叶盛长先生千古!
梨园一叶千岁千千岁!!
中国京剧万岁万万岁!!!

2001年6月初稿,2008年6月再改

改后跋尾:

我的众多师尊里,对我影响最大的,依齿德排序,是张中行、严文井、叶盛长、李天绶四位。如果以理智感情为标准分类,张中行翁是理智远重于感情,叶老盛长是感情远重于理智。严李两位折中,但于折中中,严理智成分略多,李感情成分略多。我和他们都曾朝夕相处,当我也过了不惑之年的时候,我才明白,学问上我得中行翁教导最多,做人上则更承继叶老的衣钵。我终于走上极端的道路,不能如文井天绶两公之平和。我努力在思考方法上贴近严,在做事方法上以李为范,然难矣哉。

叶盛长先生病逝,我作了此文送他,满含了我对老先生的感情。他的身后落寞，既无报界关注，亦无文化艺术界哀悼，不免令人心冷。承沪上王元化清园先生将拙文荐至《上海戏剧》，发表在当年9月号。今天翻出旧作再改，亦怀了对甫逝的元化先生的纪念。章怡和女士以其极有影响且又系特有之文笔，在2005年6月至2006年4月间作有《梨园一叶——叶盛长往事》，收在《伶人往事》集中，通过她的介绍，很多人知道了盛长先生事迹。在此一并拜谢。

昨岁叶盛兰先生孙叶光与琵琶演奏员朱珊小姐成婚，盛兰长子叶蓬先生在婚礼上的致辞，述叶氏家族史尤为别致。征得叶蓬先生同意发表，恭录以备友好阅赏。

附：叶蓬在叶光、朱珊婚礼上的致辞

尊敬的各位来宾、尊敬的各位领导：

今天在这里举行叶光、朱珊结婚典礼。首先我代表叶氏全家对今天前来光临仪式的领导和嘉宾表示热烈的欢迎和衷心的感谢！

我们叶家自先祖叶秀一始在安徽太湖祖籍有家谱记载，已经是一百八十多年啦。在这一百多年里始终如一热爱戏曲。由先祖叶廷科随四大徽班投亲进京后，于咸丰年间送曾祖叶中定投梨园，从事京剧事业，在这一百多年的艺术长河里，可以说是：

生旦净末丑，神仙老虎狗。

文场武场箱管儿教师水锅带写头。

行行俱全。唯独缺少文场的弹拨乐。今天我们由衷地感谢朱剑辉先生及夫人，给我们叶家送来了这么好的媳妇的同时，也为我们填补了一百多年没有弹拨乐的空白。从此我们可以足不出户、聆听清新悦耳的琵琶乐曲。

我在这里祝愿一对小夫妻：和和美美，亲亲爱爱，孝顺父母，尊敬师长，早生麟儿，白头偕老！谢谢！

2006年9月3日于北京台湾饭店

跳出舒芜的概念认识舒芜

——怀念舒芜先生

近年的白事越办越不成个样子,今年的白事尤其不成样子,所以我很不愿意参加八宝山的告别式。不是我对逝者不敬,我只是看不惯那一张张像来赶集似的脸,以及那些像是在庙会上表演的杂耍。舒芜先生去世,告别式不是定在八宝山而是复兴医院,我本来想去送送他,但又不凑巧,仍然没有去成。心里的这一分惦念,就还是用文字来表述吧。

我大约是迟到90年代初才认识舒芜先生的。我与洁泯是感情甚深的忘年朋友,除了平日的聚会外,也到他府上去闲谈。洁泯住的那座楼,有几位颇可一见的人物,一楼是张若茗家,她的丈夫那时还健在。四楼是庞朴先生,可他似乎总出门。三楼左手是洁泯,右手住着的就是舒芜。对于舒芜,我的看法极简单,即"胡风集团"叛徒,因而也不屑于与他来往。我到洁泯家串过许多次门,却从没起过要敲舒芜门的心。

80年代末,袁晓园女士倡导文字的"识繁写简"。我很有兴趣,跑去采访她,并且与《中国教育报》副总编辑郭振有同志一起写了篇专访,发表在教育报上。袁晓园老太太高了兴,经她向安子介先生举荐,聘请我为汉字现代化研究会理事,常常邀我到她家喝咖啡吃蛋糕。当时袁家有个帮忙的年轻人叫陈肩,与我也有了交往。陈肩很快就不在袁家工作,生活窘迫,陆续找过我多次,我们也谈过一些话。陈是广西人,爱好古典,旧诗文作得尤好,我们尚谈得来。他告诉我,他与舒芜先生关系较近,舒芜帮过他不少忙。我照例表示了对舒芜的不满,陈肩则极力称赞舒芜先生的学问。我还记得陈肩有赠舒芜的诗,末句是"逆舟破浪苦追寻"。为了验证陈肩的话,我读了几本舒芜著作,说实在话,或许是有先入为主的印象,亦未觉有何高明。后来见到牛汉,牛汉主动聊到舒芜,我有些诧异。我知道,所谓"胡风集团"的人,与舒芜结的都是死仇,不想牛汉会与舒芜一直保持友谊。我问牛汉原因,牛汉也对舒芜的学问大加赞赏,又给我介绍了舒芜所经历的种种苦难,也就是说,舒芜也没落着便宜。

其后,我在书店买到舒芜的新书《周作人的是非功过》。读到这部书,我意识到先前看到的几册,都是被"管"怕了后的作品;到了这本"功过",舒芜才又成为舒芜。我至今仍对这本书推崇备至,以为舒芜对周作人研究之深,见地独到,当世无能出其右者。特别是其中关于个人与社会之论述,真是真知灼见!这里也不必我再复述，因为这本书已是研究周作人的必读之书了。能从做学问的心情去接近周作人的人很多，而能从学问上接近周作人的人少而又少；能就周作人谈周作人的人很多，而能从周作人谈中国文化发生在周作人一代身上的转折的人少而又少。舒芜的《周作人的是非功过》，描述了近代中国知识分子身处文化转型期中的复杂心路，记录了其代表人物之一的周作人在思想领域的不懈探索，当然，也免不了谈到周作人的误入歧途。因为舒芜的书，我得以跳出"周作人"的概念认识周作人，随之我也得以跳出"舒芜"的概念而认识舒芜。

我带着舒芜的《周作人的是非功过》去找洁泯，请他介绍拜访舒芜。洁泯一向是尽其所能地爱护我的，当即就陪我敲开舒芜家的门。从我第一次路过舒芜的家门，到我最终走进舒芜的家门，前后至少经过了五年的时间。

舒芜待我很好，诚恳地与我讨论周作人。我不揣冒昧，直截了当提出我的意见。我以为舒芜在揭示周作人思想方面贡献很大，但评定"是非功过"则略显草率。舒芜说，书名原是《周作人研究》，出版社改为《周作人的是非功过》。而这一书名，亦为舒芜所认可。此话的含义就是，舒芜不同意我的批评。我也固执，虽听出"话音"，却依然坚持己见。尽管有此重大差异，我们的会面还是尽欢而散的。

记得那次还说到聂绀弩。舒芜说有位侯井天先生辛辛苦苦收集聂诗，不厌其烦地做出注释，然后自费将诗集出版，令舒芜十分钦敬。舒芜不仅写文宣传，甚至亲自帮助侯井天推销诗集。我说我也买了这本诗集，但侯井天的注释无比烦琐，有些地方乃至可笑。舒芜冷着脸驳我："那是小节！"现在想起来，舒芜的话是对的。

那次会面不久，我就收到舒芜的来信。信是写在学生用的四百字的绿方格稿纸上，字是一字一格，行楷，秀丽工整。他是我所遇到的老先生里，唯一的一位肯一字一格写信的人。他在信里再次说明他为什么同意书名定为《周作人的是非功过》，语气比谈话时要加重不少，显然是继续否定我的批评。我回了信，也加重语气，重申我的观点，也表明我的不改变态度。他再回信，我也又回信，我们竟为此书来信往地讨论了几个回合，结果我们谁都没能说服谁。最后一封信，可能是我没有回复，便不了了之了。

接着，我举三口之家移居日本，有两三年没有回北京。等我在日本稍稍立住脚，趁着工作之便返京，恰遇到"胡风集团"的人为了信件的事公开撰文围攻舒芜，舒芜则一反常态地也公开争辩，不过舒芜明显是人单势孤，落在下风。舒芜文章透露了一些内情，说他早就曾经想要反驳，是一位文坛长者劝诫他说，"要维护胡风的受难者形象"，舒芜这才隐忍不言。专就我对舒芜的了解，这样一位好辩的人，要沉默且是沉默许多年，应该是极不容易的吧。我不敢再轻信现成的"概念",宁愿相信其中尚有诸多不为我们所知的情况。再者,我也不大接受"打压"式的论战,作为当事人的舒芜也当享有发言的权利。我在与朋友们会面时,有时是我主动,有时是朋友主动,都会提到这件事。我发现与我持同样看法的朋友还不是少数。

这时,朝阳文化馆开设了名叫"老家"的咖啡厅,馆长徐伟及谭宗远兄抓住我临时回国的机会,要我拉些老先生捧场,最好发动大家再为咖啡厅捐些签名著作,增加咖啡厅的文化气氛。我就用这个场所组织了一次聚会,约了张中行、严文井、吴祖光、洁泯、范用、牛汉、姜德明几位先生。我特意邀请了舒芜,请他来参加我们的聚会,意在我们不去孤立舒芜。为此,我事先一家一家地征求意见,问好不好邀请舒芜,大家都没有反对我。最理解我的意思的是严文井与吴祖光。吴先生其实是不喜欢争论的人,他的经历可真是"予岂好辩哉"。平素疾恶如仇的吴祖光,没有冷落舒芜,与舒芜攀谈甚久。严文井长期担任文化界领导工作,尽管不说不写,其所知文化内情最多。严老是不惯早起的,每天都要中午过后才起床,我一般都不在上午安排他的活动。这次的聚会,严老却郑重其事地告诉我,"我会努力起来的"。

聚会当日,众人都到了,严老最迟。他先打电话给我,通知说他已经起床,正在洗漱,我可以派车接他了。他到时,仍然是领导的气派,大家都在门内站成一排迎候,只有不曾在文坛那个小圈圈里混过的张中行先生，没事人似的弓着身、背着手，在屋里四下转悠。

严老进门，与众人一一握手。握到舒芜的时候，严老停了下来，对舒芜说："最近我得到一些消息，也听到一些情况，可是我都没有记住，没能往心里去。哈哈，哈哈。"这几句话说得太聪明了，该说的都说了，不该说的都没有说。我眼见舒芜非常激动，握着严老的手，连连称着"老领导"。

牛汉那天也开心，拉着张中行先生说："你和我舅舅年纪一样大。"我逗趣说没有在咖啡厅里认舅舅的，要认最好到饭馆去。大家都笑了。大家一笑，洁泯马上就开讲起他们在人民文学出版社的笑话。聚会从11时开始，直到午后3时才散。事后，有人说我们是在声援舒芜。作为策划者，我不认可也不否定。我想，我们总该拥有一个大家都有权利讲话的时代，因为我们曾经有过大家都不能讲话的教训。

舒芜很珍视这次聚会，我在他的晚年自传里看到，他特意收入了我们这次聚会的合影。关于他与胡风的恩恩怨怨，还不是我们现在能说得明白的。在舒芜早年，胡风曾经没有说话的权利；在舒芜的中年，舒芜曾经没有说话的权利；在舒芜晚年，胡风以及所谓胡风集团的人，包括舒芜，终于都可以表达出自己的意见，留下各自的说法。舒芜先生在最后几年里，还开设了自己的博客。我想，舒芜先生应是安心地与我们告别的，希望他把这样的宽松心情带到天堂——如果有天堂,应该无论争,因为犯口舌诽谤者尽入大阿鼻地狱了。

【附】

致陈半湾

半湾先生台启惠鉴:

孙郁先生来电云,您希望把拙文《跳出舒芜的概念认识舒芜》收入《思想者的知情意》一书。对此我当然没有任何意见。原题作《怀念舒芜先生》投稿深圳报纸副刊时,我非常尊敬的编辑胡洪侠兄改以现题,我以为改得实在是恰到好处。我始终认为,每一件事都是复杂的,只是我们常常对于事情的处理方式过于简单。所谓贴标签、脸谱化,都是如此。舒芜先生即不幸成为国人此种做法之典型。我与舒芜先生熟识而交往不多,但我尊先生为师长。尊先生为师长理由主要是读其大著《周作人的是非功过》,这是一部奇书,寄托了两代思想家的深厚学识与深刻苦难、真知灼见与成金百炼,自其出版以来我已读过十余回,近又买了人文社的新印本再次诵读,且再次感到心痛。作为思想家,完成一种思想当然是困难的。而当自己决意率先践行这种思想的时候,其困难或远甚于前者。另有更为艰巨者,是此一思想得到社会之认同。夫社会之不能认同某种思想此系社会之常态,社会终归要认同某种思想,此亦社会之常态也。无数思想家为其中之曲折,必要甘心舍弃现世利益乃至有价值之生命,其事迹皆如和氏献璧。然则和氏尚具及身得见之荣幸,是故思想家必具大智大勇者方得以任之。而具大智大勇之思想家,必享后世之尊崇,此帝王之族亦不能如孔裔之绵延不绝也。周作人先生即民国乱世之思想家,他于古今中外的知识占有量罕有能与其比肩者,特别是他立足中国近代纷乱复杂的社会,沉着冷静地以一位独立知识分子的眼光观察并思考着,勤于笔耕,披沙网金,所获尤丰。虽其经历有附逆之疵,而后世不可因人废言、因人废文、因人废其思想也。舒芜先生集周作人之散金熔铸金器,蔚为大观。世人知知堂思想不易,舒芜先生先得会心继修坦途。其为知堂思想光大所作之贡献,当代亦无人能出其右。哀哉此一思想倘其不出周氏之手不入舒氏之手,或早闻达于世间,然此一思想又非周舒二氏不得发想之。因阁下编书多有感慨补写数语并拙文同析教正。

即颂

春安

后学　靳飞　2012年2月　京华

关于苦难与幸福

——送别绿原

8月18日,舒芜先生去世。

9月29日,绿原先生去世。

这一对冤家对头先后奔上黄泉路,享年都是八十七岁。

从私人关系上说,我与舒芜近。

从文章上说,我喜欢绿原的。舒芜的文章,我有时实在受不了他那股子"主观"的劲头儿,有点儿迂,有点儿拙。绿原的文章,如程砚秋的唱,低沉悲凉而荡气回肠。

我与绿原先生仅有半面之交。那是我到同是胡风一党,或说是胡风一案中的人物——牛汉的家中闲谈,聊得兴起就想抽烟。征求主人的意见,牛汉挥舞着大蒲扇道:"我这里抽烟可以,放火不行。"放火的话,自然是双关的,懂得那一关才能觉出趣味,我边点燃香烟边笑称警句。这时,有人敲门,牛汉去开门,我看到有个戴鸭舌帽的,只露出个下巴,塞给牛汉一本杂志,掉头便走。待到他转身时,我又看到一个瘦削的背影。牛汉告诉我,来的是绿原,住在他楼上。我连连说遗憾,责备牛汉为何不介绍一下,以至于竟与绿原失之交臂?牛汉憨憨地说:"他不愿见人的。我是准备请他坐下来一起谈谈的,但怕他责怪我说,你为什么又介绍人给我认识!"牛汉的样子像是很怕绿原,我也不好强人所难。就因为牛汉少说一句话,我与绿原仅会过这半面。

尽管与绿原攀不上交情,他的书我还是读过几册的,最喜欢的,却是他的一本名为《离魂草》散文集,薄薄一册,只有五篇文章,七八万字,重有千斤。

读这本书,需要先对绿原的经历有所了解。他的经历,一言以蔽之,就是"漫长如人生"的,一个接一个的苦难。具体的情况,已经有多篇文章记述了,这里亦不必再重复。由于有这样的人生经历,绿原在《离魂草》里记录下他对"幸福"与"苦难"的独特认知。他说"苦难",他在《我们的金婚纪念》文中写道:

> 我们首先看到,自己的一生充满了错误和造成错误的弱点;还可以看到,这些错误同一系列苦难连在一起,往往使我们来不及省悟前一个,就又犯下了后一个;更应当看到的是,我们的错误与其说是招惹了苦难,毋宁在于面对已经降临的苦难的态度——遥想当

年阿Q以其未被唤醒的幽默才能度过了他的超悲剧的一生，在大团圆结局的前一分钟竟为自己画不圆圈圈而发愤，立志想要再画一个：这种视死刑如考试的豁达而进取的精神实在令我们自愧不如。我们在苦难面前软弱而顽梗，怯懦而造次，自怨自艾而又怨天尤人，逆来顺受而又心灰意冷，以致逐渐丧失了起码的自觉性。我们一不知苦难决非我们所独有，而是这一代人共同继承的历史遗产，比我们更悲惨更痛苦者何止千万；二不知个人苦难本身并无意义，只有汇入人民苦难的海洋才能更正确地被认识，因为是人民承担了历史的一切，并通过牺牲达到了伟大；三不知苦难为忠实的受难者最终带来多少好处：是苦难帮助他们考验和锻炼了自己，是苦难帮助他们认识了真理，认识了道德，认识了美，认识了什么是持久的坚韧不拔的比死还强的东西。

他对"幸福"的认知，是以对"苦难"的认知为基础的，所以他说的"幸福"，说得比"苦难"更别致。绿原说：

　　幸福是寂寞的，
　　周围没有人注意，
　　幸福因此是忧伤的，

两眼常含着泪水。
幸福是羞涩的，
仿佛撒了一次谎，
幸福因此是怯懦而木讷的，
甚至不敢说一声对不起。

我读到他这段论"幸福"，流了许多泪水。

我在作这篇文字的时候，忍不住把出现的"苦难""幸福"都打了引号。这是因为绿原的逝世，突然让我有了一种追问这两个概念的冲动。

记得我在最初读绿原的论"苦难"的时候，颇为震撼，以为"这段带着泪痕与血痕的沉重话语，不仅是作家对自己经历的总结，完全可以算是人类对苦难的认知"。现在我也过了不惑之年，重新检视以往的思想，我想我的这个论断说得有些大了，绿原只是写出了对于他所经历的时代的"苦难"的认知。这不是说绿原的认知并不那么深刻，而是说他所处的时代太特殊，特殊到在整个人类史上也是罕有的。所以，冷静下来，我们终于无法以这样的特殊来代替普遍。

比"苦难"更显见的，绿原所以为的"幸福"，当我们已经走出那个特殊时代以后，谁都不会以为是"幸福"了。同样理由，绿原所以为的"苦难"，可能也仅仅是所有人类的"苦难"

中的一种罢了，虽然可能是其中甚为稀少的一种。

如果我们把它当作"苦难"的全部，未免就犯了以偏概全的错误。这不是说绿原在误导我们，而是我们早应该具有这样的识见，否则会陷入逻辑的混乱。

什么是人类的幸福？

什么是人类的苦难？

这两个问题似乎很有必要再问一问了。可是，在这两个问题面前，我感到了自己的无力。

我仍然被绿原的"苦难"与"幸福"打动，但我希望那仅仅是绿原时代所赋予的这两个概念的内涵，我们不应再被这样的内涵左右着我们对于这两个概念的认知。我更期待着我们能不再以绿原的"幸福"为"幸福"，彻底摆脱绿原式的"苦难"。

报道说，绿原身后，其家人觉其去世正值国庆、中秋佳节，恐给亲友带来诸多不便，因此丧事从简。绿原家人的这一做法，既在老人的"幸福"概念里，又在老人的"幸福"概念外。我非常希望有机会能向这一家人表示敬意，只有格外珍惜幸福的人，才如此不忍打搅旁人的幸福——哪怕是逢年过节这点儿属于常规性的"幸福"。

2009年10月3日

谁人有此闲性情

——怀念周汝昌先生

这是三十年前的话了,潘际炯笔下的周汝昌形象:"我有时破门而入,正逢他沉思,那模样就像古代哲人似的;看到我就在他身旁,他这才惊醒过来,'嫣'然一笑。是的,这种老夫子型的笑,很诚挚,很美。""随即递给我一支并非高级的香烟。我总是回答,我也有,牌子跟你的一样。他一看,又笑了。他喜欢喝茶,茶叶倒是上乘的。他对热水壶里开水的温度很关注。"

我一直觉得周汝昌先生很美,随时可以入画,或者进入镜头。我们曾经在旧址金台夕照处比邻而居,门前有条河沟。黄昏时分,常常看到他在沟沿儿散步,旁若无人,白发飘飞,拐杖横持宛似箫管,步履趔趄如歌如醉。有他这道风景,昔日的黄金台好像复活了;或者说,既有如此的人物,黄金台存在的意义也不大了。

静态的与动态的周汝昌,都是我客居东京时节,寄托思乡情的意象。眼前浮现出他的图画，我便想到，那是我的北京。

事实上，周汝昌先生本不是北京人，生长在天津七十二咸水沽畔，时间是一个不新不旧，又新又旧，不土不洋，又土又洋的"四不像"年代。然而，我又必须认定他是属于北京的，他自1940年考入燕京大学以后的七十二番春秋，几乎都是在北京度过，北京就是他不是家乡的家乡。

他二度就读燕园，日日课余，顺着荒僻小路，跨过一条小溪流，步入承泽园门；穿过种植海棠芭蕉的园林直达客厅，厅内巨案数条，"目中琴棋卷轴，名砚佳印之属，此外无一尘俗事物"。周汝昌自寻座位，"宾主往往不交一言，亦无俗礼揖让之烦"。他在这里看过《楝亭图》四大轴，看过《杜牧赠张好好诗卷》，看过黄庭坚的《诸上座帖》，看过展子虔的《游春图》。此间主人，即是那赫赫有名的丛碧先生张伯驹。伯驹较周汝昌大近三十岁，伯驹词集里，到处都是周汝昌的名字，有时是"燕园步月"，有时是中秋夜饮，有时遇雪，有时临风。在俞平伯北京大学教授一月薪金仅合棒子面五十斤的时候，伯驹与周汝昌说的是："谁人有此闲情性。任归来缓步轻穿。百年如一掷，可能经，几婵娟？"

1952年，周汝昌挈妇将雏过蜀道赴成都华西大学任教。暮春，张伯驹集关赓麟、夏枝巢、许宝蘅、黄君坦诸老为周送行，每人填词一首，词牌限定为《惜余春慢》。

为了周汝昌离京，还伤了一位老人的心。顾随先生说："有周玉言者，燕大外文系毕业，于中文亦极有根柢，诗词散文俱好，是我最得意学生。"在张伯驹、顾随先生眼中没有周汝昌，他们称他为"敏庵"或"玉言"，直以平辈论交情。

顾随亦长周汝昌近二十岁。他在是年底，将草书长卷《说"红"答玉言问》寄到成都，好一笔流光飞动墨迹，好一部锦簇花团文字，好一副师弟惺惜情谊。顾随先生说，"凡所拈举，如有空脱，玉言补之，如有讹谬，玉言正之"。

第二年，周汝昌出版了《红楼梦新证》，一书天下闻名。张伯驹喜，"有庾郎才华，独为传神"。"鹰隼出风尘。"顾随喜，连作《周子玉言用陈寅恪题吴雨僧〈红楼梦新谈〉之韵，自题其所著〈红楼梦新证〉。录示索和，走笔立成》诗七首。连带着海外胡适亦喜，说周是他的"好学生"。迄至1954年，冯雪峰、聂绀弩数公以《红楼梦新证》之才华，共召周汝昌还京，任职人民文学出版社；周汝昌别京入川之两载，不知惹动伯驹、顾随诸老多少牵挂，费却诸老多少笔。如把这前后诗词文章书信结集，当成厚厚数册，永久传为北京爱惜才子周汝昌的佳话。

还是周汝昌居川际，他即与顾随先生开始通信讨论北京恭亲王府花园与红楼梦里大观园之关系。这个问题，周汝昌谈了半个世纪。我的老师张中行先生也被卷了进去。先是周写信向张求助，中行先生乃亲至恭王府查考，遇到一翁一妪。翁云："前海西部即稻香村，李纨住处即今乐宅地。""妙玉出家之庵在旧鼓楼大街，今其庵尚存。"妪更痛快，中行先生指着恭邸东墙问："那里边是？"妪断然云："那是大观园！"

我把这个故事带到日本，讲说给内子的老师波多野太郎先生听。年逾八旬的太郎公不禁恍惚："春雨如烟，梨花和夹竹桃竞相争艳，带雨垂首，确实令人感受到《红楼梦》里那种落花流水、闲愁万种的情趣。"目睹此情，我只好又把太郎故事转向周汝昌先生报告。汝昌公有诗命我答太郎先生。诗云：

恭邸欣微雨，红楼情最真。
名园忆三宿，数语见精神。

太郎得诗大喜，谆谆告诫内子云，研究中国学，第一要务是和中国人结婚，第二是要读《红楼梦》。

把如此重要的《红楼梦》说成是北京的故事，再把这个北京故事说给世界倾听，周汝昌先生为爱他的北京也做出很大贡献。恭亲王府花园，便是周汝昌心目中的大观园。现在，他很可能已经在天堂里直接向他的曹雪芹兄去索证了。他们大才子之间的沟通，定会比学术家们的研讨会要有趣得多。

十五年前，我代表张中行与波多野太郎两位师尊出面，得到许立仁、曹颖、张卫东诸友帮助，在湖广会馆为周汝昌先生办过一次八十寿辰昆曲堂会。戏共三出,《晴雯撕扇》《一捧雪·祭姬》《牡丹亭·寻梦》,俱与红楼有所关联。其时汝昌公既不可见亦不可闻,仍然整场端坐,神采飞扬。我知道,他只需默念心里那部大书,就什么都有了。5月31日凌晨1时许,汝昌公以九五上寿驾鹤西游,忆及北京与他,他与北京的种种故事,忽然发现能记下来的委实还不够多。拉杂写出,权当是又凑成几出折子戏,赶在老人身后来纪念他吧。

写于周汝昌所证之曹雪芹逝世二百四十八周年

梨园旧艺妙通神

——怀念刘曾复先生

6月27日,当世中国京剧研究的最高权威者刘曾复老先生以九十八岁高龄在京仙逝。刘曾老之于京剧界,堪称一种非常特殊的存在。他的逝世,套用"国葬"的概念,理所当然应是京剧的"剧葬"规格,倾天下所有京剧人为之举哀。

刘曾复先生的本业是医学,1937年毕业于清华大学生物系,后任首都医科大学生理系教授。他在医学方面应该说也很有成绩,有专著。但是,他在京剧界的盛名,给大家的印象,是只纪梨园,不问杏林,经常听到有人去找刘曾老学戏,没见过有人去找他看病的。刘曾老从未在京剧的专门机构任过职,这丝毫不影响他的专家地位,职业演员都争相向他请益,凡经他指点过,即具有了以正宗自居的资格,是可以骄人的资本。现在京剧、昆曲都成为非物质文化遗产,据此确定了许多所谓国家级、省市级的传承人。依照当下的体制,确定传承人讲究所谓

"专业"身份，要跟专业院团挂钩，刘曾老因此难入京剧传承人之列。然而，从中国文化传统言之，刘曾老便是当之无愧的国家级中国京剧艺术的传承者，他应该得到这样的荣誉。

刘曾老在京剧领域的贡献，可以集中概括为"传艺"与"传心"。先说"传艺"。他见过的戏太多，学过的戏太多，并且都能记得牢靠，又曾得到王荣山、王凤卿等前辈艺术家的亲传。为什么如孙岳、于魁智、王珮瑜等几代京剧演员都要找刘曾老学戏？因为他能说戏！连唱腔带身段，包括锣鼓点、穿戴，全行、全知道。更令人称道的是，他不仅知道，既知其然还知其所以然，甚至知道其所以不然。譬如他谈若以谭鑫培作为标准，则余叔岩重技，"在台上就仿佛是练了一场功似的，真好，好看哪！可就显得不那么随便，是讲究得过头了"。言菊朋是重情，"讲究情，情感一过火，就矫揉造作，穷酸了"。这种见地，在余叔岩、言菊朋生前身后百十年间能说得出来的，数不出几位。

刘曾老的绝学还有脸谱。早在20世纪五六十年代，他对脸谱的研究即已独步四海。梅兰芳先生在1961年7月口述文章《漫谈运用戏曲资料与培养下一代》里就说道："四年前，有朋友介绍医学院教授刘曾复同志来谈，他研究脸谱有二十多年，掌握了各派勾法的特点，我曾借读他的著作，确有独到之处，将来在这方面的整理研究工作，可以向他请教。"能得到梅大师这般称赞，岂是寻常之辈！所幸的是，他留有一部收图四百余幅的《京剧脸谱图说》，完整记录下他的这一绝学。

依次再说"传心"。这要把话往大处说去。中国文化经历近代西方文明的冲击与淘洗，可谓有得有失。得的一面，说得较多；失的一面，说得很不够。作为一种"失"，衡量评价中国传统戏剧的标准，或者说是中国文化里的戏剧审美，已被冲得七零八落。时至今日，什么叫一出好戏，若用西方戏剧理论来阐释评论，专家学者多能口若悬河、滔滔不绝地说上一气；倘若改用中国戏剧理论发言，不是受到打压，被认为是抱残守缺，就是众人集体"失语"。更明白说，我们时下的很多戏剧作品，多是在西方戏剧理论指导下完成导、表、演及评价的。离开这一套，我们差不多已经不会创作戏剧了。

我并不排斥西方戏剧理论，我也坚信中国有着不输于西方的戏剧理论。我期待着我们也拥有以中国戏剧理论、戏剧审美来品评当代西方戏剧作品的能力，期待着我们创作更多合乎中国戏剧审美的作品，实现东西方"各美其美"。这首先需要我们重新构筑中国戏剧理论的话语体系，并将这一话语体系推向国际。专就这个题目，我以为，王元化与刘曾复两位先生的文论，是能够给我们带来巨大启发的。

单说刘曾复先生。他的著作《京剧新序》（前后有两版）与《京剧说苑》，即是当代中国戏剧理论之作的典范。第一，老先生紧紧抓住演员表演作为核心，所有论说都是为表演服务的。譬如他说"做打同理","尚小云陪杨小楼演《湘江会》,尚请教杨此戏对枪打什么。杨说原来枪架头打大扫琉璃灯,原因是钟离春和吴起一开头是在校场里开的战,地方小只能转来转去,所以用大扫琉璃灯这套枪合适,等到二人冲出校场后才能大打"。这就告诉我们,京剧的程式不是滥用的,而是与剧情人物紧密相连。程式其实是我们表演的一种手段。

第二,刘曾老重视京剧的师承关系,勾画出舞台艺术的来龙去脉。他说:"唱戏谁是师父,谁的徒弟,怎么传下来的,师承太重要了。"

他与蒋锡武的对谈,《讨论京剧表演体系的传承主流及其他》就是一篇非常重要的理论文章,在对谈中,他对于京剧师承关系做出透彻分析,深刻阐释出演员的表演是怎么来的,为何会如此演。这是从演员的艺术地基与艺术成长环境入手来分析表演。这一视角,持西方戏剧理论观者未必认同;但以刘曾老所持的中国戏剧理论而言,哪怕是莎士比亚,也得是有师父的,否则也成为不了莎士比亚。

第三,刘曾老不同于明清时代的文人墨客,他所受的教育是西方文明影响下的近代新式教育。所以,刘曾老并不排斥西方文明,反之,他把其中一些理科研究、叙述方法借鉴到京剧研究之中。刘曾老对演员的表演,所以能做出清楚描述,貌似来自传统的口传心授,实则与他的研究、叙述方法密不可分。他的《名家歌谱》即是明证,还包括他对发音、身段的分析。刘曾老力求把表演方面不可用语言文字表达的部分,尝试用语言文字叙述出来,这种做法即与法国兴起的表象艺术论相契合,换言之,是中国传统戏剧研究中罕见或就是未见的。这是刘曾老的发明。

我所云的刘曾老的"传心",便是指刘曾老化用近代理科的方法,传达中国传统戏剧审美之心。他的著作无处不在告诉我们,中国人是怎样看戏的,怎样学戏与怎样演戏的。他至少是完成了自己的理论架构,是一位出色的中国话语体系里的京剧理论家。

我与刘曾老相识亦在二十年以上,仍不敢说对老先生的学问有多少了解,只能说是私淑日久罢了。昔日我离京迁居日本的时候,刘曾老召我夫妇至其寓所,说是要为我们说三次京剧,可以基本反映京剧的全貌。可惜我们只来得及听了两讲,随即匆匆赴日。刘曾老乃为我绘制了十二幅京剧脸谱,称是代表了脸谱的各种类型。这套脸谱,我珍藏至今,二十年间没有舍得令其失散。

记得20世纪90年代初在什刹海我所主持的汇通同人票社里,我第一次把张中行先生介绍给刘曾老认识。其后不久,刘曾老打电话给我说,他一生爱戏,想着表达一下自己的这种心情,却总也找不到合适的语言。他看到张中行先生为汇通票社作的两首绝句,豁然开朗,觉得道出其肺腑之言。刘曾老希望张先生能亲为他题写这两首诗,命我向行翁转告。我遵命为老先生了却了此愿。今逢刘曾老辞世，他毕竟是学医出身，我不念南无阿弥陀佛，且重再诵读中行翁的诗作，为曾复先生送行。诗云：

梨园旧艺妙通神，白首龟年识古津。
会有宗师相视笑，方知莫逆出同人。

闻道浮生戏一场，雕龙逐鹿为谁忙。
何当坐忘升沉事，点检歌喉入票房。

2012年6月30日

让我们重新回到信仰与热爱

生活日益虚幻，和许多朋友的交往都变成微信评论和朋友圈点赞。这样的习惯里，听到梅葆玖先生逝世的真切消息，一时竟有些挺不住，心里满满全是哀伤。

2010年6月12日，正是上海世博会期间，我在上海兰心大戏院举办中日戏剧大师世博会演，邀请日本能乐的关根祥六、歌舞伎的坂东玉三郎和中国京剧的梅葆玖三位亚洲传统戏剧的代表者，同台演出杨贵妃剧目。葆玖先生一到兰心就给我讲起故事，说他十三岁时第一次登台就是在这里。当年兰心刚刚建成不久，剧场老板是一个英国老头儿。那时盖叫天先生也在兰心演出，盖在剧中要投掷真匕首，一道弧线将匕首直戳到台板上，银亮的匕首还继续颤悠悠晃动，精彩而且颇为刺激。每到盖叫天先生演出结束，葆玖先生就能看到英国老头儿匆忙跑上舞台，跪到地上，一手举着眼镜，一手抚摸台板，那叫一个心疼啊！葆玖先生说着这个故事，好像又一次看到了英国老头儿的那副神情，自己也随之回到了少年时代，呵呵地带着许多淘气地先笑起来。

不过，临到我们演出的时候，兰心大戏院却已是相当陈旧。我所以选择这处剧场，也恰是它的陈旧吸引了我。我想到电影《泰坦尼克号》最后的镜头：老太太把蓝钻沉入海底那一瞬间，她回到沉船，忽然残骸复原，遇难者复活，众多熟悉的人物环绕楼梯两侧，莱昂纳多饰演的曾为她付出生命的恋人出现在楼梯上，向她伸出了迎接的手来。我为这一镜头所深深打动，希冀以兰心为沉没之泰坦尼克号，以传统戏剧艺术家为莱昂纳多，我们一起来迎接我们前生的恋人、今天的观众。为了达到这样的艺术效果，我甚至花费万元把剧场前厅的水晶吊灯擦洗一新。

梅葆玖先生也极为重视这次演出，提前四个小时就来到剧场后台。化妆间里，我看到他对着镜子，一笔一笔地描画着自己，不放过任何一处细节，一直到把七十七岁的他画成为三十五六岁的盛唐时代的花容月貌的贵妃杨玉环。事先，他向我建议说，他的父亲老梅先生，中国京剧有史以来最为伟大的艺术家梅兰芳，留有一副舞台底幕，宝石蓝的地子，绣的是吴湖帆绘的梅花。他想在演出时挂出，但不知尺寸是否合适。不承想，底幕挂出，竟然与兰心的舞台严丝合缝，如同是特意绣制出的一般。当大幕拉开，头戴凤冠，身穿华丽的红色蟒袍的杨贵妃出现在舞台上，所有的观众顿时忘却了今夕是何年，掌声如雷，彩声如雷，间或还有些无声的泪水。昆曲艺术家梁谷音就忍不住淌着热泪对我说："玖哥今天的演出太好了！是我这一生中所见过的，他最完美的演出！"

　　类似梁谷音这样的惊呼，其实早十几年我就已听到过，那是来自梅兰芳的朋友、前辈的戏剧家吴祖光。某日，祖光先生光临舍下，进门就用他特有的大嗓门喊着："梅葆玖太好了！梅葆玖太像梅兰芳了！"原来，祖光公是在前一晚刚看过葆玖先生的演出，兴奋到次日仍然不能自已。这时，吴祖光近八十高龄，他比梅葆玖大十七岁，梅葆玖也已经是六十开外年纪了。

　　这里，我们需要认可一个事实，就是梅葆玖先生有着一个太过伟大的父亲。对于梅兰芳的成就，我们怎么形容都不过分，中国历史上几乎没有出现过这么崇高的戏剧艺术家，他更是出现在近现代中国文化大转折时代的一座丰碑，同时也是中国戏剧艺术在国际最耀眼的徽章。但是，恰因为梅兰芳之大，使得我们很容易把梅葆玖看小。在前后的几十年间，我们对于梅葆玖的舞台艺术成就，极尽苛责之能事。现在想来，葆玖先生对此居然可以做到一声不发，也实在是了不起的。终于，寒来暑往，到了吴祖光的一声惊呼，再到梁谷音的一声惊呼，我们惊奇地发现，曾为我们所小觑的梅葆玖，已经站到了我们必须仰望的位置，我们又一次拥有了一位梅姓宗师，这毫无疑问的是属于当今京剧艺术的荣幸！在文化艺术领域，父子相承的佳话还是很有一些的，书法的"二王"，绘画的"大小李将军"，诗词的南唐中主、后主，大小晏，如今又增添了京剧艺术的"大小梅"。开创者固然不易，继承者又何尝不是举步维艰！梅葆玖用他的前半生近五十年时间，摒弃一切杂念，潜心研习梅兰芳艺术，他能够作为梅兰芳的成功继承者，其背后所付出的代价，应是我们所难以想见的。

到了这个时候，梅葆玖才开始他的发言，但他说得很简单，"我不要做什么大师，我父亲才是名副其实的大师，我就是一个干活儿的"。

我与葆玖先生相识二十五载，前二十年都几乎未能听到他说什么，只是在这后五年里，却与他说了无数的话。有次我陪同他从东京到京都，往返的新干线上，我们都没有停过嘴。他很纵容我没大没小地开玩笑，纵容我随意臧否人物，也纵容我在梅夫子面前大卖二黄西皮。回想起来，几年之中，我们说过那么多的话，却是没有一句涉及人人都关心的名与利的。只有京剧，只有梅兰芳，才能让他说起来滔滔不绝。在他八十岁时，他为纪念父亲而主持举办名为"双甲之约"的梅兰芳诞辰一百二十周年纪念活动，走访国内外多个城市。这时，他已患有重症，访问到俄罗斯时，有次累得到了说不出话的程度。可他坚持着，把京剧的话题，把梅兰芳的话题，一次又一次地，带到联合国的讲台上，带到东京大学的讲台上，带到维也纳金色大厅，带到纽约林肯中心。他奔走在国际，以老迈之躯努力维持着中国京剧艺术的尊荣，维持着梅兰芳先生的盛誉，维持着当代中国文化的影响。今年3月27日晚，也是我与葆玖先生最后一次的长谈，我对他说，京剧艺术的国际传播，是由老梅先生所创；"双甲之约"又相当于为京剧、为梅兰芳先生的国际形象，重塑了金身。他听到这样的评价，非常高兴。我们谈到现在很多年轻人把"实"的东西看得太重，也太心急，根本做不到像他这样，沉下心用几十年时间学习所谓"虚"的艺术。梅葆玖先生轻轻地对我说："我对我们老头儿是有个信仰的。"他一语点醒了我，我们时下文化的一处重伤，即自从我们知道了培根"始于怀疑，终于信仰"的名句，便过多地停留在"怀疑"阶段徘徊往复，有时甚至是以"怀疑"自诩为高明，因之总也走不到"信仰"的历史长河中去。我们把更多的生命热情都用到了"怀疑"上，而不是用之于"信仰"。其实，有文字在，有文物在，纵观人类历史之中，单从总量说，值得我们信仰的，总还是远多于应该被怀疑的。人类的文明史，正是记录了人类万年来不断的信仰。

现在轮到我们要说继承梅葆玖先生艺术的时候了。想到我们最后这番关于信仰的谈话，我深切地感到，我们应该像梅葆玖信仰梅兰芳似的，重新回到信仰的大道上，唤起我们生命的热情，去热爱我们的艺术家，去建设我们的文化，丰富我们的文明。梅葆玖先生的逝世，给予了我这样的启示。

2016年4月25日作于日本京都鸭川河畔

梅氏的新京剧与新文化

江南梅先凋,蓬莱樱尽落,京剧栋折梁摧,菊苑痛失领袖。当代中国艺术的杰出代表人物,在国内外享有盛名的京剧表演艺术家、教育家和社会活动家,京剧梅派艺术的主要传承者梅葆玖先生于4月25日在北京病逝,5月3日在八宝山殡仪馆大礼堂举行遗体告别仪式。连日来朝野同悲,举国共悼,追缅盛德,备极哀荣。论者多以为葆玖先生之逝,标志着一个文化时代的落幕,既为斯人亦为其所寄托之文化时代而惋惜不已,笔者对于此种心情尤能理解。不过,葆玖先生之逝,显见已经超越一家之缞,一剧之痛,而是构成当代之文化事件,笔者不揣冒昧,愿意就此提出更多角度的认知。

旧戏剧,新文化

梨园梅氏堪称是一个传奇的家族。其第一代之梅巧玲(1842—1882)即是京剧的第一代演员,名列"同光十三绝"之一绝，曾任"四大徽班"之一的四喜班班主。第二代巧玲长子梅雨田（1865—1912）是"声名廿纪轰如雷"的谭鑫培之琴师，著名的京剧音乐家。巧玲次子梅竹芬（1874—1897）是旦角演员，早逝。竹芬之子即是梅兰芳（1894—1961）。梅兰芳的出现，石破天惊，改变了京剧的思想意识与表演方法，改变了京剧的传承方式与生产方式，改变了京剧演员的社会地位，从而彻底改变了京剧发展的历史轨迹。梅兰芳以其无可抗拒的艺术感染力和无与伦比的人格魅力，合为其巨大的社会影响力，带动京剧艺术整体提升，同时也使之成为在国际耀眼的中国文化徽章。笔者因而把梅兰芳之前的京剧与梅兰芳之后的京剧区分作两个阶段，前者可称为"清末京剧"，后者则可称为"民国京剧"。所谓"民国京剧"，是以梅兰芳为代表的京剧艺术家，在中国社会结构发生深刻变化与近现代西方工商业文明影响的背景之下，自觉对于"清末京剧"传统做出的全面更新。京剧亦由此呈现出名角如云、流派纷呈的繁荣局面，迅速进入其全盛时代。作为梅氏第四代的梅葆玖先生，他所接受的实非梅巧玲之衣钵，而是其父梅兰芳创立的京剧新传统的最忠实的继承者。换言之，与其把梅兰芳、梅葆玖父子视作中国传统戏剧最后之辉煌，莫若说是梅氏父子开启了中国传统戏剧在中国近现代的崭新篇章。

梅兰芳等京剧艺术家对于京剧传统的更新，也影响到中国文化发生变化。举例之一是，众所周知，中国传统戏剧演员原本是处于社会的最底层。1949年10月，中华人民共和国成立，经由毛泽东、周恩来等领导人提名，梅兰芳先生成为第一届全国政协委员并出席开国大典。此一事件即标志着中国传统戏剧演员的社会地位发生了根本性的改变，这无疑是中国五千年文明史里前所未有的文化新形态。自1949年迄今的近六十年间，梅兰芳与其梅氏家族，包括梅兰芳夫人与子女梅葆琛、梅绍武、梅葆玥、梅葆玖，以及他们各自的配偶和后代，始终保持着梅氏的清誉与盛誉。这恰恰足以证明，这种新的文化形态经受住了时间的考验，并且也为今日之中国人所普遍接受。事实上，我们已经应该可以看清，现在的中国传统戏剧，就连缀在梅兰芳等开启的新篇章里；现在的中国文化，已经是置身于以梅氏家族为例证的中国新文化之中。当然，这不是要说，中国之新文化系全由梅兰芳等京剧艺术家创造，但他们确实也是这种新文化的创造者。中国之新文化，应是他们那一代人共同努力的结果——既包括陈独秀、胡适、鲁迅等"新文化"阵营的努力，也包括与此相对的"旧文化"阵营的努力，还有"新"与"旧"之间的各个阵营的努力，彼此角度或有不同，然而殊途同归。

梅葆玖先生的重要贡献之一，就是他在梅兰芳身后担当起重任，及时地把这种京剧新传统、中国新文化，连接到了当代京剧艺术创作活动当中，使得我们仍然可以能够延续着梅兰芳道路继续向前行进，笔者因之而并不认为梅兰芳与梅葆玖的时代就此往矣。

先定形，后移步

梅兰芳先生当之无愧地是中国近现代文化的一座丰碑。他不仅取得了卓越的艺术成就，并且提出了著名的"移步不换形"的艺术理论。他说："我想京剧的思想改革和技术改革最好不必混为一谈，后者在原则上应该让它保留下来，而前者也要经过充分的准备和慎重的考虑，再行修改，才不会发生错误。因为京剧是一种古典艺术，有它几千年的传统，因此我们修改起来也就更得慎重，改要改得天衣无缝，让大家看不出来一点痕迹来，不然的话，就一定会生硬、勉强，这样，它所得到的效果也就更小了。俗语说移步换形，今天的戏剧改革工作却要做到移步而不换形。"为此，梅兰芳、梅葆玖父子两代，用了长达百年之久的艺术实践，验证他们的艺术理论。

梅兰芳先生在20世纪初开始他的"戏剧改良运动"的时候，他一方面通过排演时装新戏与古装新戏，探索未来发展出路；一方面通过学习昆曲和加工整理传统剧目，打通与中国传统戏剧相通的脉络。梅兰芳最终还是决定选择，不去改换中国传统戏剧之"形"，但同时也要移动时代的步伐，此亦即清沈宗骞《山水论》之"以古人之规矩，开自己之生面"者也。在梅兰芳亲自安排下，梅葆玖开始学戏之初，仍然是像父亲一样，首先是通过对于传统剧目与昆曲的学习，坚实地固定下自己的基本艺术形态。

比较而言，梅兰芳先生的艺术道路，大抵是顺风顺水；梅葆玖先生的艺术道路却如逆水行舟。梅葆玖平生经受的最大波折，即当是在他最需要父亲的指导之际，父亲却于1961年8月溘然长逝，紧接着，他又被迫离开舞台十数载。待到"文革"结束，年近五旬的梅葆玖，在兄嫂姐姐以及父亲的老伙伴、弟子的帮衬之下，重新披挂上阵，再张梅氏旗帜。梅葆玖凭借着中华文化所具有的"强大的修复能力"，先从恢复父亲的经典剧目入手，再一次确定下自己的基本艺术形态，进而多次领衔"纪梅"演出，带动起梅派艺术的大规模复兴。

直至90年代中期以后，梅葆玖才以北京京剧院梅兰芳剧团为阵地，开始了自己的"移步"，先后完成了《梅韵》《大唐贵妃》等多部具有创新意义的艺术作品；特别是《大唐贵妃》的主要唱段《梨花颂》，成功地在全社会流行开来，为无数年轻人所传唱。从梅兰芳最后的经典《穆桂英挂帅》，到梅葆玖的《梨花颂》的广泛传唱，其间相隔是四十二年。

这里我们需要留意的是，梅氏"不换形"的做法可谓是圆熟之至，他们能如晴雯补裘般地修旧如旧，令我们难以觉察出其中的奥妙。梅葆玖先生在恢复梅兰芳先生经典剧目之际，也并不乏他自己的创造。关于这一点，笔者曾在拙作《梅氏醉酒宝笈》（现代出版社2016年1月版）里以《贵妃醉酒》一剧为例做出说明。现在简单归纳为两点，其一是葆玖先生为了更便于今日观众的欣赏，在剧中有意加大了对梅兰芳艺术的解释力度；其二是，依据自己的体会而将表演进一步丰富。譬如在唱"人生在世如春梦"句的"如春梦"三字时，梅葆玖就说："我认为还可以比我父亲略微放开一点。"类似《醉酒》这样的情况，在梅葆玖所演出的梅氏经典剧目的表演中还能找到多处，这也是属于他的重要贡献。且不要小看这些细微的修改，《史记·吕不韦列传》有"一字千金"之典，云："布咸阳市门，悬千金其上，延诸侯游士宾客有能增损一字者予千金。"对于经典，弃之易，习之难，改之更难。我们切不可忽视梅葆玖对于梅派经典剧目表演的改动变化之功。

守本根，利众生

梨园梅氏既非簪缨世家亦非书香世家，更非是洋务世家；但梅兰芳与梅葆玖父子两代却都做到了中国传统士大夫精神与西洋绅士精神的完美结合。他们始终坚守中国文化的本根，但并不排斥从外来文化中汲取营养，而是择其善者而从之。他们如同参天大树，在地下把根扎得很深却又尽量向四外延展，在地上则以繁茂的枝叶隐蔽更大的面积，以花果奉献世人。

梅葆玖先生曾经告诉我说，昔日好莱坞的新片上映，父亲必然会带他去看。梅兰芳先生对于西方艺术有着足够的关心且肯于悉心研究。附带着说一件关于已故的梅绍武先生的往事，2001年12月，我在北京策划导演爵士乐伴奏京剧，这在当时是较为出格的行为。万想不到的是，这件事竟得到绍武先生的首肯，他率先给予了这次跨界以较高的评价。梅绍武先生和夫人屠珍都是著名的翻译家。从此我就知道，梅家对于"新"与"洋"的态度，其包容程度是诸多以"新文化"自诩的人物都不能比拟的。可是，另有一件事再次打破了我对梅家的想象，我在1930年梅兰芳先生访美资料中发现，其英文说明书上的名字，写的是"梅兰芳"，而不是"兰芳梅"。葆玖先生对我证实了这一点，说他父亲从来都是到哪都叫他的"梅兰芳"，他因此也是始终坚持叫他的"梅葆玖"——这在中国的长于国际交流的人物中间，不能不说是罕有的。

笔者还有幸多次陪同梅葆玖先生访问日本，也多次陪同他在国内会见日本客人。他中西合璧的风度、修养与礼貌，不要说是在京剧界，就是在整个文化界，都可以说是无人能及的。不过，正如梅氏之不改名姓，葆玖先生在与日本各界的交流中，无一次不是以京剧作为主题，他以他优雅的言行，积极地在国际传播中国京剧艺术的精髓，他的京剧艺术造诣，与他温和、从容、宽厚、幽默的气质，包括他近于天真的好奇心，都赢得了日本社会的尊敬。

在我与梅葆玖先生二十五年间的交往里，自然看到的更多还是他与中国人的交往。我亲眼看到他在国家领导人面前，慢条斯

梅氏的新京剧与新文化 | 245

理地侃侃而谈，丝毫无局促惶恐之态；而与寻常百姓在一起，则丝毫无倨傲怠慢之容。有次我们在首都机场贵宾室休息，有位打扫洗手间的老师傅认出他来，要求与他拍照留念。葆玖先生立即整理好西装，一边握着老师傅的手，一边合影，神情仪态一如他会见名流显要时一般。我不由得扪心自问，我自己是无论如何也做不到像他这样的。在他心中，众生平等是一个铁打不动的概念。梅葆玖的平等，又不限于对人，甚至还扩大到猫狗。他在这方面的故事很多，直到他逝世的一周前，我还曾与他开玩笑说，他家对面是中国红十字会，负责人的救助，而他家是猫的红十字会，附近几条胡同的流浪猫都习惯性地到他家来要求救助。玩笑终归是玩笑，现在想来，即便是他对人的态度，我们都做不到，更不要说扩展到对于猫狗的慈悲心了。

梅兰芳、梅葆玖父子两代，勤恳执着地完成了他们对于艺术的追求，又把他们所追求到的艺术成果回馈世人。他们用毕生精力塑造出的中国新文化中的传统戏剧艺术形象，以及传统戏剧艺术工作者的新的社会形象，正是他们留下的最可宝贵的非物质文化遗产。所谓高山仰止，景行行止，我们既不如他们之"旧"，亦不如他们之"新"；我们既不如他们之"土"，亦不如他们之"洋"，说来亦足够我们惭愧。望道而未之见，我们也只有尽我们自己的努力去追随他们，沿着他们所开启的阳关大道，继续建设我们的中国新文化。

送别徐城北先生

高个子，宽边眼镜，耷拉着眉毛和眼皮，眼珠不怎么转动的徐城北先生去世了，我的心里满是哀伤。

一

徐城北先生是卓有成就的京剧研究家、作家。他的京剧研究，开一代之新风。

我与徐城北先生的关系很是复杂。我们的相识，是因为张中行师尊的介绍。三十年前，我与中行翁几乎是一周见三四次面，他新认识的朋友，一定要介绍给我；我的熟人，也陆续变成老先生的熟人。一日，在沙滩后街人民教育出版社的中行翁办公室里遇到徐城北先生，我们自然而然地就熟悉起来。徐称中行翁为太老师，因为徐的老师黄宗江是中行翁在南开中学教过的学生。我与徐公的关系却不能这样地论。幸好，徐公与我又一同师从于吴祖光先生，我们便按照吴门的谱系，我称他为"大兄"，他呼我为"老弟"。此后，他就开始关照我，把他的关于戏剧的心得说给我听，夫妇一起参加我的婚礼，写文章介绍我，为拙著撰写序言；我在20世纪90年代初移居东京以后，他怕我在异国过于孤单，经常会写信给我。那时，给我写信最多的，一是范用，一是萧乾夫妇，一是徐城北，我几乎每周都可以收到他们的信件，都可以感受到他们的温暖。这些信，我全都珍藏着。无论什么时候，我看到这些信，我的心就会变得更柔和一些。

后来，我才了解到，徐公刚毕业时，他的父母，《大公报》著名的记者徐盈与彭子冈双双落难。子冈让儿子给北京的某户人家送去一封信，当晚，收信人就亲自来到徐家，当面回复子冈说，愿意把他的儿子送到远离是非之地的新疆庇护起来。从这时起，直到三十七岁，徐城北才得重返北京城。在他漂泊在外的近二十年里，他收到的母亲与沈从文先生的信最多。曾为游子的徐城北，格外懂得书信的宝贵。我在东京居住的十五年间，徐城北就是我的沈从文。而我刚到东京时，找不到出路，徐城北鼓励我用传统戏剧研究打开局面，他把他的书一一寄给我，作为支援我的"物资"。徐城北可能不知道，东京的日本京剧研究者，非常"认"他，觉得他的著述大不同于以往的京剧论述，满是新意，活泼而富于启发。我向日本的研究者们介绍前辈刘曾复先生，大家竟连刘先生的大名都不知晓；而提到"我的朋友"徐城北时，他们立刻高看我一眼。我把徐城北著作《梅兰芳百年祭》的初版本赠送给早稻田大学演剧博物馆，博物馆还特地为我颁发了收藏证书。除书信的温暖之外，徐城北还给远在东京的我，赠送过这样的一份荣耀。

谈到徐城北先生的京剧研究，他重返北京后，进入中国京剧院工作，受教于范钧宏、翁偶虹两大京剧剧作家，又与袁世海、李世济等京剧表演艺术家先后合作，既懂台上的事，又懂台下的事，还懂文字的事，总而言之，是迅速成为"是这里的事"，亦即成为"内行"。这还不算，他又师从于黄宗江与吴祖光两先生，黄与吴的特色，是又新又旧，既在京剧里，又在京剧外，名气大，涉猎广，才华横溢，天马行空，没有那么多约束。我没有认真考证过，但在我的印象里，同时列入范钧宏、翁偶虹、黄宗江、吴祖光四大编剧门墙者，唯徐城北一人而已。老先生们对他，悉心传授以外，另有一种"溺爱"，有什么好事都想着他，尤其是黄宗江与吴祖光，每有饭局，多会约上他。在20世纪八九十年代，京剧于大劫之后，损失殆尽，青黄不接，已经无可挽回地走向没落。老先生们希望有后来人肯于关注京剧，肯于继续服务京剧，他们对于徐城北的厚爱，正是源自他们对于京剧的热爱。

以徐城北的家世、才学、人脉，他在文化界做些什么都比研究京剧要更能出风头，更能得名得利，徐城北却一头扎进京剧的世界，甘心情愿坐起冷板凳。某次，徐城北到梅兰芳梅家

送别徐城北先生 | 249

串门，正赶上梅先生的忌辰，梅家家祭，梅氏后人依次举香、跪拜。徐城北正不知所措际，梅兰芳的儿媳屠珍轻喝一句："给大师磕头，有什么不可以？"徐城北随即双膝跪倒，虔诚叩首。他的这一拜，更是他在心底对于京剧的真正认同。数十年来，徐城北关于京剧的著述数十本，包括早期的《京剧100题》《梨园风景线》《京剧架子花与中国文化》《品戏斋夜话》《品戏斋札记》《品戏斋神游录》等以及后来的大部头《京剧的知性之旅》《京剧与中国文化》等和他的"梅兰芳三部曲"，即《梅兰芳与二十世纪》《梅兰芳百年祭》《梅兰芳与二十一世纪》，总共多达数百万字，一砖一石地为当代观众理解京剧艺术铺设出一条通道。

徐城北的京剧研究著述，并不像学院里的戴学士帽的诸公似的，一门心思要用西方戏剧理论来套住京剧，或是强按着京剧的脑袋，与所谓的西方戏剧理论，比较来比较去。徐城北与前辈的老先生们也不尽相同，他不堆砌大量"行话"，不就京剧谈京剧，而是努力把京剧里一个个封闭的"音符"打开，将其融入中国文化、中国历史、中国社会，将其融入中国人的人情世故、世态炎凉；把原本是排斥"外行"的京剧，变成了"外行"容易接近、容易引起共鸣的京剧，变成了与中国文化密不可分的京剧。他对于京剧的方方面面、边边沿沿，都悉心琢磨过，但他讨论京剧问题都采取的是商量式，不去刻意做出一语论定的架势。他心里没有那么多顾忌，敢于批评前人，又敢于批评今人，也敢于批评洋人，还给别人批评他也留够了余地。徐城北没有当过什么"长"，基本没获过什么"奖"，没有申报过"课题""项目"，没有在大学里弄顶"教授"的帽子，他一本书接着一本书地写，一本书接着一本书地出版。最支持他的，恐怕就是全国各地的出版社了，原因就在于，他的书，好看，卖得出去。在京剧最不景气的阶段里，徐城北用他的著述，为京剧艺术的普及与京剧研究的拓展，做出过卓越的贡献。

二

徐城北先生是自带"老气儿"的人。从他的回忆文章看，从年轻时代似乎就老气横秋。最初不知道是什么人，用了《邹忌讽齐王纳谏》的现成典故，开始叫他"城北徐公"，这个称呼尤为符合彼时年纪还不那么老却给人感觉很"老"的徐城北的形象，便在文化圈子里叫开了，简略的叫法就是"徐公"。徐公毕生写作的重点，是"老京剧""老字号""老北京"，而偏偏他在北京的居所，又是长期居住在西城一条名叫"三不老"的胡同，他的"三老"大都是在"三不老"里完成的。这些都构成徐城北其人的一种特别的趣味。他的夫人，有名的女作家叶稚珊女士，写过一篇名文，《丈夫比我大六岁》，把徐公的形象说得生动至极。顺便说一句,叶稚珊的散文集《沉默的金婚》,写公婆徐盈彭子冈夫妇,写得也极好,大有子冈之神韵,堪称当代散文里的上上品。叶稚珊退休以后,我曾鼓动她主编民间刊物,我为之取名《徐娘》,专门发表中年女作家的文章,岂不是再恰当不过吗?可惜,叶稚珊为了照顾病中的徐公,牺牲了自己的才华。

徐城北也是一位散文作家。他说他的母亲彭子冈写信写文章"行文可以不讲究起承转合,想从哪儿起就从哪起,一点不显得生硬。本来说着说着,读信(文)人还想知道后边怎么样,可她忽然不耐烦了,说结就结了,不知怎么一来,就戛然而止了,还显得余韵悠长"。徐城北的文章,或许想要反其道行之,最是重视起承转合,但他文字里的随意性,却是神似子冈的。他著有多本散文集,如《生命的秋天》《有家难回》,等等。我们两人与孙郁兄还曾经一起合著过一本《中国学者看日本》。在他的散文集里,我最喜欢的是《有家难回》,反复读过好几次。他写到某年春节前夕,他被街道干部轰出北京,临行前,母亲子冈悄悄跑到地坛公园,送钱给他,要他到各地"旅行",事实上就是流浪。子冈前言不搭后语地嘱咐他说:"我那时候约稿,约的都是名人。他们有学问,也有阅历,跑过许多地方。于是下笔如有神,怎么想就怎么写,怎么写怎么有。说到你,你生在我们这个家,这些年跟着经受了不少苦难,这也不妨认作一种阅历。痛苦有时候是好事，是拿钱也买不来的资本。如今，你再出去，认识认识我们的祖国，了解一下祖国的过去，也看看她的现在，以后——我们那时肯定都不在了，你再看看她的将来，这肯定对你有好处。不要灰心，要努力向前。你记住，尽管我们有困难，但是，我们更有理想。"徐城北说，他每逢困难就想到母亲的这段话。我在读到这段话时，亦觉灵魂一颤，从此再难忘却。徐城北平生经受过多少困难，我没有为他细数过，但仅仅是撰写数百万言的著作，数十年专心致志的辛勤劳作，这本身就是多么大的困难。可笑那些排斥过他的人，挤对过他的人，那些故意"晾"着他的人，还自以为是给他制造过"困难"，殊不知在他们母子看来，几乎是可以无视的。他们都是把事业中的困难当作困难，他们对于事业的理想，又永远大于事业上的困难。

刚才说到我与徐公、孙郁兄合著日本游记的事。1999年秋，在东京大学刘间文俊教授的陪同下，我们三人一同游历了东京、大阪、京都、奈良和新潟的佐渡岛，那是一次非常值得纪念的旅行。一路之上，我们谈了无数的话，一会儿谈鲁迅周作人，一会儿谈谭鑫培与梅兰芳、余叔岩，一会儿是夏目漱石、川端康成、坂东玉三郎，漫无边际。孙郁兄是研究鲁迅的权威，徐公是研究梅兰芳的权威，鲁迅与梅兰芳又是一对冤家对头，日本学者怎么也想不到我们能够凑成一队人马，而且相处得其乐融融。我们也因为各自领域的不同，在交谈中相互都得到诸多的启发。有趣的是，在赴佐渡岛时，我与徐、孙两位乘坐火车，一大清早赶到新潟的港口，等待从东京赶来的刘间。结果，左等不来，右等不来，我们就踏着金秋的银杏叶，一边漫步一边谈文论语，大半天时间就不知不觉过去了。下午，我打电话到东京，这才知道，我们找错了港口，刘间是在另一个港口等着我们，我们只好各自坐各自的船，到佐渡再集合。虽然有如此之波折，可是，我与徐公、孙郁兄都享受到剧谈的快乐，反而内心是喜悦的。

徐公亦如老先生们对他的期望一样，也期待着我能更多为京剧服务。他一直批评我写得太少，书出得少。这个话题，我们在新潟港谈话时，徐公也谈到过。我并非是不想写，不爱写，只是总觉很多问题没有想明白，没有弄清楚，担心拿出来会贻笑大方。中年之后，我陆续多出版了一些书，当年为我们出版《中国学者看日本》的臧永清兄，为我出版了我的关于京剧的第一本专著——《梅氏醉酒宝笈》。当我把这本《梅氏醉酒宝笈》送到徐公手里的时候，他却已经连讲话都困难了。徐公是挣扎着读完我的这本书的，他流了泪，他知道，我仍在为我们的理想而努力着。我没有当着他落泪，然而，想到我们新潟港畅谈的情景，我是哭都哭不出来了。

作为京剧的研究者，徐公与我都经历过京剧"内无粮草，外无救兵"的时期，我们也都看到了京剧重被奉为"国粹"的现在，我们更清楚，前途依然是困难重重。城北徐公先走了，我引用子冈前辈的话为他送行，"尽管我们有困难，但是，我们更有理想"，我相信，只要我们的理想仍在，徐公所热爱且为之服务一生的京剧艺术，必将克服困难，继续前行。徐公，你在九天之上，等着看吧。

2021年10月30日　北京

你们属于我的城市

黄秋耘忆老舍：

我发现常有些不寻常的客人来探望老舍先生。他们大都是年逾花甲的老人，有的还领着个小孩。一见到老舍先生，他们就照旗人的规矩，打千作揖行礼，一边还大声吆喝道："给大哥请安！"老舍先生忙把他们扶起："别，别这样！现如今不兴那一套了。快坐下，咱哥俩好好聊聊。"接着就倒茶递烟，拿糖果给孩子吃。客人临走时，老舍先生总是从口袋里掏出一些钱来塞给对方，说是给孩子们买点心吃。老舍先生向我解释说："唉，这些人都是几十年的老朋友了，当年有给商行当保镖的，有在天桥卖艺的，也有当过臭脚巡的。你读过我的《我这一辈子》《断魂枪》《方珍珠》吗？他们就是作品中的模特儿啊！现在他们穷愁潦倒，我还有俩钱，朋友有通财之义嘛！别见笑，我这个人是有点封建旧思想。"

黄秋耘所说故事发生在灯市西口丰富胡同的老舍故居丹柿小院。老舍在北京的旧居还有几处，这里是他最后的家，居住了十五六年。

我没有赶上老舍。我是在黄秋耘写这篇怀念文章前后才开始热爱老舍，并且加入中国老舍研究会。作为我的一个研究观点，我发现，老舍的重要作品，大都是在他离开北京一段时间之后创作出来的：早年到了英国，写出《赵子曰》《老张的哲学》《二马》；后来去了山东，写出《骆驼祥子》；到了重庆，写出《四世同堂》；从美国回来，写出《龙须沟》《茶馆》。

这就是说，老舍的重要作品，除了晚年的几部外，几乎没有是在北京写作的。所以会出现这样的情况，我的理解是，这些作品里有一个一以贯之的主题，就是：想北京。老舍把他对于北京的思念之情，寄托于作品之中。北京是老舍的故乡，他与北京有着诸如黄秋耘所记述的千丝万缕的联系。离开北京，对于老舍是一种痛苦——虽然这种痛苦，在文学方面，又可以说是一种幸运。

我与老舍同是北京人。北京是我们共同的城市。我的幼年和少年时期是在安定门内北锣鼓巷度过的，距老舍所住的灯市西口约有公共汽车八九站地，老舍在丹柿小院里的故事，也曾传到过我们这一片儿，最为脍炙人口的，是他养的昙花。有邻居称赞我家的昙花，就说"都快赶上老舍家的了"。

倏忽我亦人到中年，老舍、昙花、胡同深处，离我越来越远了，但这些印记却从未在我的记忆里泯灭，我学会用一个词来表达这种其实是说不出来的感觉，叫作"乡愁"。

倒退回三十年前。我正在热爱乡贤老舍的时候，电视里播放连续剧《四世同堂》，全北京举城若狂，北京味儿的电视剧红了！一股"京味儿风"马上跟上，"风"里有一部戏也轰动一时，电视剧《甄三》。

现在想起来觉得有些意思，无论是《四世同堂》还是《甄三》，"京味儿"似乎是很容易让反派人物大红，前者最引人注目的是饰演"妓女检查所"所长大赤包的李婉芬，后者则是饰演天桥恶霸高阔亭的韩善续。李婉芬与韩善续都是北京人民艺术剧院的演员。李已大红，门庭若市，我挤不上去——后来我们也成为朋友；韩刚小红，我决定登门去访问韩善续，要为他写一篇专访。

我从人艺王宏韬那里要到韩善续的电话，约好见面时间和地点。老韩要我去他家，他的家在今东四路口娃哈哈大酒楼的位置，那时则是一座晃悠悠几乎快要塌掉的二层砖木小楼，但仍然还有着包括老韩在内的许多勇敢的住户安居乐业其中。韩家在二层，家里刚添了大胖孙子，伴随着孙子的哭声，我完成了对老韩的初次访问。不承想，那竟是第一篇关于韩善续的人物专访。我与韩善续和他的全家，从这时起成为一家，保持了近三十年的亲戚般的情谊。我万没有想到，他走得这样早！正如我也是刚刚才意识到自己人到中年，在我的缺乏更新的意识里，韩善续还停留于尚在中年，哪知他竟是匆匆连老年也已结束了。对于我的这种错乱的认知，我希望他可以谅解我。

我不该在那个时候，交了张中行、吴祖光、严文井、季羡林、梁树年、周汝昌等一大批很老的朋友。我因此而固执地认为，韩善续是年轻的，而且在长时间内都不会变老。

2016年6月19日，韩善续病逝。6月21日，另外一位印象中的人艺中年吴桂苓病逝。6月23日，金雅琴病逝。北京人艺，连遭三丧。

我与吴桂苓的关系不近，原因在于我与他的儿子吴兵的关系太近。吴兵现在也是著名的导演，那时我们都是学通社的成员，也就是一批文学的、文艺的少年。因为这层关系，我感觉吴桂苓吕中夫妇像是同学家长似的，是没有办法亲近的。当然，当他们出现在人艺舞台上的时候，譬如我看《上帝的宠儿》，主演张永强是我的好哥们儿，而演国王的吴桂苓，我会觉着他与我亦有所关联。但我最终是不敢在吴桂苓吕中夫妇面前放肆。

对于韩善续与金雅琴就大不一样了。韩善续与吴桂苓同代，金雅琴应该是还比他们大一辈半辈的，可是，我与韩、金都是直接交往，没什么心理障碍。

我与韩善续相识不久，他就从东四路口迁居到东四北大街的板楼里，一家三代五口住一套两居室。这时他的知名度高了，脸儿熟了，满街的人都能认得出他来。他也不在乎，夏天依旧是穿着跨栏背心，摇着大蒲扇，在街边楼下自由自在地乘凉。有骑自行车的路过，发现他后会停下车来盯着看，他就点点头，提高些嗓门先冲人家打个招呼，说声"您好"。我不知道是不是受老舍的影响，北京人艺单有一批演员，喜欢混迹于北京的街头巷尾，譬如叶子、朱旭、牛星丽、韩善续、任宝贤、金雅琴、杜广沛，等等，你把他们当演员也可以，不当演员也可以，反正他们就像老舍一样，生活在北京市民中间。不论他们红不红，他们决不肯把自己从市井中择出去，而是更深地深入市井，将其枝蔓攀爬连带到四面八方。他们是艺术家，但他们又是北京市井里的传说。

韩善续红了，首先是给我们这些周边的人带来不少好处，我们都发现用老韩会带来很多方便。他谁都认识，不认识的也很快能凭着脸熟而迅速交成朋友。我们很快都成为这种便利的使用者。譬如他家附近，开设了北京第一家个体粤菜馆——阿静餐厅，火爆得不得了，每天都要排很长的队。我们想吃粤菜而又懒得排队时，就用出老韩这张王牌，请他帮着去给订座位，餐厅会给这个面子。老韩也从不拒绝我们，假若他忙，便转派给夫人王文英，必然要帮上这个忙。有段时间，张中行先生几乎是迷上那里的梅菜扣肉，我只好一次次找老韩。老韩也敬老，但凡张先生去，他想方设法腾出时间来陪，而且抢着结账。事情是无独有偶，接着在韩家对面，又开了一家绍兴菜馆孔乙己，那是吴祖光、范用、许觉民、徐淦这样的江南出身的老文化人所喜欢的菜馆。我们一事不烦二主，也要老韩去负责公关。我更得寸进尺地索性把他家当作我家，事儿多的时候，天色晚的时候，我就住在他家，他家里备有我的一套洗漱用具。那个年代里，我们远没有今日的富有，但我们却有着抬头不见低头见的人与人的密切交流，随时就能推心置腹，随时就能换盏推杯，随时就能谈文论艺，随时就能豆棚瓜架，里短家长。

曾经担任贝特鲁齐的助手，从意大利归来的宁瀛——一个无比出色的电影导演，她把陈建功描写京剧票友故事的小说改编成电影《找乐》。宁瀛直接从胡同里选了几十个老票友，再把他们拉进胡同里去拍电影，而且申明不许表演。专业演员，她只起用了黄宗洛与韩善续。我至今犹爱这部片子，既像是纪录片又是故事片，把巨变前夕的北京城，以及对于这座城市最为留恋的人物，连缀成为一幅活动的画卷。她没有用一个漂亮的演员，却为像我这样的北京孩子，留下了童年的故乡最为动人的影像。宁瀛高度评价韩善续，说他与那些非专业演员几乎没有什么差别——这里存在一个艺术理论的问题，正如布莱希特与斯坦尼斯拉夫斯基之意见相左，关于同一个演员，布氏认为极劣而老斯以为最佳。我们暂不去就这一理论问题展开讨论，单从我的眼光看，韩善续在《找乐》里，没有用表演的技巧破坏我心目中的真实，他又不动声色地以其表演技巧，遮挡住非专业演员戏份的不足，为影片增加了好看的部分。不管这部影片在国内的电影史上作何评价，我坚持认为，这是一部新时期以来的电影经典。今天，我还要补充一句，谢谢宁瀛，为我亲爱的朋友韩善续，留下了艺术的又是生活的、既属于我们的城市又属于我个人的、永远鲜活生动的形象。

说到《找乐》，忍不住要跳到马俪文导演的电影《我们俩》。我不大清楚马俪文是打哪国回来的，也可能根本就没去过哪国。马俪文与宁瀛的共同处是，没钱而有理想，有艺术信念。她找来美院学生宫哲与人艺退休演员金雅琴，三个女人商量好，一个钱掰两半花，想要拍出一部好片子。马俪文亦如宁瀛般的要求，不许浑身都是表演，而是把金雅琴和宫哲这一老一少置身于旧城的破屋陋室，任她们闹腾出一番故事。我真是佩服马俪文，她一下子就能看出金雅琴是一个长得有些凶巴巴，内心却是热乎乎的人，与剧中人物实在是太合拍了。我甚至怀疑，马俪文为金雅琴修改了剧本。八十高龄的金雅琴凭此影片，获得了东京电影节影后巨奖。听到这个喜讯，我先是为金雅琴的成功而落泪了。其后看到影片，又为影片落了一回泪。金雅琴老人去世，我再次落泪，为的是从此以后我们相见，就只能是在《我们俩》中了。

我与金雅琴的交情,源自我与牛星丽的交情。牛星丽话少,好静,唯独见我话多。我们聊戏、聊画、聊文学、聊北京的胡同与旧工艺,我们有着无数的共同话题。我与老牛聊完,才是我与金雅琴时间。金雅琴话多,好动,她的笑点低,泪点低,耳朵背,嗓门大,脾气急,擅长听三不听四,最会没完没了打岔,所以与她聊天要做好像是为她配演一出戏的准备。著名的故事是,我对她说,张中行先生每周有三天是一个人在人民教育出版社生活,乏人照顾。她立即着起急来,觉得老头儿那么有学问,怎么能受这个罪呢!于是,她擅自为行翁物色来一个老太太,还再三再四地要求老太太,要尽心尽力照顾好老先生,不许给老先生气受。待到金雅琴把这一切安排妥当,通知我带行翁来相亲,地点在她家,她管饭。我大吃了一惊,赶紧跟她说明白,千万不可轻举妄动,人家老先生有老伴,就住在北大朗润园家里。这次金雅琴终于听清了我说的话,可她又急了,武断地做出决定:"我跟人家老太太都说好了!这可怎么办?要不老先生住城里这三天,让他们两个一块儿过?"我真是无语,把这话转告给行翁,让老先生自己决定吧。行翁直接就笑出了眼泪,但老先生一直很领金雅琴的这份情分。

金雅琴也像韩善续似的,爱与人交往,爱张罗事儿,是街道社区的积极分子,是北京街巷里的名人。他们每天好像是就在电视里跳进跳出,跳出电视买菜,跳进电视里系上围裙就下厨,不管是哪种牌子的电视机,都挡不住他们与现实生活的关联。金雅琴与韩善续的不同,韩善续是独立大队,而金雅琴有队伍。在金雅琴身边,总有成堆成堆的老太太,做什么的都有,她既是这些老太太们的头儿,也是她们中的普通一员。我看过她率领数名老太游北海,进门就找茶馆,进茶馆就大呼小叫,知道的是老太太要泡茶馆,不知道的还以为是老太太们要砸茶馆呢。英若诚看到金雅琴在《茶馆》里扮上庞四奶奶,曾惊叫说:"我以为我三姨又活了呢!"我看见金雅琴进茶馆,我又以为是庞四奶奶卷土重来了呢。

玩笑话归玩笑话,韩善续、金雅琴他们这一类的演员,为北京人艺也是立了大功的,他们恨不得把北京城的老百姓,都发展成为北京人艺的左邻右舍。北京城的老百姓,也习惯于从心里认同,我们的城市里有一个最棒的北京人民艺术剧院。作为北京人,路过王府井大街的首都剧场,不论骑车还是走着,哪有不往里看几眼的道理?兴许就碰上诸如韩善续、金雅琴这样的熟人。

请放心!我一定不会批评今日的北京人艺。北京这个城市太大了,人太多了,人也太忙了。时下再要求剧院演员与这个城市建立起这般熟悉的地缘关系,未免太不现实。我只是怀念那个在北京街头可以随便碰见人艺演员的那些逝去的时光。他们曾经是北京城市里的一道风景,缩短了城市与艺术的距离。他们永远属于我们这座城市。

然而，我们这座城市的变化，其速度之快也是令我们来不及知觉。种种新之目不暇接，使我们忽略了诸如韩善续、金雅琴这样的熟悉人物正在老去。起初是听说韩善续病了，说是语言上有了障碍，就是说不出名词。他不能演戏了。有次我与友人结伴到怀柔，在山里迷了路，转来转去转到一个小小的村庄。我发现，这里竟是韩善续休养的地方。我忙下车向农户打听，全村的农户没有不认识韩善续的，没有不跟他好的，他们瞬间就把我带到了韩善续的面前。老韩不满于我许久不来看望他，拉住我留饭，而且要我当场写下字据，说定过几日再来看他。这时，他的身体恢复得很好了，说话也像以往一样流畅。我没有爽约，过后果然又去看了他一次。我以为他会继续他的演艺生涯，还有很长很长时间。孰料这次爽约的却是他。

在他身后，我想向他的观众再介绍一点关于老韩的情况。韩善续不是北京人，90年代初我曾经与韩善续一起去过他真正的故乡，在河北唐县。他家的老宅还在，规模很大，昔年不仅富庶，据说也是书香世家。我由此知道，我们所看到的像是个普通的老北京工人似的韩善续，这却实非是他的本色。我也因此而懂得，他始终敬重文化人，喜欢结交文人雅士，那是因为他原本也是他们中的一员。

金雅琴也不是北京人，她祖籍哈尔滨，在天津长大。牛星丽是天津人。他们这些位，连同他们的剧院，他们的艺术，都融化在北京城里，把北京作为自己的故乡，把自己作为了对北京的奉献。现在要告别金雅琴了。数年前，周边的人鼓动我说写电视剧挣钱多，要我学习写电视剧。我知道牛星丽是编写电视剧本的高手，曾经是电视剧《四世同堂》的剧本创作主力。我在写出两集后，就烦金雅琴带给病中的牛星丽，请老牛给予指导。牛星丽拖着病体逐字逐句看过，让金雅琴转告我四个字，"要写镜头"。金雅琴先不干了，说："人家让你提意见，你怎么就说这几个字啊？"老牛也不理她，说靳飞自然会明白的。我把老牛的话想了一想，似乎是明白了，又起了一稿，再拿给牛家看。这次老牛的话更少，改成三字，说"可以了"。金雅琴最不习惯看我们打这种哑谜，抄起剧本自己迫不及待地翻看起来，只看还不行，很快念出了声，再过一会儿，自己竟然哇哇哭上了。"我要演！我被感动啦！"亲爱的金雅琴老太太，那个剧本，我最终也没有拿出去卖掉。我写了，你哭了，就算是我完成了我的创作，你也完成了你的创作，这个本子，可以算作是我们今世交往一场的纪念。

送别韩善续、吴桂苓、金雅琴，我是必须落泪的。我这才想起，自己已经很多年没有进过首都剧场了。但是，我还清晰地记得，首都剧场开演前的钟声。有人说，剧场都是有着自己的灵魂的。我也是这一理论的拥护者。我相信，韩善续、吴桂苓、金雅琴会在钟声里与于是之、叶子、李婉芬、董行佶、张瞳、牛星丽、欧阳山尊，以及更早的夏淳、梅阡、焦菊隐、舒绣文、老舍、曹禺他们会聚，再共同凝结成为首都剧场的灵魂，佑我人艺，永葆繁荣；佑我城市，永存文艺；佑我文明，永在人心。

丙申小暑日

长希一往升平世，物我同春共万旬

——北京文化传奇张伯驹

北京不一定是张伯驹最喜欢的城市，却是他一生中居住时间最久的城市，他在北京留下刻骨铭心的记忆，他也最终成为这座城市的传奇。

（一）

张伯驹于清光绪二十四年正月二十二日即公元1898年2月12日出生于河南省陈州府项城县秣陵镇阎楼村，谱名家骐，字伯驹，后以字行。

伯驹对于故乡项城有着一种近乎执拗的精神认同。事实上他在故乡生活的时间很短，六岁时就北上滦州依嗣父即其伯父张镇芳夫妇居住，他的故乡记忆与情感都是贫乏的。

如果只从情感方面而言，伯驹心里排在首位的城市应该是天津。伯驹刚到滦州，张镇芳便因直隶总督兼北洋大臣袁世凯奏保，以候补道指分直隶试用，张家全家移居到天津。

张镇芳生于清同治二年十二月二十八日即公元1864年2月16日，字馨庵，号芝圃。他于光绪十八年（1892）考取壬辰科第三甲第九十一名，赐同进士出身，签分户部任职陕西司主事。袁世凯督直后，张镇芳以同乡兼姻亲关系附袁，获委长芦盐务重任。张镇芳亦长于理财，在其任职期间，长芦盐税高达直隶岁收入的三分之一，成为袁氏在直隶推行新政的最重要经济支柱。张镇芳由此跻身袁氏北洋军事政治集团中坚，光绪三十二年（1906）得以擢署从三品长芦盐运使，宦囊甚是丰厚。

张伯驹随张镇芳夫妇来到天津之际，天津正在袁氏新政督导下进行着一场规模浩大的城市改造，城市改以新落成的老龙头火车站为经济中心，铁路运输代替传统的漕运，城市面貌焕然一新。张家所居的东马路南斜街以及张镇芳位于南门内东侧的盐运使衙门，恰处在新兴商业街区的核心地带。幼小的张伯驹从偏僻闭塞、物产不丰的项城小县，骤然置身开放富庶、秩序井然的近代崛起的大都市天津，转瞬间物转星移，这种强烈刺激足令伯驹终生难忘。在天津的崭新环境中，拥有盐运使贵公子新身份的伯驹，度过了他无忧无虑的"松墨涂鸦，竹枝戏马"的童年与少年时代。天津生活的温馨记忆，在伯驹心中始终具有特别的意义。

伯驹第一次到北京是在十岁左右。他改口称为叔父的生父张锦芳，出任新组建的中央度支部的郎中，伯驹来京省视亲生父母。这时的张伯驹还没能意识到他的命运日后将与北京紧密关联，他对北京的最初印象，最深的是致美斋的抓炒鱼味道极美。岂料此后的十余年里，伯驹全家又在北京饱尝到人生的苦涩。

清宣统三年（1911），伯驹的青春期方要萌动，时代先行发生巨变。轰轰烈烈的辛亥革命与卷土重来的袁世凯内外夹击，结束了大清帝国的统治，中国历史进程出现天翻地覆的重大转折。作为新创建的中华民国开国功臣，张镇芳受大总统袁世凯分封为河南都督兼民政长，统揽河南军政大权。张镇芳为报新君之恩，积极致力于要把河南建设为拱卫袁氏政权之"江东"，而且还计划组建北洋集团"豫系"作为袁大总统的江东子弟兵。张伯驹也在父亲所筹划的这盘政治棋局中，被安排投笔从戎，进入开封的河南陆军小学堂读书，目的即是将来可以成长为"豫系"将官。然而，事与愿违的是，张镇芳督豫仅仅两年余就被罢职调京，原因除镇压农民起义不力以外，其"豫系"主张颇犯日益坐大的段祺瑞等北洋诸将之忌，亦有为段等所排斥的因素在内。作为张镇芳督豫的一个纪念，有的版本把张伯驹列为"民国四公子"之一，伯驹所凭藉者，即是其曾贵为"中州第一家"的资历。

张镇芳调京后，政治上犹未死心，他将张伯驹送入袁世凯亲任团长的陆军模范团受训，仍是要伯驹在军事上有所发展；

张镇芳则谋求重掌北洋财权，他的办法是，在1915年3月26日创设盐业银行，想利用官商合股的商业银行模式，把政府主要收入的盐税控制在自己手中。遗憾的是，很快袁世凯称帝失败身亡，张家父子失去政治靠山，不仅各种幻梦俱成泡影，而且因为政治对头的段祺瑞上台执政，张家面临倾覆大患。危急中张镇芳忙不迭投靠握有重兵的张勋，却一下子踏入复辟泥潭，张镇芳被抓捕入狱，盐业银行也被属于段祺瑞皖系势力的吴鼎昌趁势夺取。

张家遭遇大劫，年方二十岁的张伯驹突如其来地被推到风口浪尖，为那些觊觎其家资的政客玩弄于股掌之上，前后数月就耗去大半资产。张伯驹并不醒悟，在张镇芳被判处无期徒刑旋即保外就医后，伯驹继续在政军两界四处活动，结交张作霖、曹锟等军阀，希图在政治上有所作为。1921年2月1日，在张作霖干预下，盐业银行重新推举张镇芳为董事长，稍晚补张伯驹为监事。虽然张氏父子仍无领导权，但总算挽回些面子，并在银行领取薪水、参与分红。1924年2月至3月间，伯驹还得到一个陕西督军公署参议的职位，伯驹为之踌躇满志，"余少年从戎入秦，宝马金鞭，雕冠剑佩，意气何其豪横"；可笑的是，伯驹抵达西安才发现，督军公署类似这样的闲差竟多达数百人，且各有背景，闹得乌烟瘴气，伯驹只好意兴阑珊地匆匆返回北京。

（二）

北京自政治强人袁世凯逝后，皖直奉三系军阀轮番登场，动辄兵戎相见；自然环境也伴随人祸而恶化，瘟疫水患等灾难不绝。北京几乎成了最不宜居的城市，生活在北京的人们，莫不感到极大的压抑与恐惧。在这样几欲令人窒息的城市气氛里，张伯驹在1927年2月23日迎来了虚岁三十岁生日。伯驹填词《八声甘州》一首，词云：

> 几兴亡无恙旧河山，残棋一枰收。负陌头柳色，秦关百二，悔觅封侯。前事都随逝水，明月怯登楼。甚五陵年少，骏马貂裘。
>
> 玉管珠弦歌罢，春来人自瘦，未减风流。问当年张绪，绿鬓可长留？更江南落花肠断，望连天、烽火遍中州。休惆怅，有华筵在，仗酒销愁。

张伯驹痛定思痛，对自己前三十年人生历程做出深刻反省。在北京这座政治色彩浓厚的城市里，张伯驹决定要彻底放弃其政治野心，开启一种属于个人的新的生活。

张伯驹购置了西四弓弦胡同一号的新宅，作为新生活的园地。其宅占地十三亩，早年似是清宫南花园一隅，据说隆裕皇太后还曾驾临过；宅中花木扶疏，尤其是正厅石阶左右四株西府海棠开得最好。

张伯驹还为自己的新生活找到新的偶像，就是袁克文与余叔岩。袁克文是袁世凯的第二子，才高，地位高，成就高，在民国初年曾经是相当一部分人的精神领袖，有如"新文化"阵营里的苦雨斋周作人。余叔岩则是"伶界大王"谭鑫培的继承者，民国时期的代表艺术京剧的代表性艺术家，且因身体原因而深藏不露，极少参加公开演出，愈为梨园内外所珍视。袁与余所表现出的气质，正如同周作人在《论语小记》里所说的，"中国的隐逸都是社会或政治的，他有一肚子理想，却看得社会浑浊无可实施，便只安分去做个农工，不再来多管"；袁克文、余叔岩与张伯驹等人，即是近现代出现的"隐逸"者，尽管做不得"农工"，但他们改在文化与艺术领域，勤勉劳作，矢志不渝，成为出色的"文工"与"艺工"。

张伯驹之走向隐逸，还与发生在他身上的一件奇事相关。伯驹在那时偶然收藏了两件从清宫流出的康熙帝墨迹，一件是为嵩山峻极宫题写的"嵩高峻极"匾额原件，一件是为清儒庞垲题写的"丛碧山房"匾额原件。这两件原本甚是寻常的藏品，偏是最能勾动伯驹心事。

在张家最为鼎盛的张镇芳督豫时代，适逢张镇芳五旬寿辰，袁世凯亲赠寿联云，"五岳齐尊，维嵩峻极；百年上寿，如日中天",所用的正是"嵩高峻极"之典。庞垲"生有至性",七岁时父亲入狱,母亲忧急而亡,庞垲哀恸欲绝,感动街巷,邻里们相助庞垲将母亲殓葬。张伯驹嗣母智氏,亦正是因张镇芳身陷囹圄而受到惊吓,于1918年7月在天津病亡。所以说,康熙帝这两件墨迹,竟然如此切合伯驹家事,世事弄人,怎能不令伯驹感慨万千!伯驹从中似乎得到了一种来自冥冥中的指引,从此"前事都随逝水",改以"丛碧"为号,改弦更张,并正式开始收藏书画,"嗜书画成癖"。

仿佛是为了配合张伯驹的新生活似的,伯驹周岁三十岁时,北京城也出现了意想不到的改变。1928年10月,国民党改组国民政府,定都南京,改北京为北平特别市。张中行先生将北京的这次变革描述为是一次"小型易代"。伴随着北京的"弈局"变幻,北京的城市人口结构迅速随之变化,那些以"弈局"为业者纷纷南迁而去。作家味橄在《北平夜话》书中描述30年代初期的北京说:

> 从新都南京来到故都北平,气象是完全不同的。一则是热闹,一则是冷静。……我所感到的北平是沉静的,消极的,乐天的,保守的,悠久的,清闲的,封建的。

这样的北京，忽然就摇身一变，成为袁克文、余叔岩等来自"旧文化"阵营，与周作人等来自"新文化"阵营的，来路不同的"隐逸"者们共同的乐园。北京城市在其"北平"时代构筑起市民社会的模板，形成众多的以袁克文、余叔岩、周作人等人物为中心的不同的文化圈子，一时间，北京的生活几乎就是北京的文化，北京的文化几乎就是北京的生活，北京甚至逍遥于近代城市发展轨迹之外，呈现出至今仍为人所迷恋的所谓"老北京"的独特城市魅力。

张伯驹也约在这个时候真正地爱上北京，认同北京，其标志是，以后他在说到"家"的时候，都是指其在北京的居所了。

张伯驹也参加了许多文化圈子，而且是其中的骨干。1931年12月，他还与梅兰芳、余叔岩、齐如山、王绍贤等在北京虎坊桥组织了"北平国剧学会"，伯驹担任学会审查组主任，他由此与梅兰芳也交为好友。

不过，张伯驹在诸多"隐逸"者中，又自有其与众不同之处。伯驹毕竟年轻，风华正茂，不可能一味地枯坐在"老北京"；那几年中，他游走于天津、上海、南京、武汉等城市之间，眼界大为开阔。他也无法心甘情愿地做一个前朝"遗少"，他甚至是赞成"革命"的。伯驹主张"革命"要分作"动"与"静"两种，"静的革命"，就是指人的内在的"革命"。张伯驹呼吁人在新时代中必须要从原有根本意识中觉醒，但是，人在觉醒时又切不可忘记原有的好处。原有的好处之最大者，即是"人之所以高于一切动物者，即因其有历史，有回顾"。张伯驹用最大的热情投入诗词、京剧、书画古董收藏的种种"文工"之中，并非是出于守旧，而是源自其觉醒而又不失本来的新的思想。假如一定要为张伯驹贴上某种标签的话，伯驹绝非是一个开口闭口"今不如昔"的传统主义者，而更应是一个出现在中国现代的保守主义者。

（三）

1933年6月12日，伯驹嗣父张镇芳在天津去世，伯驹成为张家名副其实的主事之人，他从父亲那里继承了京津两地数处房产及盐业银行股票五十万元。伯驹以其中三十万元留作家用，余下二十万元作为他的文化活动经费及个人开支。参照当时的物价情况，曾任中国银行总裁的"梅党"领袖冯耿光，其在北京东四九条三十四号的宅第原是清谟贝子府，房屋百余间，此时售价仅四五万元；梅兰芳作为超一流的明星，全家每月的开销在千二三百元。相比之下，伯驹仍然十分阔绰，其经济状况应是优于冯耿光等人。

张伯驹没有把他的资产用于个人挥霍，而是以大部分财力投入他的书画收藏事业。起初伯驹的眼力有限，20年代末清逊帝溥仪困居天津，售出部分清宫旧藏，有些以抵押方式送进盐业银行天津行。伯驹先是以一万元从中购入宋米友仁的《姚山秋霁图》，后因清宫方面不能及时还款，又把宋黄庭坚《摩怀素帖》作价五千元留归伯驹。其实，《姚山秋霁图》颇具争议，《摩怀素帖》则无可置疑，伯驹主动以巨款取前者而被动接受后者，可见其在收藏领域尚是稚嫩得很。

然而尽管如此，张伯驹的紧迫感却是日渐强烈起来。这也是张伯驹不同于各种"遗少"之处，他没有沉浸于一家一姓的旧"家国"衰亡的感叹中，而是对于已经步入新的历史进程中的中国，始终保有着浓厚的家国情怀。张伯驹发现，越来越多地承载着中国历史文化记录的国宝级书画文物，陆续流失海外，而乱世间的中国政府竟然置之不顾。清宫旧藏流散暂且不论，仅是"旧王孙"溥心畬一处，即已将唐韩幹《照夜白图》、唐颜真卿《自书告身帖》等数件重宝通过上海古董商而售给外国藏家。伯驹曾为此致函北京主政者，要求予以阻拦，可惜为时已晚。无可奈何之际，为此而深感痛心的张伯驹，决定自己挺身而出，要以一己之力奋力救护国宝。他在《丛碧书画录·序》中自陈心迹说：

> 自鼎革以还，内府散失，辗转多入外邦。自宝其宝，犹不及麝脐翟尾，良可慨已。……故予所收蓄，不

必终予身为予有，但使永存吾土，世传有序，是则予为
是录之所愿也。

这就是张伯驹毕生致力于中国书画收藏的初衷。

1937年这一年，张伯驹虚岁四十岁，他接连迎来了对他的人生产生重大影响的三大喜事，掀起伯驹人生的高潮。

第一件喜事，迎娶绝代佳丽潘素。伯驹此前已有三房妻室，但潘素的出现和他与潘素恋爱的周折，都令伯驹心情格外激荡，金风玉露一相逢，便胜却人间无数。他们这一对神仙眷侣婚后定居北京，即以弓弦胡同宅院作为爱巢。

第二件喜事，票演京剧《空城计》。3月4日是伯驹四旬寿日，伯驹在北京隆福寺福全馆举办堂会演出，于《空城计》中饰演诸葛亮，民国京剧的宗师级艺术家杨小楼、余叔岩亲自为伯驹配演剧中马谡、王平。伯驹在诗中得意地形容说："惊人一曲《空城计》，直到高天尺五峰。"

第三件喜事，伯驹在春季从"洪宪瓷"的监制者郭葆昌处收得唐李白《上阳台帖》；旧历年底，西历则在1938年1月30日，伯驹又从溥心畲处得到中国现存最早的书法作品，西晋陆机的《平复帖》。

张伯驹的这三大喜事，为伯驹赢得巨大声誉，令全天下人艳羡；当然，随着伯驹名动天下，所谓"谤亦随之"，伯驹也开始

为诸多人所诟病，此亦在所难免。

从经济角度说，伯驹为这三大喜事的花费也是不小，特别是购置《上阳台帖》《平复帖》等书画重宝，所用不下十万元。三年后，伯驹又从朱家潘家以四万五千元收得宋蔡襄《自书诗册》，伯驹所为自己留存的二十万元，至此应是已经扫数一空。

张伯驹刚刚觉出经济上有些拮据，一场塌天大祸迅雷不及掩耳地降临了。1941年6月5日，树大招风的张伯驹，在上海法租界亚尔培路培福里住所附近被人绑架。绑匪开出的赎金，高达一二百万元，还有人夸张到说是二百根金条。

关于伯驹被绑一案，案情较为复杂，限于篇幅不能过多叙述。简单地说，这时伯驹家因无主事之人而成一盘散沙，伯驹供职的盐业银行则袖手旁观。时任盐行董事长任凤苞于6月30日致上海总管理处函明确指示说："伯事在私交上十分悬念，两旬以来毫无眉目，令人急煞；若必牵涉到行，只有敬谢不敏。"当此危难关头，潘素恰如昔日伯驹救父一般地承担起营救伯驹的责任。在潘素奔走之下，经由友人帮助，终于拼凑出四十万元才将伯驹赎出。

伯驹经此生死磨难，特别是身陷牢笼的数月中，再次对自己做出了一番思考。如果说他在三十岁前后，考虑得更多的是做出种种舍弃的选择；伯驹的这次思考，则是偏重于自己的坚持。首先，伯驹意识到，潘素是可以与他共富贵、共患难的伴侣，伯驹从此视潘素为妻,对潘素一往情深。其次,伯驹意识到,他宁可舍弃生命,也不愿以所藏书画换取赎金。伯驹暗自在心底已经将为国家保有文物上升到高于其个人生命的层面,从此彻底不再视所藏书画为私产。伯驹获得自由后,立即与潘素携所藏书画潜至西安避祸,他必须保证不再发生类似的灾难。

(四)

抗战胜利后,张伯驹夫妇从西安返回北京。伯驹原以为战乱结束,可以安享太平,哪知所见却是"上下贪污之风大起,金融崩溃,当局欲依外力发动战争,国事益不可问"。国民党政府的种种倒行逆施,令伯驹大失所望。

国事固然令伯驹失望,亦不能不令他忧心。伯驹在北京听到消息,溥仪携至东北的文物又因伪满洲国的灭亡而流散四处;时局动荡,也有许多藏家纷纷抛出藏品换取黄金、美元保值。伯驹大声疾呼抢救国宝,"但南京政府对此漠不关心"。

约在1947年,琉璃厂商把一批从东北收来的文物送到北京的故宫博物院,故宫却因得不到政府资助而无力回购。更为不可思议的是,在故宫理事会上,胡适与陈垣以价昂为由,拒绝收购宋范仲淹之《道服赞》。张伯驹唯恐此一书画重宝就此流失海外,连忙"鬻物举债",以黄金一百一十两将其收购。紧接着,半年之后，琉璃厂商又发现了中国现存最早的绘画作品，隋展子虔的《游春图》。伯驹联合了另一位文物鉴定家于省吾一起去面见故宫院长马叔平（衡），伯驹陈词云，"谓此卷必应收归故宫博物院，但须院方致函古玩商会不准出境，始易议价；至院方经费如有不足，余愿代周转"。可是，马院长的态度却是，"而叔平不应"。张伯驹见此情景只好再次出手，将西四弓弦胡同豪宅变卖，以黄金二百二十两购得《游春图》。类似的情况持续数载，伯驹勉力又收得唐杜牧《张好好诗卷》等多件书画文物。而在这数载间，伯驹家事亦闹得不可开交，其胞妹与前妻等人通过诉讼要求伯驹剖分财产。迄至1953年夏季，张伯驹被迫又将海淀的承泽园卖掉还债，他也就此告别了其贵公子生活，进入北京的城市平民行列。

告别承泽园的时候，张伯驹没有对往昔的豪门生活做出过多留恋。伯驹在1953年9月中秋之日填词《人月圆》云：

百年几换楼台主，明月自团圆。清辉到处，千门万户，不问谁边。

思家张翰，无家张俭，等是痴癫。但能有酒，又能有客，同赏同欢。

他年轻时自比张绪，而今自比张翰，都还只在文人的情怀里。而他在这里特意提出东汉为国而舍家的张俭,与张绪张翰则是大为不同的另一番境界。伯驹以张俭自况,即是表明自己为了国家,虽散尽万贯家资而无悔;哪怕是为人笑作"痴癫",哪怕是贫穷潦倒,在所不惜。与伯驹这首词相对照的,伯驹在其《丛碧书画录·序》里也真诚地说道:

> 予生逢离乱,恨少读书。三十以后,嗜书画成癖。见名迹巨制,虽节用举债,犹事收蓄。人或有訾,笑焉不悔。

这句话可以说是为"无家张俭"做出的最恰当的注解。理解到这一点,也就懂得了伯驹何以能对于世俗的"富贵",径自弃之如敝屣。

伯驹在忙于抢救书画文物以及处理家事的数年间,对于新成立的共和国,他的态度有些冷漠,以为不过是"百岁长安棋局,便浮云过眼,几幻沙虫"。1951年秋,有一件事引起伯驹注意。张伯驹关注了十余年的"三希堂法帖",经国务院批示拨款,其中流落在香港的《中秋帖》与《伯远帖》,被以四十九万港元购回故宫。张伯驹为此欣喜莫名。渐渐地,伯驹看到共产党这个新政权引领着中国开始走向长治久安,饱经沧桑的伯驹,与他的一班老朋友,重新过上了安定的生活。张伯驹对年轻的共和国表现出了最大的信任感。1956年7月，张伯驹与潘素夫妇做出重大决定，毅然将以一家之资、一己性命保存下来的《平复帖》《游春图》《摩怀素帖》等书画重宝，无条件捐赠给共和国，使之又一次重归故宫，从而"永存吾土，世传有序"。张伯驹也就此宣告，完成了这项他坚持近三十年的文化使命。

张伯驹没有把他的文化贡献作为个人的资本，相反，他在此后的数十年间，反而又经历了无数折磨。1982年2月8日是旧历壬戌年元宵，潘素的生日，伯驹未及老妻贺寿就住进医院。2月15日，是伯驹虚岁八十五岁生日，伯驹自知大限来临，在病榻上口占《鹧鸪天》一首，词云：

以将干支指斗寅，回头应自省吾身。莫辜出处人民义，可负生教父母恩。

儒释道，任天真。聪明正直即为神。长希一往升平世，物我同春共万旬。

张伯驹早年三十自寿的《八声甘州》，是他看破功名利禄，不再珍惜骏马貂裘，决心要回归他个人的玉管华筵的小世界里，构筑属于其自己的生活。而这首《鹧鸪天》又可视作伯驹自挽，伯驹回顾平生，他并没有真正沉浸在自己的小世界里，而是走入了一个个人与国家相连，身外之物与个人身心相关的广阔天地之间。在这个广阔天地里,伯驹找到了他关于人生的答案,那就是,只有四海升平的和平安定之世,才能实现"物我同春"的各美其美的人世间种种美好。张伯驹最后为北京留下了这样的忠告。

1982年2月26日10时43分,张伯驹在北京病逝。张伯驹不是北京人,但他把他的文化财富留存在了北京;北京文化也永久地记录下了张伯驹的名字,使之成为北京文化的一部分。这就要说到北京城市文化的特点——并不是北京人创造的文化才是北京文化,北京文化不能简单视作地域文化,而是如张伯驹这样的中国数百年间无数文化精英共同为之付出不懈努力而积聚形成的,中国文化的精粹所在。北京的所有居住者,都是北京文化的创造者。而心中怀有大天地,不以功利之心从事文化事业,这又是如张伯驹一样的北京文化创造者所留给后世的遗训。张伯驹的传奇留在北京的城市记忆中,伯驹的遗训,也留存在了北京的非物质文化遗产中。

从张伯驹事迹略谈现代金融与文化

故宫博物院在武英殿举办"予所收蓄，永存吾土——张伯驹先生诞辰120周年纪念展"，再度引发"张伯驹热"。笔者此前曾撰文《长希一往升平世，物我同春共万旬——北京文化传奇张伯驹》，发表在2017年9月7日《北京晚报》。现在借此机会补叙数语。

一

张伯驹收藏《平复帖》《游春图》等书画名迹巨制，所耗资财系源自其家产与盐业银行。伯驹之家本在河南项城小县，数代书香；张家发迹始于伯驹嗣父张镇芳，张镇芳之腾达则始于其依附袁世凯。

袁世凯于清末接替李鸿章，擢升直隶总督兼北洋通商大臣。他网罗人才，厉行新政，数年之间即令直隶全省呈维新之格局，风气焕然一新；以袁世凯为首的北洋政治军事集团也随之形成，实力更胜于昔日的李鸿章。后世史家或许是受到袁氏逝后北洋分裂为皖直奉三系军阀的影响，论及北洋往往集中关注其军事作为，强调袁氏维新"强军"的一面；事实上作为政治家的袁世凯，同样把"兴商"作为战略，予以高度重视。袁氏甫抵直隶即明确提出，"庶政繁巨，百废待兴，而办事以筹款为先，人才以理财为亟"。经袁氏的培植提携，北洋集团迅速组建起不逊于其政治、军事力量的强大理财队伍，前期主要人物包括唐绍仪、刘永庆、周学熙、凌福彭、张镇芳、孙多森、孙多鑫、王锡彤、梁士诒、毛庆蕃、陆嘉谷等。袁氏就任民国大总统后，这支队伍大幅度扩充，特别是以梁士诒为代表的"旧交通系"脱颖而出，形成独立的政治势力，囊括了周自齐、朱启钤、沈云霈、叶恭绰、孙多钰、任凤苞、李经方、张弧、关冕钧、施肇基等千数百人，控制中央政府财政、金融、交通、邮政、税务、盐务等部门，达到足以与段祺瑞、冯国璋、张勋等军事力量分庭抗礼、相互牵制的程度。所以说，北洋非但为现代军阀之出处，亦是现代财阀的摇篮。在军阀与财阀之间，既有密切合作，也有深刻矛盾。民国初期的混乱政局，即与这种复杂关系有着不可分割的关联。现代财阀之于政坛崛起并发挥其作用，这应视作是近现代史的一种特色。

张伯驹之嗣父张镇芳即是兴起于北洋早期的财阀之一。张最初以同乡兼姻亲附袁，但这并不能作为袁氏重用张的理由。张镇芳是一位传统理财的高手，他在掌管直隶盐务期间，所辖长芦盐区税银高达全省岁收入的三分之一，是袁氏直隶新政最为重要的经济支柱。袁氏因而视张如股肱，格外赏识和信任。从某种意义上说，袁世凯命其诸子按照所谓亲戚关系，称呼张为"五舅"或"五大人"，更多是出于袁氏对张之笼络，反倒未必是张要有意高攀。当然，张镇芳感念袁氏知遇之恩，政治上亦步亦趋，无论袁氏督直或罢职，倒清或称帝，均无一例外地紧紧相随。可是，随着北洋诸将日益坐大，恣意妄为，越来越难以接受来自袁世凯之束缚；如张镇芳这样的袁氏"铁杆"，在北洋集团中竟是日渐孤立。

张镇芳在民国初年出任河南都督兼民政长，集河南军政大权于一身。他意欲以河南为根据地，组建北洋"豫系"军事力量，作为效忠袁氏的江东子弟兵。他的这一计划如果实现的话，日后皖奉直军阀鼎足而三的历史就要被改写，张之政治地位亦不会止于豫督。可惜的是，正当张镇芳踌躇满志，突然爆发了白朗起义。张本不懂军事，时任陆军部长的张氏政敌段祺瑞又趁机在朝中掣肘，张以"剿匪"不力旋被罢职，其"豫系"计划遂告付诸流水。

袁世凯洪宪称帝前夕，张镇芳重操旧业，着手设立盐业银行，希冀通过控制盐税来为袁氏帝国重新整理财政。他的如意算盘又犯了财阀们的大忌，受到周学熙与周自齐前后两任财政总长的坚决抵制，根本无从推行下去。待到袁世凯病亡，张镇芳失去政治依托，迫不得已以个人财力支持军阀张勋，共同图谋复辟清室，结果是一败涂地，彻底退出民国政坛。

张镇芳在政治方面虽未获成功，但他久任肥缺，贪敛有术，资产富可敌国。尽管经受挫折，财产损失逾半，家底仍是相当殷实。他的这份家底，刚好被其嗣子张伯驹拿来用作了开展收藏书画等文化活动的经济基础。

张镇芳还被曾任民国政府总理的熊希龄讹去一笔巨款。熊在张镇芳因参与复辟而被捕入狱时，游说年轻的张伯驹代父捐款四十万元，熊用这笔款子创建了著名的香山慈幼院。事后张家与熊交涉，慈幼院主楼被命名为"镇芳楼"。张镇芳泼天富贵，却误打误撞最终以文化与慈善留其名。1974年秋，张伯驹登香山，路经慈幼院，想到父亲一生之尴尬，作有《临江仙》词一首，词云：

驹影百年身近，鹏图万里程过。不堪重看旧山河。
梦随归雁远，泪似落霞多。
应笑浮生尴尬，休夸老子婆娑。含羞未醉也颜酡。
新天开眼界，古井止心波。

伯驹对于嗣父张镇芳的歉疚与怀缅之情跃然纸上，同时也是对于张镇芳之悲剧做出了一个了断。

二

再说张伯驹之另一经济来源的盐业银行。

银行之在中国出现与逐步走向兴盛，无疑是起因于近现代西方工商业文明的强烈刺激。西方列强打开中国大门，凭借着通过各种不平等条约所获得的特权，在华开设银行从事金融业务，扼紧中国政府的财政咽喉，并以绝对优势压制住中国民族资本的成长。这种局面持续数十年，直至大清帝国覆亡之前，才开始有所改善。1905年在北京设立的户部银行即后来之中国银行，与1908年在上海设立的交通银行，中、交两行的开设，标志着银行这一外来的现代产业在中国土壤中正式落户生根。

中国的银行业在初始阶段力量还较为薄弱，与外国银行的实力，相差甚是悬殊。然而，其发展速度甚为惊人，短短一二十年间，便达到了令一向骄傲的外国银行不敢小觑的规模。这期间又涌现出一大批杰出的中国银行家，引领着这一新兴产业启动其"中国化"进程，金融从此成为中国经济不可或缺的组成部分；银行也在中国的政治、经济、军事、外交、社会、文化等各个领域里，分别扮演着各种不容忽视的角色。笔者在拙著《梅氏醉酒宝笈》里提出，近现代诸前贤所讨论之"新文化"，"就是指能与中国新的政治经济制度相适应的新的文化制度与文化形态，这也是文化发展的必然规律"。遗憾的是，我们在讨论这种"新文化"的时候，每每是囿于文化的小圈子，就文化论文化，甚至是把一切社会关系都解释为文化关系，这无疑是一种偏颇。时至今日，譬如近现代银行之兴起，其对于"新文化"所产生出的影响，这样的话题，就已经是不能再绕道过去了。

我们现在暂时还难以描述出当时文化界对于银行的态度，但在银行在中国的发展进程中，张镇芳等北洋财阀的积极参与，推波助澜，则是有着至关重要的意义的。周学熙早在1903年赴日考察时即得出一个结论，日本之所以能够自立于"列强商战之世"，多赖其银行业的发达。周学熙说："金融机关之与实业发展，实大有密切之关系，盖必先有健全之金融，而后能有奋兴之实业，此全在主持营运者，善于利用及维护之而已。开发生计以致富强，固非难事也。"正是由于财阀们对于银行具有这样的认知，他们一方面为银行提供必要的政治保障，一方面为银行注入大笔资金，乃至是军阀财阀直接联手创建银行。这些军阀与财阀在投资银行的同时，也及时实现了自身角色在现代社会中的成功转换。

可悲的是，张伯驹嗣父张镇芳是较早涉足银行业的北洋财阀，但他却不是其中的成功者。张镇芳于1915年3月联合军阀张勋以及那桐等清朝贵族，共同在京设立带有专业银行性质的盐业银行。然而张镇芳这时在政坛已被边缘化，兼之他的传统理财观念与现代金融操作，一时尚无法融合；名为银行总理的张镇芳，在盐行创设之初即没能获得银行之掌控权。张勋复辟失败以后，张镇芳身陷囹圄，自身难保。其在北洋集团中的宿敌段祺瑞与段芝贵乘胜追击，委派亲信吴鼎昌接管盐行，截断张镇芳的退路。吴鼎昌鸠占鹊巢，入驻盐行后迅疾以增发股份方式，剥夺了张氏大股东的地位。盐行自此置于吴鼎昌的掌控之下，长达三十年之久。其间皖系军阀垮台，张镇芳与张伯驹一度借助奉系张作霖势力，与吴鼎昌进行谈判，但他们也仅是争回了一点虚荣，张镇芳得以重任盐行董事长，伯驹分得盐行监事一席；这两个都只是虚职罢了，至多就是多分到些许红利，张氏父子终是无权过问银行业务。在关于张伯驹的众多传闻中，一直流传着"盐业银行是张伯驹家的"说法，伯驹也乐得大家留有这样的印象，事实却是张家根本主导不了盐行的运营。

作为盐行的创立者，张镇芳之失势于盐行，固然是一种不幸；但自盐行角度看，恰又是一种万幸。盐行因而拥有了吴鼎昌这位卓越的领导者，为盐行创造出辉煌的业绩。

吴鼎昌主持盐行，他把盐行总部从政治中心的北京迁转到商业气氛浓厚的天津，斥巨资兴建总部大楼，彰显银行实力。吴借鉴欧美银行联盟的最新经验，在1921年至1922年间，联合中南、金城、大陆三家银行，建立联营机制，设立了四行准备库和四行储蓄会，只手打造出中国商业银行的"北四行"格局。吴氏还收购《大公报》，借助媒体广泛联络社会各界，多方面获取信息，积极扩大自己的社会影响。到1927年时，盐行账面资金达到五千四百万元，较创立时增长四倍；存款达到四千余万元，较创立时增长八倍；银行净利润累计高达一千五百八十二万元。盐行在吴氏领导下，业务蒸蒸日上，成为银行界引人瞩目的明星。吴氏亦因盐行的成功而声名鹊起，他相继出任北洋政府财政部次长，国民党时期历任国民政府国防设计委员会委员、全国经济委员会委员，实业部长，贵州省政府主席和国民政府文官长。他虽身入仕途却始终操纵盐行，盐行也在吴氏庇护下，长时间保有独立地位与丰厚的商业利益。

张伯驹一生对吴鼎昌都抱有成见，耿耿于怀，晚岁作文犹要对吴挖苦讽刺，这也是伯驹缺乏自知之明之处。专就经营盐行而言，伯驹父子都算不得银行家，能力水平实难望吴氏之项背。而盐行与吴氏，则待顽固以"少东家"自居的张伯驹并不薄，每每予以维护照顾，伯驹却不肯承认这样的事实。

仅举张伯驹在书画收藏方面所得到的盐行资助为例。张伯驹从事收藏之初，目力有限，适逢清室以所藏书画送至盐行押款，盐行天津行经理朱邦献乃邀约伯驹，两人私下里出资接下部分押品。后来清室无力还款，朱张二人遂将押品作价抵账。伯驹以一万五千元收得传宋米友仁之《姚山秋霁图》与黄庭坚的

《诸上座帖》。1933年朱邦献猝死，其子将朱所分得书画让与伯驹，计有元方从义《云林钟秀图》、明文徵明《三友图》、清王翚《观梅图》、清蒋廷锡《五清图》与清董邦达《山水》等五幅，伯驹之收藏至此方能初具规模。

较此更为重大者，伯驹为收藏包括《平复帖》在内之书画名迹，历年向盐行透支金额，迄至抗战胜利时为止，已经高达四十万元之多。如以1945年初北京金价作为参照，当时法币三元三角折合黄金一两，则伯驹自盐行所透支金额约合黄金十二万两之巨。而在抗战胜利后，国民党政府所出台的不合理货币政策，引发贬值风潮，钞票形同废纸。张伯驹赶在此时，以贬值后之四十万元，结清了与盐行之间的债务；将以银行巨资收购之书画，尽行据为己有。

这里需要说明的是，张伯驹的种种做法，不论私分银行押品也罢，透支巨额款项也罢，连同在贬值风潮中还款，皆非伯驹一人之所为，而是彼时银行高管侵吞银行资产之常见手法。从这些方面可以看出，盐业银行之当权者，并未心存芥蒂，把张伯驹排斥在利益核心以外。

张伯驹虽以"遗少"名世，然其充分利用银行背景，调动盐行资金，将资本运作模式引入书画收藏市场，这就使得张伯驹不再是一位传统意义的收藏家，而是创造出了一种"新文化"，开中国现代艺术品收藏之先河。

三

张伯驹之收藏，如果划分作两个阶段，前期可以从1927年起至1945年止，即以盐业银行资金为主收购书画的阶段；后期则于1945年始至60年代初，即伯驹变卖家产收购书画的阶段。在这两个不同阶段中，伯驹的心境亦是大为不同的，这在伯驹的词作里也可以找到印证。限于篇幅，这里无法展开论述，仅举伯驹《扬州慢·题杜牧之赠张好好诗墨迹卷》词：

> 秋碧传真，戏鸿留影，黛螺写出温柔。喜珊瑚网得。算筑屋难酬。早惊见人间尤物，洛阳重遇，遮面还羞。等天涯，迟暮琵琶。溆浦江头。
>
> 盛元法曲，记当时、诗酒狂游。想落魄江湖，三生薄幸，一段风流。我亦五陵年少，如今是、梦醒青楼。奈腰缠输尽，空思骑鹤扬州。

如果说伯驹收藏前期，心境是以借物自怜为主，到其后期则如这首《扬州慢》，进入一种物我互证的境界，达到了精神上的高度契合。与其说是伯驹收藏杜牧之张好好诗帖，也可以说是杜牧之墨迹亦接纳了伯驹在乱世中游荡的灵魂以为栖息之所，这诚可谓只可属于张伯驹之终极大幸。

由此说到数年前曾经读到一篇，题为《文化是金融的魂》的文章，颇具启发。唐文谈的是中国传统文化精髓与中西文化差异所带给中国金融文化的影响，其实也就是在讨论银行等金融行业在实践其"中国化"进程中，如何既能保持其现代性，又能融入"中国性"的问题。这就要说回到中国早期的银行家们，他们大多尝试着或多或少与中国文化建立起某种关联，潜意识里何尝不是要在"中国金融"里注入"中国文化"的灵魂，银行家们也要在其中寻觅着自己的精神寄托。而他们的参与文化事业工作，无形中又为中国社会转型时期所正在建设中的"新文化"，增加了新的力量，补充了新的成分，拓展了新的空间，提出了新的需求。

仍以盐业银行为例，盐行除张伯驹外，其高级管理人员几乎都有过涉足文化艺术领域的经历。譬如蜚声世界的黄金编钟，就是由盐行天津行经理陈亦侯保存下来，在历经种种劫难之后，于新中国成立初期捐献给国家。黄金编钟是清乾隆帝八十寿诞之际，各省督抚集资铸造的寿礼，计有编钟十二个，大吕四个，共用黄金一万一千四百三十九两。其巧夺天工，不仅精美昂贵至极，亦称中国乐器的巅峰之作。1970年4月24日，中国制造的第一颗人造卫星"东方红一号"发射时，用短波向地面传送的《东方红》乐曲，即是用这套黄金编钟演奏的。

如张伯驹一样热心京剧的人就更多了。如盐行后期担任董事长的任凤苞，痴迷于言菊朋的老生艺术；北京行副经理王绍贤力捧梅派坤伶陆素娟，两人的风流故事堪比梅兰芳与孟小冬；银行监事张伯驹则是众所周知的余叔岩挚友，与杨小楼、梅兰芳一同名列民国京剧"三大贤"的余叔岩，居然肯为张伯驹配演《空城计》里的王平。这些财界人物不仅不惜重金支持京剧艺术家的演艺活动，并且帮助艺术家理财，弥补艺术家这一方面的不足。他们还肯于支持京剧的演奏者、票友名家与研究家，介绍他们在银行任职，使之衣食有所保障。有趣的是，任凤苞与张伯驹两人关系不睦，在京剧爱好上，他们分别支持言菊朋与余叔岩，而言与余恰也是一对冤家对头。

任凤苞是银行界资深大佬，曾任交通银行协理。他在张镇芳逝后接任盐行董事长，而且握有银行实权，主持银行日常业务。照理说任凤苞势力远大于张伯驹，但他所支持的言菊朋却未能在与余叔岩的较量中占上风，其中的原因较为复杂，留待日后有机会再叙。且说原因之一是，任对于京剧，远不似伯驹那般狂热。任凤苞另有爱好，是收藏明清方志。任凤苞以为，"方志一门为国史初基，典章制度之恢宏，风俗士宜之纤悉，于是备焉"。任为之四处搜罗，倾其所有，收藏明清方志多达二千五百九十一种，其所藏明景泰本《寰宇通志》、原抄本《康熙大清一统志》、清殿版《方舆路程考略》与《皇舆全览》，俱称海内孤本或珍本。新中国成立之初，任凤苞将其所藏扫数捐献给天津图书馆，归为公有。

　　盐行的"大老板"吴鼎昌，其作为政治家与银行家，都是相当成功的，他在文化方面的成就亦称卓著。吴氏在1926年购入《大公报》，自任社长，以胡政之为经理兼副总编辑，张季鸾为总编辑兼副经理。这三位《大公报》的巨头，以"不党、不私、不卖、不盲"作为社训，及时报道国内外重大事件，及时发表犀利深刻之评论文章，从而令《大公报》大放异彩。在他们刚接手时，《大公报》的发行量仅有二千份，不到一年即超过六千份，五年后达到五万份，到1936年则突破十万份，成为彼时中国社会的舆论中心。《大公报》是中国国内发行时间最久的报纸，也是中国新闻史上最具影响力的报纸之一，培养了数以百千计的著名编辑、记者与作家、学者。《大公报》之辉煌报史，与吴鼎昌密切相关；其鼎盛时代，正是由作为银行家吴鼎昌揭开的序幕。

　　从这些事例可以看出，盐行高管们在文化领域中活动范围之广，参与程度之深，都是我们今日所不易想见的。这却仅是盐业银行一家，如果把观察对象扩展至整个近现代银行业，就更是蔚为大观了。笔者在为新星出版社版梅兰芳口述《舞台生活四十年》所撰写的长篇导读《梅兰芳时代与时代中的梅兰芳》里，曾经比较详细地介绍中国银行与京剧的关系。简要地说，梅兰芳是中国京剧艺术最具代表性的艺术家，而民国初期两度担任中国银行总裁的冯耿光则是梅兰芳艺术的最大赞助者。研究梅兰芳艺术的形成与发展，常常会谈到政治与文化之影响，电影《梅兰芳》里甚至把孟小冬都抬到举足轻重的位置，恰恰是忽略了毋庸置疑要排在首位的银行家。这对于冯耿光而言，显然是不够公平的。

冯耿光在民国初期身份非常特殊，身跨军阀与财阀两界；如同吴鼎昌是依靠北洋皖系军阀起家，冯耿光跟随的则是冯国璋之直系。1918年2月冯在直系支持下第一次出任中国银行总裁。当时中国银行有三大巨头，即前任总裁王克敏、总裁冯耿光与副总裁张嘉璈。冯耿光把热爱梅兰芳艺术的所谓"梅党"成员，大半都带进中国银行任职，包括吴震修、许伯明、舒石父等，在银行内部形成"冯党"。"冯党"白天在银行里讨论金融，晚上又复归为"梅党"，聚会在梅宅或冯宅讨论京剧。梅兰芳的艺术创作与重大活动，几乎无不与这一"智库"相关。

具有戏剧性的是，随着中国银行业的迅猛发展，外国银行家们反而开始主动要联络中国的银行家，寻求相互间的合作。日本大财阀大仓喜八郎访问北京的时候，即把冯耿光作为重点结交的对象，期待冯氏说服中国政府，通过中行向大仓控制的日本银行借款。冯耿光对于大仓的来访作如何考虑尚不得而知，他的习惯性做法，大凡银行界的重要交往，必要举办堂会戏邀请梅兰芳演出招待来宾，接待大仓时亦是如此。岂料大仓喜八郎与戏剧的渊源也是极深的，他是日本歌舞伎的最大赞助者，并且为歌舞伎修建了豪华的新式剧场——帝国剧场。大仓喜八郎与冯耿光的银行家的交流，因梅兰芳的出现而变成以戏剧为主题，在两位银行家的共同支持下，梅兰芳实现了1919年5月的首次访日公演。这不仅是京剧史上的佳话，亦当是中国金融史上的一段佳话。

冯耿光与梅兰芳的密切合作关系，在梅兰芳的艺术发展过程中具有决定性意义。梅兰芳之在中国社会，乃至国际，实际上是兼具中国银行形象代言人的地位；梅氏本人也成为中国银行的股东，据中行档案资料记载，盐业银行在中行持股100股，而梅氏个人持股竟与盐行相同。不过，这种关系也给梅兰芳带来不少麻烦。1928年10月，国民党改组国民政府，定都南京，改北京为北平特别市。冯耿光一向亲北洋而疏远国民党，兼之出任国民政府主席的蒋介石，又是冯在日本士官学校的后辈，冯不大愿意放下身段去讨好蒋。蒋任用宋子文为财政部长，蒋宋都以浙江系财团作为国民党的经济后盾，对于属于北方财团势力的中国银行、交通银行，极尽打压之能事。宋子文动用政府权力强行改组中交两行，自己兼任中行董事长。冯耿光与宋子文之间爆发尖锐矛盾，冯退居为银行常务董事，并且在与宋子文闹翻之后，索性不再到行办公。在中行内部，副总裁张嘉璈与国民党关系较为特殊——其长兄是中国民主社会党的党魁张君劢，和蒋介石之间既有合作也有斗争，张嘉璈与宋子文之间的关系也同样如此。但在对待冯耿光的问题上，张嘉璈与宋子文的态度似乎是一致的。

张伯驹晚年回忆说，宋子文、张嘉璈等人出于打击冯耿光的目的，还株连到了梅兰芳。其办法是，由中国农工银行董事长李石曾出面，大捧梅氏弟子程砚秋，人为造成师徒对立，借此削弱梅氏的社会影响。李石曾于1931年7月在南京设立中华戏曲音乐院，亲任院长，以金仲荪与程砚秋为副院长。学院下设北平戏曲音乐院，以齐如山为院长而以梅兰芳为副院长。这便是故意把作为弟子的程砚秋，抬高到其师梅兰芳之上的位置，要令梅氏难堪。

冯耿光与梅兰芳的对策是，1931年12月在北平成立国剧学会，京剧方面联合杨小楼与余叔岩，形成"梅杨余"联手的强大阵容；银行方面，则引入金城银行总经理周作民与盐业银行的王绍贤、陈亦侯、王孟钟、张伯驹、陈鹤荪、白寿芝、段子均等人加盟。这一举措正透露出，盐业银行与金城银行等"北四行"亦应是不满于国民党倾向浙系财团的金融政策，这才利用了京剧界的梅程矛盾，有意与冯耿光等人站到一起，向国民党方面示威。

张伯驹作为国剧学会的核心成员，当然也是重要的知情人，只有他才能揭示出京剧与银行之间的此种关联。历史就是这样不可思议，民国京剧史里，竟然裹杂着半部银行史；而银行史里，又掺入京剧界的明争暗斗。本文限于篇幅，所谈多集中盐业银行、中国银行两行事迹；如交通银行、金城银行、上海银行、中央银行等诸行的情况，以及银行与教育、科技、文学、美术、音乐等方面的关联，均不及一一叙述。重新再回到艺术话题，我们在观察近现代文化艺术发展脉络之际，不能再无视近现代中国政治、经济、社会变化所带来的深刻影响；中国之传统文化，从来都不是一成不变的，甚至经常就是接受时代影响的最先行者。张伯驹之文化观或许保守，但其资本运作的收藏方式却具有开创性。梅兰芳更不能说是一个京剧的忠实传承者，而是在冯耿光等人的协助下，以其"移步不换形"的办法，不动声色地把京剧艺术带入了中国现代社会之中。笔者曾经指出，"新文化运动"的启蒙意义，早已彪炳史册；但仅就"新文化运动"本身言之，有着较多的文化的"被计划"的意味。跳出"新文化运动"这一概念，重新审视中国近现代文化发展，我们会发现，还有一种事实上的"新文化"正在与时代同步地逐步积累壮大。笔者以为，于今日之中国文化建设而言，研究这样的"新文化"，较之研究已经成为历史事件的"新文化运动"，是更具有现实价值的。

2018年5月4日初稿，16日再改于北京。

庚子疫中书张伯驹收藏陆机《平复帖》事

卢沟桥事变后，在旧历丁丑年十二月二十九，即1938年1月30日，经傅增湘居间，张伯驹从溥心畬处购得西晋陆机《平复帖》，这意味着张伯驹在中国书画收藏方面，登上了最高峰。

原载于香港三联书店1985年版《故宫博物院藏宝录》的王世襄《西晋陆机〈平复帖〉流传考略》一文称：

> 在故宫博物院历代书画中，曾陈列在最前面的西晋陆机写的《平复帖》，是一件在历史上和艺术上有极端重要价值的国宝，我国的书法墨迹，除了发掘出土的战国竹简等以外，历代在世上流传的，而且是出于有名书家之手的，要以陆机的《平复帖》为最早。今天，上距陆机（261—303）逝世的时候已有1650多年。董其昌曾说过，"右军（王羲之）以前，元常（钟繇）以后，唯存此数行为希代宝"（《平复帖》跋）。实际上在清代弘历（乾隆）所刻的《三希堂法帖》中位居首席的钟繇《荐

季直表》并不是真迹。明代鉴赏家詹景凤就有"后人赝写"的论断。何况此卷自从在裴景福处被盗去后，已经毁坏，无从得见。在传世的法书中，实在再也找不出比《平复帖》更早的了。

这并非是王世襄一人之看法而是为世所公认。张伯驹得此至宝，自然亦有一番曲折。伯驹《春游社琐谈》有《陆士衡平复帖》记云：

> 西晋陆机《平复帖》，余初见于《湖北赈灾书画展览会》中。晋代真迹保存至今，为惊叹者久之。卢沟桥事变前一年，余在上海闻溥心畬所藏韩干《照夜白图》卷，为沪估叶某买去。时宋哲元主政北京，余急函声述此卷文献价值之重要，请其查询，勿任出境。比接复函，已为叶某携走，转售英商。余恐《平复帖》再为沪估盗买，倩阅古斋韩君（应为"悦古斋"）往商于心畬，勿再使流出国外，愿让余可收，需钱亦可押。韩回复云："心畬现不需钱，如让，价二十万元"。余时无此力，只不过早备一案，不致使沪估先登耳。次年，叶遐庵（叶恭绰）举办《上海文献展览会》，挽张大千致意心畬，以六万元求让。心畬仍索价二十万，未成。

按：庄严《前生造定故宫缘》记：

在民国十几年，有些满族旧皇裔的书画收藏，常常卖到国外去，譬如过去溥儒（溥心畬）先生便有一件很有名的唐代韩幹的《照夜白》一开册页（原注：图上有编著《历代名画记》的张彦远的"彦远"二字名款和一方南唐时代的用黑色钤盖的木印，极为难得），便卖给英国有名的中国古物收藏家大卫德爵士。

张伯驹云韩幹《照夜白图》流落海外，确是事实。《照夜白图》与《平复帖》的原藏者溥心畬，名儒，初字仲衡，后改心畬，以字行。生于1896年即清光绪二十二年，为恭亲王奕訢之孙，贝勒载滢之次子，幼年即有神童之称。其于清末民初避居京郊戒台寺，潜心读书十年，号"西山居士"。1924年，其兄溥伟将王府售与辅仁大学，溥心畬复以每年八百元价格将府中"翠锦园"租回居住。1930年2月，溥心畬与夫人罗清媛（清陕甘总督升允之女）在中山公园水榭首次举办伉俪画展，"旧王孙"之名不胫而走，风行海内外。1933年，其画作《寒岩积雪图》又在德国柏林中德美术展览会获奖。1936年初，溥心畬与张大千、张善孖兄弟，以及萧谦中、胡佩衡、徐燕荪、于非闇、何海霞等赴天津举办联合画展；返京后又于中山公园水榭举办第二次画展。于非闇以"南张北溥"并称云：

> 张八爷（张大千）是写状野逸的，溥二爷（溥心畬）是图绘华贵的。论入手，二爷高于八爷；论风流，八爷未必不如二爷。南张北溥，在晚近的画坛上，似乎比南陈北崔、南汤北戴还要高一点。

张伯驹所言之"湖北赈灾书画展览会"，约在1934年，溥心畬正在春风得意之时。其后，伯驹不揣冒昧，命琉璃厂悦古斋掌柜韩博文居间，请溥心畬出让《平复帖》，溥索价二十万，应非实价，即是恼伯驹失礼而开天价以拒之；伯驹乃再请与溥交好之张大千出面，溥则余怒未消，仍是不予理睬。此一过程，就是"小王爷"与"大少爷"相互斗气罢了。

张伯驹《春游社琐谈》之《陆士衡平复帖》续记：

> （1937）至夏，而卢沟桥事变起矣，余以休夏来京，路断未回沪。年终去天津，腊月二十七回京度岁。车上遇傅沅叔（傅增湘）先生，谈及心畬遭母丧，需款正急，而银行提款复有限制。余谓以《平复帖》作押可借予万元。次日，沅老语余，现只要价四万，不如径买为简断。乃于年前先付两万元，余分两个月付竣。帖由沅

老持归，跋后送余。时白坚甫闻之，亦欲得此帖转售日人，则二十万价殊为易事，而帖已到余手。北京沦陷，余蛰居四载后，携眷入秦，帖藏衣被中，虽经离乱跋涉，未尝去身。

按：溥心畬的生母项太夫人于1937年12月28日病逝。项太夫人在溥心畬隐居西山之际，亲自教授其读书习字，督导甚严。溥心畬亦事母至孝，项太夫人停灵什刹海广化寺期间，溥心畬悲恸欲绝，刺舌血写《心经》，又以金粉在棺木上写满蝇头小楷的经文，见者无不震撼。溥心畬欲为母亲举行隆重葬礼，然而战时金融管控，心畬手上现银不多，一时难住。

其实，早在卢沟桥事变前夕，国民政府已经预感战事将起，如同故宫文物南迁一样，政府也在忙于抢运华北地区的金银现钞。时任财政部次长徐堪曾致函外交部告知，"查北平存银约一千五百万元，存贮东交民巷；天津存银四千一二百万，存贮法租界"。迄至1937年7月29日，北平、天津、济南等地各银行存钞，较事变前减少一半以上，即为政府抢运之结果。国民政府亦开始转移在上海之资产，做好大战准备。

值此溥心畬用钱之际，张伯驹遂又有了机会。

疑在丁巳年腊月初，张镇芳之侧室中的一人在天津病故，伯驹因之返回天津家中。腊月二十七即1938年1月28日，亦即溥心畲母病逝整一个月，张伯驹从天津回北平的车上遇到傅增湘；29日傅在双方间传话说妥，30日《平复帖》由傅自溥心畲处取至其家。

张伯驹《素月楼联语》云：

……除夕日取来于沅叔（傅增湘）家同观。

丁巳年腊月没有三十，二十九即除夕，则《平复帖》自溥而傅而伯驹，时间俱已清楚。

张伯驹在丁巳除夕终于得到梦寐以求的《平复帖》，但却不能马上拿回家中，居间之人傅增湘要为《平复帖》题跋。

傅增湘，字沅叔，号藏园居士、藏园老人。1872年即清同治十一年生，祖籍四川江安，长于天津，虚岁十七岁即应顺天府乡试中举；后又在保定莲池书院受业于吴汝纶，因而被转荐于直督袁世凯，1902年入袁世凯幕，结识刘永庆、王士珍、冯国璋、段祺瑞等北洋文武要员，还曾随刘永庆赴江北提督任，在刘幕任职八月余。1898年及张伯驹所生之年，傅增湘考取进士，授职翰林院编修；其后历任京师女子师范学堂总理、直隶提学使。民国初年，任职肃政史、教育总长。恰在其任教育总长时期，五四运动爆发，曹汝霖还在回忆录里记：

傅沅叔（傅增湘）总长来慰问，他说我听到消息，即到北大劝说，但已预备出发，阻挡不住，请你原谅，想不到学生竟如此大胆荒唐。

傅增湘则在《藏园居士六十自述》里称：

不意"五四"之役起，调停无术，遂不得不避贤而远引耳。

傅增湘辞去教育总长职后即退出政界，"余凤性疏简，澹于宦情，独于山水清游，卷帙古芬，乃有殊尚"。其致力于藏书及整理古籍，藏书达二十余万册，多珍本秘本；宅中藏书楼名"双鉴楼"，即系其藏有元刊《资治通鉴》及宋百衲本《资治通鉴》，因之又号"双鉴楼主"。傅氏勘校古籍之外，亦好交游，与周肇祥、郭则沄、张国淦、俞陛云、陈云诰、溥心畬等人每周轮流一次做东，谈文论语，不与尘事。傅增湘在为《平复帖》所作千字长跋里，即记入其与心畬之交往。

余与心畬王孙昆季缔交垂二十年，花晨月夕，觞咏盘桓，邸中所藏名书名画，如韩幹《蕃马图》（即《照夜白图》）、怀素《苦笋帖》、鲁公（颜真卿）书《告身》、温日观《蒲桃》，号为名品，咸得寓目，独此帖秘惜未以相示。丁巳岁暮，乡人白坚甫来言：心畬新遘母丧，资用浩穰，此帖将待价而沽。余深惧绝代奇迹，仓促之间所托非人，或远投海外流落不归，尤堪嗟惜。乃走告张君伯驹，慨掷巨金易此宝翰，视冯涿州（冯铨）当年之值，殆腾昂百倍矣。嗟乎！黄金易得，绝品难求，余不仅为伯驹赓得宝之歌，且喜此秘帖幸归雅流，为尤足贺也。翌日赍来，留案头者竟日，晴窗展顽，古香馥蔼，神采焕发。

傅增湘不愧为晚清桐城古文鲁殿灵光之吴汝纶弟子，其跋义理兼具，文采斐然，神气十足，堪称民国散文佳制。傅跋既言"半载以来，闲置危城，沈忧烦郁之怀，为之涣释"，复表扬伯驹云：

伯驹家世儒素，雅擅清裁，大隐王城，古欢独契，宋元剧迹，精鉴靡遗。卜居西城，与余衡宇相望，频岁过从，赏奇析异，为乐无极。今者鸿宝来投，蔚然为法书之弁冕，墨缘清福，殆非偶然。

傅氏文章至此略有破绽，倘张伯驹"家世儒素"，何以百倍于冯铨之价而得《平复帖》；傅增湘宅在北京西四石老娘胡同，即在今西四北五条七号，与张伯驹弓弦胡同宅相去不远，若云"衡宇相望"，则未免不实，然此皆无伤大雅。

傅增湘文末署"岁在戊寅正月下浣"，则《平复帖》留置"藏园"约近一月，傅跋必经字斟句酌，数易其稿，尤不易也。

《平复帖》之价值，从最初溥心畬开价二十万，至伯驹收藏，价至四万。但伯驹所云价格，前后不一。伯驹《春游社琐谈》之《陆士衡平复帖》记为"四万"，至《素月楼联语》里又云"后以三万元得之"。香港《大成》杂志第102期载溥心畬弟子林熙文《张伯驹及陆机〈平复帖〉》，又引叶恭绰及张大千函，说法不一。

叶恭绰致友人函：

至于心畬所藏陆机《平复帖》及韩幹画马等，余曾屡劝其须保存于国内。嗣余南下，渠曾浼人来云，如余购藏，可减至四万金（原注：先索十万）。余以无此力，婉却之。

张大千致友人函：

心畬陆机《平复帖》，某君将捎之卖与日人，吾蜀傅沅叔先生闻之，亟往商张君伯驹，毋使此国宝流诸国外。张君遂以二万金留之，另以二千金酬某君。

如此张伯驹收《平复帖》遂有二万、三万、四万等三个价格，目前无法辨别孰真孰伪。大千函所云某君，即应系琉璃厂古董商白坚甫。张伯驹则未言曾付款白坚甫事。

张伯驹在1936年秋至1938年1月这一年多时间里，迎娶美人潘素；举办四十岁寿日堂会演出《空城计》，以京剧两大巨星杨小楼、余叔岩为配演，赢得"天下第一名票"之美誉；随之得李白《上阳台帖》与号称"天下第一帖"之《平复帖》，伯驹其人亦从此名动天下，独步天下。

不过，张伯驹在《春游社琐谈》之《陆士衡平复帖》里，也谈到两件关于《平复帖》而引起不愉快的事情。其一是，张伯驹以为，"帖书法奇古，文不尽识，是由隶变草之体，与西陲汉简相类"。伯驹乃托启功作出释文。但启功释文作毕，伯驹不甚满意，重又作出一稿；启功对于张伯驹之释文，亦不予认同。启功晚年出版《启功丛稿》，论文卷收《〈平复帖〉说并释文》，依然是固执己见，没有采纳张伯驹的意见。有趣的是，启功另有《题丛碧堂张伯驹先生鉴藏法书名画纪念册》诗，句有：

陆机短疏三贤问，
杜牧长笺一曲歌。

所谓"三贤问"，窃以为系化用南宋楼钥《送赵晦之丞彭泽》诗意。楼诗云：

> 渊明事晋肯臣刘，仁杰忠良不附周。
> 见说三贤参羽士，盍将吴簿配苹蘩。

此处之"三贤"，用南阳三贤山之典，据云曾有三道士救汉光武帝刘秀于此，"羽士"即道士。启功化用"三贤参羽士"传达其对于《平复帖》释文公案之微妙态度，不能不令人拍案称奇。

深感遗憾的是，《平复帖》之释文，虽多家争鸣亦难论定，然今日含故宫博物院在内，所刊《平复帖》释文，皆用启功稿而置伯驹心血于不顾，恰可以楼诗"渊明事晋肯臣刘，仁杰忠良不附周"论之。

其二是，王世襄曾向张伯驹借阅《平复帖》研究。王世襄《〈平复帖〉曾在我家——怀念张伯驹先生》文记：

> 我和伯驹先生相识颇晚，1945年秋由渝来京，担任清理战时文物损失工作，由于对文物的爱好和工作上的需要才去拜见他。旋因时常和载润、溥雪斋、余嘉锡几位前辈在伯驹先生家中相聚，很快就熟稔起来。1947年在故宫任职时，我很想在书画著录方面做一些

工作。除备有照片补前人所缺外，试图将质地、尺寸、装裱、引首、题签、本文、款识、印章、题跋、收藏印、前人著录、有关文献等分栏详列，并记其保存情况，考其流传经过，以期得到一份比较完整的记录。上述设想曾就教于伯驹先生并得到他的赞许。

为了检验上述设想是否可行，希望找到一件流传有序的煊赫名迹试行著录，《平复帖》实在是太理想了。不过要著录必须经过多次的仔细观察阅读和抄写记录，如此珍贵的国宝，伯驹先生会同意拿出来给我看吗？我是早有着被婉言谢绝的思想准备去向他提出请求的。不期大大出乎意料，伯驹先生说："你一次次到我家来看《平复帖》太麻烦了，不如拿回家去仔细看"。就这样，我把宝中之宝《平复帖》小心翼翼地捧回了家。

王世襄借阅《平复帖》月余，其研究文章则是发表于十年之后，即《西晋陆机〈平复帖〉流传考略》。

张伯驹读后，在《春游社琐谈》之《陆士衡平复帖》里淡淡地说：

> 王世襄有《〈平复帖〉流传考略》一文，颇为详尽，载1957年第1期《文物参考资料》中。而对余得

此帖之一段经过，尚付阙如，今为录之。

王世襄当是亦曾见到张伯驹此文。

1985年香港三联书店出版的《故宫博物院藏宝录》收入王世襄《西晋陆机〈平复帖〉流传考略》，王氏复于文末补写入张伯驹事迹，但伯驹已于三年前病殁了。

以一己之薄力为伯驹先生留一部信史

我对于张伯驹之兴趣，始之于更早的80年代中期，最初知道张伯驹其人是因为我的京剧的老师叶盛长先生。叶盛长先生年轻时，曾经是张伯驹的忠实追随者，当然，也跟着张伯驹先生而受到"牵误"。其后，我的文学方面的老师张中行先生，在他的成名之作《负暄琐话》里也写到张伯驹。我遂动手搜集这些写张伯驹的文章，复印装订成册，还请了张中行先生题签。这一阶段，我对于张伯驹的认识，仍是在于"传奇"。

直到90年代中期，我在异乡的东京读到张伯驹《丛碧书画录》序里所云，"（中国书画珍宝）自鼎革以还，内府失散，辗转多入外邦。自宝其宝，犹不及麝脐翟尾，良可慨已。予之烟云过眼，所获已多，故予之所蓄，不必终予身为予有，但使永存吾土，世传有序，是则予为是录之所愿也"，我心中突然充满着无限的感动。我发愿不向政府申报一分钱经费，以一己之薄力，为伯驹先生留一部信史，是为我之张伯驹研究的真正开端。

2004年初，拙著《茶禅一味》由天津百花文艺出版社印出，引起不错的反响，销售也很成功。编辑曾永辰问我，你还能写什么？我说，写张伯驹如何？曾永辰当即就说"好"，要我马上动笔。现在看起来，那个时候，我是说了大话。写，心里含糊，是写不了的；哪怕是用些技巧，把含糊的地方遮盖过去，仍是心虚。我为百花社写张伯驹，写到中途就因为无法克制心虚而停了下来，决意还是先作年谱的好。

无论怎样写张伯驹，伯驹的家世总是躲不过去的。伯驹的家世之中，嗣父张镇芳又是其中关键。张镇芳是清末民初北洋财阀的代表人物之一，北洋军阀的事迹在前台，较为显见；财阀的作用在后台，较为隐秘，因此要弄清楚张镇芳在彼时的作为与影响，包括张镇芳与袁世凯之间的真实关系，这都是要费一番功夫的。

《年谱》里关于张镇芳的资料来源有三。

其一是通常的档案文献，如《清代职官年表》《明清进士题名碑录索引》《辛亥以后十七年职官年表》《中华民国国民政府军政职官人物志》《民国人物碑传集》，以及袁世凯《道员张镇芳请饬交军机处存记片》等。记得互联网还未普及时，我要查张镇芳考中进士的情况，特地跑到北京孔庙去找光绪壬辰科进士题名碑。其碑就在孔庙大门左侧不远处，保存完好。我趴在碑上，一个一个人头数出来，张考中的是第三甲第九十一名进士。那一科颇多后来赫赫有名的人物，如蔡元培、汤寿潜、张元济、沈宝琛、周学铭、赵启霖、胡嗣瑗、朱家宝，等等。我越数越觉遗憾，想到这些人的事迹，都是值得做出记录的。

资料来源之二，是张伯驹的回忆。伯驹留下文字不多，叙其家世部分，主要集中在《盐业银行与我家》《续洪宪纪事诗补注》，及在共和国初其在法院上的自述。伯驹回忆的价值自然是无话可说的，不过，伯驹回忆多有不确切处，兼之要为尊者讳，许多重要事件都轻描淡写过去。这部分资料，需要小心翼翼使用，不可轻易照单全收。譬如，伯驹说父亲参与张勋复辟是出于"忠于故主"，这就不可信。清末易代之际，张镇芳以署理直隶总督衔领衔通电，逼迫清廷退位，仅此一事，足以证明伯驹的说法是靠不住的。

资料三，是碰运气。日常读书，无意之中，多有意外发现。譬如张镇芳生日的具体日期，其原配夫人智氏去世时间，就都是这样确认的。现在知识界抄袭、"洗稿"之风太盛，我暂不公开具体出处，等看到他们抄袭时，我再去质问他们，且看他们怎样回答我。

经过这样的努力，这部《张伯驹年谱》里，事实上是套写了一部《张镇芳年谱》的，这可算是额外的收获。

有了《张镇芳年谱》，张伯驹就有了清晰的来路，更重要的是，说明了伯驹的财富源出何处。但是，既是张伯驹年谱，则伯驹早期经历，亦不可阙失。张伯驹在1911年秋曾陪伴袁世凯诸子就读于天津新学书院，其间又于课外受教于中国近现代教育的开创者严修。伯驹非常重视这一资历，晚年诗有"犹忆春风戒酒楼"之句，表明对于严修的深切怀念。那么，严修对于张伯驹，是否留有记录呢？

早在2001年初，我即得到南开大学出版社出版《严修日记》的消息，却因为尚未动手作年谱，所以没有及时购入。年谱开工之后，觉得躲不过去了，于是四处搜求《严修日记》。正所谓无巧不成书，我请一位友人到中国书店去打听，中国书店的于姓负责人回应说："没想到还真有人要找这样的书。"随即从库房将书找出，而且爽快地把价值两千元的整套书送给了我。

待到拿到书，我是既喜又惊，皇皇四大巨册影印本，米粒大的小字，密密麻麻，能读下来就是个浩大的工程。然而，为了伯驹年谱，也为了中国书店的豪爽，我强迫自己举着放大镜通读一遍。尽管从中摘出的资料，用于年谱的不过百十余字，但就是这百十字，清清楚楚地记述了张伯驹与袁氏诸子在天津就读的起止时间，而且可以体会到，严修对于少年伯驹，亦是青眼有加的。

类似《严修日记》这样大部头的资料，阅读固然困难，却还不算最难的。编著年谱遇到的最难问题是，张伯驹一生供职银行，其在银行的活动和记录，是无法回避的。我在查找相关银行资料时，面对银行账本与各种专业术语，立即意识到踏入了自己的知识盲区，根本读不下来这些资料。如果装装糊涂，引一些张伯驹的自述，也可以蒙混过关。可是，其中涉及伯驹与银行界人物的关系，以及对于相关人物的评价，譬如曾任盐业银行总经理吴鼎昌与王绍贤，张伯驹的经历与收藏，与他们都有着千丝万缕的联系。

面对这一棘手问题，我正在犹豫不决的时候，忽然在中国银行档案里，发现两条重要线索，一是梅兰芳成为中国银行股东的记录，一是齐如山向中国银行借款的记录。梅兰芳及其身边的"梅党"，也一直是我的研究对象，偏偏"梅党"成员里，也有一大部分是任职于银行。我由此意识到，研究张伯驹与研究梅兰芳，银行都是躲不过去的一关。这样，暂时把两项研究工作搁置起来，用了三四年时间，开始从头学习金融知识，学习看银行账本，购置了《中国银行行史资料汇编》《中华民国史档案资料汇编（金融）》等大型工具书，着手从中梳理近现代中国金融业的发展脉络。

有趣的是，我居然被这个新课题迷住而深陷其中，不能自拔。通过阅读银行账本，我发现这是一座未经开垦的宝库，是观察近现代历史的崭新视角，呆板的账本里，竟然隐藏着无数真实的历史细节，隐藏着无数的人与人之间的生动关系。现在许多经济界的朋友听我侃侃而谈地介绍各个银行的历史，讨论金融方面的问题，都以为我是所谓"跨界"的高手，岂知我是被张伯驹与梅兰芳"逼上梁山"，误打误撞进入这一全新领域的，现在这也

以一己之薄力为伯驹先生留一部信史 | *319*

成了我的研究工作的一个特色。

　　我最早开始关注张伯驹的时候，社会上还鲜有人知道张伯驹的大名。到了百花出版社向我约稿，事实上知识界已经涌动起了一股"张伯驹热"，直至今日仍然没有衰退。

　　2006年，当代中国出版社出版了吉林任凤霞女士写作的《一代名士张伯驹》，我读后感觉许多资料是来自凤霞女士与伯驹夫人潘素的访谈，很有些价值，便作了篇书评，发表于《北京晚报》。任凤霞女士来到北京时，还特地约我会面，我们深入交流了对于张伯驹的看法。我与任凤霞等张伯驹的研究家所不同的是，我选择回避开家属，尽量用文献资料说话。我在梅兰芳的研究过程中，同样也是这样做的。即便我与梅家第二代、第三代过从甚密，乃至亲如一家，但我不会在学术文章里出现诸如梅葆玖对我说、梅葆玥对我说之类的记述。理由很简单，家属的回忆，如果没有其他资料佐证，就成为孤证，用起来是危险的。

　　在对张伯驹的研究过程中，我曾经登门拜访过一次伯驹的女儿女婿张传彩、楼宇栋夫妇，目的不是要找寻资料，而是出于客气。那次拜访，集中谈到张伯驹开始收藏后，何以改号"丛碧"的原因，我讲了我的研究心得。楼宇栋先生大为认可了我的观点，执意邀请我到鼓楼大街的马凯餐厅吃饭，我们一起从前海西沿漫步到后海之北，谈了许多话。楼告诉我，伯驹在家，基本上不对家人谈论自己的事情；伯驹回忆，有时用虚岁，有时用实岁，没有什么规律。伯驹的这些习惯，使我想起了我的祖父，他们那一代生活在北京的老辈，或许都是这样的作风。通过与张传彩、楼宇栋夫妇的会面，我心里有了一个生活中的张伯驹的大概轮廓。

张伯驹的朋友之中，周汝昌先生、启功先生、王世襄先生、朱家溍先生，我都是熟悉的，他们也都有各自的回忆文章。我与周汝昌先生谈过一次张伯驹，周听到张伯驹的名字，顿时就像他要讨论《红楼梦》的话题时一样，眼睛里立刻闪烁出光芒，提高嗓音喊着："张伯驹老先生，非常了不起。"

我后来还通过天津市政协，联系到了伯驹晚年交往甚多的张牧石先生，也登门拜访过一次。我以为牧石先生是雅士，所以备的礼物亦要风雅些才好，选择的是从日本带回的沉香。会面之际，我刚要将沉香奉上，猛地想到，会不会因为沉香的名贵，而给牧石先生留下一个炫富的印象？我赶紧改换台词，急中生智地引用了王沂孙的词，说，"谩惜余熏"。已近八十高龄的牧石先生，连一秒钟都没用，就张口说出下句，"空篝素被"。其实，我所引并不确切，王沂孙讲的是龙涎香，我送的是沉水香。难得的是，牧石先生不假思索，冲口而出，可见其幼学之扎实。遗憾的是，我在年谱里，对于张伯驹与张牧石的忘年之交，没有能够做出充分记述。天津年轻的学者魏暑临君正在做这项工作，掌握了不少材料，我很期待他的成功。

近年来，张伯驹研究领域，陆续出现了山西寓真、河南张恩岭、北京荣宏君等较为重要的几位专家，我与这几位都未曾谋面，但却从他们的著述中曾经受益。荣宏君先生，与张伯驹晚年友人周笃文先生关系密切；张恩岭先生搜集张氏在河南故乡的记录，而且为伯驹之子张柳溪留下访谈；寓真先生则发掘出伯驹档案，特别是张伯驹本人在法院的陈述，更是编辑年谱所必须参考的文献。

话就要说回来，天津百花社曾永辰先生来向我约稿时，我轻率地应承下来，没有充分考虑到其中的难度。曾永辰年年催促我，哪知我却又陷入关于金融史的研究中，无力完成书稿。曾永辰也是执着的人，他在百花社退了休，居然还来继续催促我，不肯罢休。为了完成这一承诺，我在2013年8月，终于赶写出《张伯驹年谱》的初稿，一面急着通报曾永辰，一面烦请老友孙郁兄作序，不承想寓真先生披露大量史料的《张伯驹身世钩沉》恰在此时问世，打了我一个措手不及。无可奈何，我忙通知出版社按下暂停键，对照寓真著作，重新检视年谱初稿。原想着未必会花费许多时间，结果连做带拖，几近十年又过去了。这真是万分对不住曾永辰与孙郁两先生，即便明知他们是我要好的朋友，我仍然满是愧疚。

仅仅是寓真著作，何以会一拖十年呢？其间还有中华书局出版的《许宝蘅日记》。许宝蘅与张伯驹两人，在共和国初期交往甚密，有了这份日记，伯驹在这一阶段的记录遂得以饱满而丰富。

此外，互联网也在这一时期有了突飞猛进的发展。互联网时代，对于学术研究，可谓既是便利，又是不便。便利的一面，查阅资料，检索起来，无穷无尽；不便的一面，网上所得资料，鱼龙混杂，难辨真伪，均须逐一查证。为此，我特别痛恨"洗稿"的人，较之抄袭更可恨。抄袭者，多也是有所研究，至多就是不注明出处，将他人的观点文字据为己有。"洗稿"就不同了，往往是东拼西凑，似是而非，貌似头头是道，其实驴唇不对马嘴。流布网上的资料，充斥着大量的"洗稿"产品，而且层出不穷。起初我没有认清这一点，专门请人帮我收集网上文章，打印装订，仔细阅读，唯恐遗漏重要史实。等我弄明白"洗稿"的伎俩，我只能自己立下一条规则，就是网上资料，不能直接引用到学术文章里。顺便说一句，在百度词条里，我这个人已经作古，有照片，有生年，有卒年，照片是对的，两个时间没有一个是正确的，我亦不晓得是什么人代替阎王爷把我勾掉了。

所幸的是，我毕竟还活跃在线下。2019年夏，北京出版集团安东、高立志两先生约请我见面，要我为该社的"述往"丛书添砖加瓦。2020年初遭逢新冠肺炎疫情，闭门居家，我用了从1月中到4月初的时间，写作了《张伯驹笔记》，完成了《张伯驹年谱》的最后校订，向北京出版集团交了稿。我在2017年9月7日的《北京晚报》上发表过一篇题为《长希一往升平世，物我同春共万旬——北京文化传奇张伯驹》的文章，谈了我对于张伯驹的认知。文章最后，我说："张伯驹不是北京人，但他把他的文化财富留存在北京；北京文化也永久地记录下张伯驹的名字，使之成为北京文化的一部分。这就要说到北京城市文化的特点——并不是北京人创造的文化才是北京文化，北京文化不能简单视作地域文化，而是如张伯驹这样的中国数百年间无数文化精英共同为之付出不懈努力而积聚形成的，中国文化的精粹所在。北京的所有居住者，都是北京文化的创造者。而心中怀有大天地，不以功利之心从事文化事业，这又是如张伯驹一样的北京文化创造者所留给后世的遗训。张伯驹的传奇留在北京的城市记忆中，伯驹的遗训，也留存在了北京的非物质文化遗产中。"从这一意义上讲，《张伯驹笔记》与《张伯驹年谱》历经二十载，最终由北京出版集团用了最为认真的态度编印出来，这却是最为适当的结果了。

作为编著者，有此初步成果，不禁如释重负。最后还要说的是，限于个人的局限，这两部书仍然不是完美的，诚恳地期待着诸研究家与读者诸公能有以教我。

2021年8月26日北京通州宅

资助张伯驹收藏《游春图》的人：
银行家王绍贤传略

张伯驹于1946年底至1947年初之间，以黄金一百一十两的价格收藏了宋范仲淹《道服赞》，到1948年8月，又以黄金二百二十两价格收藏了隋展子虔《游春图》。这时国民党政权已经衰败到无可挽回的程度，通货膨胀如汹涌洪水，迅速冲垮经济堤坝，整个国家都陷入"赤贫"之中，抗战胜利前夕刚刚出任国民党行政院长的宋子文，不得不为此承担责任，于1947年3月黯然下台。大的经济形势如此，张伯驹自身也遇到"经济危机"。1941年6月5日，张伯驹在上海被绑架，直到1942年1月底才被以巨款赎出——张伯驹说是"四十万元中储券"，而参与营救他的朋友孙曜东则说是二百两黄金。此后，张伯驹又远走西安，开办面粉公司，亦以赔钱而宣告倒闭。在这样的情况下，伯驹何以仍然有力量拿出三百三十两黄金收购《道服赞》与《游春图》呢？张伯驹自己在回忆里解释说，收《道服赞》时已是"鬻物举债"，到收《游春图》则是售出北京西四弓弦胡同住宅。但是，弓弦胡同宅，先已于伯驹赴西安前后典出，此时不过是补上差价而已，应是仍不足以支付这一大笔开支。况且，彼时正是市民疯狂挤兑黄金的高潮，黄金的来源亦是个大问题。

据伯驹收购《游春图》的居间经手人马保山云，《游春图》交款时只交了足金一百三十两，其后补至一百七十两。这在当时仍然是天文数字。张伯驹的表弟李克非在《霁雪初融忆丛碧——兼记山水女画家潘素》文里透露一个细节，即：

伯驹当年罄囊借贷以重金收得稀世之宝隋代展子虔《游春图》时，盐业银行王君绍贤曾大力协助，早在文苑传为佳话。

众所周知，张伯驹一直任职于盐业银行，李克非的话是合乎情理的。张伯驹还曾说过，在他去西安时，王绍贤也曾借给过他钱。伯驹《盐业银行与我家》文称：

在沦陷区看来已无法生活，因而于1942年，由王绍贤借给我三千元，再度挈眷转入后方，先避居蜀陇间，后定居西安。

由此看，张伯驹在收购《道服赞》与《游春图》之际，王绍贤无疑是伯驹"举债"的对象之一。

一 初任中国银行北京行副理

王绍贤，名寿彭，字绍贤，后以字行，河北宁河芦台镇人，今属天津市。清光绪十五年己丑即1889年生，其早年经历不详，民国初期，先任职于北京德华银行，后进入中国银行总管理处。1921年9月，王绍贤由总管理处派至北京分行担任襄理，1922年6月升为副经理，1923年9月又兼天津分行副行长。王在天津分行的分工是，筹划京兆境内及京汉线内各属行推行本券事宜，并考察京汉线内各属调拨事务。1925年4月1日中行北京分行改为支行，王担任支行经理兼天津分行副行长，同年秋辞职，转到盐业银行任职。其在中行时期，一直使用王寿彭之名，到盐行后则多用王绍贤的名字了。

王绍贤在中国银行北京分行任襄理时期，他的上司就是梅兰芳的重要幕僚吴荣鬯，即吴震修，吴担任副经理。1921年中国银行和交通银行发生挤兑风潮，王绍贤曾辅佐吴共渡难关。吴震修在《中华民国货币史资料》（第一辑）里回忆：

民国十年（1921）中、交两行突然发生挤兑风潮的原因，有人说，是由于某派某政客所指使；有人说，是日本在太平洋会议时期有意造谣，破坏中国金融；也有人说，是因为总税务司安格联命令各海关不再收受中、交钞票。我认为这些说法，都是报纸上外间推测之词，不尽可信。这次风潮发生时，我适在中国京行任副理，经理是常朗斋（耀奎）。常在民国初年做过县知事，和京师警察厅长吴镜潭（士湘）很有交情，在军警界中兜得转，但不过问内部业务。这时中行头寸很紧，库存现金几等于零，全靠我和襄理王绍贤（寿彭）等临时向联行和北京银钱同业张罗应付，每天勉强渡过难关，情形早已不妙。就在这年11月16日那天傍晚应付票据很多，一时头寸轧缺，竟无法弥补。这一消息传到市面上，立即引起风潮，中、交两行同时挤兑。这完全由于中、交两行内部早已空虚，市面上偶有风吹草动，便弄得不可收拾。

这时担任中国银行副总裁的著名金融学家张嘉璈则认为，这次挤兑事件，事实上是所谓"通缩"，即通货收缩的结果。王绍贤则因在此次事件中的出色表现，引起同业的关注。

二　获吴鼎昌赏识加盟盐行

1925年，盐业银行总经理吴鼎昌邀请王绍贤加盟，担任盐行北京行副理，据张伯驹说，是"每年给以红利股三万元，作为交际活动费用的包干制副理"。

盐业银行原系张伯驹之父张镇芳于1916年3月26日创立，后因张镇芳参与张勋复辟被捕，吴鼎昌被当政者派至盐行查办复辟案，趁机鸠占鹊巢，出任盐行的总经理。王绍贤是吴鼎昌的亲信。吴鼎昌后来相继任北洋政府的财政部次长，以及国民党的国民政府实业部长、贵州省政府主席兼滇黔绥靖副主任、国民政府文官长，但吴一直通过王绍贤等亲信遥控盐行。张伯驹对吴鼎昌始终耿耿于怀，因此对于王绍贤，在回忆文章里也每有微词。

事实上，吴鼎昌与王绍贤在银行业务方面，都远胜于张镇芳、张伯驹父子。吴鼎昌在1921—1922年实现了盐业、金城、中南、大陆四家银行联营机制，形成"北四行"的格局。迄至1927年，盐业银行股本总额已经达到750万元，居国内商业银行之首；存款从创立时的463万元，增至4075万元；放款从创立时的402万元，增至4603万元。累计十年利润，高达1582万元。1928年8月，吴鼎昌又斥资120万元在天津法租界水师营路即今赤峰道，建成总部大楼，将盐行总管理处迁至天津，更是令盐行声威大震。

客观地说，吴鼎昌夺取盐行，的确是乘人之危；可是，吴鼎昌以及王绍贤，在以后的三十余年里，对张伯驹格外容忍，倍加关照，张伯驹却一边享受这种优越感，一边又不肯领情。

王绍贤刚到盐行，就拉着张伯驹一起与他做事。1931年4月，张学良在北京（北平）设立国民革命军副司令行营，节制东北、华北各省军政。张伯驹《盐业银行与我家》说：

迨至张学良再度进关，王绍贤时常用我出名，请奉系军人政客在妓院吃花酒。在妓院布置请客，多由当时名画家陈半丁出面往来恰办，至于王绍贤在事后搞些什么名堂，我就不清楚了。据我所知，王绍贤为了拉拢三、四方面军团部副官长高纪敏，曾介绍诨号"盖北平"的交际花嫁给他。像这样的事，都是王绍贤作为一个银行家，进行联络的具体事例。这时他曾与原交通部路政司长，后任中东路局中国局长刘景山组织联合办东北贸易公司，由王绍贤以副理地位，曾透支给这个公司四十多万元，做大豆投机生意，这笔借款一直没有收回，成为呆账，以后就不了了之。

张伯驹叙述这些往事的时候，既有其个人情绪，也有作文时的时代影响。王绍贤的所为，不过是当时的通行做法而已。张学良晚年回忆手下的"三、四方面军"，就坦承其军纪很差，说老百姓给他们编了个顺口溜，叫作："头戴双沿帽，腰挎盒子炮。后脑勺子是护照，妈了巴子是免票。"王绍贤与之打交道，也只能是投其所好。按照后法不治前罪的道理，今日亦大可不必再去揭露鞭挞。

三　王绍贤与陆素娟的恋爱

王绍贤在这一阶段，还做了一件非常著名的事情，就是与"民国二十年（1931）左右北平花界的第一红人"（丁秉鐩语）陆素娟恋爱。

丁秉鐩描述说：

陆素娟人生得极漂亮，美艳绝伦。身材不高不矮，不胖不瘦。一张瓜子脸，两颗大眼睛，剪水重瞳，秋波荡漾。通鼻梁，樱桃口。皮肤之白、细，尤为罕见，那脸蛋儿，堪称吹弹得破。台上古典美，台下现代美。有一次笔者偕内人到东城帅府园协和礼堂去听音乐会，就在来宾云集、等待入场的时候，陆素娟翩然莅至。薄施脂粉，淡扫蛾眉，穿一件青丝绒大衣，更显得皮肤的白皙动人。我们读古书有什么"肤如凝脂，颈似蝤蛴"，算是从她身上得到见证。项戴明珠，手御钻戒，仪态万千，雍容华贵，那种明艳照人，光芒四射，登时在场的中外贵宾，男女老幼，眼光都集中在她一人身上。陆素娟也感觉到这种被注意的程度，内含骄傲，外带微笑地，用她那一汪水的秋波，环顾大家来做无形的招呼。内人轻不许人，对陆素娟的漂亮，却赞不绝口，迄今犹然。

陆素娟自幼学戏，酷爱梅兰芳艺术，经常票演梅派剧目。丁秉鐩因为对陆素娟过于崇拜，有些叙述难免夸张。丁说：

当时有位盐业银行巨头王绍贤，对她甚为捧场，除每月供应一两万银圆作日常开支外，还特拨了一笔演戏专款银圆八万元，作为基金。那时一元银圆，和一元美金差不多少，这种大手笔，实在令人咋舌。陆素娟演戏为什么用这么多钱呢？她除了作行头、置头面，定制桌围椅幔、大帐守旧以外，每次演出的配角、场面和后台工作人员，必用梅（兰芳）剧团，这个派头不小，可就费了银子了。

丁秉鐩说王绍贤是盐行"巨头",事实上王此时仅是盐行北京行副理;王资助陆素娟唱戏是不成问题的,但不至于如丁说的那样过分,因为上面还有吴鼎昌与北京行经理岳乾斋等人的制约。

四　出任北平国剧学会主任理事

因为陆素娟唱戏且是梅兰芳的追随者,王绍贤也是爱屋及乌,直接出面支持起京剧的活动。

1931年12月21日,北平国剧学会在虎坊桥45号今晋阳饭庄宣布成立,王绍贤出任主任理事,理事有李石曾、冯耿光、周作民、梅兰芳、余叔岩、吴震修、黄秋岳、齐如山、张伯驹、陈亦侯、王孟钟、陈鹤荪、白寿芝、吴延清、段子均、陈半丁、傅芸子等政治、金融、京剧界名流。张伯驹以为,彼时中国银行的两大巨头——前总裁冯耿光与总经理张嘉璈内斗,冯耿光与北洋政府亲近,是梅兰芳最早与最大的经济资助者,在冯氏两次担任中行总裁期间,梅兰芳具有中行形象代言人的地位。张嘉璈则与国民党交好,1928年10月,以蒋介石为主席的国民政府成立后,张嘉璈出任中行总经理。张嘉璈掌握大权后,打击中行的冯耿光势力;其办法之一是,通过大捧程砚秋来压低梅兰芳的声望,从而减弱冯氏的社会影响力。而成立北平国剧学会,既是大规模声援梅兰芳，客观上也支持了冯耿光。

张伯驹的话不是没有道理，只是真相应比伯驹所云更加扑朔迷离。其一是蒋介石久有觊觎中、交两行之心，志在必得，因此到1935年中行再次改组，连张嘉璈亦被排挤出行；二是冯耿光与张嘉璈彼此间成见甚深，所以容易中国民党的一石二鸟之计；其三，不能忽略吴鼎昌背后操纵的因素。吴是"北四行"的代表人物，不得不防范国民党的侵吞，支持梅兰芳与冯耿光，也等于"北四行"的一种无声的抵制。

在如此错综复杂的背景里，为声援梅兰芳而成立的北平国剧学会，其主要构成人员，竟不是以"梅党"为多数，反而是戏剧性地变成了以"北四行"人员为主力。王绍贤自不用说，张伯驹、陈亦侯、陈鹤荪、白寿芝、段子均都是盐业银行职员。余叔岩之于盐业银行，约略相当于梅兰芳与中行的关系。陈半丁也是帮助盐行做事的。周作民是金城银行总经理，吴延清是金城银行稽核长。王孟钟是中南银行天津行经理。张伯驹说，国剧学会"募得各方捐款五万元做基金"。冯耿光此刻已是有心无力，这五万元当然是来自"北四行"；而"北四行"中应是盐业银行出大头，王绍贤因之位居首席，被选为主任理事。王绍贤动用这样规模的人力财力，若无吴鼎昌的授意，也是做不到的。

王绍贤也用国剧学会支持了陆素娟。笔者怀疑丁秉鐩所说的，王出资八万为陆氏基金，即是与国剧学会的五万，混为一

资助张伯驹收藏《游春图》的人：银行家王绍贤传略 | 333

谈。按：五万元在当时，买下东四九条冯耿光那所百十间房的大宅院，尚是富富有余。大约1932年后半，在余叔岩指导下，陆素娟还与张伯驹一起在会贤堂演出了京剧《打渔杀家》，余叔岩亲自前往观剧。这对于陆素娟而言，也算得上是一种殊荣，其中毫无疑问是有王绍贤的面子在内。

五　曾经劝说吴佩孚南下

1931年9月18日，九一八事变之后，11月10日，清逊帝溥仪从天津前往东北，次年春出任伪满洲国执政。1932年1月28日淞沪抗战即一·二八事变爆发，中日两国间的局势，大有大战一触即发之势。张伯驹《盐业银行与我家》文谈到，卢沟桥事变前，有一次吴鼎昌来北京，曾经说过一桩事情。伯驹说：

大约在七七事变前，吴鼎昌来到北平，岳乾斋请他吃饭，我也在座。这次谈话中，他说他自己为政府办了几件大事。一是他亲自回四川，以同乡关系，拉拢了四川大小军阀，要他们服从中央；二是劝说感动了段祺瑞离开天津南下；三是把曲阜衍圣公孔德成接到南京。所遗憾的是未能早把溥仪控制到手，而被日本人弄走了。至于吴佩孚在华北的地位，现在相当重要，尚有待于办这件事，他回南京后，把吴佩孚的事交由王绍贤继续设法办理。这次宴会，他非常兴奋，喝了大量的绍兴酒，显得十分得意。

段祺瑞南下发生在1933年1月21日。胡晓编著《段祺瑞年谱》记，1月18日，上海各团体忠告段祺瑞、吴佩孚勿受日人利用。19日交通银行董事长钱永铭受蒋介石委托，持蒋亲笔信到天津找段祺瑞。21日，段偕家眷侍从离津南下。

钱永铭与国民党关系甚深，担任过国民政府财政部次长、浙江省财政厅长，但是，钱氏与段祺瑞并没有更多的交情。上海市档案馆的邢建榕在《非常银行家：民国金融往事》里支持了张伯驹的说法：

当时居住在天津的四行准备库及四行储蓄会主任、盐业银行总经理吴鼎昌（应为四行储蓄会副会长、四行联合准备库主任），获悉日本人正在打段祺瑞的主意后，立即致电在上海的密友钱新之（钱永铭），建议由蒋介石出面邀请段祺瑞南下，并由钱新之秘密赴津接洽。

吴鼎昌早期在政治上追随北洋皖系势力，所以由吴在其间斡旋，是顺理成章的事情。

受吴鼎昌委托，王绍贤负责出面动员直系势力领袖人物之一的吴佩孚南下，可惜王绍贤没有成功。吴佩孚于1939年12月4日病逝于北京，生前未与日方及伪政权合作。1946年，国民政府为吴氏举行了国葬。

六 担任盐行上海行经理

1928年10月10日国民党改组国民政府，蒋介石任主席，定都南京，改北京为北平特别市，从这时起到1949年中华人民共和国成立，北京都不再承担政治和经济中心的职能。蒋介石的国民政府以南京作为政治中心，以上海作为经济和金融中心。中央银行、中国银行、交通银行等大型银行及外国银行，纷纷在沪大兴土木，兴建总部大楼。盐业银行等"北四行"在开始时是一边观望一边着手布局，他们在苏州河畔建设的四行储蓄会仓库，在1932年1月的淞沪抗战中，成为国民党军"八百壮士"守卫的阵地，因而闻名中外。

随着中日两国局势的发展，日军在华北地区不断挑衅扩张，吴鼎昌决定把盐业银行的重心南移上海。1933年，吴鼎昌对盐行的人事做了一次较大调整，把总管理处迁至上海，委派王绍贤担任盐行上海行经理。1934年12月1日，以盐行为首的"北四行"储蓄会，在派克路即今黄河路建成上海最高层建筑——四行营业大楼，俗称"廿四楼"。除了部分用于四行办公外，其余部分辟为"国际饭店"对外营业，成为中外政要、富商巨贾、社会名流聚集的场所。国际饭店的落成向社会昭示了"北四行"的实力，盐业银行的存款，从1933年的8269万元，猛增到1934年的9725万元。吴鼎昌则在1935年12月，出任国民政府实业部部长。

现在还不清楚的是，究竟是出于吴鼎昌的总体部署，还是因盐业银行的影响力日益凸显，王绍贤也一度步入政界。

1935年12月18日，冀察政务委员会在北京成立，宋哲元任委员长，下辖河北、察哈尔两省及北平、天津两市。政务委员会于1936年1月11日设立经济委员会，作为政府的职能部门，以萧振瀛、王克敏、李思浩为主席委员，王绍贤与钮传善、宁承恩、张振鹭、林世则、杨天受、黄玉、冷家骥、秦德纯、过之翰、曾养丰、沈振荣等同列委员。这就是说，王绍贤也曾担任过公职。但是，冀察政务委员会在七七事变后，就不复存在了。

王绍贤正在一帆风顺之时，却在上海跌了一大跤。张伯驹回忆，1937年11月，吴鼎昌辞去实业部长，转任贵州省政府主席兼滇黔绥靖公署副主任，负责在战时经营后方。1939年春，张偕潘素南游，其间赴贵阳与吴鼎昌会面。吴鼎昌叮嘱张伯驹，要张转告盐行代理董事长任凤苞、北京行经理岳乾斋及上海行经理王绍贤，盐行"现在原则上应该保守，不要多做生意，保住已有基础"。张伯驹辞别吴氏后，又到峨眉山、青城山、成都一带游山玩水，拖了一些日子才到达上海。

刚好在这期间，王绍贤动用盐行储备的美元，购进大量美国债券股票和法郎，以及橡胶小麦等物资。结果恰赶上第二次世界大战全面爆发，市场行情一泻千里，王绍贤的这一笔生意，就把盐行积攒的三百几十万美元全都赔光，而且还欠下了外债。王绍贤又急又恼，大病一场。

王绍贤的失败，在盐行内部引起任凤苞等人的不满；好在吴鼎昌并没有深责王绍贤，而是让王绍贤返回北京，在家休养。王绍贤在北京的家，是位于现今护国寺附近的清末庆亲王府的一部分，后称"振贝子花园"（载振），但应不是王氏购置的房产，而是租住性质。

七 盐行最后的总经理

王绍贤毕竟不甘心失败。他在休养一段时间之后，有可能又担任过盐行北京行的副理，但目前没有确切资料证明这一点。此时盐行北京行经理岳乾斋年老，王绍贤又一次掌握权力。在1945年8月抗战胜利时，王绍贤趁乱从汪伪政权的银行购进一大笔黄金，发了一笔大财。张伯驹在《盐业银行与我家》文里介绍：

迨至1945年8月15日日本宣布投降时，日本人在华北经营的一切企业陷于瘫痪状态，物价大落，因为日本正金银行长期无限制使用伪联合准备银行发行的联银券，这时须要结算，伪联合准备银行便借机大量收购黄金。汪时璟（汪为华北伪政权经济总署督办兼"联银"总裁）与王绍贤勾结，利用伪联合准备银行大量透支，购进黄金。那时金价折合法币三元三角一两。后来我才知道，他们抢进的黄金达三万两之多。王绍贤、岳乾斋以及北平行中部分职员，当然也分润了若干。这年冬季，岳乾斋病死，由王绍贤任经理。至于剩下的黄金，究竟怎样与伪联合准备银行清算的，我就不清楚了。

张伯驹的回忆，正好说明了盐业银行储备黄金的来历，恐怕这也是本文开始时所谈到的，在全国挤兑黄金潮中，张伯驹可以拿出几百两黄金的原因所在。

最近，我的学生高一丁君在网上发现一份"岳乾斋遗嘱"，明确交代身后财产分配方案，但从中没有发现有伯驹所谓"分润了若干"的痕迹。可惜这份资料，已经被人高价买去。我也只是看到了照片而已，不得窥其全豹。

1946年5月以后，吴鼎昌在南京召集了一次盐业银行董事会，任凤苞、王绍贤、陈亦侯、张伯驹等盐行主要成员参加。在吴鼎昌的安排下，王绍贤出任盐行总经理，张伯驹与刘紫铭则被增补为常务董事。1949年中华人民共和国成立后，盐行先是连同"北四行"一并成立了公私合营联合总管理处，1953年又正式并入公私合营银行北京分行。随着盐业银行成为历史，王绍贤也就成为盐行最后一任总经理。

张伯驹收购《道服赞》与《游春图》，都发生在王绍贤的总经理任期里，王的确具备帮助张伯驹的力量。笔者此前在《北京晚报》曾发表有《从张伯驹事迹略谈现代金融与文化》一文，其中即已指出：

> 张伯驹虽以"遗少"名世，然其充分利用银行背景，调动盐行资金，将资本运作模式引入书画收藏市场，这就使得张伯驹不再是一位传统意义的收藏家，而是创造出了一种"新文化"，开中国现代艺术品收藏之先河。

王绍贤自进入盐行以来，大多数时间都掌握着盐行实权。张伯驹从盐行大量透支，收购书画，没有王绍贤的支持，伯驹也是做不到的。笔者这样说，并不是要否认张伯驹的巨大贡献，而是意在包括王绍贤在内，所有曾经为保存中国文化珍宝所做出过贡献者，甚至不论其出于主观或客观，皆应得到其应有之表彰。王绍贤约病殁于1953年，他与陆素娟所生之女王志怡仍然健在，已然八十四岁高龄。王志怡是梅兰芳入室弟子，著名京剧艺术家，她完成了母亲的夙愿，以毕生精力用于继承和传播梅兰芳艺术，笔者亦借此向王志怡女士致敬。

2020年3月16—17日北京时疫中

篆刻名家张樾丞和同古堂

老北京琉璃厂的同古堂图章墨盒铺自1912年创始，至1956年公私合营中并入刻字合作社，开业时间长达四十四年之久，是享有盛名的老字号。店主张樾丞（1883—1961）是位具有传奇色彩的篆刻名家。中华人民共和国中央人民政府之印，即是出自其手。近人孙殿起辑《琉璃厂小志》（北京古籍出版社1982年9月版）中说："张樾丞精通篆法，仿古篆刻，声震河北。"樾丞平生治印数以十万计，当时王公贵人、文儒墨客，得其一印皆以为宝。鲁迅、周作人、陈师曾、姚茫父、溥心畬、张大千、齐白石等人都与樾丞友善，相当看中其印作。樾丞还精于刻铜艺术，为旧京一绝。他把刻竹的方法运用在刻铜上，仿刻竹中的"沙地留青"刀法，刻出阳文花卉，生动古雅。他是刻铜艺术中成就最高的艺术家之一。

"同古"名从"铜鼓"来

张樾丞，名福荫，以字行。河北新河县小寨村人。1883年

11月21日生于一个农民家庭,家境贫寒。樾丞曾在村中私塾读过几年书,略具文化。十四岁时即失学,樾丞从新河徒步行走数百里到北京,投琉璃厂益元斋刻字铺学艺,开始独立谋生。他在学徒时"每日除侍奉主人及诸般劳务外,稍有暇暨,即刻苦读书学习钻研印艺"。(马国权《近代印人传·张樾丞》,1985年7月6日《大公报》)在他十八岁那年,一天,有位顾客对店内印作不满意,店主情急之下让樾丞刻一方印给顾客送去,孰料顾客对樾丞所刻,很是赞许,转怒为喜。这无疑是对樾丞极大鼓励。他正式出师。1903年至1909年间,樾丞寄砚琉璃厂来薰阁琴书处,自定润例,专以刻字为业。他天性好学,这时虽对六书三仓之源流,秦汉篆籀之变迁,还不甚了了,但他对篆刻独有会心,每天取前人印谱,早晚揣摩。上追秦汉玺印,下摹丁敬、赵之谦。印作遒劲有法度,奏刀率运以己意。来求他刻印的人日增。这时,因为梁启超收书而和梁往来颇多,琉璃厂藻玉堂主人王雨,请樾丞为其刻梁启超所书"龙飞虎卧"四字,这当是樾丞的成名之作。此字刻出樾丞名震旧京。孙殿起《琉璃厂小志》云:"真铁画银钩也!"樾丞亦得"铁笔"之誉。求其刻字治印者多文人雅士,转相传誉。鲁迅即是由陈师曾介绍而得识樾丞。1910年,樾丞移寓琉璃厂明远阁墨盒店,又兼事刻铜,琉璃厂各南纸店都挂有他的笔单。樾丞家境渐丰,遂于1912年在西琉璃厂开设图章墨盒店。此前樾丞收购古物曾得一汉代铜鼓,极为珍爱,于是店名取铜鼓谐音为"同古堂"。初为一间门脸，在西琉璃厂路南一五二号；后迁至一五三号，门脸三间。同古堂经营图章及刻铜墨盒，后又兼营字画古玩旧书，蕴藏颇富，成为文人们经常光顾的琉璃厂名店。

1925年，樾丞又出资与董会卿、郭子章、刘子杰，合伙经营邃雅斋书铺，藏书家伦明曾为代编《邃雅斋丛书》《清代燕都梨园史料》，印行于世。1930年，樾丞又开设"墨因簃碑帖店"，后改为观复斋。1956年，樾丞以同古堂、邃雅斋、观复斋三店加入公私合营。樾丞以专家备受尊重。晚年治印课徒，印作不乏佳制。朱德、周恩来等中央领导人也曾请他治印。雷梦水《书林琐记》中叙及晚年张樾丞："是以七十以外，目力虽差，步履仍健，茶余饭后，恒访旧以遣暇日，偶为友治印，仍检钟鼎汉印诸书，以求结体之精湛。醉心艺术，老而无倦焉。"张樾丞于1961年1月15日病殁于北京寓所。

"交通票"和同古堂

农家子弟学徒出身的张樾丞十年间一跃而成为琉璃厂名店主人，颇有声名的篆刻名家。这在不知情的人看难免觉得不可思议，徐世昌、段祺瑞、梁士诒、朱启钤、罗振玉、康有为、冯玉祥、吴佩孚、马衡、载泽等达官显贵、名士名家，都曾请樾丞刻印。宣统皇帝的几方"玺","宣统御笔""宣统之宝""宣统御览之宝",也都是出自樾丞之手。同古堂亦是由一家小店铺,几年工夫成为最富有的商号。人们关于同古堂的传闻也就不少,其中最有趣的是关于"交通票"的传闻。

"交通票"是民国初年交通银行发行的在世面上流通的货币。交通银行总经理梁士诒时任袁世凯总统府秘书长兼财政部次长,是北洋军阀时期的政团——交通系的首领。北洋政府的财政大权长期由交通系垄断着。1916年袁世凯死后,梁士诒被列为帝制祸首,逃往香港。"交通票"随之变得一钱不值。

就在此时,北京政府一位官员提着两个皮包来到同古堂,对张樾丞说:"张掌柜,我欠你的图章墨盒钱和刻字费,今天都还给你。"说完便把两个装满"交通票"的皮包推给张樾丞。问:"这些够不够?"

张樾丞明知"交通票"如今是一文不值,再多也没用。嘴上却说:"用不了这么多钱。"

这位官员倒也"慷慨":"用不了就存你这儿,我去香港,带它没用。"

谁知1918年梁士诒又回到北京,出任交通银行董事长和安福国会参议院议长。1921年12月,在张作霖支持下,梁士诒又出任国务总理。"交通票"也跟着恢复了原票值。那位把"交通票"当废纸塞给张樾丞的官员却又病死香港。在"交通票"贬值与升值中，同古堂发了财，成为琉璃厂有名大户。

此说是否确凿，尚待考证。同古堂发家是否因为"交通票"，权且不论。也包含着多劳多得的因果，这却是肯定的。

小学徒终成大名家

胡夔文《困知斋诗存》中有"续怀人诗"：

厂甸西北张樾臣（丞），手拈铁笔仿周秦。
满腔中有燕邯味，不似寻常市上人。

1935年同古堂印有《士一居印存》，订二册，不分卷。《印存》为樾丞子少丞、幼丞搜辑其父印稿所得。马衡为之题字写书名。马彝德、张伯英、傅增湘、伦明、涂凤、章钰、侯疑始、陆和久、福开森、溥心畲等名家为之作序、题词。对樾丞印作高度评价。马彝德序中道："体无不备，不偭越规矩，平正中饶古趣。其致力专且久也。"美国的中国通福开森也写道："鄙人来华后亦善用印。倩人代刻者不少，就中以张君樾丞所作最善，樾丞虽幼年失学，而爱好艺术出自天生。故能设势布局，曲尽其妙。所刻之印陈能自成其美，用之则与法书名画相得益彰。张君之艺精，其名当与古印人共垂不朽。"

与樾丞相知甚深的陆和久则在序中言:"樾丞治印三十余年,尊古法罔敢肆,求其治印者咸称道其美弗衰。盖以其规模秦汉,甄陶宋元。不破碎以为古,不诡异以炫今,有非寻常印人所能及者。"

对张樾丞极为推重的还有许多篆刻名家,如陈师曾、姚茫父、齐白石等。文史专家叶祖孚先生告知笔者,他曾听齐白石弟子刘淑度讲,淑度某日路经同古堂,听堂内金石之声铿锵有力,非比寻常,俨然治印高手奏刀。淑度急入堂观看乃识张樾丞。淑度又将樾丞事告乃师,白石老人由刘淑度陪同,亲至同古堂结交樾丞,齐、张二位大师由此交好。

张樾丞由一个文化水平不高的刻字铺小学徒,成为卓有成就的篆刻名家,这也是相当引人注目的。樾丞作印有成,归纳起来不过三方面因素。其一是天资聪慧,"爱好艺术出自天生"。他在年轻时,虽未得闻道已然会心,能于方寸之间犹天宽地阔,分间布白,错综其事,其味隽永。技艺远远超出琉璃厂其他同行,脱颖而出。他的天资还能于篆刻之外显见,表现为多艺,除刻铜外,他还长于文物鉴定,精于自制印泥。能书,以铁线篆(小篆)最负时名,偶作北碑之体,亦古朴可观。他的天资在其作品中最明显的表现,便是"灵性",法古而不泥古,精制而不失天然。这种灵性对于艺术家当然是至为重要的。

第二是勤,又包含刻与学。刻,樾丞自先秦两汉入手,兼采吴昌硕、黄牧甫诸家体貌，布局严谨，平生刻印以十万计。学，樾丞常以幼年失学为憾，一生保持手不释卷、孜孜不倦的学习精神，不自满，富有书卷气。这使他既没有专以商人为业，又没落入"匠"的行列，最后终成为文人雅士中的一员。樾丞讲求刻印要先习字，他自己经常临帖，还要求两个儿子从习字入手。他的次子，现今的硕果仅存者张幼丞先生回忆，父亲再三强调习字的重要，特地请名书法家陆和久教幼丞书法。樾丞曾说："自来摹印大家，咸由书出。书法之美，溢为篆刻，变化无方，苍浑无际，吾幼倚此衣食，未窥本原，老乃悔之无及矣！所自信者，不敢牛鬼蛇神炫俗欺世耳。"这是一般匠人所没有的见地。

还有其三，樾丞取"友多闻"，广交朋友，转益多师。樾丞久居琉璃厂，欲以篆刻一学深造，蓄念广交胜流，资其观摩。他曾同杨守敬、傅增湘学金石书画版本知识；向陈师曾、姚茫父、杨千里虚心求教篆刻之道。樾丞为人，忠厚谦谨，极有人缘。傅增湘云："余识樾丞久，尝浼为制藏书印识，亦第知其艺术名耳。已而闻诸朋好，审其所为，固有异于流俗者矣。樾丞幼而寒悴，因之失学，遂力艺以自食，泊游都市，乃厉（励）志研求，固多识当世学者，如姚茫父、钟子年诸公，从而就正商榷。得窥六书三仓之源流，秦汉篆籀之迁变，故其所以虽运以己意而笔法、章法恪守古人矩度，无佻巧诡异之习。知于此道，三折肱矣。昔明代何主臣久居白下，从文寿承究心六书讨论，竟日夜不休，遂以篆学名，世以'文何'并称。今樾丞得姚、钟诸公以成其志，亦犹是乎？至其言行之笃实，宅心之纯厚，不以外境之舒迫而易其素，则闻之为君秉心。窃叹君之名，又不徒以印人传也。"

马彝德亦举自身体会道："当知樾丞之人可重，不惟治印工也。"马云："樾丞孝友诚笃出于天性，有与之游而贫难自存者，以时周之，累数年数十年，未尝有德色、有吝辞。此彝德所亲见。"

樾丞以其朴实好学颇得当时文士器重，严复、袁寒云、金北楼、张伯英、姚茫父等大名家都与他友善。同古堂的匾额即是由大书法家张伯英题写的。在如此众多的名家熏陶扶植下，樾丞由一个小学徒而终成为一代篆刻名家。

鲁迅、姚茫父和张樾丞

根据《鲁迅日记》记载，鲁迅自1917年3月至翌年10月间，先后三次到同古堂刻印。共木印五枚，石印三方。其中1918年10月6日日记有，"阴文'周氏'二字，连石值券二元"。鲁迅和同古堂最初的交往是通过陈师曾。陈师曾，字衡恪，以字行，号槐堂，别署陈朽、朽道人。他是鲁迅所有交往的书画家中认识最早交谊最深的一位。1923年冬感染伤寒，病死在南京。为鲁迅所治的印章，一直由鲁迅保存到逝世。张樾丞曾师事陈师曾，鲁迅曾托陈代求同古堂刻木印。1917年3月29日的《鲁迅日记》载："托师曾从同古堂刻木印三枚，颇佳。"樾丞为鲁迅所刻之印现在搜集到的有仿汉砖楷体的"会稽周氏藏本"和"俟堂石墨"两方。其中"会稽周氏藏本"，据印章边款，"丁巳年二月师曾书属樾丞刻"，可知此枚为陈师曾书，樾丞所刻。另一方"俟堂石墨"，"俟堂"是鲁迅堂号，周作人在《鲁迅的故家》中解释，"洪宪发作以前，北京空气恶劣，知识阶级多已预感危险，鲁迅那时自号'俟堂'，本来也就是古人的'待死堂'的意思，或者要引经传，说出于'君子居易以俟命'，亦无不可，实在却没有那样曲折，只是说'我等着，任凭什么都请来罢'。"许寿裳也曾以此问鲁迅，鲁迅自己说，"因为陈师曾那时送我一方石章，并问刻作何字，我想了一想对他说，你叫作槐堂，我就叫俟堂罢。"无论怎样讲"俟堂"这个堂名是与陈师曾为刻印章是有直接关系的。张樾丞为鲁迅刻的这两方印，实在是他们三人友谊的纪念。另据《鲁迅日记》，鲁迅还曾到同古堂为三弟周建人买墨盒、铜镇纸。可见鲁迅也是很看重同古堂的。

周作人也深爱樾丞印作，"周作人印""山上水手""启明读书""越周作人"，也都出自樾丞之手。而溥心畬常用的"旧王孙"与"溥儒之印"亦系樾丞所刻。

同樾丞交厚的还有一位大艺术家姚茫父。姚茫父名华，字重光，号茫父，晚清进士。他久居京城，常出入琉璃厂，和樾丞同嗜篆刻，引为同道。

樾丞于治印之外，尚擅刻铜，他还创制墨盒上刻汉印，独具风格，尤为茫父所欣赏。茫父自己也精于此道，且常是自己写稿自己刻。他的画稿多为历代文人所不绘，很得鲁迅赞赏。鲁迅曾购得一墨盒上刻茫父所绘，一秃鹰立于山茶花上。据樾丞次子幼丞讲，此墨盒系同古堂刻。

幼丞介绍，姚茫父、陈师曾诸家都是同古堂常客。他们来后，樾丞陪他们闲谈中，常取墨盒请他们随手写画，鲁迅在《北平笺谱》序言里说，"义宁陈君师曾入北京，初为携铜者作墨盒、镇纸画稿，俾其雕镂；即成拓墨，雅趣盎然。姚、陈不断向同古堂供给画稿，对樾丞发展刻铜艺术，实在是莫大的支持"。当时琉璃厂经营刻铜墨盒的店铺很有几家，但推同古堂为"龙头"；凡同古堂有了新样，其他店铺纷纷仿效，然质量却是无法同同古堂相比拟的。

樾丞子少丞、幼丞皆承继家学。《琉璃厂小志》称他们父子技艺有"钝刀浅刻轻轻拓，铁线文成细细拦"之句。幼丞有子国维，又名效丞，现在琉璃厂观复斋工作，亦工篆刻。少丞早逝，今能承刻铜艺术者，仅幼丞一人而已。

写于张樾丞先生逝世三十四周年之际，
旧址金台夕照附近若朴堂

把上海搬到北京的梅兰芳

民国二年即1913年的秋天，虚岁二十岁的梅兰芳首次赴沪演出。为期两个月的上海之行强烈地刺激了年轻的梅兰芳，让他彻底迸发出了青春的活力。

作为西方工商业文明深刻影响下，崛起于近现代的中国新型大都市，方兴未艾的工商业文化与市民文化是上海城市的主要文化特色。立足于上海的京剧演员得风气之先，主动接受新思想，编演新戏，创建新式剧场，高举起"戏剧界革命"的旗帜，与同一时期的"小说界革命""文体革命""诗界革命"遥相呼应。梅兰芳突然置身于"华屋连苑，高厦入云，灯火辉煌，城开不夜"的十里洋场，一时目不暇接；但更令他震撼的是，上海的"舞台上的一切，都在进化，已经冲着新的方向迈步朝前走了"。梅兰芳描述说：

有的戏馆是靠灯彩砌末来号召的，也都日新月异、钩心斗角地竞排新戏。他们吸引的是一般专看热闹的观众，数量上倒也不在少数。

  有些戏馆用讽世警俗的新戏来表演时事，开化民智。这里面在形式上有两种不同的性质。一种是夏氏兄弟（月润、月珊）经营的新舞台，演出的是《黑籍冤魂》《新茶花女》《黑奴吁天录》这一类的戏。还保留着京剧的场面，照样有胡琴伴奏着唱的；不过服装扮相上，是有了现代化的趋势了。一种是欧阳（予倩）先生参加的春柳社，是借谋得利剧场上演的。如《茶花女》《不如归》《陈二奶奶》这一类纯粹话剧化的新戏，就不用京剧的场面了。这些戏馆我都去过，剧情的内容固然很有意义，演出的手法上，也是相当现代化。我看完以后留下了很深的印象。

梅兰芳明确意识到，时代正在改变，只有跟上时代的变化，才能获得自身的生存与艺术发展空间。

一、复古风中求改革，梅兰芳和他身边的支持者

  梅兰芳带着内心里的兴奋回到北京，北京城市里却是弥漫着与新时代背道而驰的复古之风。袁世凯就任中华民国大总统后，以政局混乱为由，大幅度加强中央集权，企图重新回到帝制的旧

秩序结构中。1914年5月废除《临时约法》，发布《中华民国约法》，改责任制内阁为总统负责制，规定"大总统为国家元首，总揽统治权"。与此同时，袁世凯还颁布了全国范围崇祀孔子与祭天令，原本就少得可怜的一点所谓民国新气象，几乎已被一扫而光。梅兰芳要在这样的气氛里仿效上海的京剧"改良"，需要有足够的勇气与力量。

所幸20世纪初，梅兰芳身边已经聚集起了一批支持者，经常会集在梅兰芳的书房"缀玉轩"里，与梅一起谈文论艺。这批支持者，当时被社会上戏称为"梅党"。

"梅党"的领袖人物是广东番禺人冯耿光。冯耿光也是中国近现代史上一位传奇人物。冯毕业于日本陆军士官学校。这所学校培养的一千六百余名中国留学生中，至少有数百人归国后成为中国军队的高级将官，冯耿光虽未在军界发展，却在军界有着极深资望。其次，冯耿光在清末担任军谘府（初称军谘处）第二厅厅长，相当于全国最高军事参谋机关；后来冯氏弃武从商，于1918年和1927年两次出任中国银行总裁，堪称民国时期金融界的巨头。社会地位如此显赫之冯耿光，在长达半个多世纪的时间里，始终如一地把梅兰芳艺术视同为自己的事业，冯梅之交的故事本身就如同历史上的管鲍之交一样，称得上是一部传奇。梅兰芳在《舞台生活四十年》里提到冯耿光时说：

在我十四岁那年，就遇见了他。他是一个热情爽朗的人，尤其对我的帮助，是尽了他最大的努力的。他不断教育我、督促我、鼓励我、支持我，直到今天还是这样，可以说是四十年如一日的。所以我在一生的事业当中，受他的影响最大，得他的帮助也最多。这大概是认识我的朋友，大家都知道的。

冯耿光为人有侠气，他在这一期间结交了许多像蔡锷这样被袁世凯困居在京的各地风云人物，其中还有一部分加盟并且成为"梅党"的中坚力量。其中包括日本陆军士官学校的第一期中国留学生吴锡永、陈其采、舒石父、许伯明，第四期生李释戡，还有毕业于日本测绘学校的冯在军谘府时的老部下吴震修等。

"梅党"成员里，略显孤单的是齐如山，一则是因他在"缀玉轩"里出现得稍晚，二则是齐只有旅法经验而没有留日的资历。齐如山是河北高阳人，其父齐令辰进士出身，依附于同乡显宦李鸿藻。在李鸿藻介绍下，齐如山与兄竺山、弟寿山先后就读于北京的同文馆，从而具备了一定的外语基础。齐竺山清末与李鸿藻之子李石曾在法国开设豆腐工厂，受竺山所托，齐如山在老家招募青年劳工，于1910年和1913年两次护送劳工赴法，帮助生产豆腐。齐如山因而得以游历欧洲，大开眼界。

1912年2月12日清宣统帝退位，已经三十五岁的齐如山在易代之际，颇欲有所作为。他在民国元年之后，做了三件事情：其一是在京协助李石曾、齐竺山等宣传无政府主义思想和倡导赴法勤工俭学；其二是积极参与中国"旧戏"的"改良"工作；三是与齐竺山、齐寿山共同开设大和恒粮店，确保齐氏兄弟三人的基本生活来源。

法国汉学家巴斯蒂夫人（Marianne Bastid-Bruguiere）在北京师范大学的演讲《清末民初的留法学生与中法文化交流》里曾经说道："在20世纪初，中国的国外思想来源其实有两个，一个最重要、最丰富的是日本。很多国内还没有看到或听到的理论，如德国国家和法律思想、卢梭学说、社会主义和共产主义、经济学和西方哲学各派的论说，还有无政府主义，都是中国知识界在日本发现的，并通过日本的书籍和期刊介绍到中国。而当时中国的第二个国外思想来源是法国，通过法国留学生在中国推广的思想内容，主要包括无政府主义和科学理性。"

"梅党"里原有冯耿光等一批留日精英，及至拥有旅法经验的齐如山加盟进来，就等于说是梅兰芳的"缀玉轩"同时接通了巴斯蒂夫人所谓的中国接受国外思想的日、法两大渠道。这对于梅兰芳而言，可谓一种得天独厚的资源。客观上说，齐如山的思想性要强于留日派，这应是受李石曾影响较深的缘故。李较早接受克鲁泡特金学说，是克氏《互助论》最早的汉译者。他以为，无政府主义的"世界文化运动"是实现中国儒家大同世界的有

把上海搬到北京的梅兰芳 | 355

效方法；法国文化与中国文化的相同之处在于，重"义"而不重"利"，二者因而恰可互相补助，成为推动世界和平的新的思想基础。1906年，李石曾与张静江、吴稚晖组织"世界社"，致力于在中国传播无政府主义思想。李石曾的这种做法，也直接影响到齐氏兄弟。齐如山根据自己在欧洲观剧体会，于1913年著作《说戏》，1914年著作《观剧建言》，即是要通过"改良戏曲"而达"改良社会"的目的。他在书中敦促中国"旧戏"主动且全面地向西洋戏剧学习，并以巨大热情参与到梅氏京剧"改良"活动中。

"梅党"成员，还有一类较为引人注目的人物，就是一批在清末民初具有很高知名度的文人雅士，他们才气纵横，旧学功底扎实深厚，较有代表性的是被张之洞称为"旷世奇才"的湖南人易哭庵。哭庵给世人的印象，不外乎没落保守的前清遗老。实际上，哭庵之"革命性"，却毫不逊于"新派"人物。尽管他从不奢谈"诗界革命"，但他在中国传统诗歌领域的突破，几乎就是前所未有的。其诗作既旧且新，不避白话，硬是从传统中辟出一条新路。哭庵暮年，颓然自放，直至丑态百出，此亦不争之事实。然哭庵曾释其"哭"字云，"人生必备三副热泪，一哭天下大事不可为，二哭文章不遇识者，三哭从来沦落不遇佳人"。若不能懂得哭庵之"哭"，亦当无法理解哭庵之晚状，自然是就更难读懂哭庵的诗作了。

哭庵与戏剧界的交往，亦确果有其不堪之处，但哭庵作于1913年5月的七古长歌《万古愁曲为歌郎梅兰芳作》，诚不失为近世诗歌上乘之作。时人评说，"年来都下知实甫（即哭庵）者，无不知梅郎；知梅郎者，亦无不知实甫"。自京剧史角度看，以笔者之拙见，哭庵此诗，足堪说是梅兰芳成名之标志。

除了拥有"梅党"作为智库外，梅兰芳还有一批特殊的观众，即北京"译学馆"的学生。译学馆是从同文馆衍生出来。清政府于咸丰末年设置北京同文馆，专门培养洋务及翻译人才；"梅党"里的齐如山、罗瘿公、舒石父等，都曾就读于北京或地方的同文馆。从同文馆至译学馆，都可说是清末北京接受西方文化的最前沿，其学生每以新文明新秩序新风尚的引领者自居。偏是在这批北京的"新派"人物里，涌现出了梅兰芳最早的"粉丝群"。梅氏《舞台生活四十年》里提到，译学馆的学生如言简斋、郭民原、张孟嘉、张庚楼等，都是梅"早期的朋友"，而且对梅有着"深刻的影响"。同书记述说：

> 我在文明园演唱时期，这班学生，课余常来听我的戏，都是我早期的忠实观众。那时池子里听戏的有一班纨绔子弟，脾气很是骄纵，经常包着当中几张桌子，在里面横行霸道，任意胡来。遇到演员出场，不是他们爱看的，就脸冲着墙，喝茶、抽烟、嗑瓜子。有时还毫无目的叫

"倒好"、"打通"。场内有了他们，秩序就不能安静了。

译学馆的学生，在当时是比较热情而天真的。看不过去这种怪样子，就在这一班捣乱的看客周围定了一圈桌子。遇到这些捣乱分子叫"倒好"、"打通"的时候，他们就大叫其好，盖过了"倒好"和"打通"的声音。这样才把那班纨绔子弟的气焰压下去了。

梅兰芳说的"文明园演唱时期"，时间约在1910年至1911年底，也就是大清帝国最后的两年，梅兰芳虚岁十七岁至十八岁间。

不过，随着梅兰芳声名鹊起，梅兰芳的这一"粉丝群"很快就感到力不从心了。1913年初夏，北京广德楼剧场发生了一场著名的骚乱事件。当日预告的剧目中原本有梅兰芳与王蕙芳合演的《五花洞》，临时因梅兰芳赶场不及而取消。剧场方没有料到，随后在"伶界大王"谭鑫培已然登台之时，观众竟连老谭的面子都不肯给，楼上楼下顿时闹成一片。

这一次的广德楼骚乱事件足以说明，梅兰芳这时在北京观众中的号召力，直逼位居"大轴"的梨园霸主谭鑫培。

二、十八个月的实践　表演之外的诸多探索

梅兰芳在1914年11月至1915年1月，第二次赴沪演出。这

一次的上海行,更加坚定了他要"改良"京剧的决心。梅兰芳说:

> ……我不愿意还是站在这个旧圈子里不动,再受它的约束。我要走向新的道路上去寻求发展,我也知道这是一个大胆的尝试,可是我已经下了决心放手去做了,它的成功与失败,就都不成为我那时脑子里所考虑的问题了。

梅兰芳的这一态度也鼓舞着"梅党"群体,大家以高涨的情绪参加到梅兰芳的"改良"行动之中,各尽所能,推波助澜。梅兰芳回忆说:

> 从民国四年(1915)的四月到民国五年(1916)的九月,我都搭双庆社,一面排演了各种形式的新戏,一面又演出了好几出昆曲戏。可以说是我在业务上一个最紧张的时期。让我先把这许多演出的戏,按着服装上的差异,分成四类来讲,比较可以清楚一点。
>
> 第一类仍旧是穿老戏服装的新戏,如《牢狱鸳鸯》;第二类是穿时装的新戏,如《宦海潮》《邓霞姑》《一缕麻》;第三类是我创制的古装新戏,如《嫦娥奔月》

《黛玉葬花》《千金一笑》；第四类是昆曲，如《孽海记》的《思凡》，《牡丹亭》的《春香闹学》，《西厢记》的《佳期拷红》，《风筝误》的《惊丑》《前亲》《逼婚》《后亲》。看了这张细目，就能想象出我这十八个月当中的工作概况了。

这份剧目单不仅说明梅兰芳一人在此期间的工作强度之大，也反映出"梅党"群体在这一阶段的忘我投入。梅兰芳在介绍他的新戏创作过程说：

> 我排新戏的步骤，向来先由几位爱好戏剧的外界朋友，随时留意把比较有点意义，可以编制剧本的材料，收集好了；再由一位担任起草，分场打提纲，先大略地写了出来，然后大家再来共同商讨。有的对于掌握剧本的内容意识是素有心得的，有的对于音韵方面是擅长的，有的熟悉戏里的关子和穿插，能在新戏里善于采择运用老戏的优点的，有的对于服装的设计、颜色的配合、道具的式样这几方面，都能够推陈出新，长于变化的；我们是用集体编制的方法来完成这一个试探性的工作的。我们那时在一个新剧本起草以后，讨论的情形，倒有点像现在的座谈会。在座的都可以发表意见，而且

常常会很不客气地激辩起来，有时还会争论得面红耳赤。可是他们没有丝毫成见，都是为了想要找出一个最后的真理来搞好这出新的剧本。经过这样几次的修改，应该加的也添上了，应该减的也勾掉了。这才算是在我初次演出以前的一个暂时的定本。演出以后，陆续还要修改。同时我们也约请多位本界有经验的老前辈来参加讨论，得着他们不少宝贵的意见。

新戏的排演大抵也是采用讨论的办法，多方琢磨，反复推敲。这种京剧的创作方式本身即是一种创造，京剧史上，也除梅兰芳外再无第二个人可以组建起如此阵容如此规模的创作团队。梅兰芳此处还特别提及"本界有经验的老前辈"的作用，如王瑶卿、路三宝、李寿峰、李敬山等京剧艺术家，也参与到梅兰芳的"改良"团队中来，他们既为新戏注入传统的血脉，又使得传统技艺在新戏里也能发出光彩。有趣的是，路三宝、李寿峰等人还一时技痒，忍不住为梅编写剧本并排演了一出新戏，就是首演于1915年6月的《邓霞姑》。他们把《宇宙锋》里的一段"反二黄"唱腔移植到新戏里，而且在新戏中设置了一场"文明婚礼"，把观众当作出席婚礼的来宾，剧场效果尤为热烈。

梅兰芳和他的强大的京剧"改良"团队出手不凡，挟疾风骤雨之势，迅速在北京掀起了一场"新戏"热潮。接下去又有了梅兰芳所开列出的"十八个月"的演出剧目。这"十八个月"的剧目，在京剧的表演艺术上有着诸多探索，笔者想要谈的是其在表演艺术探索之外的两种意义。

第一是积极致力于传播新的思想，大胆改变了北京京剧艺术的主题。

笔者若干年前曾在拙作《关于京剧与儒教之随想》里谈到，清末北京文化的核心内容就是作为准宗教形式的传统儒教思想，京剧在其形成过程中必须要顾及如何与北京文化相适应，因而京剧的表演是以表现儒教宗教情感为中心；京剧剧场遂在大清帝国覆亡前夕，发挥出了儒教教堂的功用。

梅兰芳编演的新戏，却都有着鲜明的"反儒教"色彩。譬如《牢狱鸳鸯》，虽是吴震修从前人笔记里找出的旧材料，却是针对"当时婚姻太不自由和官场的黑暗而发的"。《宦海潮》"是反映官场的阴谋险诈，人面兽心"。《邓霞姑》"是叙述旧社会里的女子为了婚姻问题，跟恶势力作艰苦的斗争的故事"。《一缕麻》则是根据吴震修推荐的包天笑小说改编，"是说明盲目式的婚姻，必定有它的悲惨后果的"。

梅兰芳还对京剧的传统剧目做出改造。譬如原是属于色情戏的《贵妃醉酒》，被重新诠释为揭示宫廷女性的内心苦闷。再譬如《宇宙锋》，原本是极为平常的一出唱功戏，但因得到冯耿光的格外关注而被赋予新的含义。梅兰芳回忆说：

他（冯）是最称道这出戏的。认为两千年前的封建时代，要真有这样一位"富贵不能淫，威武不能屈"的女子，岂不是一个大大的奇迹吗？尽管赵女是不见经传的人物，全本的故事，也只是"指鹿为马"有一点来历，其余都找不到考证的线索。但是这位编剧者的苦心结撰，假设了赵女这样一个女子，来反映古代的贵族家庭里的女性遭受残害压迫的情况，比描写一段同样事实而发生在贫苦家庭中的，那暴露的力量似乎来得更大些。所以我每次贴演《宇宙锋》，他是必定要来看的。发现我有了缺点，就指出来纠正。别人在他面前对我这戏有什么批评，他照例是一字不易地转述给我听，好让我接受了来研究改正。

《宇宙锋》一剧因冯氏的发现与督促，竟然成为梅兰芳"一生所唱的戏里边"，"功夫下得最深的一出"。《贵妃醉酒》与《宇宙锋》两剧，日后都成为梅兰芳的代表剧目，同时也成了中国京剧的经典剧目。

透过这些描述，我们可以清楚地感知到，在梅兰芳对于京剧的"改良"过程中，留日与旅法的"梅党"成员，都自觉贡献出他们在国外生活的经验，汇集起他们的智慧，有意识地为京剧注入新的思想，以批判封建礼教和包办婚姻，同情女性被压迫的悲惨命运，鼓励女性打破精神枷锁，作为梅兰芳演出剧目的主题。

这种京剧主题的重大改变，又引发了京剧表演形式的重大改变。此前的京剧演出，毋庸置疑地都是以剧中的老生角色作为头牌；当梅兰芳的"新女性观"成为京剧的主题后，旦角挂头牌的新形式也随之而诞生。

第二，梅兰芳的京剧"改良"，开通风气，有力地冲击了袁世凯时期北京的复古逆潮。

梅兰芳编演新戏的高潮的"十八个月"，基本也是袁世凯上演"洪宪"复辟闹剧的高潮时期。就在这种乌烟瘴气的社会环境里，梅兰芳的"改良"新戏，逆潮流而动，及时地把开放的上海城市文化风格融合进北京的城市文化之中，对袁世凯在北京精心营造的保守复古的城市氛围，形成了巨大的冲击。

如在吉祥戏院演出《牢狱鸳鸯》时，演到县官把男主角屈打成招，观众席中有位老者忍不住竟跳上台来，对着县官破口大骂，挥拳就打。后台管事的赶紧把老者劝回台下，"这老头儿一路走着还使着很大的嗓门，不住嘴地大骂狗官混账，冤枉好人，可恶至极，我非揍他不可"。这虽是演出中的一桩趣闻，但在崇尚"听戏"的北京京剧剧场里发生，观众入戏程度达到如此之深，却是以往所罕有的。

这还仅是一个个例。"新文化运动"代表人物之一的傅斯年，也谈到他亲眼所见的梅兰芳演出盛况,"我有一天在三庆园听梅兰芳的《一缕麻》,几乎挤坏了,出来见大栅栏一带,人山人海,交通断绝,便高兴得了不得"。这些记述都表明,梅兰芳不仅对京剧做出"改良",同时也"改良"了北京的文化风气。

当然,笔者一再强调梅氏"新戏"的反袁意义,但并不意味着梅兰芳的"改良"是因背后政治因素驱使,具有反袁的政治意图。但因其引起强烈的社会反响,客观上起到了开通风气,冲击复辟思潮的作用。换言之,就是梅兰芳是在无意中搅了袁世凯的戏。

但这"十八个月"的工作也在京剧界奠定了梅氏不可动摇的领军地位。众多京剧同行也放下京朝派的架子,纷纷学习上海京剧经验,竞相编演新戏;从而使得北京京剧风格巨变,"民国京剧"从精神上与艺术上都脱离了清末京剧的藩篱,与"民国时代"更加紧密地联系到了一起。

三、从激进到渐进,创造中国"理想优美之剧"

袁世凯于1916年6月6日病亡。可能仍然是出于巧合,梅兰芳在此时先后编演了他的古装新戏《黛玉葬花》和《千金一笑》,恰似是对袁世凯的一种讽刺。

袁世凯死后,北京的政治环境不仅没有好转,相反各路军阀你方唱罢我登场,"城头变幻大王旗"。所幸的是,在这一时期,1918年2月24日,冯耿光出任中国银行总裁,一跃成为中国金融界的首席人物。冯把诸多"梅党"骨干安插到中行担任要职,让他们的生活有了保障。梅兰芳在1918年2月推出了他的最后一出时装新戏《童女斩蛇》,这之后遂不再以时装面目出现在京剧舞台上。梅兰芳的京剧"改良",从"激进"的"十八个月",转入到"渐进"阶段。

然而就在这时,"新文化运动"的健将胡适、钱玄同、刘半农、陈独秀、周作人、傅斯年等人开始以《新青年》杂志为阵地,在北京突然发动了一场暴风骤雨式的对于"旧戏"的批判。

他们先是在1918年6月的《新青年》杂志第四卷第六号隆重推出"易卜生专号",把挪威现实主义戏剧家易卜生确立作戏剧的模板;接着,他们在10月的《新青年》杂志第五卷第四号上,以易卜生这个模板,对照着中国传统戏剧,掀起关于"旧戏"的激烈论争。坦诚地讲,他们对于戏剧的所谓新看法,既晚于齐如山的《说戏》《观剧建言》等著作,更远不如齐著之全面系统与深刻。而这时的梅兰芳与"梅党",对于"新文化运动"所提倡的易卜生,实在是提不起兴趣。他们的兴奋点更多地转移到了对于古装新戏的探索上。他们希望通过古装新戏,创作出一种不同于注重写实的西方戏剧的,寄托高尚与优美观念的,可以陶冶人的情操的,中国"理想优美之剧"。

1920年5月5日《申报·自由谈》发表了赵叔雍对李释戡的采访,李释戡代表梅及"梅党",对于他们的这一戏剧理念做出较为准确的表述。李释戡提出,戏剧不应千篇一律,观众的多元化决定戏剧的多元化。梅兰芳之戏剧,大可不必走西方戏剧的"写实"道路,更不必去追求舞台布景的现代化,而应该是一种抽象与理想的,超越现实生活的戏剧。

遗憾的是,时至今日,我们还无法描述出梅兰芳与"梅党"成员所要创造的中国"理想优美之剧",或直接说是"东方唯美主义戏剧"的全貌。但梅兰芳与"梅党"以古装新戏为基础的中国"理想优美之剧"以及所推出的系列梅剧,在当时不仅在北京受到欢迎,还得到上海观众的高度认可。1922年初夏,梅兰芳在上海天蟾舞台演出《天女散花》,某日刚演到第二场,梅兰芳唱完"妙悟道好一似春梦乍醒"的四句二黄慢板,就听剧场里一声巨响,楼上烟雾腾腾,台上台下秩序大乱。事后了解才知,有黑恶势力见天蟾舞台的生意过好,发了大财,借机要大敲竹杠,但因天蟾剧场方觉得金额数目太大而没有接受,所以对方派人用香烟罐装满硫黄,在剧场里引爆,故意制造事端。这一意外事件也可反映出,梅兰芳演出之火爆,已经达到令人眼红的程度。

梅兰芳向上海学习,把上海风气搬到北京,带动起京剧"改良"的热潮;仅隔数年,他又把北京"改良"成果带到上海,成为风靡上海的新的流行。梅兰芳在北京与上海之间穿梭，北京与上海文化或有其对立的一面，但在梅兰芳艺术的形成过程中，却都各自提供出至为宝贵的营养；梅兰芳对于这两大都市的近现代文化发展，亦是做出了不可磨灭的贡献。

2018年7月1日　北京

沉郁轩昂各有情

——京剧艺术家叶盛长先生一百周年诞辰纪念

2022年7月29日是京剧艺术家叶盛长先生一百周年诞辰。老先生病殁于2001年6月6日，二十年来，他的形象在我的记忆里，从来都是清晰的。我想我应该讲一些关于他的故事。

一

1937年1月10日北京《立言报》发表京剧"童伶选举"结果，位列第一的是有"小梅兰芳"之称的李世芳，号称"童伶主席"；以下分为生旦净丑四部，生部冠军是中华戏校的武生王金璐，亚军是富连成科班的老生叶盛长——两位面如冠玉、丰姿挺拔的美少年。王金璐尚未毕业即已走红，有许多女学生迷他，由此发明了一个说法，叫作"捧角嫁"，意思就是追捧他，嫁给他。叶盛长当时名叫叶世长，父亲是富连成科班班主叶春善，京剧名角梅兰芳、周信芳、马连良、谭富英以降，莫不尊叶春善为师。红遍天下的马连良去看望叶春善，要把私人汽车停在胡同口外，自己步行进去，不敢在师父宅前张扬。叶盛长是叶春善最小的儿子，行五，也最受宠爱。他的兄长中，三兄叶盛章与四兄叶盛兰都是当红的名角，叶盛长在"童伶选举"中胜出，舆论遂将其与两位兄长并称为"叶氏三杰"。可是，叶盛长也就在这时遇到人生的第一个难关，他在变声时期嗓败，声音喑哑，难以承担大段的唱工戏。此际叶春善已然病逝，母亲担心幼子的未来，分家的时候，特意把自己与幼子算作一股，要哥哥们少分些，让一让弟弟。叶家的世交谭家，把女儿谭秀英嫁给叶盛长为妻，京剧"四大须生"之一的谭富英成为叶盛长的大舅哥。"四大须生"中的另一位，马连良先生，更是格外关照小师弟，亲自为叶盛长传授了《打渔杀家》《甘露寺》《广泰庄》等多出剧目，并且不许盛长拜师，只许以师兄弟相称。京剧界德高望重的老前辈萧长华先生，亲为盛长把名字从"世"字改为"盛"字，亦即将其提高一辈。作为"伶界大王"的梅兰芳，邀请盛长同台演出，以示提携之意。刚好是在与梅先生同台的时候，叶盛长竟紧张到两次忘词，幸亏同台的萧长华、俞振飞、姜妙香等一起帮助掩盖过去。事后梅兰芳还拍着他的肩膀安慰他说，"不错不错，没事没事，你看你唱得多好哇，即便有的地方生了，可有他们几位给你兜着，观众一点也没看出来"。

为了叶盛长能够走红，梨园众多名角都在竭力相助。1944年夏，叶盛长的岳父谭小培亲自帮助女婿组织剧团，让女婿挂头牌老生衔；叶盛章、叶盛兰两位兄长也屈尊为弟弟助演。叶盛长的剧团仅仅是昙花一现，虽然足够热闹，但谭小培与叶盛长翁婿都明白，限于叶盛长的嗓音条件，头牌的道路是走不通了。叶家五少爷离开北京远赴上海，在剧场里作为班底演员，舞台上需要他演什么角色他就演什么角色，虽可养家糊口，地位却是一落千丈。

二

叶盛长于1948年返回北京，有过一番闯荡江湖经历的他，从一个众星捧月的美少年，已被社会锻造成血气方刚的硬汉子。他热情奔放，急公好义，疾恶如仇，敢于出头。在梨园行内，他被推举为北京"国剧公会"的常务理事，生行组的组长，要他为大伙儿办事情。梨园行外，叶盛长对于国民党统治极是不满，积极参与中共地下党的活动，特别是在北京和平解放前夕，他受命奔走于京剧名角之间，动员大家留下来等待新中国的成立。在他晚年，我曾经亲见他与当时地下党负责人刘仁同志的夫人甘英闲谈，讲述他在"外五区"参加党的工作，接受党的任务，头头是道，桩桩分明，得到甘英同志的肯定。当解放军开入北京城后，叶盛长立即穿上时兴的干部服，戴上八角帽，胳膊上戴着写有"纠察"二字的红袖章，每天在宣武门附近巡逻。这一年，他还出席了中华全国文学艺术工作者代表大会，聆听了毛泽东、周恩来等中共领袖的讲话，当他听到领袖们说唱戏也是"对革命有好处，对人民有好处"时，顿时热血沸腾，他为共产党尊重他的行业而决心要一生追随共产党。叶盛长率先参加共产党组建的中国京剧院，动员兄长及好友们也投身国家剧团，他的四兄叶盛兰，成为中国京剧院"李袁叶杜"四大头牌之一，叶氏兄弟为中国京剧院的建设做出不可磨灭的贡献。叶盛长尽管多是配演，在台上亦不逊色，他在《三打祝家庄》里所饰演的钟离老人等角色在内外行中赢得盛誉，也可以视作他的艺术成熟的标志。回顾这一时期经历，晚年的叶盛长笑着说自己当时太无知，以为自己早就是党的人了，完全没有想到过还需要履行必要的手续，他为没能成为一名正式的共产党员而感到遗憾。

叶盛长的这一遗憾是历史性的，竟然再无机会弥补。1957年，京剧名票友张伯驹先生找到叶盛长，要他协助召开座谈会，向党提意见。叶盛长以为这是党交给的新的工作，一家一户地到京剧名演员家，邀请大家参加会议。其结果众所周知，张伯驹、叶盛长以及一连串参加座谈会的京剧艺术家叶盛兰、李万春等，都戴上"右派"帽子，叶盛长被遣送茶淀劳改农场接受改造，这是叶盛长人生遭遇的第二次劫难。

幸亏那时喜爱京剧的人众多，劳改农场里也不乏京剧的知音。在管理者的支持下，叶盛长居然在农场里组织了一个京剧团，以演出来"立功赎罪"。后来他们的剧团出了名，还被邀请到附近巡演。1960年，在天津塘沽的一次演出中，叶盛长被一位老先生认了出来。老先生悄悄请他到自己家，和老伴一起为叶盛长包了一顿白面饺子。在那大饥馑的年代里，这顿饺子当是何等珍贵，叶盛长实在不忍心下咽。老先生对着这位落难的叶家五少爷劝说，"想你从小没受过磕碰，如今落到这步儿，我们心里真替你难受。大忙我们帮不上，这么多年不见了，总该让你吃上一顿顺口的饭吧。你甭过意不去，只当是回到自己的家了，痛痛快快地吃，别胡思乱想的。往后接受教训，干什么事三思而后行就是了，你正当年，不愁没有前途"。老先生所说的"前途"，给予叶盛长很大的鼓舞。然而，他在结束劳动教养回到中国京剧院后，被分配做勤杂工，修管道、烧锅炉、看澡堂子，直到1978年10月才重返舞台，再次拥有了人生的"前途"。

三

1978年6月，叶盛长的四兄叶盛兰病逝，年仅六十四岁。叶盛兰作为京剧小生艺术家，创立了小生"叶派"，同时也在京剧发展史上重新树立了小生行当的艺术地位，居功至伟。这位伟大的艺术家临终之际，对守在身边的弟弟叶盛长嘱咐说，"老五，你侄子叶蓬学的是杨派老生，唱工上是有了一点意思，可身上还得下功夫练，我把这事托付给你，你要好好给他说说"。盛长哽咽着答道，"我一定按您的吩咐办"，叶盛兰听后惨然一笑，慢慢闭上双眼。

叶盛兰的逝世强烈刺激到叶盛长，叶盛长比任何时候都更珍惜舞台，他只想尽可能多地停留在舞台上，哪怕是让他演一个龙套，他都觉得是一种幸福，什么辈分名望年龄体力，全都可以置之不顾。1979年叶盛长随中国京剧院赴港演出，回到广州后加演数场。某日，他在场上忽觉不适，坚持演完后突发脑血栓——叶盛长人生的第三次灾难降临，他的左半身麻木，半身不遂，不得不满含热泪彻底永别舞台。夫人谭秀英心疼他遭此大难，全力照顾，希图他的身体能有所恢复；岂料一生含辛茹苦的谭氏夫人积劳成疾，于1985年5月19日辞世。谭氏夫人为叶盛长养育子女众多，其中女儿叶红珠与儿子叶金援学戏，均为当代京剧名家。谭氏夫人在与叶盛长诀别之际，执手相看泪眼，说，"看样子我得走了，撇下你，我真有点不放心。往后你要注意身体，多活几年，多教出几个好学生来"。

谭氏夫人的遗言点醒叶盛长，他意识到，自己虽然无法登台，但是还可以教戏——"教戏"将成为他的生命的最后的支柱。送别谭氏夫人不久，他就应时任天津市长李瑞环同志之邀，奔赴天津为青年团说戏；回到北京后又收下多名弟子，专业如耿其昌、安云武、李宝春、朱宝光、祝孝纯、王立军、张克等，业余如李天绶、陶荣生、叶庆柱等，都曾向他请益。安云武最近也写了文章纪念盛长先生，说：

> 从我的学习经历来看，叶盛长先生给我说的这些东西，艺术水平都是非常高级的。他所传授的，不仅仅是官中的科班的，因为他是"叶五爷"，是叶春善先生最小的儿子，他从小受到叶春善夫人的疼爱，甚至是溺爱。因为老太太最疼爱他，专门给他请了教师，不仅在科班学，也在家里学，等于是双重的教育。因此，他所学的东西，都是高级的玩意儿，都是私房的东西。比如说，他在患半身不遂期间，我曾向他请教了全部的《定军山》。……盛长先生给我说的《定军山》又别有特色。比如说黄忠的大刀下场，反身"回花"，过来"劈马"，一般的"劈马"那就是"劈马"，而盛长先生说的，是在回身的过程中，右手"劈马"刀向下，左手撩髯、放髯口，再转向左上方，左右形成了对仗，上下形成了平衡，这一个舞蹈动作，在动的过程中，有这样一个短暂的静止造型，其美感难以用文字描述，但如果是在舞台上走起来，是多么的漂亮，是多么的与众不同。后来我

看过很多位先生演的《定军山》，但都没有盛长先生所讲的这个动作，可见盛长先生艺术的优长和独特之处。

安云武的文章，清楚地点出，叶盛长叶五爷尽管自己没能走红，却是身负京剧"绝学"，其对于京剧的所知，真可谓广、深、精、细，"都是高级玩意儿"。而以我对于老先生的了解，他通常在演出中总是以配角出现，但是，满台角色的演法，生旦净末丑，几乎没有他不会的；他在给学生说戏时，说的都是"站当间儿"的主角的表演，一招一式，一字一腔，毫不含糊，不厌其烦。他边为学生说戏，边在旁为学生"搭戏"，随口念出不同行当的配角的台词，情绪到处，还要加上身段，可见他的"肚囊"是多么"宽敞"。他曾说他会戏二百余出，就都是这样的一个"会"法。我至今都无法理解，他究竟是怎样做到能"会"这么多出戏的。单从京剧艺术角度而言之，他与他的前辈艺术家们，简直就是一个又一个的神话。

四

我与叶盛长先生相识于1987年1月。第一次见到他时，我还没见过这么漂亮的老先生：一身整洁笔挺的藏蓝色毛料中山装，三接头皮鞋，拄着一根细长的拐杖；清瘦、顶上无发，胡子刮得干干净净，戴一副金丝边眼镜，文雅安静。大约是为了掩饰半身不遂，他发明了一套特殊的"走法"，就是放慢动作，借助拐杖的支撑，一步一步坚实地迈出，类近于舞台上的台步，令人几乎不能察觉到他的行动不便。后来我才知道，但凡出现在公众面前，他必须要保持着他的这样的仪表，一丝不苟，这是他对他的观众的尊重。事实上，他已经穷了，经济上窘迫，仅有不多的退休金，因而他没有太多的"行头"，这套中山装，他穿了许多年。较之经济的困难，更令他忧心如焚的，是京剧的困难。京剧一如他一样，历经坎坷，以半残之身步入晚年，演员凋零，观众星散，剧场冷落，一蹶不振。叶盛长为了挽回京剧的颓势，奋力站到"振兴京剧"的最前沿。

他晚年的工作，可以分成这样的三个部分。第一是为京剧大声疾呼。他是北京市政协委员，只要政协开会，他必定到会，必定发言，一发言就停不下来，发言的唯一主题就是吁请政府对京剧加以抢救，保护这一属于中华民族的优秀传统艺术。有次政协全会，他因过于激动乃至当场昏厥，还是舒乙等年轻委员把他抬上担架，推上救护车。哪知他在救护车上苏醒，坚决不肯就医，硬要回到会场把话说完。众人拗不过他，只好用担架把他推回到会场，他在担架上声嘶力竭地喊出了他的名言，"谁爱京剧，我就爱谁"，直喊得自己老泪纵横。政协之外，他与时任北京市委宣传部常务副部长李筠、市政协党组副书记兼秘书长李天绶等同

沉郁轩昂各有情 | 377

志组织北京市京剧昆曲振兴协会，通过多方渠道为京剧呐喊。

盛长先生的第二项工作是传承京剧艺术。他不管是专业还是业余，拉来学生就为其说戏，倾囊相授，毫无保留，分文不取。他说："老师教学生演戏，如果学生演到和自己一样的水平，那就说明老师没有教到家；如果学生演得不如自己，那是做老师的犯罪；如果学生演得比自己还好，那是做老师的最大幸福。我从事京剧艺术五十余年，如今年老有病，不便登台，但是，我能坐在台下看到亲手教的学生比自己演得还要好，心里真有说不出的高兴和欣慰。我的精力没有白费。"

我在与他相识的时候，对于京剧的认知，只限于人人都知道的那些常识。他却看到我的年轻，很快就开始给我说戏，第一出戏是《二进宫》，一板一眼，旦角、生角、净角，三大行当齐头并进，记得他教我净角的"怀抱铜锤"，那个铜锤在不同场次有不同的抱法，如何能融入戏剧之中，这对于我来说，实在是太难了。他无数次为我示范，我总也学不会，他也不恼，非要教会我不可。有时我们一同外出，走在街上，他说着说着就示范起来，我也要跟着他做，惹得路旁行人侧目，以为我们这一老一少精神不正常。我后来开玩笑说，我学习京剧，坐科是在"马路富连成"——那也是富连成科班最后的一科了吧。说到后来，叶盛长先生终于醒悟了，说我真不是唱戏的材料，他嘿嘿地笑着说，"咱俩都上不了台"，这才彻底放弃了为我说戏。时至今日，我可以做一些关于京剧的研究工作，我的基础却是他为我打下的，尤其是他以他的丰富的舞台经验为我开蒙，从而使我的研究不是书上来书上去，能够与舞台实践紧密结合，这就不能不感念老先生的盛德。说句更为实在的话，我所以能以京剧作为自己安身立命的一项专业，皆是拜老先生之所赐。

盛长先生的第三项工作，是四处奔走，传播京剧。那时的北京，旧时的"票房"有所恢复，出现了一批京剧的业余活动场所，如北新桥草园京剧剧场、朝阳文化馆、西城文化馆、前门老舍茶馆、三里屯穆斯林餐厅、什刹海汇通同人票社，等等。昔人曾云，"凡有井水处必有歌柳（永）词者"，叶盛长先生则是凡有胡琴处必有他的身影，他要我陪同他一处一处地走访票房——有时就是街头公园，他为联络京剧观众，培养京剧爱好者，不计时间，不辞劳苦。通常的情况是，我先到和平里的他家，他多是已经穿好中山装皮鞋坐在沙发上等我。我们一起出门，乘坐公共汽车，有时还要换乘两次，到达目的地后，我替他通名报姓，叶五爷来也，他便去为人说戏，我就可以闪到一旁找人抽烟聊天；到了大家都要散去时，我再搀扶他乘公共汽车回家。也正是因为有频繁的这样的活动，我往往被众人误认为是他的孙辈，连溥杰先生、李洪春先生、程玉菁先生等老前辈都是如此看待我。有一部根据陈建功小说改编的电影《找乐》，宁瀛导演，就是我们彼时生活的真实记录。我没有向陈建功确认过，但我固执地以为，剧中那位认真辅导业余票友唱戏的京剧老艺术家"杨先生",其原型就是叶盛长先生,因为很多情节都是我亲历的。这部电影,每当我怀念起盛长先生,还有电影的两位主演黄宗洛、韩善续先生,我都要看一看,已经放坏了两张碟片。

关于叶盛长先生,我的怀念,是说也说不完的,不能再如此说下去了。今逢先生百年诞辰,我作有小诗纪念老人,诗云:

我是新花正旺开,新花俱是旧人栽。
绝怜无有斑衣处,千载风流隔世哀。

诗有未能尽意处,盛长先生哲嗣、著名的京剧文武老生艺术家叶金援先生来与我商量,说他也已年过七旬,我也是五十朝上年纪,总要在这一特殊的年份里说一些关于老先生的话。我就想了这样的几句话:

伟大的中国京剧艺术,是红如谭鑫培梅兰芳、不红如叶盛长等代代艺术家付出毕生心血创造的,是生命的连接,是中国人的生命之歌。

叶盛长先生没有站立在舞台中央,但是他的事例足以证明,我们的京剧舞台,要求舞台上所有角色都要无比优秀,都要闪闪发光,光芒四射。

叶盛长先生命运多舛,自强不息,将自己的生命最大限度与京剧的生命相融合，悲欢同在，荣辱与共，一身相托，不离不弃。更扩大范围说，此即陈寅恪先生《王观堂先生挽词》里所谓，"凡一种文化值衰落之时，为此文化所化之人，必感苦痛，其表现此文化值程量愈宏，则其所受知苦痛亦愈甚"，正是因为切身感受到文化衰落之苦痛，在我们的文化史上，有着无数如叶盛长先生一般，但存一息，亦必将其付诸我们的文化，鼓舞后来，这是我们民族的根本性的文化精神。有此种文化精神存在，中国文化终将生生不息，长远光大。

即以此为哀祭，安盛长先生于幽冥。

2022年7月3日北京

靳飞词选并序

不求与古人合而不能不合

少年痴迷于诗词，更爱为赋新词强说愁，其时不过就是一时的一点心绪罢了。作为延伸，开始读《白雨斋词话》《人间词话》，误入藕花深处，信服于王国维的境界说，谓之有境界则自成高格，自有名句。然而一旦生有"境界"之心，意思就容易变味，境界实非可以速达，落笔却难免不为"境界"束缚。三十年前曾作句云："小楼砚田自种栽，不沾雨露亦舒怀。日闲卖文得几贯，换取清茶薄酒来"，张中行与梁树年两翁尤为欣赏，盖即赏其"境界"也。扪心自问，一则并非自己真实所想，二则一味模仿自家想象中的古人，哪里谈得上什么境界。一字以蔽之，"酸"而已。现在说悔不悔少作也迹近无聊，只是对自己的文字能看得更清楚一些了。二十年前，决意抛弃境界之说，亦即不再去刻意为之什么，有时于格律方面，反是要猖狂一下，要打破瓶瓶罐罐。这一时期，我以为诗词是重在写"字"，每个字要用到足斤足两，最好是能超负荷。诗词的字数太少，因而倍显汉字的优秀，要求字字都须是精兵强将，以一当十当百当万，到能当万的程度，就只能是神来之笔了，可遇而终不可以人力求之。有了这样的认知，诗词变成文字的练习，对于我的写作是极有益的，其一，我的现代汉语的写作，从写句子转变为写字，连同标点，我都会当成字写；其二，学会在现代语文里使用虚字，在语气、情感、韵味方面，对现代语文是很好的辅助。如果勉强说我的文字也有了某种风格的话，不能不拜谢诗词之所赐。当然，我也把在现代语文里形成的所谓风格，带入到诗词之中，尽管对于敢不敢题"糕"，仍然是心存顾忌，但口语入诗，似乎已然成为常态。约略就在此时，姜白石的一段话，忽然令我茅塞顿开，"不求与古人合而不能不合，不求与古人异而不能不异"，这就是既不装，又不仿，惟我们的文化一脉相承而无法避免与古人之间的精神血脉相关联。我近年一直在倡导同人"今人写今诗，今诗写今事"，目的不是片面强调"今"，而是旨在打通我们与古人的血脉关联，使得今人的作品，汇入中华文化的长河，即便没有一点浪花翻起，依旧无怨无悔地追随着这条长河奔流到海。回顾三十年诗词写作历程，有了这样的认同之后，创作发生井喷现象，近两年来作品数量几近前二十余年之总和，除却未免沾沾自喜之外，亦想野人献曝,虽言不尽意,总是对于同道友好有所报告。

2022年3月于北京

醉花阴·己亥重阳

晴雾西山人自瘦,无事销长昼。高楼遇重阳,望尽天涯,哪里书成就。

难分世界左中右,笑任青衫旧。最爱是孩童,令我低头,令我师年幼。

点绛唇·贵茶

烟雨黔东,沅江明月连江口。窄衣竹篓,春冷轻提手。

布谷穿梭,埋怨黄金柳。惜茶友,把红炉守,嫩叶欺陈酒。

醉花阴·荔波步陈飞兄韵

漫步游春多画境,斗笠迎风景。铜鼓震瑶乡,透彻樟江,不动龙潭影。

艳艳曼陀黄月整,山小楼高冷。何不买山居?辞却京师,笑越千重岭。

蝶恋花·庚子秋游常州天目湖

一水入山一岸柳。买得一舟，只载鸳鸯偶。灿烂东坡如北斗，笑他纱帽哭白首。

人物古来如蓼韭。旷荡苏公，淹蹇时间久。何似画眉牵素手，不逢西子休惊擞。

鹧鸪天·辛丑立春

信有东风骀荡回，黄金柳染雪中梅。莺莺惊乱池边草，燕燕长廊相互追。

除岁祟，祀花魁。经年大疫莫徘徊。从来更替何曾误，人不催天天自催。

踏莎行·上海逢辛丑上元

杏媚梨娇，月肥人瘦，沪江正月华灯秀。南来北往雨丝丝，良宵今夜明如昼。

仰视清辉，轻歌物候，虬螭蜿蜒金牛宿。盈盈笑语赠狂生，随花依柳风满袖。

青玉案·贵阳早春

贵阳宜醉还宜睡,淡雾笼青山翠。夜夜笙歌无挂累。南明河畔,联翩商肆,又有华筵备。

轻寒浓酒争娇媚,彩笔清心所何为。漫劳词人多鼓吹。桃花开处,玉兰攀比,次第春归位。

鹧鸪天·武汉重访东湖偶遇晚梅绽放

重访东湖看晚梅,轻寒细雨漫相陪。卅年旧梦分明在,满目迷离绕水隈。

留影罢,谢樽杯。昔时情意化飞灰。先知有恨无医治,犹自浮生爱几回。

虞美人·题卢树民大使摄花蜂照相

中春长昼风来暖,何故添慵懒。游蜂脉脉绕花前,不向高楼广厦费盘旋。

无非蜜液清凉水,莫使生涯累。群芳绽处尽三餐,授粉酿浆相报自心安。

鹧鸪天·忆东京旧居

不话桑麻不想家,竹林落日唱归鸦。海国哪是长居处,却忆庭前绣球花。

风阵阵,雨沙沙。离家处处是天涯。征程万里书千卷,孤夜伤心一盏茶。

踏莎行·寄丁剑阳君

梦浅更深,灯明灯暗,蕲王巷近西湖畔。昔年史事化飞烟,贪欢不愿心烦乱。

纪念蛇仙,风流璀璨,雷峰塔倒桥重断。平生受尽美人恩,为君又罢端阳宴。

水龙吟·建党百年纪念

井冈血染神州,千军百死长征路。烽烟未了,强敌外患,似狼如虎。誓把江山,重开局面,玉雕钢铸。算廿八岁月,风霜马上,中华史,重新塑。

残破家邦巩固。卅年间,勤修勤补。春雷唤起,岐山鸣凤,福泽万户。屹屹东方,清平盛世,初心天助。忆征程社稷归由百姓,最高觉悟。

诉衷情·壬寅元夕

元夕彩笔为谁涂,绿鬓老京都。新莺旧燕飞处,春又暖寒庐。

抛去岁,饮屠苏,却江湖。聚集宾客,携女牵儿,共换桃符。

刊于《诗刊》2022年第5期上半月刊

谈谈我所认识的张永和先生

时间落在自己或自己亲近的人身上的时候最不禁过。转瞬之间，张永和先生已经是望九高龄，当然，我也望了六，正所谓年过半百了。往回望三十年，我们的老师张中行先生，读写一辈子，穷了一辈子，晚年暴得大名，终于可以伸伸腰，坐在旧藤椅上聊聊阔人们的事情了，其中的一个话题，即是京剧。说来也巧，称呼中行翁为老师的，居然有好几位的"组织关系"是落在梨园。一是黄宗江，那是中行翁在南开中学教过的学生，剧作家，名气一直比老师大，后来才被老师赶超上。一是徐城北，是黄宗江的学生，也是剧作家，称中行翁为太老师，但腿勤，常常到中行翁这里来，天南海北聊一通。一是张永和，比黄徐两位还正宗的剧作家，主编《新剧本》杂志，是剧作家里的"官军"。再一个则是我，至今尚无京剧剧作问世，幸而现在顶上个北京戏曲评论学会会长的小帽子，权算是个评论家。我们四个人一包围，中行翁有些晕，不得不跟着我们跑，不仅平时聊天常要说起京剧，还写过《戏缘鳞爪》等数篇关于京剧的文章。

不过，张中行翁因为穷，看戏的经历有限，更没有深研究过，谈起戏来毕竟底气不足。于是，老先生一旦聊戏，口头语是，"人家张永和说了"。在他看起来，黄宗江年纪大而思想新，徐城北年纪轻思想老，可有时候思想又不那么牢靠，发飘；我年纪又太小，没那么大的权威性。张永和那时五十来岁，从来不注意发型，头发稀疏而有些油腻，宽边眼镜，细声细语，温和，敦厚，老实巴交，好像这辈子都没有过仇人似的，口头语总是"您说的是"，"您说得对"，后者是用于加重前者的语气。有次我到中行翁处，刚进门，未待我落座，老先生便兴致勃勃地向我报告，"人家张永和说了，您批评那某名老生浑身哆嗦，我也不喜欢那浑身哆嗦的某名老生"。他们的对话，原是提名带姓的，我为了不找那麻烦，现在姑将其姓名隐去不表。张中行先生此言是话里藏话，说明他老人家对于京剧的看法很对，得到张永和的肯定，语气里不无向我炫耀的意思。我只好答复老先生，"好，好，张永和权威！张永和权威！"

北京人爱说"好事成双"。我与永和先生既同出中行翁门下，又同出吴祖光先生门下，所以，我与永和先生也会在东大桥吴宅遇到，遇不到的时候，吴祖光新凤霞夫妇话里也时常会带出"张永和"。一次，我与永和先生前后脚到吴宅，他刚走，我进门。那天的事，永和先生写进《京派》书里，我偷懒，抄一段。

一天，接祖光老师电话，他在电话话筒那边愤愤地说："永和，有个非常严重的问题，我的电话被人窃听了！"这一说我的心里咯噔一下，吓了一大跳！忙问："您知道谁窃听的吗？"那边冷冷地答道："凤霞！"我刚想笑，突然另一个尖锐的声音传到我的耳鼓，怎么回事？又吓我一跳，马上明白了，是凤霞老师的声音。"永和，你老师净胡说八道，我得管着他点儿。"祖光老师苍老的声音又传来："你听听，你听听。她还这么说，你赶紧来一趟吧！""啪"一声，电话挂了。

我立刻蹬着破自行车到吴府后，二位老人家面色都很好看，笑嘻嘻的，显然吴老师气消了，但我既然金身大驾"露"了，总得说两句，先开玩笑似的说："凤霞老师，您窃听我老师的电话不对，这可是犯法的。""你老师捅的娄子还少吗？我是看见警察都鞠躬的主儿，他整天嘴没把门儿的，拿着个电话，想说什么说什么，我能不听着点吗？"

这段记述，真把吴家老两口给写活了，我都能读出老头老太太的神情。也是那天，因为我和祖光先生都爱夜生活，所以我去得晚。凤霞阿姨看我来了，就不急着睡，与我又说了一遍，结论是，你要学人家张永和，不多说不少道的，不要让家里人担惊受怕。我答应着,"好,好,学习张永和,学习张永和"。

张中行先生处与吴祖光先生处,都是我踢破门槛的地方,也都是把张永和先生立为标杆让我学习的地方,可惜的是,这么多年过去,我还没学会永和先生的本事。

在我中年以后,在永和先生步入晚年以后,或许是因为我们都念旧,我们的过从多了起来,我遂有了更多的机会接近我的"榜样",诚心诚意地说,我真的是抱着学习的心态而接近他的。

首先,"人家张永和"的嘴,值得学。这么多年,我没有听他嘴里说过谁的隐私,说过谁的不好。有句话是,澡堂子里的水,戏班子的嘴,梨园里人多嘴碎,最容易是是非非,嘀嘀咕咕。永和先生几十年没离戏班,而且,真正还进过戏班,曾经服务于李万春剧团、风雷京剧团、北京曲剧团,但是,他不说是非,不传闲话,不刁钻刻薄,哪怕是我们两人通电话,他也不曾骂过人。我起初以为,这是出于道德,闲谈莫论人非嘛。日子久了,我发现事情没那么简单。事实上,永和先生是在保持着他的文人的教养。诸多有些文化的文化人,一沾戏班,迅速沾染上旧戏班的坏习气,脏了口,似乎这样一来才显得内行似的,才能与演员打成一片似的。其实不然,大艺术家,没有不尊重文化的,梅兰芳、梅葆玖、谭富英、马连良,哪个不是彬彬有礼,谦谦君子?我的唱戏的老师,叶盛长老先生,从来都是衣冠笔挺,言谈举止像中央首长一般,经常被人误认为中顾委委员。说到这里，今年是叶盛老一百周年诞辰，我深深怀念这位我的梨园开蒙恩师。张永和先生可谓久在河边走，就是不湿鞋，自始至终留有"口德"，只有身在其中，才知道能做到这点是何等不易。我的印象中，前辈文人里，翁偶虹先生，才有着这样的风度。

其次，"人家张永和"的腹，值得学。世人称饱学之士满腹经纶，永和先生是满肚子西皮二黄。他家与齐如山家一样，都是开粮店的，谈不上什么幼承家学。永和先生对于京剧，基本上是打小自修的。从他的著述可以发现，《同光十三绝》《马连良传》《张永和聊史说戏》，等等，他心里装着一部京剧史，绝不是支离破碎的"段儿活"。从他的剧作可以发现，在什么地方唱"导碰原"，什么地方给演员留出赶装的时间，什么地方要让演员"卖"什么，他手上都有准，都能拿戏保着人。此处又得忍不住说句闲话。汤显祖说过一句很不负责任的话，意思是说，写本子时不管不顾，拗折天下人嗓子也无所谓。现在的剧作家把这话奉为经典，也跟着不管不顾。问题是，汤显祖不上台啊，而且，《牡丹亭》的成功，半靠汤显祖，半靠四百年来的无数昆剧艺术家。如果水平上不能与汤显祖并驾齐驱，最好写戏时不要学这坏毛病。张永和的戏，说与唱，都顺溜，不难为人；而他所以能做到这一点，不外乎两个字，精通。他是真懂戏啊。

最后，"人家张永和"的量，值得学。这是指的他的气量、肚量。我们一起看戏的时候，他会在旁小声嘀咕，"二黄"，"二黄导板""西皮散板",诸如此类。他的这种自言自语,后来我才明白他的用意。为数不少的戏剧学者,下笔洋洋万言刹不住,左引某核心期刊发表之论文,右引詹姆斯杰克汤姆逊著作见多少多少页,等到坐进剧场里,却连基本板式都没听明白呢。永和先生常常要与这些人会面,他既担心他们"露怯",又不愿直接说穿,伤了人家脸面,就养成这样的习惯,帮忙给"专家"们加个"小注"。自然,他担心我也是这样的人,我虽没他那么精通,但听个"二黄""西皮",总还是分辨得出来的。

他没有批评过我,我却曾当面嘲笑过他。有次在方志馆演讲,他说出句经典句式,被我逮住了。他说,"有人说,程长庚的老师是米喜子。我认为,(停顿,换气)他就是米喜子"。我差点没笑场。我学着他的语调问他,听您那前半句,以为是前后句是转折关系,没想到后半句是重复前半句。他听了也不由得哈哈大笑。这成了我们两人的一个"哏",常常用这句开玩笑——如今不知是谁,把"哏"给写成"梗",成了网络流行语。我要说的是,张永和先生,既有容人无知的气量,也有容人当面嘲笑的肚量。他从不是睚眦必报的人。

说到这一点,我曾自认为我对于张永和先生了解颇多,某次与时任北京京剧院院长李恩杰兄聊天,其间有这样的对话:

靳　飞:我跟永和先生认识的时间可不短了。

李恩杰：你能早得过我去？

靳　飞：你什么时候认识他的？

李恩杰：六岁！

李恩杰：我六岁的时候，就看见他在我们胡同口挨批斗呢！

据恩杰说，永和先生年轻时也是有火气的，挨批斗不老老实实，竟敢动手打了红卫兵，结果戴着"右派"帽子，直到李恩杰六岁时，还被作为批判对象呢。听到这样的话，我有几分伤感，张永和先生原本是有着不屈不挠的一面的。其实，假如我们仔细想想，张永和先生爱戏七十余年，而这七十余年，京剧走背字的时间居多。如果不是一个不屈不挠的人，该如何把这样的事业，坚持到今天呢？

永和先生又要出版新书了，仍然是戏剧的主题。老先生要我写几句话给他，我除了用这样的文字致敬，祝福老先生像老黄忠一样，越老越勇之外，还能说些什么呢。谨此为永和先生寿。

2022年3月　北京

我只是刘心武的一个读者

刘心武先生记叙巴金、冰心、丁玲、冯牧等数十位文坛名宿的新著《也曾隔窗窥新月》由三联社印出后，我读过两三遍，忍不住想写一写刘心武这位名宿。为了行文方便，请恕我将文中应有的敬称多省略去了。

话就从三联社说起。我与三联社范用老板很熟，因而与他的亲家许觉民即洁泯也熟。范用时常在北牌坊胡同宅请客，许觉民与我每每充任陪客，我还要提前去帮范用买肉和打散装黄酒。范用说许觉民最会讲故事，事实上许觉民在聚会时讲话最少，我是很晚才了解到，许觉民确实是一部少有人读过的传奇。这个话题暂且不说了。

某日许觉民写信给我，要我某日到交道口的康乐餐厅吃午饭，没想到那竟是迄今为止最令我尴尬的一次饭局。许觉民开宗明义说，中央党校出版社委托他主编一套丛书，当日受邀者即为作者，包括王蒙、刘心武、张洁、李国文、韩少功、高晓声、梁晓声和我。我猛地被跻身于一众声名赫赫，如日中天的作家中间，顿觉局促不安，说不出成句的话来。是日王蒙、高晓声两人未到，名头最响的刘心武率先表示响应，丛书便这样定了下来。我感觉到刘心武几次好奇地打量我，他的脸上表情不多，我辨不清他的眼神儿里是热情还是冷淡，有些被他"镇"住。我们说了一些话，留下通信方式。从这第一面起，屈指算来，整整三十年过去了。

我这个人受益最大的是我的年龄。三十年前，刘心武他们约略是我现在的年纪，在老先生面前要表现出中年人的懂得事理。我却仗着岁数小无拘无束地泡在老先生堆里，尽情享受那时中国文化界最老的老头儿老太太们的宠溺，我就如同一只菜粉蝶似的，混迹于一群五彩斑斓的蝴蝶队伍中，与他们一同自由自在地盘旋。那一时期与老先生们的交往，是我一生中最可宝贵的财富。

正因为习惯了那些老先生，我与刘心武、张洁、李国文他们这一代走得不近，觉得他们有些"端"着，也不肯惯着我。

不过，刘心武又是其中的一个例外。我并不喜欢他的成名之作《班主任》，但我热爱他的《钟鼓楼》。20世纪80年代，一是老舍作品的再次走红，一是刘心武长篇小说《钟鼓楼》问世，重新唤醒了北京城市文化。

刘心武的《钟鼓楼》，在当时看，写法上是保守的，没弄出点意识流什么的，而是写实描述北京钟鼓楼附近一个大杂院里从早到晚的众生相。小说里出现的人物，除了一位局长，还有一位女知识分子澹台智珠，稍显些特殊；余下的尽都是胡同里的平民，有点爱吹牛的海奶奶和她的孙子青年工人"哪里哪里"，娶媳妇办婚礼的一家人，偷完东西后到帽儿胡同西口乳品店喝瓶酸奶的小混混，个个鲜活。现在看起来，这种写法，不就是正在流行的大杂院"十二时辰"吗？抛开写法不论，我更愿把刘心武的《钟鼓楼》，看作赶在北京城市发生根本性改变之前，为这座城市留下的一卷《清明上河图》。最近，我听说《钟鼓楼》刚被搬演到话剧舞台上，这是时下的艺术家再次发现了这部作品的价值。可惜演出剧院不是北京人艺，这是北京人艺应该做而没有做的工作。昔年曾有个传闻，刘心武在《也曾隔窗窥明月》里也提到，说有外国记者问冰心，中国年轻作家里，谁最有发展前途，冰心回答说是刘心武。刘心武有《钟鼓楼》这样的传世之作，无愧于冰心先生的期许。

我是为《钟鼓楼》这部作品而很愿接近作家刘心武。另有一个巧合，是他住的安定门外东河沿紧邻立交桥的那座楼，是我常要串门的地方，老舍夫人胡絜青与舒乙母子，以及中国剧协书记处的好几位书记，都住在这个楼里。胡絜青老太太晚年被视为北京文化的象征，数不过来的人托我去求老太太的墨宝，从这一点来说，社会比嚼舌头根子的文化人厚道得多。胡絜青老太太对我是有求必应，也与我谈过许多往事，我和冰心的外孙陈钢，大概是她最喜欢的两个年轻人。一次，我去看过胡老太太，上楼去看刘心武。刘心武的家比胡老太太家小，陈设不那么气派，我们是坐在正对着房门的一张餐桌两侧说话。令我感到惊讶的是，他对张中行先生有着浓厚兴趣。我们那次的谈话，相当于他的一次采访，我是替中行翁接受采访。为了继续这个话题，他请我到楼下他请王小波吃过饭的餐馆吃饭，时间则应是在请王小波之前。坦白地说，刘心武这代作家，对老先生们多是客情，相互间的往来甚少。除了刘心武之外，曾与我如此大聊中行翁的是刘绍棠与徐城北，但绍棠成名早，好以老先生自居；徐城北是和我一样的"自来旧"，且同为我们中行门下弟子。新时期成名的作家里，仅有刘心武一人表现出这样的热情。他在《也曾隔窗窥新月》里有一篇《张中行：顺生》，刘心武说，"要说追星，我追过两颗，一颗是王小波，一颗就是张中行先生。追，就是因为读了其文字，喜欢得不行，从而想方设法要去认识，想跟人家多聊聊"。遗憾的是刘心武对我说时没有如此坦白，否则我会安排更多机会让他们聊天，那时我与中行翁，每周有三四天的时间在一起的，是互为日记的交情。

　　回到我与刘心武最初的交往，吃饭后不久他约我再去他家，对我说了他近年文章《请启功题字》里写到的事情。刘心武说他老家安岳县领导认为他是名扬海内外的大人物，拜托他去请启功先生题写"安岳宾馆"四字。刘心武不认识启先生，犯了难，又不好在老家人面前折了面子。我听后尤是得意，以为这么大名气的刘心武反过来求我，这是属于我的面子，当即应承下来。附带说几句题外话，中国作家学了外国，好写人性；其实人性能有多少好写的？写来写去不过就是那点事，改变或说改造人性，是个无比漫长的过程，需要几千年、上万年，那岂是你我几个书生能改得了的。中国文化的传统是写人情，人情是人与人之间的化学反应，无限丰富且永不重样，人性的部分也都包括在内了。譬如求启功先生字，谁都明白，启先生的字就是钱，兼之启先生并不好说话，给钱也不一定就写。张中行翁知道我好揽闲事，几次约束说，除非有天大的事，不许上浮光掠影楼打扰启先生。可是，因为我在刘心武面前要这个面子，毫不犹豫就接下差使。

我对张中行先生报告说刘心武求字，语气不像刘心武对我说话时那般客气，意思即不可推托。中行翁默默地拽过一张纸片，用钢笔写上："刘心武求，安岳宾馆"，然后把纸片放进抽屉里。中行翁与启先生是五十年的知交，他虽不让我去烦启先生，可他老人家却会为一些莫名其妙的人去找启先生写字。我对老先生用的语气带有抗议的成分，中行翁一听就明白。

果然，几天后中行翁把启先生题的"安岳宾馆"交给我，我让他等我一会儿，我马上把字给刘心武送过去。刘心武见字喜出望外，说老家人以一箱五粮液来酬谢启先生，让我把酒再给带过去。我带着酒回到中行翁处，中行翁看了一眼，淡淡地说，"给他干什么，他那里有的是，咱们喝吧。"我们理直气壮地贪污了本该属于启功先生的一箱好酒。中行先生与启先生早已相会于九泉之下或九天之上，想来这点儿小事都已说开，也不算什么事了。刘心武记录此事的文章亦收入《也曾隔窗窥新月》，我谨提供一个我的记忆版本。

中行翁对刘心武这一代作家，基本不怎么关注，只是对王蒙、刘心武的印象深些。关注王蒙是因为王蒙当过部长，关注刘心武，是因为刘的《红楼梦》研究。有一个阶段，王蒙领头，一批中年作家纷纷开始谈《红楼梦》，其中只刘心武一人坚持下来，成为"红学"的一家。现今年轻人知道刘心武，多是通过他的"红学"讲座与著作。中行翁的另外一位五十年以上的好友，"红学"泰斗周汝昌，在给中行翁的信里，盛赞过刘心武的"红学"研究，还附有周刘讨论"红学"的文章。

周汝昌是大才子，早早就出过大名，清高而又挑剔，得到他的赞赏是不容易的。他曾直截了当地说张中行先生的《药王庙》一篇是败笔，惹得中行翁作文《得失寸心知》来反驳，而且好长时间不理周。周汝昌欣赏刘心武的"红学"研究是真诚的。刘心武《也曾隔窗窥新月》里收有一篇《周汝昌：悔未陪师赏海棠》，句句"汝昌师"，情真意切。刘说周汝昌亦极真诚，"我悟出他的乐趣全在孜孜不倦的学术研究及文学创作中，当然'红学'是他最主要的乐趣。但他拒绝'红学家'的标签，他对

《红楼梦》的理解是中华文化的百科全书，他研究《红楼梦》也就是研究中华大文化"。这段话，同样适用于刘心武自己的"红学"研究。

如果说刘心武用小说《钟鼓楼》，在老舍之后为北京的城市文化重整文脉；他的"红学"研究，是他要打通自己与中华大文化之间的渠道，做到文脉相承，气韵相通。从这一意义而言，他是成功的。这册《也曾隔窗窥明月》，所谓的"隔"，不可直解作"隔"。张中行忆俞平伯讲《饮马长城窟行》里的"枯桑知天风，海水知天寒"，说"知"是反训，"知就是不知"。刘心武的"隔"也是"不隔"，他的文字出了"老气儿"。这种"老气儿"不是暮气，更不是村学究的馊臭气，而是与"朝气"一样生动的，又格外带着灵动的，一如古董行内讲的"包浆"。

我现在想起来，刘心武的性格，与张中行翁也不无几分相似，都是外冷内热型，待人貌似不那么热情，内里却从不缺少爱人之心。

前面讲过我对于刘心武的帮助，这就要再讲几件他帮助我的事情。其一是他参加了我的婚礼，以他的盛名，在我的婚礼上受到慢待，前几桌被老先生们坐满了，他的座位被安排到三四桌以外。这件事情我尚未向他道过歉，他也未曾向我抱怨过一次。其二是我在婚后，工作没了着落，跑到中国青年出版社，编辑《追求》杂志，刘心武不计任何条件地为我写了一年的专栏文章，为我撑住了杂志的门面。

还有更为重要的其三，我的女儿出生前后，我为复杂艰难的跨国婚姻所累，连《追求》杂志的工作都做不下去了，全力投入各种手续和家庭生活之中。其间略有闲暇，碰巧我家门外的金台路上开设图书批发市场，我与我那位日本太太商量，我读书、编书、写书、出书，还没卖过书，好不好抽空儿开一家书店，多增加一种体验。这个计划顺利得到太太的批准。我们相约以一月为限，不问是赔是赚。中国青年出版社是对我最好的出版社，打开库房让我随便拿书，售后结账，结多少是多少，条件是将来为出版社贡献一本畅销书。惭愧得很，如今我的女儿都结了婚，我也没能完成中青社的这项任务。

这一个月的书卖下来，最好卖的是刘心武的小说《风过耳》，到批发市场拿货的书摊，认刘心武的比认王小波的人多。我请刘心武帮我签了一批书，每批发五十本附赠一本签名本，不过书商不认这个，签名本都被爱书的朋友们要去了。刘心武的书帮我赚到了钱。

我在卖书的时候，细读了《风过耳》。刘心武这部描写文坛的小说，除了没碰到有陈道明那样的演员来演男主角，其传神处，其深刻处，其令人胆战心惊处，不输于钱锺书的《围城》。我也即在此际，打定主意不再图谋登上文坛"封神榜"，而是用北京话说，哪儿凉快躲到哪儿去。说得更重一些，刘心武的《风

我只是刘心武的一个读者 | 403

过耳》,彻底改变了我的人生轨迹。这样的帮助,就实在是意义太大了,我认为我是个幸运儿。比照《风过耳》,刘心武的《也曾隔窗窥新月》,令我倍觉难能可贵的是,其间虽有只言片语流露出风过耳,却也把过耳的风又过滤得差不多了。好比《风过耳》是矿石,《也曾隔窗窥新月》是从中提炼出的真金白银。这个比喻有些俗,改说是人间雪月花吧,对应上书名里那个"月"字。刘心武先生八十一岁了,这是他又一次重新发现自我的一本书,亦即他的又一次新的开始,其意义可相当于张中行先生的《负暄琐话》。

前些日子三联社邀饮,我与刘心武同席。我是读了他的这本新书后与他见面的,一时间这万语千言反而说不出来了。那日他在劳累一天之后,仍然喝了不少酒。多年不见,他的面容和蔼了很多,他的酒量未减当年,我由此知道他的新的开始还有好长的路可走。作为刘心武的朋友,我是不够格的,与他的往来太少。我只自认是刘心武的一个读者,四十余年未曾改变过。请允许我这个也写作了整四十年的山野之人,用这样一篇拉拉杂杂的文字,对着文坛自作多情地说上一句话:我们的文坛,又多了一位名叫刘心武的老先生。

2023年5月15日写于南通

旧戏剧　新中国

一、城内外的程宅

清华大学外文系学生蒋励君在地下党员彭珮云的引导下参加了中共的外围组织，1948年秋被安排化名"王金凤"，穿越国民党封锁线，前往华北解放区参加革命工作。出身宜兴望族的蒋励君起初嫌化名太俗气，好像是《苏三起解》里的男主人公王金龙的妹妹，后来她却以这个名字成为《人民日报》的第一代女记者，至今仍然享有盛誉。

1949年1月，已经改名金凤的蒋励君随同新华社北平分社社长李庄从解放区返回北平，住进香山脚下的一处别墅。按照党的纪律，他们不能破坏或随意移动别墅里的任何一样东西，甚至连吃饭都要跑到滴水成冰的庭院里。年轻的金凤管不住自己的好奇心，她在一本相册里发现，别墅的主人竟然就是演出过《苏三起解》的京剧"四大名旦"之一程砚秋。一个星期后，他们接到进城的命令。临行前,他们把别墅里里外外打扫得干干净净。金凤"又特地将程砚秋先生的家庭相册轻轻拂去浮灰,端正地放在擦得发亮的小圆桌上,这才带着依依不舍的心情离去"。

金凤不知道,她所崇敬的程砚秋,正躲在北平城内西城报子胡同18号住宅里生闷气。国民党军的一个团长以军事需要为名,带着老婆孩子和两只母山羊,占据程家前院年余。程砚秋写信给朋友说,"家中住兵,夜不能闭户,鸡叫狗咬孩子哭,一日数惊,未来恐怖尚未实现,目前情形,确是可惊。城外炮声隆隆,城内情形如此。乡间之居,消息不通。一将功成万骨枯,我等有当炮灰可能"。

1月31日,旧历己丑年正月初三,北平宣告和平解放。程砚秋连忙命次子程永源出城查看自家别墅的情况,永源回来报告说,"程家花园内外一切什物家具及剧本皆完整如初"。程砚秋高兴地赞扬解放军可谓自古以来未有过的真正的"仁义之师"。

比程砚秋小近二十岁的京剧世家子弟叶盛长,是当时的"国剧公会"负责人中最年轻的一个。他亲眼看到了解放军的入城式,看到"每个人都有一种新奇的感觉","这是一支有别于任何朝代的军队,他们的气质与那些一贯欺压我们的反动军队,毫无共同之处"。叶盛长顿时热血沸腾,立刻改穿上干部服,戴上八角帽,胳膊上套上"纠察"的红袖标,参加到维持社会治安的巡逻队伍中。他说,"来往的行人们不时用好奇的眼光上下打量我这身八路式的装束，投给我以善意的微笑，我的心里更是美滋滋的。我甚至觉得，我穿的这身新行头，比之往日在戏台穿的那些蟒袍玉带都更有光彩"。

程砚秋与叶盛长等京剧艺术家对于共产党和解放军的最初印象，与北平城大多数居民的看法是一致的。2月16日，中共北平市委书记彭真提交的《关于进城初期的敌情和群众动态给毛主席并总前委、华北局的报告》说，"在这十天中，群众对我们的军队纪律好，军队和工作人员态度和气，作风朴素，社会秩序尚称安定，优待兑换伪金圆券，市上煤粮不缺，物价稳定，没有挨门摊派的苛捐勒索，对职员工人及一部分学生发给维持费，公共娱乐场所没有军人干部滋扰，没有摇头票（原注：看戏不给钱）等都是满意的。不少群众已感到我们是为群众办事的，和国民党根本不同"。

二、共产党喜欢京剧

3月23日，中共最高首脑在党的七届二中全会结束后从西柏坡动身进发北平。25日，毛泽东主席入住香山双清别墅。这一消息迅速传开，晚清举人、内阁中书许宝蘅虽退隐多年，他在26日的日记里清楚地记录说，"昨日中共中央委员会、人民解放军总部迁来北平，领袖毛泽东、朱德、刘少奇、周恩来、任弼时、林伯渠等均来北平"。

程砚秋没能想到的是，3月27日下午，周恩来亲自访问报子胡同程宅。程砚秋在外洗澡未遇，他的徒弟王吟秋接待了周恩来一行。周恩来给程留言："砚秋先生：来访未晤，适公外出，甚憾！此致 敬礼。周恩来。"当晚，程砚秋参加了在中南海怀仁堂举办的京剧演出，与周恩来邓颖超夫妇会面。程砚秋感慨万千，说："回想在旧社会，像我们这号人，说得好听点是艺人，说得不好听是唱戏的，在一些人的眼中不过是玩具是玩物。在新社会里，中国共产党对我如此尊重，怎么不使我感动呢！"3月29日，程砚秋参加郭沫若率领的出席世界保卫和平大会代表团赴苏联、捷克、波兰访问，亲身投入共产党的外交工作中，明确地成为共产党的朋友。

3月30日，毛泽东主席在双清别墅里边散步边高兴地对警卫员孙勇说，今晚去长安大戏院看京戏。他一连气数出一大串京剧名角：金少山、郝寿臣、侯喜瑞、裘盛戎、梅兰芳、尚小云、程砚秋、荀慧生、张君秋、宋德珠、李世芳、毛世来、马连良、谭富英、余叔岩、高庆奎、言菊朋、杨宝森、奚啸伯，说着说着，还情不自禁地哼唱起《空城计》来。这一天，他们在长安大戏院观看的演出是杨宝森、梁小鸾演出的《打渔杀家》，谭富英、侯喜瑞、郝寿臣、李多奎演出的《法门寺》等剧目。毛泽东与江青、叶子龙、孙勇、李银桥坐在二楼中间的包厢里，毛泽东观看

《打渔杀家》时，嘴里也一直在跟着唱。

毛泽东与周恩来都是京剧的内行。孙勇说："每当毛主席吃饭或休息时，常点名放京戏名家唱片。他最喜欢的是：高庆奎唱的《逍遥津》《哭秦庭》，刘鸿生唱的《斩黄袍》。有时，毛主席也听余叔岩唱的《捉放曹》、谭富英的《空城计》、马连良的《借东风》。"令人感到有些意外的是，平津战役时担任前线司令员的林彪，也是京剧的爱好者。林的警卫李根清回忆说："林彪踱步时爱听唱片，但从不跟着哼哼。他最爱听京剧，唱片也以京剧片子为多。梅兰芳、张君秋、程砚秋、荀慧生、周信芳等京剧名家的唱片都有，但林彪最爱听的还是梅兰芳的片子。《宇宙锋》《霸王别姬》《凤还巢》等，翻来覆去，百听不厌。"

梅兰芳可称是当时中国知名度最高的演员，在共产党干部和军队里，也一直流传着关于梅兰芳的传说。曾任新四军第11总队31旅政委的孙克骥将军说，他们曾经把国民党装备精良的主力称为"梅兰芳部队"；解放北平时任第47军140师418团团长的黎原将军说，刚刚进入北平时，"我们在北平住了三天，旅馆紧靠着有名的长安大戏院。当时，北平的一切文化生活照旧，每天晚上长安大戏院的戏照常上演，我们天天都去看戏。记得第一天晚上看的就是四大名旦之一的荀慧生演的《红娘》。当时一般的干部大都不知道荀慧生、尚小云的大名，名气最大的就是梅兰芳"。

旧戏剧 新中国 | 409

可是，梅兰芳此时居住在上海，上海还没有解放。

三、梅兰芳来了

5月14日前后，毛泽东、朱德、刘少奇、周恩来等中共领导人在北平分别会见即将赴上海负责接管工作的潘汉年、夏衍、许涤新三人，面授机宜。刘少奇特别嘱咐夏衍，接管上海后，对于查禁"旧戏"，务必要格外谨慎。5月27日，上海宣布解放。31日，上海市市长陈毅即在夏衍陪同下看望梅兰芳。6月24日，五十六岁的梅兰芳应邀北上，与周信芳等一同出席在北平召开的第一届全国文学艺术工作者会议。梅氏乘坐的火车刚过南京，不知什么人在火车头前悬挂出一幅用阴丹士林布制作的梅兰芳《天女散花》剧照，大家打趣说，火车成了"梅兰芳号"。一路之上，"但凡须停靠的站台，都少不了欢迎梅的群众，梅也不得不出来答谢一番"（徐城北语）。26日火车抵达北平。被北平梨园界派往上海迎接梅兰芳先生的叶盛长回忆说：

记得当我们乘坐的列车驶进前门车站时，站台上既有我们公会的成员，也有得到消息后渴望见到两位艺术大师庐山真面目的热情的观众们。公会的人们高举着写有"热烈欢迎梅博士""热烈欢迎周先生"字样的横幅，敲着锣打着鼓，走在最前面；后面人流如海，欢声如潮，把个前门站月台挤了个水泄不通。当两位先生频频招手向人们致意，健步走下车来之际，欢呼着的人群蜂拥而上，把他们团团围住，有人争相与他们握手，有的要他们签名留念，嘘寒问暖，情深意笃，好半天，竟然不能往前挪动一步。这一来可把负有重任的我和白云生急坏了，倘乎出点什么意外，我们实在难以交代。当时，我紧紧扶住梅先生，白云生紧紧拉着周先生，我们俩同时高喊着："大家给两位先生闪个道儿！"然而人们的情绪高涨到了顶点，哪个肯后退半步。后来，还是我们公会里那些身强力壮的武行拨开人群挤到了最前面，他们胳膊挎胳膊，迅速围了一个圆圈，把两位先生圈在了当中，这才得以使两位先生在他们的护卫下向站外缓缓地移动，经过近一个小时的"奋斗"，好容易才出了站，登上了久候多时的小卧车。两位先生被群众发自内心的热情感动了，眼睛里充溢着热泪，不断向车窗外的人们挥手致谢。汽车启动之后，人们还尾随着车子送出好远。这一幕热烈的场面在我的记忆里刻下深深的印痕，使我终生不能忘却。

7月2日，中华全国文学艺术工作者代表大会在北平隆重开幕。6日，毛泽东出席文代会全体会议，毛主席讲话说：

> 今天我来欢迎你们。你们开这样的大会是很好的大会，是革命需要的大会，是全国人民所希望的大会，因为你们都是人民所需要的人，你们是人民的文学家、人民的艺术家，或者是人民的文学艺术工作者的组织者。

也就是在这次会上，毛泽东主席会见了梅兰芳。毛主席说北平人对梅的欢迎程度不亚于欢迎解放军进北平，又幽默地补充了一句，"你的名气比我大"。

梅兰芳的心情也变得不能平静了。他说，"我自己觉得有了新的生命，新的途径，新的思想"。11日，他在文代会上发言说：

> 希望人民政府和文艺领导机关指导协助，使我们得到正确的路线，使这千百年来遗留下的文化遗产能够发扬光大，在新民主主义旗帜之下，在毛主席领导下，真正达到为人民服务的目的。这是兰芳跟本界工作者所希望实现的事。

25日晚，梅兰芳在长安大戏院演出京剧《霸王别姬》。故宫博物院院长马衡观剧后在日记里记道："四大名旦中未改当年风度者唯梅一人"。

知名民主人士宋云彬没有看梅兰芳的戏，他在日记里记下的是28日周信芳在演出的盛况。宋记：

> 今晚长安大戏院有晚会，周信芳（麒麟童）演《四进士》，专为招待文代会代表。迟去恐无好座位，五时半即与叶太太、周太太驱车前往，携馒头二枚充饥。至则正座前几排座位已被先到者占据，坐偏座第二排，离台甚近。李桂云演《蝴蝶杯》，秦腔，高唱入云，闭目听之，殊觉回肠荡气也。李桂云年已四十六，而表演小儿女态惟妙惟肖，惜配角不佳，满脸荒伧气，未免减色耳。周信芳主演《四进士》，饰宋士杰，配角皆一时之选：小翠花饰宋妻，叶盛兰饰田伦，张春元饰毛朋，袁世海饰顾读。周为"海派"袖领，自成一家。如此好戏，今后恐不易看到，特详记之。

四、政协会与天安门

黎原将军回忆初到北平的感受说：

我们在北平看到的文物古迹，保护得都非常好。早在围困北平之时，党中央就下达了非常严格的命令，不仅明确要求保护城内的故宫、天坛等文物古迹，对城外的古建筑也都一一指明，严令即使在战斗中也必须保护好文物，不许破坏。这一点在战争年代是非常不易做到的。我军基层干部、战士大都是农民出身，完全不懂什么叫文化遗产和保护文物的价值何在。为此，上级不仅颁布了严格的纪律，还进行细致耐心的教育。北平的和平解放和我军的严格纪律，才得以将古都北平的文物古迹、历史建筑完整地、原封不动地保留下来。这是中国共产党为保护中国传统文化、建筑、艺术遗产所做出的一大不可估量的历史贡献。

黎原说他最深刻的印象有二：

一是我深深感受到广大北平市民对共产党、解放军发自肺腑的热爱之情。……北平城的老百姓从来没有见过像解放军这样一支纪律严明的军队。解放军进城后严格执行三大纪律八项注意，秋毫无犯。……人民军队以自己的实际行动赢得了北平老百姓的心，同老百姓真正做到了军民鱼水情。另一个深刻印象就是对北平城的接收工作。党中央在接收北平时规定，对原有的社会制度不动，保持原有的生活方式、生活习惯，对一些清朝王公贵族、反动官僚政客的私人财产也都予以保护，照旧允许他们按旧方式生活。这样做，对稳定、团结旧政权的人员起到了积极的作用，赢得了各阶层人民的拥护和信任，甚至是一些过去反对我们党的上层人士，也逐渐转变了他们对共产党最初的态度。北平解放后，广大市民安居乐业，不仅原有的文化生活照旧，商业、服务业也都迅速恢复，王府井、大栅栏一带很快就再现了往日的繁华景象。

可以与黎原将军的观察相验证的，是名列"民国四公子"之一的收藏家张伯驹的词作。张伯驹是"保守派"中的"保守派"，直到1949年的中秋，伯驹还处在一种莫名的沉郁里，其《人月圆》词云：

前游休问，相逢客里，无酒无歌。与君不睡，今宵同赏，明岁如何。

仅隔半月，伯驹的态度便有了大幅度转变。他在重阳节时赋《霜花腴·己丑重阳枝巢稊园诸公邀集稷园上林春为登高之会分韵得空字》云：

> 上林盛事，正晚霜澄莹，霁色高空。星拱神都，日销兵气，八方际会云从。啸歌菊丛，看策筇、随步龙钟。有当时，贞元朝士，晚花辉映傲秋容。　百岁长安棋局，便浮云过眼，几幻沙虫。无恙江山，有情烟月，还欣故旧重逢。此生转蓬，似塞鸿，争奈西风。问今朝、酒上衰颜，可如坠叶红？

词中竟满是重享太平的喜悦。所谓"八方际会云从"与"无恙江山"，都可以视作对于共产党政权的直接歌颂。伯驹历经晚清、北洋、民国时代，从未在诗词中颂扬过当政者，在新中国却破了旧例。

当然，在新中国时代里，要想一成不变亦是不可能的。京剧界在1949年即遭遇到"戏曲改革"的问题。出任中华全国戏曲改革委员会主任的戏剧家田汉，在讲话中就不客气地敲打说：

> 北京解放后演的戏，仍然是旧的东西，甚至以前禁止演的坏戏都演，一时形成黄色戏的泛滥，后来稍稍被抑制了，但比起来，北京旧剧界的进步是很缓慢的，赶不上新时代的需要，特别是作为人民首都的京剧界应该负起带头作用的，今天反有做别的地方和别的地方剧的尾巴的危险。

比较而言，中共的最高领导者，态度远比田汉宽容与温和。周恩来在文代会上提出"改造旧文艺"，要求"应该使包含几十万艺人并影响几千万观众、听众、读者的旧文艺部队的巨大力量，动员起来积极地参加这个改革运动"。但周恩来又强调说，"现在是新社会新时代了，我们应当尊重一切受群众爱好的旧艺人"。

毛泽东对于"旧艺人"的态度更为惊人，他亲自提名梅兰芳出席第一届全国政协会议。

1949年9月21日至30日，中国人民政治协商会议第一届全体会议在中南海怀仁堂举行，京剧界的梅兰芳、周信芳、程砚秋出席会议。24日和25日，梅兰芳与周信芳还分别在全体会议上发言。同是会议代表的宋云彬在日记里说，"梅兰芳善唱戏，但上台读演讲词可不成"。宋云彬的心胸，远不如共产党人宽阔，他仅看到了梅兰芳读不好演讲词的一面，却没有意识到，共产党人所"改造"的京剧，正在发生翻天覆地的变化。10月1日，再次成为首都的北京，三十万群众齐集天安门广场，举行庆祝中华人民共和国中央人民政府成立典礼，当选为全国政协委员的梅兰芳、周信芳被请上天安门城楼观礼。这意味着，千百年来被视作"贱民"的戏剧演员，在共产党执政时代里，得到了前所未有的尊重与中国戏剧史上演员所获得的最高社会地位。梅兰芳在政协会上的演讲，吐露出的正是他的心声：

我们戏剧界的同志们,大家要站出来,快跑到人民的队伍里去,要跟他们学习,更积极地工作,推陈出新,力求进步,为建设人民的新中国而奋斗,诚如毛主席所讲的:"我们将以一个具有高度文化的民族,出现于世界。"

为什么说京剧艺术的发展蕴含着民族交融的血脉？

京剧在晚清涌现出"同（治）光（绪）十三绝"，即程长庚、徐小香、卢胜奎、张胜奎、杨月楼、谭鑫培、梅巧玲、朱莲芬、余紫云、时小福、郝兰田、杨鸣玉、刘赶三，这些第一代京剧艺术家代表。

同以往流行的昆剧所不同的是，昆剧最重小生、小旦、小丑三个行当，京剧则以老生行当为第一主角，其代表人物是"前三杰"的程长庚、余三胜、张二奎和"后三杰"的孙菊仙、谭鑫培、汪桂芬，其中又以谭鑫培最具影响力，当时号称"伶界大王"，有"无腔不学谭"之说。

从热爱到职业的八旗子弟

京剧以宣扬中国儒家文化为第一要义，得到慈禧皇太后与光绪皇帝的有力倡导。

在慈禧、光绪带动下，满族亲贵以巨大热情投入于京剧，有的在府邸中兴建戏楼，举办大型演出；有的亲身学戏并设立俱乐部，组织同好共同研究，这样的俱乐部叫作"票房"；还有的索性组成不公开的"贵胄班"，粉墨登台。其著名者，如醇亲王载沣之弟载洵、载涛，肃亲王善耆，庆亲王奕劻之孙溥锺、溥锐，道光帝曾孙傅侗等。载涛与溥侗能戏最多，水平极高，后世诸多京剧职业演员直接向他们学戏。

但是，碍于旧时礼制，他们的演剧活动只能秘密进行，溥侗说：

> 我们玩票（业余京剧演出）只能在小圈子里秘密进行，教太后知道了，是要受到严厉申斥的。到了民国初年，我们在堂会（半公开的内部演出）里，常常露面，演出的机会就多了。

这一时期的满族票友，包括老生行的汪笑侬、文瑞图，小生行的德珺如、金仲仁，花脸行的庆春圃、黄润甫、金秀山等等，均有较高艺术成就。

汪笑侬本名德克津，据说曾任过知县，颇通文墨，自编多种新剧，代表剧目有《哭祖庙》《党人碑》等。民国初年剧评称，"汪笑侬者，为剧界之老前辈，菊仙、鑫培以外，当首屈一指。其儒雅雍容，风流倜傥，非常人所及。但其人以逸士自居，故知其真价值者少。"

黄润甫又名黄三,《京剧二百年之历史》评论他,"年辈与孙菊仙相若,以副净名士,现身歌场,特扮为曹操,维妙维肖,'活曹操'之绰号,无人不知。"

按,清代建立政权之初即开始较大规模的民族交融,八旗分满汉蒙,均视同"在旗"。清初王士禛《池北偶谈》中记《汉军旗人》说,"本朝制,以八旗辽东人号为汉军,以直省人为汉人。"因为存在这一情况,除如溥侗、汪笑侬、德珺如等来历较明确者,如黄润甫、金秀山等虽称"旗人",尚难作论断。

进入民国以后,满族的"八旗子弟"失去"铁杆庄稼",自由程度反而有所增加,其中不乏成为京剧职业演员者。如潘光旦《中国伶人血缘之研究》所论:

> 鼎革前后,养尊处优,不事生产惯了的官吏阶级,尤其是旗人,当然是无法维持的,于是一部分就"沦"而为伶,尤其是那些在承平时候爱好戏剧的分子。这种例子是数见不鲜的。

这一类艺术家中最具代表性的是"四大名旦"之一的程砚秋。丁秉鐩《菊坛旧闻录》称:

程砚秋（原名程艳秋）是满洲正黄旗人，煦斋相国的五世孙。（笔者按：此处有误，煦斋相国为乾隆末期协办大学士英和，系满洲正白旗）到他父亲，还世袭了旗营将军职位，可以说是贵族子弟出身。鼎革以后，家道中落，父亲贫病而亡，母亲作女红来维持家计。（中略）民国三年（1914），他十二岁了，不忍使母亲独撑家计，就矢志学戏，希望不久可以逐渐有收入，把养家的担子挑起来，那时候荣蝶仙很红，就"写"给荣蝶仙作"手把徒弟"了。

关于程砚秋的身世有诸多传闻，但均指其出身满族家庭。程砚秋开创了京剧旦角的"程派"艺术，深受京剧观众拥护。1949年他出席中国人民政治协商会议第一届全体会议。此后，在周恩来与贺龙的介绍下，参加了中国共产党。

与程砚秋一样的满族京剧艺术家，还有麻德子、瑞德宝、律佩芳、律喜云、杜富隆、杜富兴、荣蝶仙、奚啸伯、文亮臣、卧云居士赵玉明、奎富光、程丽秋、关肃霜、厉慧良等，他们常是兄弟父子一起参加剧团，有的还成为京剧世家。1945年重庆国共谈判期间，毛泽东蒋介石所共同观看的演出，就有满族艺术家厉慧良的剧目。

京剧各行当的翘楚

京剧因剧中人物的性别、年龄、性格不同，而划分出许多行当，粗列为"生旦净丑"四类，不同民族的艺术家成为各自行当的翘楚。

生行中的老生，京剧有"四大须生"的说法，实际又不止是四位，包括余叔岩、言菊朋、马连良、谭富英、高庆奎、杨宝森、奚啸伯等。其中言菊朋是蒙古族，马连良是回族，奚啸伯是满族，都形成了自己的流派。

言菊朋字仰山，蒙古族，酷爱谭鑫培艺术，在谭逝后曾被捧为"旧谭派"代表，红极一时。他的演唱注重咬字准，对于字音非常讲究，唱腔凄凉婉转，令人荡气回肠。其代表作《让徐州》《卧龙吊孝》《贺后骂殿》等都成为京剧的经典剧目。在他的影响下，他的女儿言慧珠成为梅兰芳弟子，是风靡民国时期的巨星；他的儿子言少朋是马连良的得意门生，儿媳张少楼则宗余叔岩，孙子言兴朋是曾得到高度评价的京剧《曹操与杨修》的主演。

马连良，字温如，坐科于富连成科班，回族，他所创造的马派艺术是继谭鑫培、余叔岩之后最为流行的老生流派，其《空城计》《借东风》《淮河营》《十老安刘》《赵氏孤儿》等脍炙人口，几乎被所有京剧爱好者所模仿。他把回族讲究卫生的习惯带到舞台上，讲究服装整洁，要求"三白"，至今仍为京剧从业者所遵守。他的兄弟及堂兄弟多人也是京剧演员，马派弟子更是众多，迄今已有四代。

奚啸伯原名承桓，满族，早年为票友，后来参加剧团，因与梅兰芳同台而声名鹊起。他的演唱细腻深沉，被行内誉为有"洞箫之美"，代表作有《白帝城》《范进中举》《法门寺》《珠帘寨》等，著名书法家欧阳中石是奚啸伯的入室弟子。

旦行中的"四大名旦"之一的程砚秋，已经介绍过了。另一位尚小云，据说是汉军旗人出身，待考。

净行即俗称花脸，民国时期最著名者为金少山、郝寿臣、侯喜瑞。其中金少山是金秀山之子，满族，人称"金霸王"，声震屋瓦，无人能及，其与梅兰芳合作的《霸王别姬》被视为绝唱；生活中亦是传奇，养猴，养虎，挥金如土，百年间被梨园内外津津乐道。

侯喜瑞是回族，富连成科班第一期大弟子，唐伯弢著《富连成三十年史话》称：

> 喜瑞天资既高，性复勤敏，且好学不倦，善揣摩剧情，对所饰剧中人之身分及个性咀嚼靡遗，故每演一剧，尽善尽美，传曹操之奸诈权变，不啻阿瞒复生，乃有活曹操之称。

京剧的丑行似以汉族为主，罕有少数民族艺术家涉足。早期有名麻穆子者，武丑，长期与谭鑫培合作。《京剧二百年之历史》称他：

> 嗓虽沙哑，而口齿伶俐，能以干脆见长。如演《九龙杯》之杨香武，《盗御马》之朱光祖，皆冠绝一时，洵未易材也。

清宗室溥侗亦能演丑，可见丑行亦非少数民族艺术家所不能也。

言菊明、马连良、奚啸伯、程砚秋、金少山、侯喜瑞，皆为一代宗师，开宗立派，在京剧史上据半壁江山之势，为后世所景仰。

开京剧女演员之先河

京剧初始无女性演员，女性角色皆由男演员担任，直到民国后女演员登台与男女同组剧团才蔚然成风。

满族女性恩晓峰是较早勇于突破限令的艺术家，她仰慕谭鑫培汪笑侬艺术，学习老生，论者以为其"脱尽女子习气、声貌者，当以彼为第一人。态度雄伟，扮相潇洒，腔调圆转，道白清晰，作派细腻，武把精娴"。张菊隐《坤伶小史》记：

> 恩晓峰，京兆人，旗籍也。前清末季，旗人自王公贵人，多嗜剧，尤以广识伶人为豪。其在官者，固多富人，而格于定章，不得置私产，往往有失官一二世，家即中落者。晓父恩某，亦显宦之后，至其身而贫者也。然多有伶人，与之往还。晓峰少聪悟，闻歌成声，未授曲时，已能剧数十出矣。既而女伶兴，父为某生计，遂令业歌。时女伶工须生者少，晓峰初演天津，名誉大起，天津诸豪富，钦识之。顾晓峰守礼若良家，虽辇金至门，乞一见不得也。于是豪富人相戒不观其剧。至有故与为难，唱时，使无赖报以恶声者。而晓峰名转盛，以歌声清隽，能得众赏也。后沪汉诸馆，争相迎致，所至有声。而清誉亦彰，皆知晓峰，不可犯也。

恩晓峰不仅艺术品德令人钦敬，还有较高文化水平。《京剧二百年之历史》称，"彼学问之博，恐在女伶老生界中，当列为第一，与男伶对抗而无逊色者也"。

京剧女演员兴起之后，民国时期出现"四大坤旦"的说法，列名其中者亦不仅四人，但雪艳琴肯定是稳居其中。

雪艳琴姓黄名咏霓，回族，先后学艺于张彩林、郭际湘、王瑶卿。丁秉鐩《菊坛旧闻录》说：

> 雪艳琴天赋嗓音宽亮，功力又深厚，耐唱而始终带有水音。她的戏大块文章很多，却举重若轻，毫无力竭声嘶、疲惫的现象。个头儿高，身上也溜，戏路之宽，一时无两，可以说是梅尚程荀一脚踢，文武昆乱不挡。她的拿手好戏：《四郎探母》《雁门关》《红鬃烈马》、全部《玉堂春》、全部《雷峰塔》《猫玉配》《得意缘》、全部《十三妹》《双姣奇缘》《盘丝洞》《杏元和番》《贵妃醉酒》《贺后骂殿》《战宛城》《翠屏山》等，不胜枚举。因此，叫座力极强，拥有许多基本观众，而给戏迷的印象，就是听她的戏"过瘾"。

雪艳琴的全盛时期，尤具号召力，被称为"雪艳亲王"。

言菊朋的女儿言慧珠也是京剧女演员中的佼佼者，拜梅兰芳为师，被业内评价为最像梅的弟子。她貌美如花，聪明绝顶，领悟力又极强，艺术愈臻精绝，因而得以大红大紫，风头远在当时的电影明星之上。共和国后，她与丈夫、著名小生艺术家俞振飞共同领导上海戏校，培养了大量年轻人才。

稍晚于言慧珠的，还有出身满族的京剧女艺术家关肃霜，她的武功卓绝，能唱能演，能翻能打，首创"靠旗出手"等高难度武打动作，堪称女中豪杰。共和国时期，她担任云南省京剧院院长，深入少数民族地区采风，编演剧目。编演新戏《黛诺》，赢得盛誉，现已成为云南京剧院的保留剧目。

除了上举各例外，还有蒙古族的旦角演员蓉丽娟，满族的旦角演员金素琴、金素雯、福芝芳、苏兰舫，回族的旦角演员马金凤即琴雪芳，还有雪艳琴的妹妹雪艳舫，言慧珠的妹妹言慧兰，等等，都知名于当时。

京剧界的通婚与师承

加入到京剧界的少数民族艺术家，他们在舞台上必须与其他演员和乐队结成艺术共同体，才能完成高质量的演出。京剧舞台就有了中华多民族深交融、同创造、共创新的生动场景，如程砚秋与言菊朋合作的《贺后骂殿》，程砚秋与俞振飞合作的《春闺梦》，马连良与梅兰芳合作的《游龙戏凤》《汾河湾》《龙凤呈祥》《打渔杀家》，金少山与梅兰芳合作的《霸王别姬》，等等，都是京剧演出史上的经典之作。各族艺术家在京剧舞台上实践了艺术共同性发展。

除了艺术上的合作，不同民族的京剧艺术家还通过拜师收徒、婚姻等多种形式交融在一起。

京剧历史上只有谭鑫培与梅兰芳两位艺术家曾被尊为"伶界

大王",都是具有里程碑意义的京剧宗师。

谭鑫培与满族小生艺术家德珺如结为儿女亲家,谭鑫培的儿子谭小培娶了德珺如的女儿,所生之子即名列"四大须生"之一的谭富英。

梅兰芳则迎娶了满族旦角女演员福芝芳,所生之子中即有被称为"小梅"的梅葆玖。

谭梅两家家庭生活中也都接受了许多满族习俗。

谭富英之子谭元寿曾回忆说:

我家是汉族,但是家里行的是旗人的礼节,按照长幼辈数不同,有时是双腿跪地请安,有时是单腿跪地请安。

我们是汉人为什么要行旗人礼节呢?这是由于当年的环境造成的。第一个原因,是由于我曾祖父(即谭鑫培)在大内充当供奉多年,与皇族旗人们经常接触,习惯于旗人礼仪,不自觉地把这种习俗带到我们家里,相习成风;第二个原因,是由于我祖母的关系,我祖母是唱小生的德珺如先生的女儿,是旗人,她把旗人行礼的那一套完全带到我们谭氏门中,更助长了我们谭家行旗人礼节的风俗。

我们家在亲属称呼上也与汉人不同,如对奶奶叫

"阿莫",对姑奶奶叫"爷爷",对姑姑叫"爸爸"等等。直到今天,我们还没改变这种称呼。

我祖母生育一子二女:子名裕升,就是我父亲谭富英;长女谭静英,嫁给武生杨盛喜,他是我祖父(谭小培)的师父杨隆寿的孙子;次女谭秀英,嫁给老生叶世长,即叶盛长,他是富连成科班创办人叶春善先生的五儿子。

通过联姻,谭家又把其满族习俗带到了杨叶两个京剧世家。梅兰芳在与福芝芳结婚时,把岳母接来共同生活,福芝芳母不仅帮助梅家料理家务,而且声名在外,人称"福大奶奶"。唐鲁孙在《故都梨园三大名妈》文中说:

当年北平(京)第一号名妈要算福大奶奶:福大奶奶在旗,青年孀居,只生一女就是梅兰芳夫人福芝芳,福大奶奶人高马大,嗓音洪亮而且辩才无碍,发卷盘在头顶上,可又不像旗髻,喜欢穿旗袍坎肩马褂,跟当时蒙古卡拉沁王福晋同样打扮,市井好事之徒给她起了一个绰号叫"福中堂"。

在这位赫赫有名的"福中堂"影响下,梅兰芳家如谭家一样，也保留着满族的生活习俗。

梅兰芳还与回族的马连良关系密切，合作多年。在梅兰芳与马连良逝后，梅夫人福芝芳把马连良夫人接到自己家居住，并把马连良安葬在梅兰芳墓旁，这是广为人知的梨园佳话。

京剧界不同民族联姻，最为轰动的是雪艳琴。雪艳琴遇到的追求者是清醇亲王载沣之弟，郡王衔多罗贝勒载洵之子溥侊，即宣统帝溥仪的堂兄弟。雪艳琴溥侊婚后伉俪情深，他们所生之子黄世骧从母姓且从回族，是资深的京剧老生艺术家。

京剧界还有一个良好的习惯就是尊师，如果老师是少数民族，弟子往往也会主动遵从老师的生活习俗，如侯喜瑞的弟子袁国林、尚长荣；如马连良的弟子张学津，这在京剧界成为普遍现象。中华民族的社会共同性发展，在京剧界表现尤为突出。

多民族艺术家如石榴籽般抱在一起发展而成的中国京剧艺术，被视为各民族共有共享的文化符号。满族旦角艺术家金素琴、回族老生艺术家哈元章等后来又把京剧带到台湾。哈元章被誉为"台湾马连良"，课徒传艺，培养观众，在台湾留下京剧血脉。今日两岸京剧交流繁盛，不应忘记这些前辈的功劳。

改革开放以来北京京昆活动摭忆

年轻时候作文章,喜欢用"年过半百"来介绍别人,以为"年过半百"就当如何如何。现在轮到自己也年过半百,这才知道,原来"年过半百"亦未必就能怎样。如我这样年纪的人,经历平常得很,人生最大的资本,就是伴随着中国的改革开放走过了这四十年。俗话说,干什么吆喝什么。在这一时间节点上,想谈谈作为本业之一种的戏剧,但也仅限于是个人的一点零星记忆和感受,是当不得大文章来看的。

我对于戏剧的认知仍是从"样板戏"开始,但我关于"样板戏"的印象是模糊而幼稚的。譬如《红灯记》,印象最深的,竟然是李玉和手里提着的铝饭盒,乃至我迄今都对于这一物品有着浓厚兴趣。我因而对于"样板戏",是不抱有任何成见的。

1977年5月18日《人民日报》发表文化部署名文章《评"三突出"》,"样板戏"被赶下舞台。同月,北京市京剧团以纪念毛泽东《在延安文艺座谈会上的讲话》发表三十五周年名义,在中山公园演出李元春主演的新编历史剧《逼上梁山》,率先打破对于传统艺术的十年禁锢，成为恢复京剧传统剧目演出标志。

时隔三十年后，李元春在与我的一次长谈时说，那次演出是由时任北京市京剧团团长金紫光提议的。金曾在1943年冬延安首演《逼上梁山》时饰演过林冲。令人匪夷所思的是，这一出被毛泽东誉为"旧剧革命的划时期的开端"的著名剧目，此后三十余年里竟然再也没有演出过。金紫光与李元春只能是尽力复排出其中《风雪山神庙》、《火烧草料场》与《造反上梁山》三场，唱腔身段大多需要重新设计，李元春特意向师兄郭景春学习了一套"金鸡剑"，在剧中为林冲增加了"舞剑"的表演。没有想到的是，新排的《逼上梁山》，误打误撞地再次被视作某种意义上的开端。李元春回忆演出盛况说，"那天台下火爆极了，谁上场都有彩，龙套有彩，乐队有彩，大伙儿把一直憋闷在心里的那份对老戏的感情都倒出来了！"

李元春很准确地使用了"老戏"这个词，《逼上梁山》无论如何都还不能算是京剧的传统剧目，但仅仅是剧中出现的箭袍大带，已经足以勾起北京观众对于传统的浓烈情感。随即，一场"古装"戏热潮席卷而来，沈宝祯版的《逼上梁山》、李玉芙的《雏凤凌空》、王玉珍的《三打陶三春》，中国京剧院的《三打祝家庄》《猎虎记》《杨门女将》，都令观众颇有解渴之感。我曾在中山公园音乐堂观看过一场李玉芙的《雏凤凌空》，那时的音乐堂尚是露天剧场，演出途中下起瓢泼大雨，观众赶忙四散避雨，雨过之后再重新聚拢到场中，依然是满坑满谷。李玉芙饰演的天波杨府烧火丫头杨排风，鲜亮、明快、脆生、清爽，正如同是那个夏夜里雨后吹来的阵阵凉风，令人久久难忘。

不应忘怀的是，北京以外的剧团亦有卓越贡献。牛得草主演的河南豫剧《七品芝麻官》，湖北京剧院朱世慧主演的《徐九经升官记》，河南曲剧《卷席筒》，后来居上，其火爆程度远超北京剧团，风行全国。

到了这个时候，一个问题出现了，就是，一味地演出"古装"戏，但对于历年来批来批去的所谓传统剧目，到底该怎么办？

最具有标志性意义的是1980年12月《北京晚报》社举办的京剧全本《四郎探母》演出。这次的演出无异于一次正面的"交锋"，《四郎探母》作为"坏戏"是"臭名昭著"的，而其作为京剧经典剧目的地位，同样是不可动摇的。时任《北京晚报》总编辑王纪纲动议并组织演出《四郎探母》，立时引起轩然大波，戏剧界更是各自站队，大打笔仗，争论不休。演出获得空前成功，对于京剧传统剧目的种种禁忌也随之逐渐破除，可是，据说王纪纲事后却受到了不公正待遇，被调离报社。我曾在80年代后期两次见过这位老人，印象是敦厚朴实，寡言沉默。这是一位应该记入北京戏剧史的人物。

《四郎探母》风波之后，北京演出剧目骤然丰富起来，吉祥戏院、长安大戏院、工人俱乐部、中和剧场、人民剧场，天天演出老戏、大戏，十分红火。值得纪念的是，我在吉祥戏院观看过高盛麟的《挑滑车》。一晃儿近四十年了，我再也没见过像高盛麟那样不费劲的《挑滑车》，真不知老先生得有多大的火候。

那时，有一大批像高盛麟先生这样的老先生又重返舞台。京剧传统的复活，使得老先生们都焕发艺术青春，没有不"拼命"演出的。我的京剧启蒙恩师叶盛长先生，就是因为心情过于激动，演出过于频繁，导致突发血栓，患上半身不遂，不得不又从舞台上退了下来。还有李万春先生，那么棒的身体，也因劳累而过早地去世了。即便是如此，这些年近或逾古稀的老先生依然以老迈病残之躯，坚持奋不顾身地投入复兴中国传统戏剧的事业中，虽九死其犹未悔。京剧如李洪春、李万春、张君秋、袁世海、叶盛长、李慧芳、王金璐、赵荣琛、李金泉、刘雪涛、李金鸿；昆剧如侯玉山、马祥麟诸先生，皆活跃于当时，重新支撑起北京京剧昆剧的格局，为接续京昆艺术传统发挥出无可替代的作用。

老先生们的贡献，首先在于打破门户之见，甚至打破了许多应有的规矩，及时培养出一批中青年艺术中坚，老先生们把最后的心血浇灌到了他们身上。其次，是复排了一批传统剧目。譬如梅葆玖要演出《写状》，俞振飞老先生偕夫人李蔷华从上海赶至北京，为葆玖先生说戏；李金泉先生为赵葆秀排演了全本《钓金龟》和《八珍汤》；程玉菁先生为李韵秋传授《十三妹》；等等。实际上，诸多今天看似古已有之，古来如此的传统剧目，都是80年代初经过老先生们的修修补补才得以重现舞台的。最后，老先生们还致力于京剧昆剧的社会推广，培养了一批京昆观众、爱好者和研究者。在老先生们的积极推动下，北京京剧票房遍地开花，成为年青一代学习传统戏剧的课堂。

我非常感谢导演宁瀛，她根据陈建功的小说拍摄了电影《找乐》，为北京的票房留下宝贵的记录。这么多年来，我每隔一段时间，就要看一遍《找乐》，每次都如同是看一部纪录片似的。《找乐》里的票房，拍摄地点是在交道口，我却觉得其原型更接近北新桥的"草园京剧队"。"草园京剧队"是80年代出现较早的票房组织，其址在距北新桥十字路口不远的一个简陋的街道小礼堂里。礼堂内灯光昏暗，地面上连洋灰都没有铺过，座椅也破损不堪。然而每逢周日，全北京的有名的票友都会聚于此，能挤到台上唱一段的固然倍觉有面儿，坐在台下也并不觉得冤，观众席里既有如袁世海、叶盛长这样的梨园耆宿，更有曹禺、胡絜青、吴祖光、吴晓铃、端木蕻良等文化名流，台上台下都熠熠生光。前些日子我在微信里看到正乙祠举办纪念奚派艺术家孟筱伯诞辰九十五周年演唱会，不由得怀念起这位老人。我与孟筱伯先生就是在草园相识，他似乎还参与些票房的组织工作。每次草园活动，他总是悠闲地拿着烟卷，场里场外地转悠。我刚学会抽烟，还没有养成出门带烟的习惯，想抽烟了就跑去找他要。

叶盛长先生也最重视草园的活动，他的大徒弟陶荣生和我要轮流陪他去。该我当班的时候，老先生早早就衣帽齐整地穿戴好，端坐在和平里的家中等我。我们一起乘坐公共汽车到北新桥，然后走到草园礼堂。每次刚出家门，老先生就开始给我说戏。其实我们两个人都知道，我根本不是唱戏的材料，但他还是要说，一说就是一路，说到节骨眼儿时，还要停下脚步比画上几下。前前后后，他给我说的戏，总有三十出以上。后来我于90年代初移居日本，东京大学邀请我去授课，条件是要开别的老师没开过的课。我就仗着叶盛老所教的这些出戏，在东京大学讲授起中国京剧艺术，以后又荣幸地成为东京大学第一位外国人的特任教授；归根结底，是叶盛长先生以其多年的舞台实践经验，为我打下了坚实的研究基础。我因此而时常开玩笑说，我是坐科于"马路富连成"。

我现在也时常会感到惭愧。叶盛长先生那一批老先生，他们并不满足于个人的劫后"重生"，更期待于他们所深爱的京昆艺术的"重生"。为此他们可以不计代价，不惜力气，什么都可以不管不顾。比较而言，我们今日的物质条件实在是过于优越了，对于传统戏剧的贡献则远不能与那一代老先生相比。

在老先生们的奔走呼吁与民间高涨的热情鼓舞下，80年代中

改革开放以来北京京昆活动撷忆 | 437

期以后，政府的态度也有所转变。1985年1月，北京市委宣传部出面成立了北京市京剧昆曲振兴协会。发起人主要是市委宣传部常务副部长李筠、市政协党组副书记兼秘书长李天绶和剧作家钟鸿，他们三人分任协会的会长、常务副会长和副会长兼秘书长。他们巧妙地以"抢救"和"振兴"作为理由，避开争论，支持恢复京昆传统剧目演出。京昆协会在北京饭店举行成立大会当日，谁都没料到的是，时任中共中央书记处书记习仲勋同志到场祝贺并讲话，后来，仲勋同志的夫人齐心还接受聘请担任了协会的顾问。李天绶同志是一直视我为自家子弟的，他用他那四川普通话慢悠悠地拉长声调对我说，"中央有这个态度就好办了"。只可惜我过于年轻，当时并不能懂得他的话的含义。很快，京昆协会从市里拿到一部分资金，用于为老先生演出录像。如今流传下来的如有新艳秋参加的《锁麟囊》等宝贵资料，就是由京昆协会录制的。对于促进北京传统戏剧的复兴，京昆协会是立过功的。

叶盛长先生为我说戏，也可以说是为说而说，他亦不去过多考虑我以后做什么。天绶同志对我的培养，则是明确希望我能从事京剧昆剧的振兴工作；他几乎是手把手教我怎样策划组织活动，还把我带到政协见习，让我有机会多次参加市政协活动，多见世面，多认识人。

时至90年代初，中央以纪念四大徽班进京二百周年为名，大规模举办传统戏剧演出，掀起振兴京昆的高潮。借着这股东风，我从培养京昆青年观众角度入手，在我的母校北京市财经学校组织京剧进校园活动，邀请赵葆秀、王文祉、陈志清、叶金援、阎桂祥等来校演出。1991年6月8日的《北京日报》和6月13日的《北京晚报》，都刊登了文章对活动做出介绍。李筠和李天绶同志非常高兴，几次找我谈话，要我沿着这个路数继续办下去。我却少年气盛，有些不屑于与同龄人为伍。我转而于次年7月在什刹海设立汇通同人票社，建立了一个各界名流的京昆活动场所。我之所以要改"票房"名为"票社"，是因为要推举出社长，总不好叫成"票长"或"房长"，岂料"票社"之名就此流传开来，沿用至今。我们那时推举的社长同时有三位，按年龄排序，依次是张中行、叶盛长、李天绶。我以京昆协会副秘书长兼任票社的秘书长。京昆界如程玉菁、孙盛文、叶盛长、袁世海、马祥麟、梅葆玖、梅葆玥、谭元寿、茹元骏、杜金芳、谭世秀、孙岳、李韵秋、萧润德、陈志清、燕守平、谭孝曾、阎桂祥等，还有其他文化艺术界的如胡絜青、吴祖光、张中行、周怀民、刘曾复、许林邨、夏淳、梅阡、李滨声、舒济、牛星丽、金雅琴、韩善续等，全国政协与北京市政协、市人大的领导马文瑞、荣高棠、靳崇智、杨植霖、林彬、白介夫、封明为、李伯康、甘英、陈尧光、齐一飞等，都是票房的基本成员，真算得上是极一时之选。大家月月相聚，谈文论语，吹拉弹唱，其乐融融，每次活动都堪称盛会。

关于同人票社的故事是多得说不完的。谭元寿先生破例在我们的票房清唱过；徐凌云在这里留下生前最后一次演唱。北京人艺的老演员牛星丽要唱《捉放曹》，张口既不唱陈宫也不唱曹操，而是唱吕伯奢的那几句"昨夜一梦大不祥"，惹得座中众人哄堂大笑，"没听说过票戏还有票里子老生的"。

张中行先生曾为票房题诗二首：

梨园旧艺妙通神，白首龟年识古津，
会有宗师相视笑，方知莫逆出同人。

闻道浮生戏一场，雕龙逐鹿为谁忙。
何当坐忘生沉事，点检歌喉入票房。

刘曾复先生找我说，"我爱了一辈子的戏，总想用几句话概括一下自己的感受，可一直没有想出合适的词来。张老这两首诗太好了！说到我的心坎上了。你能不能请张老为我题写出来，我要挂在家里"。刘张二老原本不熟，是在我们票社里才认识的。我受刘先生的嘱托，去请中行先生题诗。中行翁连着写了两幅，我说，"我都拿走吧。谁要是再说喜欢，就拿给谁"。哪知直至前年，中国人民大学的谷曙光教授参加北京戏曲评论活动，忽然对我提到中行翁的这两首诗。曙光是吴小如弟子，与刘曾复先生亦有交往。谷说昔年在刘先生家中看到张诗，还亲笔抄录下来。我笑说，中行翁的那另外一幅字，我等了二十年，终于碰到知音了。我答应把行翁的字送给曙光留念，然而那幅字也像记忆一样，不知被藏到了什么地方，只好暂令曙光教授再稍待数日。

与同人票社同时期的，著名的票房还有前门外尹盛喜的老舍茶馆和三里屯何凤仪的穆斯林餐厅，我们倡导专业与业余打成一片，共同携手致力于振兴京昆。我与尹盛喜、何凤仪两位亦是好友，我与尹盛喜一起举办过纪念毛泽东一百周年诞辰京昆演唱会，与何凤仪一起举办过北京电视台1992年元宵节戏曲晚会。遗憾的是，这两位都是英年早逝，年仅六十余岁。

这一时期，京剧昆剧出现了较大滑坡，年轻人多被流行歌曲吸引去了，连中年人也对传统艺术不感兴趣。我还记得何凤仪神情激愤地在穆斯林餐厅二楼的小台子上演讲，一边学着歌星演唱的样子，一边加以痛斥。无论是尹盛喜还是何凤仪，都为京剧花过不少钱，他们希望传统艺术也能在现代化社会里屹立不倒。我常常在想，假如尹与何能活到现在，看到政府每年以巨资投入京昆艺术的传承之中，一定会颇为欣慰吧。可是反过来看，现在像尹何这样肯于以个人之力为京昆艺术做出无私奉献的人，却是凤毛麟角了。

2013年夏秋，我与徐玉良、张永和等同志受北京市文化局之命组建北京戏曲评论学会，于我算是重操旧业，再次从事起传统戏剧的组织工作。我的脑海里，不停地闪现出来的，是那些老先生的身影，以及尹盛喜、何凤仪等京昆处于危难时的朋友。我希望评论学会将来能够完成一部80年代至90年代这一大转折时期的北京传统戏剧史，记录前辈的功绩，亦让后来者了解，所谓传统艺术，其流传从来不是一帆风顺的，而是融入了一代又一代人的心血，寄托着一代又一代人的喜怒哀乐与悲欢离合，也刻录下不同时代所留下的年轮。撰文至此，心绪难平，只好匆匆收尾，留待日后再详尽道来吧。

2018年9月11日　北京